# Das nächste Leben

Lise Gold

*Übersetzt von*
Juliane Thiere

Lise Gold Books

"Neuanfänge sind oft als schmerzhafte Enden getarnt.

— Lao Tzu

# Kapitel 1

## *Reina - Montag*

Dieses Haus ist wie eine leere Hülle, seit ich für immer eingezogen bin. Ich bin mir ständig meines eigenen Atems bewusst und registriere jeden Schritt, den ich auf dem Parkettboden mache. Das Gewicht meiner Seele pocht schwer und erinnert mich daran, dass ich die einzige Person bin, die noch in dieser großen, modernen Villa wohnt. All die Arbeit, all die Liebe, die ich hineingesteckt habe. Die offene Küche, die mit den neuesten Geräten ausgestattet ist. Die Glastreppe, die sich so wunderschön um ihre eigene, dornige Achse windet. Die großzügige Terrasse mit dem langen, schmalen Pool mit Blick auf das Meer. Der Innenarchitekt, den ich engagiert habe, um jedes Detail exzellent zu gestalten, damit mein Leben perfekt ist. Damit unser Leben perfekt ist. Und dann hat sie mir meinen Mann gestohlen. Nichts davon ist richtig, was mir jedes Mal bewusst wird, wenn ich mich umsehe und auf diese endlose Perfektion starre. Es erinnert mich nur an alles, was kaputt ist. An alles, was ich verloren habe.

Die Villa Reina, die nach mir benannt wurde, war unser Sommerhaus, in dem wir an den Wochenenden und in den

1

Ferien mit der Familie viel Zeit verbrachten. Es war ein Ort des Glücks und des Vergnügens, und da ich die Erinnerungen an diese glücklichen Tage bewahren wollte, bestand ich darauf, sie nach der Scheidung zu behalten. Ich weiß nicht, was ich mir dabei gedacht habe; vielleicht wäre es besser gewesen, in New York zu bleiben, wo ich das ganze Jahr über mehr Freunde hätte treffen können. Abgesehen von meiner Freundin Sasha hat mich außer meiner Tochter niemand über den Winter besucht, und der Raum, der früher mit Lachen, Musik und lebhaften Diskussionen gefüllt war, ist jetzt ein Kadaver im Winterschlaf, still, als würde er auf etwas warten, das nie wiederkommen wird.

Ich öffne den Küchenschrank, nehme einen Becher und stelle ihn unter die moderne Kaffeemaschine. Der Gedanke, zu Hause einen Kaffee auf Barista-Niveau zu trinken, schien mir damals eine gute Idee zu sein, aber jetzt bringt mich das Geräusch der mahlenden Bohnen um, und ich zucke zusammen. *Zu viel Wein gestern Abend.* Alles hier ist auf Hochglanz poliert, und als ich sehe, dass ich einen Fingerabdruck auf dem Edelstahlmahlwerk hinterlassen habe, wische ich ihn mit dem Seidenärmel meines ebenso makellosen Bademantels weg. Nola, meine Haushälterin, ist effizient, und obwohl ich die Reinigung jetzt leicht selbst übernehmen könnte, habe ich sie gern um mich. Sie arbeitet auch für meinen Ex-Mann, und wir tratschen über ihn. Von den Freunden, die ich hier in den Hamptons im Laufe von zwölf Sommern gewonnen habe, ist Nola eine der wenigen, die immer auf meiner Seite war.

In Aubrey, unserer Innenarchitektin - oder "Bree", wie sie gerne genannt wird - hat mein Mann eine jüngere, blondere und hübschere Version von mir gefunden: mit frischem Gesicht und schlankem Körper, mit Beinen eines Supermodels und einem Lächeln, für das man sterben würde. Außerdem ist sie erfolgreich und super kreativ, und da Sandeep ein gefeierter Architekt ist, haben sie viel gemeinsam. Er zog direkt aus unserem Haus in den verträumten, unkonventionellen Palast der blonden Sexbombe die Straße hinunter. Ich kann es unseren gemeinsamen Freunden nicht verdenken, dass sie lieber Zeit mit dem glücklichen Paar verbringen. Das macht bestimmt mehr Spaß, als mit einer depressiven Frau herumzuhängen, die nicht mehr weiß, wer sie ist. Ich bin nicht mehr Sandeeps Frau, und ich bin auch nicht mehr Reina, die immer für gute Laune sorgt.

Meine Tochter Nicole zog mit mir hierher, bis sie letzten Herbst an der NYU anfing. Seitdem ist mir ihre Abwesenheit schmerzlich bewusst. Ich nehme an, jede Mutter muss das durchmachen, und ich bin da nicht anders. An den Wochenenden kommt sie immer noch nach Hause, und dann erwacht das Haus wieder zum Leben. In diesen Momenten spüre ich ein winziges Fünkchen Glück, erkenne einen Hauch meines alten Ichs wieder. Wenn unsere gemeinsamen Stimmen durch die Flure schallen und ihre Musik aus ihrem Zimmer dröhnt. Wenn ich morgens den Geruch von bratendem Speck rieche. Ihre fleischige Küche hat mir früher Übelkeit bereitet, aber jetzt macht sie mich glücklich und lässt mich freudig den kommenden Tag willkommen heißen. Ich genieße ihre Gesellschaft, wenn sie hier ist.

Nicole ist mein Ein und Alles. Sie ist witzig, intelligent und mit ihren langen dunklen Haaren, scharfen Augenbrauen, großen braunen Augen und vollen, prallen Lippen sehr hübsch. Sie ist nicht groß, hat aber diese enorme Präsenz - ihr Selbstvertrauen und ihr freundliches Auftreten blenden jeden, wenn sie einen Raum betritt. Ich war früher auch so, und manche Leute sagen, dass sie mir

3

ähnlich sieht, aber ich sehe das nicht ganz so. Da Sandeep Inder ist und ich libanesischer Abstammung bin, ist sie einfach eine wunderbare Mischung aus verschiedenen Kulturen, gesegnet mit dem Besten aus beiden Welten.

Unser Sohn Eddie ist auch toll, aber er ist eher ein Papasöhnchen. Sandeep und ich waren jung, als wir ihn bekamen, und die Vater-Sohn-Beziehung hat sich in eine Freundschaft verwandelt. Sie treffen sich und spielen zusammen Golf, und jetzt, wo Sandeep nicht mehr da ist, sehe ich Eddie nur noch selten. Jedenfalls ist er mit seiner Freundin auf Rucksacktour gegangen, und ich erwarte nicht, dass er so bald zurückkommt. Im Moment ist er irgendwo in Goa, surft Kite und schläft in Hängematten am Strand, während er nach Artikeln sucht, die er auf seiner Website verkaufen kann. Er betreibt ein Online-Geschäft, das es ihm ermöglicht, zu reisen, Spaß zu haben und trotzdem ein beeindruckendes Einkommen zu erzielen. Ich verfolge seine Posts in den sozialen Medien und schicke ihm jeden Tag Nachrichten, um zu sehen, was er so treibt, aber nur einmal pro Woche bekomme ich eine Antwort, die nie mehr beinhaltet als *"Alles gut. Ich vermisse dich, Mama."* Natürlich vermisst er mich nicht wirklich, das weiß ich, und das ist auch gut so. Aber Nicole sehnt sich nach mir, glaube ich. Oder vielleicht tue ich ihr auch nur leid. Kein Job, kein Ziel... *Arme Mama.*

Sie hätte Recht, wenn sie das denken würde, denn ich habe keinen Lebensinhalt. Nicht, seit ich keine Familie mehr habe, um die ich mich kümmern kann. Ich bin keine Hausfrau mehr, und mein Leben ist nur noch eine Aneinanderreihung von vorhersehbaren Ereignissen und einer Menge Warten. Ich warte auf meine Putzfrau, in der Hoffnung, dass sie gesprächig ist, ich warte darauf, dass meine Tochter am Wochenende nach Hause kommt, und ich

4

warte darauf, dass der Tag vorbei ist. Nicole ist gestern Abend abgereist, und ich muss noch fünf lange Tage warten, bevor ich sie wiedersehe und mich erneut vollkommen fühle.

Montags ist es am schwierigsten. Verstehen Sie mich nicht falsch,. Es ist nicht so, dass ich den ganzen Tag herumsitze und nichts tue, aber ich fühle mich einfach platt. Um elf Uhr morgens gehe ich zum Yoga, und danach trinke ich normalerweise einen grünen Saft mit Sasha, der Frau eines Immobilienmoguls, der praktisch nebenan wohnt. Wir standen uns früher sehr nahe, aber jetzt sind wir in einer seltsamen Situation. Wir treffen uns nicht mehr so häufig wie in früheren Zeiten; einst waren wir immer zu viert. Unsere donnerstäglichen Grillabende in unserem Garten wurden gestrichen, aber unsere Samstagmorgen-Tennisspiele auf ihrem Anwesen finden immer noch statt, nur dass ich nicht mehr das Doppel bilde. Mein Ex-Mann bringt jetzt seine neue Flamme mit, und ich weiß, dass Sasha dadurch in eine schwierige Lage gerät.

Mit dem Kaffee in der Hand durchquere ich den offenen Wohnbereich, greife nach meinem Telefon, öffne die Schiebetüren zur Terrasse und setze mich in meinen üblichen Stuhl am Pool. Unser Pool ist ein schicker Ort, eine große Schieferterrasse mit weißen Designermöbeln. Es ist Anfang Mai, und bald werden die New Yorker die Hamptons überschwemmen. Der Verkehr wird es Nicole schwer machen, jedes Wochenende hierher zu kommen. Vielleicht werde ich stattdessen ein paar Reisen nach New York unternehmen, also öffne ich eine Buchungswebsite und scrolle durch die verfügbaren Hotels. So sehr ich mich auf den Sommer freue und darauf, mehr Leute um mich herum zu haben, so wird es auch der erste Sommer sein, den ich allein verbringe. Es wird der erste

Sommer sein, in dem ich allein auf Partys und Veranstaltungen gehe, und ich habe das Bedürfnis, für eine Weile von hier wegzukommen, so weit wie möglich weg von diesem giftigen, glücklichen Zuhause am Ende der Straße, wo ich vermute, dass sie sich gerade gegenseitig das Hirn rausvögeln, bevor sie in den Tag starten - der zweifellos mit inspirierenden Projekten und interessanten Treffen gefüllt sein wird.

"Guten Morgen, Mrs. Kumar."

Ich schrecke auf und sehe eine Frau in einem weißen Tanktop und Jeansshorts am Pool stehen, in der Hand einen Werkzeugkasten. "Hi. Wer sind Sie?" Ich schirme meine Augen vor der Sonne ab und mustere sie eingehend. "Und wie sind Sie hier reingekommen?"

Die Frau hält einen Schlüsselanhänger hoch, der unsere Tore öffnet, und tippt gleichzeitig auf das Logo auf ihrer roten Baseballmütze. "Barry hat sich den Arm gebrochen; er wird in nächster Zeit nicht kommen, deshalb hat Pool Masters mich geschickt. Ich bin Belle."

"Oh. Wird Barry wieder gesund?", frage ich. Um ehrlich zu sein, kenne ich Barry nicht besonders gut, und ich dachte eigentlich, er hieße Larry. Obwohl er dreimal pro Woche den Pool wartet, ist er nicht sehr gesprächig. Als er anfing, bot ich ihm Kaffee und Erfrischungen an, aber er lehnte immer ab, so dass ich es schließlich aufgab.

"Ja, er wird wieder gesund. Er ist nur böse gestürzt." Der Blick der Frau wandert von mir zum Schwimmbecken, dann zu der hölzernen Luke, die die Fliesen am Beckenrand unterbricht und in den unterirdischen Maschinenraum führt. "Er hat mir gesagt, wo alles ist, also brauchen Sie nicht aufzustehen", fügt sie hinzu, als ich es gerade tun will.

"Okay. Sagen Sie mir Bescheid, wenn Sie etwas brauchen." Ich schenke ihr ein Lächeln. "Oh, und Belle?"

"Ja?" Sie bückt sich, öffnet die Luke, richtet sich wieder auf und wendet sich mir zu.

"Ich heiße Miss Amari. Ich bin keine Kumar mehr."

"Oh, das tut mir leid." Die Art und Weise, wie sie es sagt, klingt so, als würde sie sich eher auf meine Scheidung beziehen als darauf, dass sie den falschen Namen benutzt hat. "Ich ändere ihn im System."

"Danke, ich weiß das zu schätzen. Kann ich Ihnen einen Kaffee anbieten?" frage ich, weil ich nicht will, dass das Gespräch zu Ende ist. "Oder lieber etwas Kaltes?"

Belle schüttelt den Kopf und lächelt zurück. "Im Moment geht es mir gut. Der Pool sieht gut aus, also bin ich sicher, dass es nicht lange dauern wird."

Als ich sehe, wie Belle in den Maschinenraum hinabsteigt, stelle ich fest, dass sie nicht wie eine "Belle" aussieht. Belle klingt südländisch, und alles an ihr schreit nach New York; ihr Akzent und ihr Aussehen. Aber Belle ist auch ein sehr weiblicher Name, und diese Frau ist... vielleicht etwas grobschlächtig? Sie ist schlank und muskulös, und ihr Haar ist kurz und abgehackt. Normalerweise habe ich keine Vorurteile, aber die Art, wie sie sich bewegt und spricht, lässt mich denken, dass sie vielleicht lesbisch ist. Auf Frauen wie sie habe ich im College immer eine angenehme körperliche Reaktion gehabt, und ich glaube, ich fühle mich noch immer irgendwie zu Typen wie ihr hingezogen. Seit ich Sandeep kennengelernt habe, bin ich nur nicht mehr mit solchen Frauen zusammen gewesen.

Eine Nachricht von Sasha leuchtet auf meinem Handy auf und reißt mich aus meinen Gedanken. „*Hey hun, macht es dir was aus, mich auf dem Weg zum Yoga abzuholen? Die Haushälterin hat sich mein Auto geliehen.*"

„*Sicher. Wir sehen uns in einer halben Stunde*", antworte ich, stehe auf, hole eine Flasche kaltes Wasser aus dem Kühlschrank und koche noch einen Kaffee, falls Belle später einen möchte.

"Belle?", rufe ich und schaue die steile Betontreppe hinunter, die ich eigentlich noch nie gesehen habe.

"Ja?" Sie blinzelt gegen das helle Sonnenlicht und sieht zu mir auf.

"Ich muss bald gehen, also stelle ich das hier für Sie hin, falls Sie es wollen, okay?" Ich platziere die Getränke auf dem Beckenrand und schließe dann schnell meinen Bademantel, als ich merke, dass Belle auf mein Dekolleté starrt, während ich mich über sie beuge.

"Klar." Belle wendet schnell ihren Blick ab und sieht mir stattdessen in die Augen, aber auch das macht mich aus irgendeinem Grund nervös. Ihr Blick ist intensiv, ihr Ausdruck neugierig, als würde sie versuchen, mich einzuschätzen. "Vielen Dank, Miss Amari. Ich wünsche Ihnen einen schönen Tag, ich komme am Mittwoch wieder."

# Kapitel 2

## *Belle - Montag*

Das erste Haus, das ich heute besuche, ist absolut umwerfend, und die Frau, die hier wohnt, ist es auch. Sie stellt mir einen Kaffee und ein Wasser hin, plaudert einen Moment und wendet sich dann zum Gehen, aber nicht bevor ich einen weiteren Blick auf ihr Dekolleté erhasche. Erneut versuche ich, nicht hinzustarren. Sie ist so hübsch: Sie trägt langes, dunkles Haar, hat Augen wie Feuersteine und perfekt geschwungene Brauen. Sie ist zierlich und hat ein kindliches, fast schüchternes Lächeln, aber auch eine gewisse Traurigkeit an sich. Ich habe sie schon viele Male gesehen. Die Hamptons sind oft der Saloon der letzten Chance, ein Ort, an dem Paare ein Haus kaufen, um mehr Zeit miteinander zu verbringen und ihre Ehe zu retten, aber meistens gelingt es ihnen nicht, das Zerbrochene zu reparieren.

Ich weiß, dass sie ständig hier wohnt. Meinen Aufzeichnungen zufolge ist dieser Pool einer der wenigen, die über den Winter gewartet wurden. Normalerweise schocken wir das Wasser, indem wir unstabilisiertes Chlor hinzufügen, und dann ein Überwinterungsprodukt hinzufügen, um das

Becken vor der Winterabdeckung algenfrei zu halten, aber stattdessen wurde es zweimal beheizt. In den kalten Monaten muss es hier sehr einsam gewesen sein. Nur sehr wenige Menschen, die eine Zweitwohnung in Southampton besitzen, kommen zwischen Oktober und März hierher, und die Mietpreise sind so wucherisch, dass niemand daran denkt, im Winter zu mieten, weil es sich einfach nicht lohnt. Aber der Strand ist schön und ruhig, wenn es kalt ist, vielleicht gefällt ihr das ja.

Während ich die Wassertemperatur überprüfe, die in diesem speziellen Pool genau zwanzig Grad Celsius betragen soll, sehe ich, dass Miss Amari sich figurbetonte Sportkleidung angezogen hat und sich auf der Terrasse mit ihrer vermeintlichen Haushälterin unterhält. Vielleicht macht sie Yoga? Die Frauen hier machen alle Yoga. Sie sind immer bestrebt, gut auszusehen. Wenn das ihr Ziel war, dann hat sie es auf jeden Fall erreicht. Die schwarze knielange Strumpfhose und das Tanktop bringen ihre Kurven und ihre erstaunlichen Brüste zur Geltung, die vielleicht echt sind, vielleicht aber auch nicht. Sie ist durchtrainiert, und wenn sie sich streckt, erhasche ich einen Blick auf ihre honigfarbene Taille. *Augen auf den Pool, Belle,* erinnere ich mich.

Meine Arbeit ist in vielerlei Hinsicht faszinierend. Ich bekomme einen Einblick in ein Leben, das ganz anders ist als meines, einen Blick in eine andere Welt. Die Welt von Frau Amari ist reich, poliert und perfekt gestaltet, aber ich vermute, dass sie hier allein lebt und ihre Tage damit verbringt, sich zu fragen, was sie hätte anders machen können, um ihren Mann davon abzuhalten, fremdzugehen, und sich über etwas zu ärgern, das nicht ihre Schuld ist. Ich würde mein Leben um nichts in der Welt mit ihrem tauschen wollen. Ihre Küche ist so groß wie meine ganze Wohnung, und obwohl sie ein recht unauffälliges Auto fährt, kostet ihr Mercedes Hybrid immer noch mehr, als Pool Masters mir im gesamten Jahr zahlt.

Gerade als ich die Luke zum Maschinenraum schließe, klingelt mein Telefon. Ich schnappe mir meinen Kaffee und nehme den Anruf entgegen, während ich zum Ende des Hofes gehe. Durch das schmiedeeiserne Tor im Sicherheitszaun sehe ich eine Stelzenbrücke, die sich über die Dünen bis hinunter zum Strand erstreckt. Die Lage ist atemberaubend; das Haus liegt so nah am Meer, dass ich das sanfte Rauschen der Wellen hören kann. "Hey, Jules." Ich lächle, froh, von meiner Freundin zu hören. Sie ist auch die Booking-Managerin für eine Agentur, für die ich in Teilzeit arbeite, und sie ruft von ihrer Arbeitsnummer aus an.

"Hey, Babe. Gerade kam eine Buchung für heute Abend rein. Ich weiß, es ist ein bisschen kurzfristig. Bist du verfügbar?"

"Ja, kein Problem. Wo soll ich hin?"

"West End Road, Mrs. Ashworth. Sie hat gefragt, ob du früher kommen kannst, weil sie zuerst mit dir zu Abend essen möchte. Sie bietet siebenhundert Dollar extra."

"Tut mir leid, das kann ich nicht tun", sage ich. "Ich möchte Suki ins Bett bringen, bevor ich gehe. Aber die übliche Zeit ist für mich in Ordnung. Es ist völlig lächerlich, dass jemand bereit ist, siebenhundert Dollar zu zahlen, nur um mit mir zu Abend zu essen, und so verlockend es auch sein mag, irgendwo muss ich die Grenze ziehen, vor allem mit einer Vierjährigen. Außerdem neigen meine Kunden dazu, sich mitreißen zu lassen, wenn wir zu viel Zeit außerhalb des Schlafzimmers verbringen, und verwechseln die Realität mit einer Fantasie, für die sie viel Geld bezahlt haben. Mrs. Ashworth ist eine dieser Kundinnen, und ich möchte nicht, dass sie einen falschen Eindruck von uns bekommt.

"Okay, ich sage ihr, dass du um halb neun da bist."

"Großartig." Ich werfe einen Blick auf das Haus und senke meine Stimme, aber Miss Amari ist aus meinem Blickfeld verschwunden. "Irgendwelche besonderen Wünsche?"

Juliette schweigt einen Moment, vielleicht blättert sie in ihren Notizen. "Nein. Bring einfach deine Durchwahl mit." Sie gluckst. "Das Gleiche wie immer."

"Okay." Ich lache verschwörerisch und rolle meine Augen gen Himmel. "Ich bin um acht Uhr zur Abholung bereit." Mrs. Ashworth hat einen schmutzigen Verstand, aber ihr Wortschatz ist blitzsauber, und sie hat es sogar geschafft, ein Wort zu finden, das einen Strap-on unschuldig klingen lässt.

"Perfekt, viel Spaß. Und ganz persönlich: Wir sehen uns am Wochenende", sagt Juliette, bevor sie auflegt.

Ich stecke mein Handy zurück in die Tasche und genieße noch einen Moment die Aussicht, bevor ich mich auf den Weg zu meinem nächsten Job mache. Der Strand sieht heute einladend aus, das Meer liegt friedlich hinter dem Sand, der im goldenen Sonnenlicht glitzert. Es ist eine unbezahlbare Aussicht, die vom obersten Stockwerk des Hauses aus zweifellos noch spektakulärer aussieht. Ein Mann schlendert am Ufer entlang und wirft seinem Hund einen Ball zu. Der Labrador stürzt sich begeistert in den weißen Schaum, um ihn zu fangen, und kommt dann mit flatternden Ohren zurück, während er sein Fell vor den Augen seines Besitzers ausschüttelt, so dass der Mann laut lachen muss. Ich lächle, während ich sie beobachte, und denke an Suki, die mich seit Monaten anfleht, ihr einen Hund zu schenken. Wir haben in unserer kleinen

Wohnung nicht den nötigen Platz, und ich kann nicht erwarten, dass ihr Babysitter die Verantwortung für ein Kind und einen Hund übernimmt, wenn ich bei der Arbeit bin.

Hinter mir höre ich, wie sich Tore öffnen, und das rasselnde Geräusch reißt mich aus meinen Gedanken. Als ich mich umdrehe, um meinen Werkzeugkasten zu holen, sehe ich, wie Miss Amari in ihr Auto steigt und wegfährt.

# Kapitel 3

## *Reina - Montag*

"Geht es dir gut, Schatz?" Sasha sieht mich aufmerksam an. Es müssen die dunklen Ringe unter meinen Augen sein, die sie beunruhigen; ich habe in letzter Zeit schlecht geschlafen.

Ich bin kurz davor, mein übliches "Mir geht es gut" zu murmeln, aber die Art, wie sie fragt, bringt mich dazu, mich zu öffnen. "Nicht gut, um ehrlich zu sein", sage ich und fühle mich ein wenig unwohl, da ich seit Monaten kein ernsthaftes Gespräch mehr geführt habe. Sasha und ich reden nicht mehr wie früher, die Intimität ist weg. Die Abende, an denen wir vier - sie, ich, Sandeep und ihr Mann Igor - uns mit Cocktails betrunken haben, gefolgt von tiefgründigen Gesprächen am Feuerplatz, sind durch Yoga und grünen Saft ersetzt worden, und diese überfüllte, hipsterreske Kaffee- und Saftbar ist kein Ort, an dem man sich auf natürliche Weise öffnen würde. "Ich fühle mich einfach platt und..." Ich halte inne, zucke mit den Schultern und stecke einen Strohhalm durch den Deckel meiner Tasse, bevor ich von meinem Grünkohlsaft trinke. "Ich fühle mich einfach verdammt sinnlos und weiß nicht, was ich mit mir anfangen soll. Ich dachte, es würde irgendwann besser werden, aber es wird nur noch schlimmer."

"Hmm... Es tut mir leid, das zu hören." Sasha starrt mich an, während sie an ihrem eigenen Karotten-Apfel-Ingwer-Gemisch nippt. "Aber ist es nicht schön, das Haus für sich allein zu haben? Dein eigenes kleines Paradies, in dem du entscheidest, was passiert?"

"Nein, ich bin nicht gern allein dort. Es fühlt sich hohl an." Ich ziehe eine Augenbraue hoch und bin ein wenig irritiert, dass sie von meinem Geständnis überrascht zu sein scheint. "Was hast du denn erwartet? Dass ich überglücklich bin, dass mein Mann mich aus heiterem Himmel verlassen hat?"

"Nein, natürlich nicht. Ich dachte nur ..." Sasha räuspert sich. "Nun, es ist fast ein Jahr her, dass ihr euch getrennt habt, und ich dachte, du würdest deine Freiheit irgendwann zu schätzen wissen. Dass du dein neues Leben genießen würdest, sobald du dich daran gewöhnt hast, auf dich allein gestellt zu sein, verstehst du?"

"Du hast Recht", sage ich und erinnere mich daran, dass ich im Grunde genommen sehr viel Glück habe. "Ich sollte mich nicht beklagen. Ich habe genug Geld, um gut zu leben, ich habe ein schönes Haus, zwei wunderbare Kinder, meine Gesundheit..."

Sasha drückt meine Hand, als ich sie hebe. "Ich habe es nicht so gemeint. Du hast jedes Recht, verletzt, traurig und deprimiert zu sein; du wärst kein Mensch, wenn du es nicht wärst. Aber du kannst jetzt alles tun, was du willst, Reina. Alles. Und du tust nichts." Sie schweigt einen Moment lang und kaut auf ihrem Strohhalm. "Ehrlich gesagt, manchmal beneide ich dich."

"Wie kannst du das sagen?" Ich halte inne und erwidere ihren Blick. "Ich dachte, du wärst glücklich."

Sasha zuckt mit den Schultern und schüttelt unwillig den Kopf hin und her. "Ich bin... Wir sind es, aber es ist nicht mehr das, was es war, als wir uns zum ersten Mal trafen, und wir haben die Phase des Verliebtseins längst hinter uns. Igor und ich sind eher wie eine gut geölte Maschine, nehme ich an. Wir funktionieren reibungslos, aber unsere Ehe ist mechanisch geworden." Sie lehnt sich zurück und stößt einen langen Seufzer aus. "Hast du nie davon geträumt, neu anzufangen? Auch nicht, als du mit Sandeep zusammen warst?"

"Nein. Meine derzeitige Situation ist mein schlimmster Albtraum. Ich würde meine Familie nie verlassen."

"Das weiß ich. Aber hast du nie davon geträumt, mit jemand anderem zusammen zu sein?"

"Das ist nicht dasselbe", sage ich entschlossen. Ich hatte nicht erwartet, dass unser Gespräch in diese Richtung gehen würde. Ehrlich gesagt, weiß ich nicht, was ich erwartet habe. Ein wenig Mitleid vielleicht? Ein paar beruhigende Worte, dass sie mir sagt, dass alles in Ordnung sein wird? Aber stattdessen scheint sie eifersüchtig auf meine Freiheit zu sein.

"Hast du aber, oder?" Sasha drängt weiter.

"Jeder phantasiert, aber das bedeutet nicht, dass ich aussteigen wollte, oder dass ich es ausleben würde. Es bedeutet nicht, dass ich wollte, dass mein Herz und unsere Familie auseinanderbricht. Sandeep hat seine Fantasie Wirklichkeit werden lassen, ich nicht. Das ist der Unterschied."

Sasha nickt und schaut aus dem Fenster, um einem Jogger zu folgen, der gerade vorbeiläuft. Er ist gut zehn Jahre jünger als wir. Gutaussehend und mit einer tollen Figur. "Kannst du ein Geheimnis für dich behalten?", fragt sie.

"Natürlich."

"Es könnte mein Leben ruinieren, wenn das, was ich dir jetzt sage, herauskommt", fährt sie fort und wendet sich mir mit einem warnenden Blick zu, um mir zu zeigen, dass sie es noch nie so ernst gemeint hat.

"Ich verspreche, dass ich es keiner Seele erzählen werde." Ich bin erleichtert, dass sie sich sicher genug fühlt, um sich mir anzuvertrauen. Es bedeutet, dass unsere enge Freundschaft das letzte Jahr überlebt hat und dass sie mich immer noch in ihrem Leben braucht, auch wenn sie heutzutage viel mehr mit Sandeeps neuer Freundin abhängt als mit mir.

"Ich habe Igor betrogen", sagt sie und ihre großen, blauen Augen weiten sich, als würde sie ihr Geständnis sofort bereuen.

"Das hast du nicht..." Ich beuge mich vor und flüstere weiter. "Ist das dein Ernst?"

"Ja." Sasha lehnt sich ebenfalls vor und senkt ihre Stimme. "In letzter Zeit habe ich mich gefragt, wie es wohl wäre, nach zwanzig Jahren mit demselben Mann mit jemand anderem zu schlafen. Um ehrlich zu sein, habe ich an kaum etwas anderes gedacht." Sie hält inne. "Und so habe ich es getan."

"Okay." Ich versuche, nicht zu schockiert zu klingen, denn ich möchte, dass sie sich wohl fühlt, wenn sie mit mir spricht. Sasha, meine Freundin, eine liebevolle Mutter und treue Ehefrau, hat ihren reichen, gutaussehenden, sympathischen und erfolgreichen Mann betrogen. "Wie ist das passiert? Hast du einfach jemanden getroffen, zu dem du dich hingezogen gefühlt hast?"

"Nein, ich habe jemanden eingestellt, zu dem ich mich hingezogen fühle." Sie wirft einen Blick zur Tür, um sich zu vergewissern, dass niemand aus unserem Yogakurs die Räumlichkeiten betreten hat.

"Was meinst du?"

"Komm schon, Reina. Du weißt genau, was ich meine." Sasha zieht eine Visitenkarte aus ihrer Handtasche, auf der 'Hamptons' Escorts' steht, und reicht sie mir. "Ich habe sie auf der Toilette einer Strandbar gefunden. Als ich nach Hause kam, habe ich mir gleich die Website angesehen, und letzte Woche, als Igor wegen der Arbeit auf Reisen war und die Kinder bei Freunden in New York waren, habe ich einen sexy jungen Mann gebucht, der mir die Nacht meines Lebens beschert hat."

"Nein..." Meine Kinnlade fällt weit herunter.

"Aha. Ben war neunundzwanzig, groß, blond und durchtrainiert, und er hat mich zweitausendfünfhundert Dollar plus Reisekosten gekostet. Das war es mir so was von wert." Sie leckt sich über die Lippen und schenkt mir ein verruchtes Lächeln. "Er kam zu uns nach Hause und ich war super nervös, aber er hat es geschafft, mich zu beruhigen. Wir haben etwas zusammen getrunken, er hat mich massiert und danach hatten wir stundenlang unglaublichen, animalischen Sex, wie ich ihn noch nie erlebt habe."

"Scheiße... Also war es gut?"

Sasha kichert und spielt mit einer Locke ihres bleichblonden Haares. "Ja, es war überirdisch gut. Es war so gut, dass ich nicht aufhören kann, daran zu denken. Der Vorteil ist, dass ich mir keine Sorgen machen muss, dass er mich anruft, und ich fühle mich nicht schuldig, weil keine Gefühle im Spiel sind. Ich kenne Bens richtigen Namen nicht, ich bin nicht in ihn verliebt, er ist nicht in mich verliebt und so wird meine Ehe diese seltsame Phase, die ich gerade durchmache, überleben. Es könnte sogar sein, dass meine Ehe dadurch stärker wird, weil ich nicht mehr woanders nach Ablenkung suche und ich das, was ich habe, viel mehr zu schätzen weiß, wenn das Sinn macht."

Für mich macht das überhaupt keinen Sinn, aber das sage ich nicht. Ich trinke meinen Saft aus und denke darüber nach, was sie mir gerade erzählt hat. "Hast du vor, es wieder zu tun?"

"Vielleicht, wenn sich eine andere Gelegenheit ergibt. Es macht irgendwie süchtig." Sasha verschränkt die Arme vor sich und schürzt ihre geschwungenen Lippen. Sie ist die typische Hamptons-Mutter. Sie ist immer gut gekleidet, ihre Nägel und Haare sind tadellos. "Hör mal, ich war achtzehn, als ich Igor kennenlernte - ein Jahr älter als du, als du Sandeep kennenlerntest - und Ben ist erst der dritte Mann, mit dem ich Sex hatte."

"Sandeep ist der *einzige* Mann, mit dem ich je geschlafen habe", sage ich und stelle meine Tasse ab, die so leer ist wie mein Leben. "Der einzige." Es ist eine traurige Tatsache, aber sie war wahr.

Sasha keucht. "Gott, ich dachte, ich wäre eine Heilige. Wieso haben wir dieses Gespräch nie geführt?" Sie pfeift durch ihre Zähne. "War es überhaupt gut mit ihm?"

"Was? Der Sex?" Ich halte einen Moment inne, um darüber nachzudenken. "Es war okay, nehme ich an. Ich habe nichts, womit ich es vergleichen könnte. Aber Sex war nie so wichtig für mich. Hauptsächlich ging es mir um Liebe, Verbundenheit und Vertrauen."

Sasha will gerade etwas erwidern, als eine Nachricht auf ihrem Handy eingeht und sie frustriert aufstöhnt. "Verdammt noch mal. Igor will, dass ich seine Sachen in der Reinigung abhole. Unsere Haushälterin hatte einen Notfall - deshalb hat sie sich mein Auto geliehen - und ich dachte, das könne warten, aber er braucht sein weißes Lieblingshemd für ein Meeting heute Nachmittag, sonst überlebt er den Tag nicht."

"Kann er es nicht selbst abholen?"

"Anscheinend nicht." Sasha rollt mit den Augen. "Macht es dir etwas aus, wenn wir auf dem Rückweg dort anhalten?"

"Nein, das ist in Ordnung. Ich bin bereit zu gehen, wenn du es bist." Ich schiebe ihr die Karte wieder zu, aber sie schüttelt den Kopf.

"Ich hätte sie loswerden sollen, aber ich hatte das seltsame Bedürfnis, sie als Erinnerung zu behalten. Schau dir ihre Website an, vielleicht inspiriert sie dich." Sie wirft sich ihre Handtasche über die Schulter und steht auf. "Dieses Gespräch ist aber noch nicht zu Ende, ich habe dir noch so viel zu erzählen. Wollen wir uns später in der Woche bei einem Glas Wein unterhalten?"

"Ja, auf jeden Fall", sage ich, wobei meine Antwort etwas eifriger ausfällt, als ich es beabsichtigt habe. Erleichtert, dass Sasha und ich anscheinend wieder da sind, wo wir waren, bevor mein Leben auseinanderfiel, schnappe ich mir meine Handtasche und meine Yogamatte. Es ist das erste Mal seit meiner Scheidung, dass ich das Gefühl habe, ein sinnvolles Gespräch geführt zu haben, und ich kann es kaum erwarten, dass wir das fortsetzen, was wir angefangen haben. "Wie wäre es mit morgen?"

"Ich kann nicht. Wir haben eine Dinnerparty. Aber ich kann am Donnerstag."

"Donnerstag passt mir gut." Ich brauche gar nicht erst in meinen Terminkalender zu schauen, denn der ist in letzter Zeit so gut wie leer. Abgesehen davon, dass die Sommersaison noch nicht begonnen hat, werden Singles im Allgemeinen nicht zum Mittag- oder Abendessen eingeladen. Partys, klar. Sie wollen, dass wir die Zahlen ausgleichen.

Aber gesellige Veranstaltungen, bei denen man tatsächlich miteinander spricht, scheinen nur Paaren vorbehalten zu sein.

"Großartig." Sasha verweilt einen Moment, dann tritt sie vor und umarmt mich. "Ich vermisse dich, Reina."

"Ich vermisse dich auch", sage ich und schlucke den Kloß in meinem Hals hinunter. Ich überlege, ob ich die Visitenkarte in den Mülleimer neben der Tür werfen soll, als wir rausgehen, aber ich überlege es mir anders und stecke sie stattdessen in meine Sporttasche. Es ist nichts für mich, aber ich bin trotzdem neugierig...

# Kapitel 4

## *Belle - Montag*

"Mami!"

"Hey, Süße." Ich knie mich hin und umarme Suki, als sie sich in meine Arme wirft. Sie ist immer glücklich, wenn ich nach Hause komme, und mein Herz füllt sich in jeder Minute, in der sie bei mir ist, mit Liebe. Ich atme tief in ihr Haar ein, drücke sie fest an mich und küsse ihre Stirn. "Warst du brav?"

"So gut wie Gold", sagt Jackie, ihr Kindermädchen. "Und, gehst du später noch weg?"

"Ja, aber nicht nur für eine Weile. Bist du sicher, dass du bleiben kannst? Es war alles ein bisschen kurzfristig."

Jackie lächelt. "Kein Problem, Hun. Soll ich etwas für uns kochen?"

"Keine Chance, ich mache das", sage ich, wohl wissend, dass Jackie Ende sechzig ist und schon den ganzen Nach-mittag auf den Beinen war. "Warum gehst du nicht und entspannst dich oder machst ein Nickerchen? Suki kann mir helfen, das Abendessen zu machen."

"Ja!" Suki schnappt sich ihren Hocker und schiebt ihn

zur Küchenarbeitsplatte. Sie liebt es, mit anzupacken, und selbst wenn das bedeutet, dass ich Ewigkeiten damit verbringen muss, hinter ihr aufzuräumen, ist es das Lächeln in ihrem Gesicht einfach wert.

"Danke, Suki." Ich setze den Wasserkocher auf, um Jackie eine Tasse Tee zu machen, und führe sie zur Couch.

"Hey, ich bin vielleicht alt, aber ich habe noch Kraft", protestiert sie, aber ich kann sehen, dass sie müde ist. Jackie hat nebenan gewohnt, als wir Kinder waren, und sie hat mehrere Tage in der Woche auf uns aufgepasst. Sie war immer wie eine Mutter für mich, und jetzt könnte ich nicht dankbarer sein, dass sie sich um Suki kümmert. Sie bringt und holt sie an drei Tagen in der Woche von der Vorschule ab, sie bleibt abends da, wenn ich Escort-Jobs habe, und wir essen meistens zusammen zu Abend, bevor ich wieder losfahre. An den Wochenenden gehört Suki jedoch ganz mir, so dass wir mehr Zeit miteinander verbringen können als die meisten Kinder mit berufstätigen Eltern.

"Bitte. Mach einfach ein Nickerchen." Ich reiche ihr eine Fleecedecke. "Wie wäre es mit gebratenem Reis?"

"Wenn jemand ein Nickerchen braucht, dann du", scherzt sie und schenkt mir ein verschmitztes Grinsen. Jackie weiß, was ich heute Abend vorhabe, und sie hat kein Problem damit. Ich habe ihr schon immer gerne alles erzählt, und so habe ich ihr auch von meinem Nebenjob erzählt, als ich angefangen habe. „*Solange es dir Spaß macht und sie dich mit Respekt behandeln, werde ich nicht darüber urteilen*", sagte sie mit einem Erröten auf den Wangen und fügte hinzu: "*Aber bitte erzähl es niemals deinem Vater.*"

Jackie und mein Vater haben eine seltsame Beziehung. Sie sind beste Freunde, aber mehr als das ist nie daraus geworden, auch wenn sie manchmal wie ein Ehepaar wirken. Als Jackie vor ein paar Jahren nach Sag Harbor zog, schlug sie vor, dass sie sich um Suki kümmern könnte. Sie hatte nie eine eigene Familie, vielleicht, weil sie immer darauf wartete, dass mein zerstrittener und unentschlossener Vater sie um ein Date bat. Das hat er nie getan, aber Suki ist wie ein Enkelkind für sie, und das Leben ist viel einfacher geworden, seit sie nur zwei Straßen weiter gezogen ist. Jackie gehört für mich zur Familie, und wenn die Zeit gekommen ist, werde ich mich im Gegenzug um sie kümmern. Genau das tun wir. Wir kümmern uns alle umeinander und machen das Beste aus einer sehr komplexen Situation mit einer schmerzhaften Geschichte.

"Ich will keinen Reis", schreit Suki aus der offenen Küche.

"Okay. Worauf hast du dann Lust?" frage ich sie. "Nudeln?"

Sie denkt einen Moment darüber nach und nickt dann. "Ja, Nudeln. Mit Brokkoli."

"Klar", sage ich. "Mit Brokkolisauce und Parmesan. Das ist eine tolle Idee." Zum Glück mag sie Gemüse. Laut Jackie war ich das Gegenteil, als ich jünger war, aber ich scheine meine Vorliebe für Süßes verloren zu haben. Ich reiche Suki einen Kopf Brokkoli und eine Schüssel, und sie beginnt eifrig, die Röschen abzuzupfen. Natürlich landet die Hälfte davon auf dem Boden, also nehme ich auch ein Sieb, um sie später zu waschen. "Hattest du einen schönen Tag mit Tante Jackie?"

"Ja", sagt sie flüsternd und konzentriert sich auf ihre Aufgabe. Ihre Unterlippe steht auf die bezauberndste Art und Weise hervor, während ihre kleinen Finger mit einem Blümchen spielen, das für ihren Geschmack zu groß ist.

"Und was ist mit der Schule? Was hast du heute Morgen gemacht?"

"Wir haben etwas über Tierbabys gelernt."

"Ach ja? Welche Art von Tierbabys?"

Suki hält kurz inne und wendet sich mir mit einem ernsten Stirnrunzeln zu. "Küken und Lämmchen. Sie werden im Frühling geboren, sind noch klein und werden dann groß."

"Das stimmt." Ich lächle sie an. "Wusstest du, dass Opa jetzt Lämmer hat? Sie wurden letzte Woche geboren. Wir können sie uns morgen ansehen, wenn du willst."

Daraufhin erhellt sich Sukis Gesicht. "Ja!" Sie wirft ihre Hände in die Luft und lässt dabei ein weiteres Blümchen fallen. "Können wir jetzt gehen?"

"Nein, Schatz, jetzt nicht. Wir werden morgen gehen. Du musst erst zu Abend essen und schlafen und dann kannst du mich wecken, okay?"

Suki schmollt einen Moment lang und überlegt, ob sie einen Wutanfall bekommen soll oder nicht. Sie ist in letzter Zeit etwas unberechenbar, aber man hat mir versichert, dass das ein ganz normales Verhalten für eine Vierjährige ist. "Okay", sagt sie schließlich und wendet ihre Aufmerksamkeit wieder dem Brokkoli zu. "Darf ich die Lämmchen anfassen?"

"Ja, wenn du sanft bist, kannst du sie anfassen. Sie sind noch Babys und du bist ein großes Mädchen, also musst du sehr vorsichtig mit ihnen sein."

"Ich bin vier!" Suki hält drei Finger hoch, schaut dann auf ihre Hand und fügt einen vierten hinzu.

Ich muss lachen und halte auch vier Finger hoch. „Ja, das bist du. Und bald wirst du fünf sein..."

"Fünf!" Suki hält nun sechs Finger hoch und grinst von einem Ohr zum anderen, weil sie weiß, dass sie schummelt.

Ich nehme sie hoch und küsse ihre pausbäckige Wange, und sie kreischt vor Freude. Von der Couch im Wohnzimmer aus höre ich Jackie lachen, und wie immer, wenn ich von Liebe überwältigt bin, nehme ich mir einen Moment Zeit, um zu schätzen, wie viel Glück ich habe.

# Kapitel 5

## *Reina - Montag*

Zurück im Haus schaue ich am Pool nach, ob Belle noch da ist, aber natürlich ist sie längst weg. Seltsamerweise bin ich ein wenig enttäuscht, dass unser Gespräch so kurzlebig war, also ignoriere ich das seltsame Flattern in meinem Inneren und versuche, an etwas anderes zu denken. Sie war nur hier, um meinen Pool zu warten, und ich sollte mich nicht so sehr für sie interessieren.

"Suchst du etwas?" Ich drehe mich um und sehe Nola hinter mir.

"Nein." Mir steigt die Hitze in die Wangen und ich fühle mich ertappt, obwohl ich mich auf meinem eigenen Grundstück befinde und nichts falsch gemacht habe. "Tut mir leid, dass ich heute Morgen nicht viel Zeit zum Plaudern hatte. Hattest du ein schönes Wochenende?"

"Es war gut", sagt sie. "Ich habe am Samstagmorgen gearbeitet... für den, der nicht genannt werden soll, aber ansonsten habe ich mich einfach mit meiner Familie entspannt."

"Großartig. Wie geht es den Kindern?" Ich verzichte heute darauf, nach Sandeep und Bree zu fragen. Es wird

29

langsam langweilig, und mir ist bewusst, dass ich allmählich wie eine verzweifelte Ex-Frau wirke, die nicht loslassen kann. Außerdem möchte ich nicht, dass Nola das Gefühl hat, sich für eine Seite entscheiden zu müssen; sie hat für Bree gearbeitet, bevor ich sie eingestellt habe.

Nola schenkt mir ein kleines Lächeln, als wüsste sie, dass mir die Fragen auf der Zunge brennen. "Sie sind meist wenig hilfreich und schwierig", scherzt sie. "Jack ist gestern den ganzen Tag im Bett geblieben, und Filipa kam in den frühen Morgenstunden betrunken nach Hause, nachdem sie am Samstagabend in einem Club war, aber wenigstens haben sie sich nicht in ernsthafte Schwierigkeiten gebracht. Zumindest nicht, soweit ich weiß."

Ich lache und lasse meine Sporttasche los, als sie sie mir abnimmt. "Das sind nur Teenager. Mach dir keine Sorgen, das geht vorbei."

"Wenn du meinst." Nola klemmt sich die Tasche unter den Arm. "Allerdings gab es am Samstag ein ernsthaftes Drama mit Sandeep und Bree", fügt sie hinzu und wendet mir ihre verengten Augen zu.

"Ach, wirklich?" Ich wölbe eine Augenbraue und spreche die Worte langsam aus.

"Ja." Nolas Gesichtsausdruck wird ernst, und sie nimmt meine Hand. "Versprichst du, dass dies ein Geheimnis zwischen dir und mir bleibt?"

"Natürlich." Ich meine es ernst; ich liebe Nola und würde niemals ihr Vertrauen missbrauchen oder ihren Job in Gefahr bringen. Aber es ist auch seltsam, dass sie heute die zweite Person ist, die sich mir anvertraut.

"Okay." Nola beißt sich auf die Lippe, offensichtlich will sie es unbedingt loswerden. "Das könnte dich verärgern..."

"Bitte, sag es einfach." Ich erhebe mich auf den Küchentisch, denn ich habe das Gefühl, dass ich mich für das, was jetzt kommt, besser hinsetzen sollte. "Haben sie sich getrennt?"

"Nein, es ist schlimmer als das. Bree ist schwanger", sagt sie dramatisch.

"Schwanger?"

"Ja, sie ist schwanger. Und Sandeep ist nicht glücklich, weil er ihr immer gesagt hat, dass er keine weiteren Kinder will." Sie deutet auf ihr Ohr. "Ich lausche nie, aber gleichzeitig höre ich alles, ob ich will oder nicht. In den meisten Haushalten bin ich unsichtbar."

"Scheiße..." Ich nehme mir einen Moment Zeit, um die Information auf mich wirken zu lassen. Mein Ex-Mann hat seine jüngere Freundin geschwängert. Nolas Augen treffen meine, und sie sieht mich mitleidig an. Sie hat mir immer gesagt, dass dies nur eine Phase sei und dass Sandeep und ich wieder zusammenkommen würden. "Ich nehme an, sie behält das Baby?"

"Ja. Sie war gegen Ende des ersten Trimesters, als sie es ihm sagte, und selbst wenn sie es nicht war, wollte sie schon so lange Mutter werden, wie ich für sie arbeite."

"Wow. Okay. Und Sandeep war anfangs nicht an Bord?"

"Nein. Aber er wird schon noch zu sich kommen. Er hat keine andere Wahl."

"Sie bekommen also ein Baby..."

"Ja." Nola zieht eine Grimasse, weil sie befürchtet, dass sie mich verärgert hat. "Geht es dir gut?"

"Ja, ich denke schon. Ich habe das einfach nicht kommen sehen." Ich lasse den Atem raus, den ich angehalten habe, und reibe mir das Gesicht.

"Ich glaube nicht, dass das jemand getan hat." Nola senkt ihre Stimme. "Abgesehen von Bree. Sie hat ihre Pille nicht genommen. Ich habe das Schlafzimmer aufgeräumt, und auf ihrem Nachttisch lag in den letzten sechs Monaten immer derselbe Streifen."

"Jesus." Meine Stimme wird noch lauter. "Sie hat das also geplant..."

"Ich glaube schon." Nola zuckt mit den Schultern. "Jedenfalls wollte ich dich nicht verärgern, ich dachte nur, du solltest es wissen."

Ich versuche zu analysieren, wie ich mich dabei fühle, und ehrlich gesagt, ist es ein Schlag ins Gesicht. Die Liebe meines Lebens fängt neu an und tut genau das, von dem ich dachte, dass er es nie mit einer anderen tun würde: eine Familie gründen. Familie ist alles für mich, und mein einziger Trost, als Sandeep mich verließ, war, dass er immer nur eine Familie haben würde, und ich würde immer Teil dieser Einheit sein. Es war etwas Heiliges zwischen uns, das wir geschaffen hatten. Jetzt wird er eine weitere Familie gründen, als wäre es nichts anderes als der Kauf eines neuen Autos oder eines Hauses, ob geplant oder nicht. "Danke, dass du mir das sagst. Meine Lippen sind versiegelt."

Nola nickt, dann macht sie sich daran, meine Tasche auszupacken. Sie wirft das Handtuch, meine Yogahose und mein Tanktop auf den Boden auf einen Haufen schmutziger Geschirrtücher und holt meine Wasserflasche heraus, um sie zu leeren. "Ich habe gesehen, dass es heute Morgen eine neue Pool-Dame gab", sagt sie und wechselt das Thema.

"Ja. Belle. Sie scheint nett zu sein." Ich nehme ihr schnell die Tasche wieder ab, damit sie die Visitenkarte im Seitenfach nicht findet.

"Oh." Nola klingt überrascht, dass ich ihren Namen kenne, und ich kann es ihr nicht verdenken. Ich habe Barry wohl schon ein paar Mal mit Larry angesprochen, und ich kann mich beim besten Willen nicht mehr daran erinnern, wie die Gärtner heißen, da die Agentur verschiedene Gärtner abstellt. "Bevor sie ging, schaute sie bei vorbei. Sie sagte, es sei alles in Ordnung und sie werde am Freitag den Sand im Filter austauschen. Anscheinend ist das schon eine Weile her."

"Ja, das stimmt." Ehrlich gesagt habe ich keine Ahnung, wann der Sand das letzte Mal ausgetauscht wurde, genau wie ich keine Ahnung von allem habe, was den Haushalt betrifft. Gott steh mir bei, ich weiß kaum, wo die Waschmaschine steht. "Hat sie gesagt, ob sie lange dafür brauchen wird? Ich weiß nicht mehr, wie lange es im letzten Frühjahr gedauert hat."

"Das hat sie nicht gesagt, aber es wird wahrscheinlich ein paar Stunden dauern." Nola sieht auf. "Warum? Passt dir Freitag nicht? Ich kann sie anrufen und sie bitten, an einem anderen Tag zu kommen, oder-"

"Nein, ist schon gut", unterbreche ich sie. "Ich bin nur neugierig, das ist alles." Mit einer Geste in Richtung Treppe sage ich: "Nun, ich werde ein Bad nehmen. Ich bin gleich wieder unten, wenn du einen Kaffee mit mir trinken willst."

Ich ziehe mich aus und lasse mir ein heißes Bad einlaufen. Das Hauptbadezimmer ist völlig minimalistisch und ganz in Weiß gehalten. Zwei eiförmige Waschbecken mit langen Spiegeln und zwei tiefe, begehbare Regenduschen nehmen die Ecken des quadratischen Raums ein, und eine riesige, ovale Wanne steht unter dem Fenster zum Pool hin. In der Mitte befindet sich ein Raumteiler mit Kleiderhaken und marmornen Umkleidebänken zu beiden Seiten. Ich habe lange darüber nachgedacht, wie ich es zu einem stilvollen und funktionalen Familienbad machen könnte, aber jetzt wirkt es eher wie eine schicke Umkleidekabine in einem privaten Fitnessstudio - steril und ohne Wärme - als die coole Strandatmosphäre, die ich anstrebte. Sandeep war das Superhirn hinter unserem beeindruckenden Haus. Er hat diese von der Mitte des Jahrhunderts inspirierte Villa mit Blick auf den Atlantik entworfen. Aber ich war die Hausfrau, und ich nahm diese Rolle sehr ernst. Natürlich war ich nicht annähernd so gut in der Innenarchitektur wie seine neue Flamme, die unser Wohnzimmer umwerfend aussehen ließ, aber ich tat mein Bestes. Ich war eine gute Mutter, eine gute Ehefrau, ich war hervorragend im Unterhalten, aber das war nicht gut genug für ihn, und er hat sich auf die dramatischste Weise weiterentwickelt. Vielleicht ist es auch für mich an der Zeit, weiterzuziehen. Ich hatte mir eingeredet, dass ich das getan hatte, aber diese Nachricht tat weh und hat schmerzhafte Erinnerungen wachgerufen.

Während ich mich in die gepolsterte Kopfstütze zurücksinken lasse, schließe ich die Augen und lasse mein Gespräch mit Sasha Revue passieren. Ich kann kaum glauben, dass sie mich um meine Situation beneidet. Sollte ich wirklich dankbar für die Möglichkeit sein, neu anzufangen? Und wenn ja, wo zum Teufel soll ich anfangen? Ist es nicht ein bisschen schäbig, eine Begleitung zu engagieren? Ist das nicht falsch? Darf ich das? Nein, ich glaube nicht. Was würde ich sagen, wenn meine Kinder es je erfahren würden? Ich hatte schon Fantasien über Sex mit anderen Partnern, klar. Ich habe sogar viele gehabt, aber nie über bezahlten Sex, und dieses Szenario erscheint mir extrem. Wenn ich alles haben könnte, was wäre es dann? Belles Lächeln blitzt vor mir auf und ich schüttle es mit einem Stöhnen ab.

Bevor ich Sandeep traf, schwanger wurde, eine Blitzhochzeit hatte, und Mutter wurde, war ich ein anderer Mensch, mit einem ganz anderen Lebensstil. Ich war College-Studentin und lebte in einer schönen Wohnung in Manhattan - dank meiner wohlhabenden Eltern, die zurück nach Beirut zogen, als ich siebzehn war. Sie dachten, dass meine Chancen, als Frau erfolgreich zu sein, in den USA besser wären, und ließen mich mit einer doppelten Staatsbürgerschaft und einer Haushälterin zurück, die zweifellos über jeden meiner Schritte Bericht erstattete, aber sie war freundlich und fürsorglich, und es machte mir nichts aus, auf mich allein gestellt zu sein. Damals blühte ich auf; ich war inspiriert, eine erfolgreiche Karriere zu machen und ein erfülltes Leben zu führen. Die Fotografie war meine Leidenschaft, und mein Traum war es, in Yale Fotografie zu studieren. Die Bewerbungen waren schon fertig und ausgefeilt, lange bevor ich sie einreichen konnte; sie lagen fein säuberlich in meiner Schreibtischschublade und warteten auf den Tag, an dem ich die High School abschloss. Ich habe viel gefeiert, war in Männer und Frauen verknallt, aber ich habe diesen Schwärmereien nie nachgegeben, und ich bin nie in den Teufelskreis von Alkohol und Drogen geraten. Ich habe gute Entscheidungen getroffen. Wenn sich damals eine "Schöne" für mich interessiert hätte, hätte ich sie wahrscheinlich aufgrund meiner Erziehung abgewiesen, denn mir wurde beigebracht, dass das falsch ist. Das ist zwar erst zweiundzwanzig Jahre her, aber es fühlt sich an wie ein ganzes Leben.

Und dann bat mich Sandeep eines Tages um ein Date. Er war ein kluger, charismatischer und gutaussehender Architekturstudent, und ich konnte keinen Grund finden, nein zu sagen, also sagte ich ja. Eine Verabredung führte zur nächsten und dann, bumm: Zehn Wochen später war ich schwanger. Das war ein Schock für uns beide, schließlich hatten wir verhütet. Unsere Eltern drängten uns zur Hochzeit, und so heirateten wir noch vor Eddies Geburt. Doch selbst jetzt, da wir wissen, dass wir viel zu jung für ein so ernstes Leben waren, bereue ich nichts. Als ich Eddie und fünf Jahre später Nicole bekam, fühlte ich mich wirklich ganz als Mensch.

Meine Eltern kauften uns ein schönes Stadthaus in Brooklyn, ich wurde Hausfrau und Mutter, und als Sandeep seinen Master machte und zu arbeiten begann, waren wir eine ziemlich wohlhabende Familie. Als er sich einen Namen gemacht und sein eigenes Unternehmen gegründet hatte, wurden wir zu dem, was die meisten Leute als "reich" bezeichnen würden.

Und jetzt bin ich hier, erst neununddreißig und habe kein Ziel. Ich habe bereits das Gefühl, ein ganzes Leben gelebt zu haben, und doch ist nichts davon übrig geblieben. Wir haben unser Haus in New York verkauft und das Haus in den Hamptons wurde nach der Scheidung auf meinen Namen überschrieben. Mein Vater hat mir eine Menge Geld hinterlassen, als er vor fünf Jahren starb. Wenn ich also vernünftig bin, muss ich mir nie wieder Sorgen um meine Finanzen machen. Aber ich brauche etwas, auf das ich mich konzentrieren kann, etwas, das mich als Person ausmacht. Etwas, in das ich mein Herz und meine Seele stecken kann, so wie ich es tat, als ich unsere Familie großzog. Etwas, das mich davon abhält, an meine kaputte Ehe und das glückliche Paar, das ein Baby erwartet, zu denken. Denn wer bin ich schon ohne diese Aufgabe?

# Kapitel 6

## *Belle - Montag*

"B, komm rein." Mrs. Ashworth, die Frau, die ich seit etwa einem Jahr alle zwei Wochen besuche, öffnet die Tür weiter und deutet mit einer Geste auf die scheußliche rosa Samtcouch. Inzwischen habe ich schon einiges über sie erfahren. Ich weiß, dass sie verheiratet und in den Fünfzigern ist und zwei Kinder hat. Ich weiß, dass sie eine stürmische Katze namens Mr. Handsome hat, und ich weiß, dass sie ein erfolgreiches Unternehmen leitet, das mit Mietwagen zu tun hat. Sie ist bisexuell, ein bisschen pervers und liebt Shopping, Rotwein und Minzschokoladeneis. Ich weiß auch, dass ihr Mann auf einer Geschäftsreise ist; das ist er immer, wenn sie mich bucht, und anscheinend drückt er ein Auge zu, wenn etwas passiert, während er weg ist. Gott weiß, was er selbst im Schilde führt; wahrscheinlich rechtfertigen sie so ihre Untreue voreinander. Vielleicht hält sie das zusammen, vielleicht treibt es sie auseinander. Wie auch immer, es ist nicht mein Problem, über das ich mir Sorgen machen muss.

"Du siehst toll aus", sage ich und werfe einen Blick auf ihr knappes, lila Kleid. Zu viel Bleiche in den Haaren und

37

zu aufgetakelt im Aussehen, sie ist nicht wirklich mein Typ, aber das macht nichts. Ich liebe Sex und ich liebe Frauen, und sie zum Orgasmus zu bringen, hat mir schon immer einen Kick gegeben. Mit meinem lukrativen Nebenjob kann ich das tun, wann immer ich will, ohne mich der komplexen und frustrierenden Welt der Verabredungen und Beziehungen unterwerfen zu müssen, und das hat mir bisher sehr gut getan. "Sehr heiß."

"Du Charmeur", gurrt sie und trottet in die Küche, um eine Flasche Wein zu öffnen. Cindy Ashworth - sie zieht es vor, wenn ich sie Mrs. Ashworth nenne - mag unsere Routine, die mit einem Glas Châteauneuf-du-Pape und ein bisschen Flirten beginnt, bevor wir zusammen ein Bad nehmen. Dann nimmt sie mich mit in ihr Schlafzimmer, wo ich das Sagen habe. Ich fessle sie, reize sie gnadenlos und ficke sie dann mit einem Strap-on, bis sie zu müde ist, um weiterzumachen. Sie hat mich schon oft gebeten, bei ihr zu übernachten, und war bereit, mich dafür zu bezahlen, dass ich sie im Schlaf halte, aber ich bin nie auf dieses Angebot eingegangen. Jackie erwartet mich kurz nach Mitternacht zu Hause und selbst wenn sie die ganze Nacht Zeit hätte, möchte ich zu Hause sein, wenn Suki aufwacht.

Ich nehme Mrs. Ashworth das Glas Rotwein ab und lege meine andere Hand über die Rückenlehne der Couch, damit sie sich in meine Armbeuge schmiegen kann. "Wie geht es dir heute?"

"Ach, weißt du..." Sie reibt sich die Schläfe. "Ich bin sehr beschäftigt und gestresst. Die Aktionäre sind an mir dran, und Mr. Handsome musste zum Tierarzt für seine Auffrischung, und dann konnte ich seinen Impfpass nicht finden und..." Sie unterbricht sich selbst, tätschelt meinen Oberschenkel und drückt ihn. "Wie auch immer, ich musste dich einfach sehen. Ich muss ein paar Spannungen abbauen." Sie klimpert mir mit ihren falschen Wimpern zu und senkt ihren Blick auf meine Lippen. "Du hast immer diese erstaunliche Art, mich zu entspannen und mich alles vergessen zu lassen."

"Ich bin froh, dass ich dir helfen kann." Und nur weil ich weiß, dass sie es hören will, füge ich hinzu: "Ich habe mich schon darauf gefreut, mich mit dir zu vergnügen."

"Mmm..." Mrs. Ashworth kichert, und dann springt Mr. Handsome zwischen uns und zischt mich an. "Hast du das gehört, Mr. Handsome? Mit B werde ich mich gut fühlen", sagt sie und ignoriert dabei die Tatsache, dass ihre Katze mich praktisch umzubringen droht. Wenn jemand eine Karikatur von Mrs. Ashworth zeichnen würde, wäre sie eine große Frau mit großen Lippen, hohen Wangenknochen, enormen Brüsten und einer aggressiven haarlosen Katze, die ständig auf ihrem Schoß sitzt.

"Ich glaube, er ist eifersüchtig", sage ich und halte ihm vorsichtig einen Finger hin, damit er daran schnuppert. Ich liebe Tiere, aber dieses hatte es schon immer auf mich abgesehen, und als er wieder faucht, ziehe ich meine Hand schnell zurück.

"Unsinn. Er ist ein Süßer", sagt sie und streichelt seinen Kopf. "Und du bist es auch." Sie deutet auf die Tasche, die ich neben die Couch gestellt habe. "Welche Leckereien hast du heute mitgebracht?"

"Wenn ich dir das sagen würde, wäre die Überraschung dahin, oder?"

"Mmm...", sagt sie wieder, und man sieht die Erregung in ihrem Blick. "Du weißt, ich mag Überraschungen." Ihre Oberlippe ist doppelt so groß wie ihre Unterlippe, und sie hat die Tendenz, sie hervorzuziehen. Die Fülllinie fühlt sich hart an, wenn ich sie küsse, aber es ist nicht unangenehm, nur anders. Die meisten weiblichen Begleitpersonen küssen nicht, aber diese Regel habe ich in meiner ersten Nacht abgeschüttelt. Im Laufe meines Lebens habe ich viel mehr Frauen geküsst, als ich jetzt regelmäßig sehe, und wenn ich alles steril und klinisch halten würde, könnten meine Kunden genauso gut einen Vibrator benutzen. Sie wollen eine Frau spüren, das Gewicht eines Körpers, der sich über sie legt. Sie wollen Wärme, Zuneigung und Bewunderung. Sie wollen jemanden, der sie so behandelt, wie sie es verdienen, behandelt zu werden, und das kann ich besser als jeder andere. Ich muntere sie auf, wenn sie niedergeschlagen sind, und ich gebe ihnen etwas, auf das sie sich freuen können. Wenn ich gehe, haben sie alle ein Lächeln im Gesicht, und das macht mich im Gegenzug glücklich.

Ich fahre mit meiner Zunge über ihre Lippen und sie stöhnt leise. Wir küssen uns, tief, hart, wild. Ich empfinde nur Befriedigung, wenn ich ihre Lustlaute höre, und es macht mich nicht an, aber es ist auch nicht unangenehm. Meine Hand gleitet in den Ausschnitt ihres Kleides und streichelt ihre Brüste. Ich kneife in ihre Brustwarze und lächle gegen ihre Lippen, als sie laut stöhnt und sich auf der Couch hin und her bewegt. Ich weiß, dass es ihr gefällt, also kneife ich fester zu, bis ihr ein gutturales Stöhnen entweicht.

"Böses, böses Mädchen", flüstere ich und bringe meinen Mund an ihr Ohr. "Du machst zu viel Lärm. Was, wenn dein Mann nach Hause kommt und uns hört?" Das ist genau das, was sie von mir hören will, und ich spüre bereits, wie sich ihr Brustkorb an meiner Hand schnell hebt und senkt.

"Es tut mir leid, ich werde still sein", sagt sie. Bald wird sie es aber wieder tun, nur damit ich einen Grund habe, sie zu bestrafen.

"Ist dein Whirlpool warm?" Ich deute auf die Schie-betür an der Rückseite. Normalerweise gehen wir in ihr eigenes Bad, aber ihr Blick verrät mir, dass es ihr gefällt, dass ich heute Abend etwas anderes vorschlage.

"Aha", sagt sie mit schwerem Atem.

"Gut. Ich habe nämlich ein paar neue wasserfeste Spiel-zeuge mitgebracht." Ich trete zurück, damit ich ihr in die Augen sehen kann. "Aber du musst ganz leise sein, sonst könnten dich die Nachbarn hören. Kannst du das tun?"

Mrs. Ashworth nickt eifrig, und ich stehe auf, nehme meine Tasche und bringe sie nach draußen. Es ist eine wunderschöne Nacht, warum sie also nicht genießen? Der Himmel ist rot gefärbt, als wir den Whirlpool auf der hinteren Terrasse erreichen, und ein paar einsame Wolken treiben dunkel gegen das Purpur. Mrs. Ashworth hat zwar keinen Meerblick, dafür aber einen riesigen Garten mit einem makellosen Rasen, der sich hinter dem Pool weit ausdehnt. Aus jeder Ecke ragen Palmen und tropische Pflanzen, und neben dem Whirlpool gibt es eine stilvolle Bar, die mindestens zehn Personen Platz bietet. Mit den vielen gut gekleideten Menschen, die sich hier tummeln, könnte es leicht als Szene aus einem Slim-Aarons-Foto durchgehen, aber heute Abend sind es nur sie und ich und die Stille eines einfallslosen, wohlhabenden Viertels. Ich öffne meine Tasche und bereite mich im Geiste darauf vor, ihr den bisher besten Abend zu bereiten. Ich strebe immer danach, die Beste zu sein.

## Kapitel 7

# *Reina - Dienstag*

Die Website des Escort-Services sieht hochwertig aus. Sie ist in keiner Weise schäbig, und auf der ersten Seite gibt es nicht einmal Hinweise auf Sex. Kein Rot, kein Rosa, nur Weiß- und Grautöne. Unter dem Dropdown-Menü befindet sich ein hübsches Schwarz-Weiß-Bild eines Mannes und einer Frau, die in einem schicken Restaurant speisen. Auf den ersten Blick sehen sie wie ein ganz normales Paar aus, aber bei näherer Betrachtung trägt die Frau einen Unterhosenanzug und der Mann hat seine Hand auf ihrem Knie unter dem Tisch.

Die Registerkarten "Unsere Damen" und "Unsere Herren" oben auf der Seite leiten mich zu den Begleitpersonen, und instinktiv fühle ich mich zu der Liste der weiblichen Begleitpersonen hingezogen. Es gibt einen Filter für "nur Männer", "bisexuell" und "nur Frauen", und ich klicke auf letzteres. In dieser Rubrik erscheinen nur fünf Frauen, und das überrascht mich nicht. Ich vermute, dass nur sehr wenige weibliche Kunden hier eine weibliche Begleitung buchen, und ich spüre ein unangenehmes Gefühl - das Gefühl, dass mit mir etwas nicht stimmt, selbst wenn ich nur schaue. Jeder, den ich außer Sasha kenne, würde mich für einen Widerling halten, weil ich online nach Escorts suche, und ich mache mir eine Notiz, meinen Suchverlauf zu löschen, falls Nicole sich am Wochenende meinen Laptop ausleiht.

Es ist nicht ganz richtig, dass es mich fast sofort in den weiblichen Bereich gezogen hat, aber die Vorfreude flammt immer noch in mir auf, wenn ich durch die Profile der Frauen blättere, die für F/F-Sex zur Verfügung stehen. ‚Angel‘, die erste, sieht zu gut aus, um wahr zu sein. Sie hat eine perfekte Figur, lange blonde Haare, große blaue Augen und sieht auch noch super hetero aus. Die zweite und dritte Frau, 'Red' und 'Tatiana', haben ein Gothic-Aussehen und sind auf S&M spezialisiert. Das macht mir ein bisschen Angst, also lasse ich sie links liegen. Mit ihren schwarzen Haaren und dem dunklen Make-up sehen sie mit Peitschen und Auspeitschern zu einschüchternd aus, um sie auch nur in Betracht zu ziehen. Nicht, dass ich das tatsächlich tun würde, natürlich.... *Oder doch?*

"Nein", murmle ich laut, dann nehme ich einen Schluck von meinem Weißwein. Ich habe schon mehr getrunken, als ich sollte, aber die Nachricht, dass Bree schwanger ist, hat mich aufgewühlt, und ich brauche den Wein, um meine Gedanken zu betäuben. Gleichzeitig hat mich der Wein dazu gebracht, die Visitenkarte, die Sasha mir gegeben hat, aus meiner Sporttasche zu ziehen, und jetzt sitze ich in Sandeeps altem Büro hinter meinem Laptop. Ich habe die Tür abgeschlossen, was lächerlich ist, denn ich bin die Einzige hier. Es fühlt sich irgendwie schmutzig und verdorben an, aber ich erinnere mich daran, dass dies nur eine Idee ist, eine Fantasie, die sich zusammenbraut. Auf dieser Website zu sein, ist das Ungezogenste, was ich je getan habe, und es fühlt sich wie ein bedeutender Moment an; der Punkt, an dem ich meine langweilige, sichere Existenz wieder in die Hand nehme und beschließe, dass ich tun darf, was immer ich verdammt noch mal will. Ich brauche Sandeep nicht; er hat mich verletzt, er ist weitergezogen, und ich muss ihn gehen lassen und aufhören, in der Vergangenheit zu schwelgen. Ich gehöre nicht mehr zu ihm und er gehört nicht zu mir. Zwischen den Laken brauche ich ihn ganz sicher nicht; es war sowieso nie so toll, und vielleicht ist es jetzt an der Zeit, dass ich entdecke, worum es mir geht, denn Sasha hatte recht; ich könnte an diesem Punkt meines Lebens alles tun, und doch tue ich nichts.

Ich scrolle weiter nach unten und mein Atem stockt, als ich die vierte lesbische Begleitung auf der Seite sehe. Ich registriere zunächst nicht genau, was meine Aufmerksamkeit auf ihr Gesicht lenkt. Irgendetwas kommt mir seltsam bekannt vor, und dann fällt es mir wie Schuppen von den Augen.

"Belle", murmele ich leise und nehme noch einen großen Schluck von meinem Wein, dann fülle ich das Glas wieder auf. Sie ist wirklich süß, mit ihren Grübchen und ihrem frechen Lächeln. Ihre großen, braunen Augen, die mich auffordern, auf sie zu klicken, starren spielerisch in die Linse. Warum arbeitet sie für einen Begleitservice? Sie hat bereits einen Job und scheint überhaupt nicht der Typ dafür zu sein, aber wir haben ja auch nur ein paar Sätze ausgetauscht. Niemand weiß, welche dunklen Geheimnisse die Menschen hinter verschlossenen Türen verbergen. Sie ist unter dem Namen 'B' registriert, und im Gegensatz zu den anderen sieht sie eher fröhlich als verführerisch aus. Das macht sie irgendwie zugänglicher, aber gleichzeitig hat sie auch etwas extrem Sexuelles an sich. "Fuck." Ich muss zugeben, dass ich sie ungeheuer attraktiv finde. Ich scrolle durch ihre drei Profilfotos und betrachte jedes einzelne von ihnen ausgiebig, wobei ich jedes Detail von ihr aufnehme. Im Gegensatz zu den anderen, die teure Dessous tragen, hat Belle eine Jeans und ein graues Jersey-T-Shirt an. *„Vertrau mir, ich sehe nackt gut aus"*, steht darunter, und ich kichere, zum Teil, weil ich sie in echt gesehen habe und keinen Zweifel daran habe, dass sie nackt umwerfend aussieht, und zum Teil, weil es ein bisschen eingebildet ist, und das amüsiert mich.

*„Ich werde dich fühlen lassen, wie es kein Mann oder keine Frau je getan hat."* Eine weitere gewagte Aussage, aber ich glaube ihr. Hitze breitet sich zwischen meinen Schenkeln aus, als ich mir ihren Mund an meinem Hals vorstelle, ihren Körper über meinem, ihre Hände, die über mein nacktes Fleisch wandern... Es ist lange her, dass ich mich erregt gefühlt habe, und es ist eine angenehme Überraschung.

Ich gehe zurück zu ihrem Hauptprofilbild - der Nahaufnahme - und starre minutenlang auf ihr charmantes, jugendliches Gesicht, während ich meinen Wein austrinke. Sie ist nicht viel jünger als ich - dreiunddreißig, wie ich ihrem Profil entnehme -, aber sie hat diese Ausstrahlung, die mich anzieht und mir Lust auf sie macht wie nichts anderes. Natürlich klicke ich nicht auf die Schaltfläche "Buchen", aber ich schaue mir ihre Verfügbarkeit an. Drei Abende pro Woche, 20:30 bis 24 Uhr. Zweitausendsiebenhundert Dollar. *Ein Drink, eine Dusche und dann, was immer dich zum Schreien bringt.*

*Für diesen Preis sollte sie besser gut sein.* Sofort schäme ich mich dafür, dass ich das überhaupt gedacht habe, denn wie kann man einen Preis für einen menschlichen Körper festlegen? Und selbst wenn ich wollte, könnte ich sie niemals buchen. Es wäre mir höchst unangenehm, sie am nächsten Tag zu sehen, wenn sie nach einer Nacht, in der sie meinen Körper verführt hat, an meinen Pool kommt, und ich weiß nicht einmal, ob ich auf Sex mit einer Frau stehen würde. Die kühle, gelassene, libanesische Frau in mir lässt mich vor Schreck über meine eigenen Gedanken aufspringen. *Was zum Teufel tue ich da?*

Abrupt klappe ich den Laptop zu, klemme ihn mir unter den Arm und gehe nach unten. Draußen ist es dunkel und stürmisch, aber der Strand ruft nach mir. Ich war seit letztem Sommer nicht mehr dort unten, weil ich Angst hatte, Sandeep und Bree bei einem romantischen Spaziergang zu begegnen. Aber bei diesem Wetter werden sie nicht unterwegs sein, und ich verspüre den Drang, kilometerweit zu laufen, um den starken Windböen zu trotzen, die gegen die verstärkten Fenster blasen, die sich über die gesamte Länge des Hauses erstrecken. Ich muss einen klaren Kopf bekommen, nachdenken, mir einen Plan zurechtlegen, der mir im Leben eine Richtung gibt. Aber vor allem muss ich Belle aus meinem Kopf verbannen, bevor die Vorstellung, mit ihr Sex zu haben, jeden Zentimeter meiner Vorstellungskraft in Beschlag nimmt.

# Kapitel 8

## *Belle - Mittwoch*

"Mami, ich will die Lämmer sehen."

"Schatz, heute nicht, okay? Ich verspreche, dass wir am Wochenende wieder auf Opas Farm vorbeischauen." Ich fahre mit der Hand durch Sukis dunkles Haar und drücke ihr einen Kuss auf die Wange.

"Aber warum können wir nicht jetzt gehen?" fragt Suki.

"Weil ich arbeiten muss. Jackie wird kommen. Du liebst Jackie, nicht wahr?"

Suki zuckt mit den Schultern und setzt ihr schmollendes Gesicht auf, wobei sie ihre Unterlippe vorschiebt. "Ja, aber Jackie will mich nicht zu den Lämmchen bringen und ich will die Lämmchen sehen."

Ich halte dreimal den Atem an und lächle sie an. Ich liebe Suki mehr als das Leben selbst, aber sie ist in diese sture Phase eingetreten, in der jede Frage mit einer weiteren Frage beantwortet wird, und sie hat Obsessionen, die monatelang andauern. Die neueste Besessenheit betrifft Opas Lämmer, die ich ihr gestern gezeigt habe. Suki saß in einem weißen Kleid auf seinem Feld und sah aus wie ein kleiner Engel, während die Lämmer um sie herum hüpften. Sie war ganz begeistert von den Tieren und möchte immer wieder dorthin zurückkehren. Sie kann von nichts anderem mehr reden. "Wir werden sie am Samstag besuchen. Nur noch drei Mal schlafen."

"Warum muss ich schlafen? Ich mag nicht schlafen."

Als es an der Tür klingelt, stoße ich einen Seufzer der Erleichterung aus und lasse Jackie herein. "Hey, Jackie. Mach dich auf was gefasst, sie ist heute mit dem falschen Fuß aufgestanden."

"Was gibt es Neues?" Jackie kichert und nimmt Suki auf den Arm, um sie zu knuddeln. "Nichts, womit ich nicht zurechtkomme. Ich gehe mit ihr auf den Spielplatz. Wann bist du zurück?"

"Ich komme heute vielleicht etwas später als sonst; wir müssen nach dem Sturm von gestern Abend aufräumen. Macht es dir etwas aus?

Jackie schüttelt den Kopf und schenkt mir ein Lächeln. "Keineswegs. Ich gehöre ganz dir."

"Ich kann dir gar nicht genug danken. Ich habe in letzter Zeit so viele Überstunden gemacht, dass ich mir den Nachmittag frei nehmen wollte, um mich mit meinem neuen Buchhalter zu treffen, aber es sieht so aus, als ob ich den ganzen Tag damit beschäftigt sein werde, Laub zu beseitigen. Ist um fünf in Ordnung?"

"Kein Problem. Wie läuft's mit dem Buchhalter?"

"Okay, denke ich. Ich bin fast fertig und treffe mich nächste Woche mit einem Großhändler, um meine erste Bestellung aufzugeben."

"Wie aufregend!" Jackie setzt Suki auf ihre Hüfte und sieht sie an. "Mami wird ein florierendes Geschäft eröffnen, wusstest du das? Sie wird die Partykönigin *der Hamptons* sein. Weißt du, was eine Partykönigin ist?" Wir lachen beide, als Suki mit einem albernen Grinsen den Kopf schüttelt. "Mami wird viele Leute mit lustigen Sachen für den Pool sehr glücklich machen."

"Pool?" wiederholt Suki und sieht zu mir auf. "Du arbeitest in einem Pool." Ich glaube nicht, dass sie schon mal in einem war, wir gehen immer an den Strand. Anders als die meisten Leute in den Hamptons haben wir keinen Pool oder gar einen Garten und müssen uns mit dem Balkon begnügen. Mein Vater und Jackie haben auch keinen Pool und meine Freundin Juliette auch nicht. Alle meine Kunden haben einen, aber sie leben in einer anderen Welt. Nicht unbedingt in einer glücklicheren oder besseren, nur in einer anderen, und ich hoffe wirklich, dass das Aufwachsen auf einer wohlhabenden Halbinsel Suki nicht in dem Sinne beeinträchtigt, dass sie sich benachteiligt fühlt, denn sie ist ein glückliches Kind, das mit Liebe und Aufmerksamkeit überschüttet wird.

"Das ist richtig. Es ist ein Loch im Boden, das mit Wasser gefüllt ist", sage ich und füge dann hinzu: "Aber es ist ein bisschen langweilig. Es gibt keinen Sand, deshalb macht der Strand viel mehr Spaß."

"Oh." Suki schnappt sich ein Stück des mit Honig getränkten Pfannkuchens und stopft ihn in den Mund, scheinbar zufrieden mit meiner Erklärung. Sie liebt den Strand und zum Glück wohnen wir in der Nähe.

Ich klaue ihr ein Stück Pfannkuchen, greife nach meiner Handtasche und drücke ihre Schulter. "Ich muss los, Schatz. Wirst du brav sein?"

"Natürlich, sie ist immer brav", sagt Jackie und streicht Suki mit der Hand durch die Haare. "Also, wie wäre es mit dem Spielplatz? Hört sich das nach einem Plan an?"

Als ich Jackie einen Kuss zuwerfe und zur Haustür gehe, schreit Suki: "Ich will die Lämmchen sehen!"

Als ich in meinem Pool Masters Van losfahre, bin ich überrascht, dass ich ein leichtes Kribbeln spüre, als mir meine Firmen-App sagt, wer mein erster Kunde ist. Ich hatte vergessen, dass Miss Amari heute auf dem Plan steht, und das ist eine angenehme Überraschung, denn ich mochte sie. Sie war nett und höflich. *Und heiß,* denke ich mir, schüttele den Gedanken aber schnell wieder ab, denn ich soll ja nicht auf meine Kunden stehen.

Zu dieser Jahreszeit ist es sehr grün, und die aufgehende Sonne wirft ein schönes Licht auf die Straße vor mir. Die Strecke von Sag Harbor nach Southampton besteht aus langen, geraden Straßen, die von unberührten Rasenflächen, Tennisplätzen, gepflegten Hecken, ausgewachsenen Bäumen und Hortensien gesäumt sind. Die Häuser hier sind typisch für die Hamptons, mit ihren weißen Verkleidungen, Holzschindeln, Wetterbrettern, Schrägdächern und Dachgauben, die ein malerisches Bild abgeben. Radfahrer verlangsamen den Verkehr, aber niemand hat es hier eilig. Nur wenige sind auf dem Weg zur Arbeit, abgesehen von Immobilienmaklern, die so leicht zu erkennen sind, dass es mich amüsiert. Einer hält neben mir vor einer Ampel. Groß und gut aussehend, klar. Cabrio, klar. Marineblauer Anzug, check. Große Uhr, check. Designerbrille, check. Als die Ampel auf Grün schaltet, fährt er los, nur um an der nächsten Ampel wieder abrupt anzuhalten.

New York hat meiner Meinung nach viel mehr Charme als die Hamptons, aber es ist unser Zuhause und ein sicherer Ort, an dem Suki aufwachsen kann. Wir leben gerne in Sag Harbor und wir lieben das Meer. Ich erinnere mich lebhaft an lange glückliche Tage, an denen ich mit meiner Schwester im Sand gespielt habe und im Meer geschwommen bin, die den ruhigen Strandstreifen vor Miss Amaris Haus geliebt hätte, wenn sie heute noch am Leben wäre. Wie immer trifft mich ein Stich der Traurigkeit, wenn ich an sie denke, aber ich bin sehr gut darin geworden, ihn zu verdrängen und dem Schmerz nur dann freien Lauf zu lassen, wenn ich mit meinen Erinnerungen allein bin.

Ich fahre *am Duck Walk Vineyard* vorbei und nehme die Straße nach *Little Plains Beach*. Als ich die *Little Plains Road* hinunterfahre, kann ich einen Blick auf das klare, seichte Wasser hinter dem Strand erhaschen. Im Vergleich zu den anderen Häusern an dieser Straße ist das Haus von Miss Amari relativ bescheiden. Es hat zwar keine Tennisplätze oder eine endlose Auffahrt, aber das heißt nicht, dass es klein ist. Mit direktem Zugang zum Strand und Blick auf den Atlantik ist es sicher mindestens zwölf Millionen wert, wenn nicht mehr. Der schmale Streifen privater Dünen verleiht dem Anwesen ein Gefühl der Abgeschiedenheit, ebenso wie die hohen Bäume und natürlichen Hecken zu beiden Seiten des schmiedeeisernen Tores.

Als ich um das Haus herum in den Garten gehe, steht Miss Amari auf der Veranda, als hätte sie auf mich gewartet. Und verdammt, sie sieht wirklich umwerfend aus. Ich habe immer gedacht, dass Anziehung etwas ist, das mit der Zeit wächst, aber die anhaltende Anziehungskraft ist stark und sehr real. Es ist schon eine Weile her, dass ich mich körperlich zu jemandem hingezogen gefühlt habe; durch meinen Escort-Job bin ich so daran gewöhnt, willige Körper um mich zu haben, dass ich vergessen habe, wie sich das anfühlt. *Hör auf, Belle. Denk nicht einmal daran.*

# Kapitel 9

## *Reina - Mittwoch*

"Guten Morgen, Miss Amari."

"Belle..." Obwohl ich sie erwartet hatte und sie pünktlich ist, bin ich immer noch völlig überwältigt, sie zu sehen. Sieht meine Frisur gut aus? Mein Outfit? Ich habe mich heute Morgen dreimal umgezogen, nachdem ich mich stundenlang gewachst und gepflegt habe, und ich habe immer noch nicht das Gefühl, dass der hellgelbe Bikini und der durchsichtige, weiße Kaftan gut genug sind. Ich habe mich bemüht, so auszusehen, als hätte ich mich überhaupt nicht angestrengt, als würde ich nach dem Aufwachen einfach am Pool faulenzen. In Wirklichkeit sind meine Haare gestylt, meine Nägel lackiert, ich habe etwas Make-up aufgetragen - gerade so viel, dass es natürlich aussieht - und ich trinke gerade meinen dritten Kaffee, weil ich so lange wach war. Der Versuch, sie gestern Abend aus meinen Gedanken zu verbannen, ist gescheitert, und stattdessen habe ich meinen Vibrator ausgegraben, den ich seit einem Jahrzehnt nicht mehr benutzt hatte, und buchstäblich darauf gewartet, dass er sich auflädt, während ich mir ihre Bilder im Internet anschaute. Jetzt, wo sie hier ist, habe ich keine Ahnung, was ich mit mir anfangen soll. "Wie geht es Ihnen?", frage ich mit hoher Stimme, während ich mich zu einem verlegenen Lächeln zwinge.

"Mir geht es gut. Es ist ein schöner Tag, nicht wahr?" Belle lächelt mich von der anderen Seite des Pools an. "Und Ihnen?"

"Mir geht's gut, danke. Ich mache nur noch ein paar Sachen fertig, bevor ich in die Stadt fahre." Das ist eine Lüge, aber ich will nicht, dass sie denkt, ich hätte keine Pläne. Also habe ich mich sorgfältig vorbereitet und meinen Laptop unter den großen weißen Sonnenschirm am Ende des langen Esstisches gestellt.

"Dann will ich Sie nicht aufhalten", sagt Belle.

"Nein, so habe ich es nicht gemeint." Ich erschaudere bei den Worten, die meinen Mund in einer fast verzweifelten Geschwindigkeit und Lautstärke verlassen. "Möchten Sie einen Kaffee? Ich werde mir einen machen."

"Sicher, warum nicht? Vielen Dank." Belle inspiziert den Pool und nimmt das große Netz, das sie mitgebracht hat, in die Hand. Der Sturm der letzten Nacht hat Laub in den Pool geweht, und zu meiner großen Freude läuft sie der Länge nach auf und ab, um es herauszuklauben. Ihre Beine sind braungebrannt, ihre Shorts zeigen ihre durchtrainierten Oberschenkel. Ihr Bizeps spannt sich an, während sie das Netz mitschleift. Das ist keine leichte Aufgabe; ich habe es selbst schon ein paar Mal gemacht, und es hat mich viel Kraft gekostet. *Sie muss stark sein...*

"Cappuccino?"

"Ja, bitte, ohne Zucker."

Ich beobachte sie von der Küche aus, während ich so tue, als würde ich meine eigene Tasse auffüllen und ihr einen Kaffee kochen, damit ich mich ihr hingeben kann. Am Montag war das noch nicht so. Ich war nicht so sehr von ihr eingenommen, bis ich herausfand, dass sie ein Escort ist, und bis ich mit Sicherheit wusste, dass sie auf Frauen steht. Stehe ich jetzt auf Frauen? Das ist eine sehr interessante Frage, denn ich stehe eindeutig auf Belle.

"Bitte sehr." Mein Blick fällt auf ihre Hände, als sie die Tasse nimmt. Mein erster Gedanke ist, dass sie für jemanden, der körperliche Arbeit verrichtet, erstaunlich zart sind, aber dann erinnere ich mich daran, dass dies nicht ihr einziger Job ist und dass sie sich sehr gut um sie kümmern muss.

"Danke." Belle nimmt einen vorsichtigen Schluck, und als ich unbeholfen meinen lauwarmen Kaffee austrinke, wendet sie sich dem Strand zu. "Sie haben eine tolle Aussicht. Ich habe schon viele Pools in dieser Gegend bedient, aber so etwas Schönes wie hier habe ich noch nicht gesehen."

"Ja, das ist etwas ganz Besonderes. Das Morgenlicht ist wunderschön, wenn es auf die Dünen trifft."

"Gehen Sie oft an den Strand?", fragt sie.

"Ich bin gestern Abend spazieren gegangen, bei dem Gewitter. Es war schön."

Sie nickt, und als ihre Augen meine treffen, spüre ich, wie sich Erregung in mir regt. "Ich saß selbst auf meinem Balkon, als ich nach der Arbeit von einem Job zurückkam. Ich liebe stürmisches Wetter."

"Oh... Arbeiten Sie auch nachts?" frage ich, obwohl ich eine ziemlich gute Vorstellung davon habe, was sie tat.

"Manchmal." Belle stellt ihre Tasse auf die Bank vor dem kleinen Poolhaus, das eine Bar und einen Billardtisch enthält, und nimmt das Netz wieder in die Hand. "Ich arbeite, wenn ich kann. Ich habe eine kleine Tochter, also richte ich meinen Zeitplan nach dem Kindermädchen. Zum Glück sind die Pool Masters ziemlich flexibel."

"Sie haben eine Tochter?" Nichts hätte mich mehr verblüffen können, aber es gelingt mir, meine Überraschung für mich zu behalten.

"Ja, sie ist vier. Haben Sie Kinder?"

"Ja, aber sie sind viel älter und schon ausgezogen. Mein Sohn ist zweiundzwanzig. Er ist im Moment mit seiner Freundin unterwegs und meine Tochter ist siebzehn. Sie hat ihr erstes Jahr an der NYU begonnen."

"Oh." Belle schaut verwirrt. "Sie sehen nicht annähernd alt genug aus, um Kinder in dem Alter zu haben."

Ich kichere nervös über das Kompliment und spiele mit einer Locke meines Haares. "Ich war jung, als ich sie bekam. Ich war gerade achtzehn geworden, als Eddie geboren wurde."

"Wow. Und jetzt sind Sie..." Belle hält inne. "Geschieden? Darf ich das fragen? Ich habe es nur angenommen, da Sie Ihren Namen geändert haben."

"Ja, ich bin geschieden", sage ich. "Mein Ex-Mann ist ein paar Straßen weiter zu unserer Innenarchitektin gezogen."

"Scheiße..." In Belles Tonfall liegt ein Hauch von Ekel, und sie zuckt zusammen. "Tut mir leid, das zu hören."

"Ist schon gut", sage ich. "Ich nehme an, jetzt ist es Zeit für mich. Ich muss nur herausfinden, wie es weitergeht." Es herrscht eine unangenehme Stille, und mir wird klar, dass ich jemandem, der nur gekommen ist, um sich um den Pool zu kümmern, viel mehr erzählt habe, als ich hätte tun sollen. Das ist wirklich der Moment, in dem ich sie ihre Arbeit machen lassen sollte. "Nun, ich mache besser weiter mit dem, was ich gemacht habe. Sag mir Bescheid, wenn du noch etwas brauchst."

"Das weiß ich zu schätzen, aber mir geht es gut." Belle deutet auf die große Wasserflasche neben ihrem Werkzeugkasten. "Der Pool wird in einer Stunde blitzblank sein, wenn Sie schwimmen wollen. Ich füge ein paar Chemikalien hinzu; sie müssen sich nur noch absetzen, bevor Sie reingehen können."

"Kein Problem, ich warte." Ich schenke ihr ein Lächeln und mache mich auf den Weg zurück zum Pool und in die Küche. Drinnen lehne ich mich mit dem Rücken an den Kühlschrank und schlage mir eine Hand auf die Brust. Meine Hände zittern, und ich fühle mich innerlich atemlos und komisch. So habe ich mich noch nie in der Gegenwart von jemandem gefühlt. Nicht als Sandeep und ich uns das erste Mal trafen, nicht bei unserem ersten Date, nicht einmal, als ich das erste Mal mit ihm schlief. *Mist. Ich habe wirklich eine Schwäche für Belle.*

# Kapitel 10

## *Belle - Donnerstag*

Suki rennt auf ihren Großvater zu, der sie auf den Arm nimmt und sie herumwirbelt. "Es ist schön, dich zu sehen, Kleine. So schnell wieder da, was?"

"Die Lämmchen", erkläre ich, und wir tauschen einen humorvollen Blick aus. "Ich sagte, wir würden am Wochenende kommen, aber sie konnte nicht warten, und ich hatte den Nachmittag frei. Es ist das erste Jahr, in dem Suki sich für Tiere interessiert, obwohl 'Interesse' wahrscheinlich eine Untertreibung ist. Sie ist besessen von ihren Tierfarm-Kinderbüchern und liebt es, mit mir Naturdokumentationen zu sehen.

"Aha. Die haben dir doch gefallen, oder?" Mein Vater geht durch das Bauernhaus und öffnet die Küchentür, die in den Hinterhof führt. Es ist nicht wirklich ein Bauernhof. Nicht im herkömmlichen Sinne, aber er hat einen Stall mit einigen Hühnern und Schafen und verkauft Eier, Schafsjoghurt und Käse auf dem örtlichen Bauernmarkt in East Hampton, um seine karge Rente aufzubessern. Hier bin ich aufgewachsen, auf einer kleinen Farm in East Hampton. Er ist einer der wenigen, die noch übrig sind, nachdem viele

Landwirte ihr Land aufgrund des steigenden Wertes verkauft haben. Farmen wurden plattgemacht und in Villen und Hotels umgewandelt, Felder, auf denen Getreide angebaut wurde, sind jetzt gepflegte Gärten, die stattliche Villen umgeben. Die einst so heitere Aussicht ist durch Tore und Hecken versperrt, aber so ist das Leben, alles Teil der wachsenden Wirtschaft, nehme ich an.

Während mein Vater mit Suki zu den Lämmern geht, setze ich den Wasserkocher auf, um uns einen Kaffee zu kochen, und lächle das gerahmte Bild meiner Schwester, Sukis Mutter, an. Es steht wie ein Schrein auf der Fensterbank, mit brennenden Kerzen auf beiden Seiten. Sie sind immer angezündet; mein Vater lässt sie Tag und Nacht brennen. Selbst nach drei Jahren tut es noch genauso weh, sie anzusehen, aber wenn ich hier bin, lasse ich die Trauer über mich ergehen, anstatt sie zu bekämpfen. Suki ist der größte Trost, den mein Vater und ich uns wünschen können. Sie sieht aus wie ihre Mutter. Ich sehe auch aus wie ihre Mutter, und so sieht Suki aus wie ich. Die Leute nehmen an, dass sie von mir ist, und ich mache es mir nicht zur Gewohnheit, den Leuten zu sagen, dass das nicht der Fall ist. Denn sie ist es wirklich. Durch unsere Adern fließt das gleiche Blut. Ich bin die engste Familie, die sie hat, und ich habe sie adoptiert. Sie nennt mich "Mama" und liebt mich wie eine Mutter. Ich liebe sie auch wie eine Tochter, mehr als man sich je vorstellen könnte.

Suki weiß irgendwie, dass ich nicht ihre richtige Mutter bin. Als sie alt genug war, um zu fragen, wer die Frau auf dem Bild ist, habe ich ehrlich geantwortet, aber sie ist zu jung, um es wirklich zu verstehen. Manchmal ertappe ich sie dabei, wie sie das Bild verwundert anstarrt, und in diesen Momenten würde ich alles dafür geben, zu wissen, was ihr durch den Kopf geht.

Durch das Fenster beobachte ich, wie Suki und mein Vater die kleine Scheune öffnen, um die Lämmer herauszulassen. Ich lache, als ich sie vor Aufregung schreien höre, und nehme die beiden Becher, um mich zu ihnen zu gesellen.

"Hier." Ich reiche meinem Vater einen und setze mich neben ihn auf die zerbröckelte niedrige Mauer, die den Hof umgibt. "Hier könnte etwas Instandhaltung nicht schaden. Ich kann heute den Rasen mähen und vielleicht ein paar Ziegelsteine bestellen, um diese Mauer zu reparieren."

"Danke, Schatz. Aber ich lasse das Gras noch eine Weile lang stehen, die Schafe mögen das. Und die Mauer..." Er zuckt mit den Schultern. "Es macht mir nichts aus, dass sie ein wenig zerklüftet ist."

Ich nicke, und wir schlürfen schweigend unseren Kaffee, während Suki herumläuft und die Lämmer streichelt. Mein Vater will, dass alles so bleibt, wie es ist, auch die Kratzer in der Tapete und die Dellen und Risse in den Möbeln. Nichts wird jemals verändert, das lässt er nicht zu. Aber da er nicht jünger wird und Angst hat, dass das Haus abgerissen wird, wenn er es verkauft, hat er beschlossen, dass ich es haben soll. "Es tut mir leid, aber ich kann den Hof nicht übernehmen", sage ich schließlich und beginne das Gespräch, das ich seit Monaten aufgeschoben habe. "Ich habe darüber nachgedacht, worum du mich gebeten hast, und ich kann es wirklich nicht tun.

"Ich weiß, dass du keine Zeit und kein Geld für den Unterhalt hast, mein Schatz. Ich hätte es nie erwähnen sollen." Mein Vater wirft einen Blick auf das Haus. "Es ist nur schwer vorstellbar, dass es nicht in der Familie bleiben wird. Zwischen diesen Wänden liegen so viele schöne Erinnerungen an deine Mutter und deine Schwester, und wenn ich umziehe, habe ich Angst, dass sie verblassen."

"Ich werde dafür sorgen, dass du es nicht vergisst." Ich reibe seine Schulter und ziehe ihn an mich. "Hör zu, Dad, ich weiß, dass es dir nicht leicht fallen wird, umzuziehen, aber es ist das Beste für dich. Du wartest auf deine Hüftprothese, und selbst wenn du dich davon vollständig erholst, wird es einfach zu viel für dich, das aufrechtzuerhalten."

"Ja." Er stößt einen langen Seufzer der Frustration aus. "Aber Suki liebt es hier, und der Hof ist seit Generationen in Familienbesitz. Was, wenn sie eines Tages hier leben möchte?"

"Dad", versuche ich es noch einmal vorsichtig, "ich arbeite lange, ich spare für Sukis Zukunft, ich werde bald mein eigenes Unternehmen gründen und ich kann mir kein Personal leisten, das sich zusätzlich zu meinem Kindermädchen um die Tiere kümmert. Wie wäre es, wenn wir einfach jemanden holen, der den Hof bewertet? Ich sage ja nicht, dass du ihn jetzt verkaufen sollst, aber es wird dir etwas zum Nachdenken geben."

"Du hast recht, ich werde es mir merken." Seine Augen leuchten auf, als eines der Lämmer anfängt, um Suki herumzuhüpfen und sie vor Vergnügen kreischen lässt. Sie versucht aufzustehen, aber das Lamm springt an ihr hoch, so dass sie umkippt, während die anderen drei neugierig näher kommen, um zu sehen, welchen Unfug ihre tapfere Schwester treibt. Suki macht das nichts aus. Im Gegenteil, sie liebt es und streckt die Hand aus, um es zu streicheln. "Wie läuft's bei der Arbeit?"

"Es ist viel los. Ich habe ein paar zusätzliche Stunden, weil sich einer unserer Mitarbeiter von einem Unfall erholt, und ich mache diese Woche auch zwei Nachtdienste." Mein Vater denkt, ich sei als Notdienst für Last-Minute-Vermietungen in der Nacht angestellt. Er würde es nie verstehen, wenn ich ihm sagen würde, was ich wirklich mache.

"Du kannst sie immer hierher bringen, weißt du." Seine verwirrten Augen folgen Suki, die es inzwischen aufgegeben hat, aufrecht zu stehen, und auf allen Vieren hinter den Lämmern her kriecht.

"Schon gut, ich habe Jackie schon gefragt. Sie kommt übrigens später vorbei. Ich dachte, ich könnte Abendessen für uns vier kochen?"

"Das wäre schön." Mein Vater lächelt. "Suki und ich können ein paar Eier aus der Scheune holen, und vorne gibt es mindestens ein Dutzend reife Tomaten."

"Bleib sitzen. Ich werde sie später holen." Ich versuche, ihn aufzuhalten, aber er ist bereits aufgestanden und geht auf den gepflasterten Weg zu, der um das Haus herumführt. Wenn er denkt, dass ich ihn nicht beobachte, kann ich sehen, dass er humpelt.

# Kapitel 11

## *Reina - Donnerstag*

"Hast du dir die Website angesehen?" Sasha flüstert. Wir sitzen in einer Bar in Southampton Village und schlürfen beide einen perfekten Martini. Sasha trägt ein hautenges, blaues, knielanges Kleid und ich Jeans und ein schwarzes Seidentop; neben ihr sehe ich wirklich underdressed aus.

"Das habe ich", sage ich und blicke auf meine Absätze hinunter, die auf dem Rahmen des Hockers ruhen. Ich habe für heute Abend mein Lieblingspaar aus der hintersten Ecke meines Schuhschranks geholt, sie entstaubt und sogar einen Funken Aufregung gespürt, als ich sie nach Monaten in flachen Schuhen anhatte.

"Und? Hast du 'meinen Ben' gesehen?", fragt sie und macht Anführungszeichen in die Luft. "Was hältst du von ihm?"

"Oh, *dein* Ben", stichle ich. Ich kann ihr unmöglich sagen, dass ich die Männer ganz übersprungen habe, also zwinkere ich ihr zu und sage: "Ja, er ist schon was Besonderes. Ich kann mir vorstellen, dass das eine Wahnsinnsnacht war."

"Stimmt's?" Sasha grinst. "Oh, Reina, ich bin so froh, dass ich mit dir darüber reden kann. Es für mich zu behalten, hätte mich noch umgebracht. Ich werde es aber nicht zur Gewohnheit werden lassen. Ich habe nachgedacht und ..." Sie hält inne. "Nun, es war einfach eines dieser Dinge, die ich hinter mir lassen musste, und obwohl ich es möchte, werde ich es nicht wieder tun."

"Bereust du es?"

Sasha denkt einen Moment darüber nach und schüttelt dann den Kopf. "Nein. Es war dumm und leichtsinnig, meine Ehe auf diese Weise aufs Spiel zu setzen, aber ich bereue es nicht. Von dieser Nacht werde ich noch viele Jahre lang fantasieren können."

"Gut. Und ich stimme zu, es ist wahrscheinlich klug, es nicht noch einmal zu tun. Wenn Igor es herausfindet, könntest du ihn verlieren und das ist es nicht wert. Aber ich bin froh, dass du es mir gesagt hast und ich bin für dich da, wann immer du reden willst." Ich streichle ihre Hand. "Das ist schön, Sash. Nur du und ich." Ich winke mit einem Finger zwischen uns und unseren Cocktails.

"Ja. Es ist seltsam seit deiner Scheidung. Mit Igor und Sandeep als Freunde, und es tut mir so leid, wenn ich..."

"Hey, du musst dich nicht entschuldigen", unterbreche ich sie. "Ist schon in Ordnung. Ich weiß, dass du in einer schwierigen Lage bist."

Sasha nickt. "Danke für dein Verständnis. Vielleicht könnten wir den Donnerstag zu unserem Abend machen, wenn wir beide Zeit haben? Du und ich, ein paar Drinks, nur um uns zu unterhalten? Denn ich brauche mehr Zeit mit einer Frau, und wenn ich ehrlich bin, ist Bree ein bisschen langweilig."

"Das würde mir wirklich gefallen", sage ich und freue

mich, dass Bree nicht ganz oben auf ihrer Freundesliste steht.

Sasha trinkt ihren Cocktail aus, bestellt zwei weitere und wendet sich dann wieder mir zu. "Wie auch immer, wir sind hier, um über dich zu sprechen. Warst du nicht in Versuchung, dich von den Begleitern verführen zu lassen? Oder hast du darüber nachgedacht, dich bei einer dieser Dating-Apps anzumelden?"

"Escorts sind nichts für mich, und ich denke, es ist noch zu früh für Dating-Apps".

"Blödsinn. Es ist nie ein guter Zeitpunkt, um gruselige Dinge zu tun, also ist der Moment jetzt so gut wie jeder andere", protestiert Sasha und winkt mir mit ihrem Handy zu. "Hast du dort niemanden gesehen, der dich nass gemacht hat?"

"Ich? Du meinst auf der Website?" Meine Wangen erröten bei ihrer Cocktail-induzierten Frage und ich bin dankbar für das gedämpfte Licht hier drin. "Ich ähm ..." Ich beiße mir auf die Lippe, weil ich nicht weiß, wie viel ich preisgeben soll, aber Sasha hat ihr größtes Geheimnis mit mir geteilt, und ich möchte ihr im Gegenzug auch meines anvertrauen.

Ihre Augen weiten sich, als ich schweige, und sie zeigt mit dem Finger auf mich. "Du freches Weib! Du hast jemanden gebucht, nicht wahr?"

"Nein, das habe ich nicht", sage ich hastig. "Ich schwöre es, wirklich nicht. Aber es ist etwas ganz Seltsames passiert."

"Was?" Sasha beugt sich vor und hängt jetzt an jedem meiner Worte. "Sag es mir."

"Nun, die Poolfirma hat einen Ersatz für Barry geschickt."

69

"Du meinst Larry? Der Typ mit dem komischen Haarschnitt?"

Ich kichere und schüttle den Kopf. "Es stellte sich heraus, dass sein Name Barry ist. Jedenfalls schickten sie diese Frau, Belle, und sie hatte etwas an sich, das mich auf eine Weise an sie denken ließ, wie ich seit Jahren an niemanden mehr gedacht habe."

Sasha runzelt die Stirn. "Das verstehe ich nicht. Inwiefern?"

"In sexueller Hinsicht", sage ich und beschließe, es einfach so zu sagen, wie es ist. "Ich finde sie attraktiv." Ich hebe die Hand, als Sasha den Mund öffnet und mich zweifellos mit einer Reihe von Fragen überfallen will. "Warte, lass mich erst ausreden, bevor wir das diskutieren. Ich bin also zum Yoga gegangen, während Belle das getan hat, was auch immer sie tut, und da hast du mir die Visitenkarte gegeben. Und als ich mir am nächsten Abend die Website ansah, war sie genau dort zu finden." Ich senke meine Stimme zu einem Flüstern. "Meine Pool-Lady ist eine Hostess. Sie arbeitet für sie. Nur für Frauen."

Sasha starrt mich mit offenem Mund an. "Warte, lass mich das klarstellen. Deine neue Poolservice-Dame arbeitet für Hamptons' Escorts... Okay, das ist ein seltsamer Zufall, aber was mich wirklich verwirrt, ist das, was du mir davor erzählt hast." Sie legt den Kopf schief und sieht mich an. "Ich wusste nicht, dass du dich für Frauen interessierst."

Ich kichere unbehaglich und rutsche auf meinem Stuhl hin und her. "Ich war schon in Mädchen verknallt, als ich jünger war, aber so weit bin ich nie gegangen."

"Und jetzt ist es etwas, das du vielleicht ausprobieren möchtest?"

"Vielleicht." Ich zucke mit den Schultern. "Ich kann nicht aufhören, an sie zu denken. Sie hat etwas in mir geweckt, und jetzt bin ich verwirrt und weiß nicht, was ich mit mir anfangen soll. Um ehrlich zu sein, *kann* ich nicht viel tun."

"Du könntest sie buchen. Wäre das nicht der naheliegende nächste Schritt?"

"Nein, das geht nicht", sage ich entschlossen. "Sie kommt dreimal pro Woche, um das Schwimmbad zu warten. Es wäre komisch, weil wir uns dann sehen würden."

"Aber du willst es?" Sasha ruft die Website auf ihrem Handy auf und blättert durch die Liste der lesbischen Escorts. "Welche?"

"B", sage ich und zeige auf das Bild von Belle. Wieder verschlägt mir ihr Anblick den Atem und ich entferne mich vom Telefon, weil ich es in Gesellschaft nicht ertragen kann.

"Oh mein Gott..." Sasha verengt ihre Augen, während sie Belle studiert, und ich halte den Atem an, während ich auf ihr Urteil warte. "Du Teufel", sagt sie schließlich. "Sie ist irgendwie sexy. Auch wenn Frauen nicht mein Ding sind, kann ich total verstehen, was du an ihr findest." Sie ist viel verständnisvoller, als ich erwartet hatte.

"Es gibt noch mehr", fahre ich fort. "Sie hat mir erzählt, dass sie eine vierjährige Tochter hat."

"Wirklich? Hmm..." Sasha schiebt ihr Handy zurück in ihre Handtasche, schiebt mir den nächsten Martini zu und greift sich ihren eigenen. Sie trinkt heute Abend wie ein Fisch; ich habe meinen zweiten Martini noch nicht einmal zur Hälfte ausgetrunken und sie ist schon bei ihrem vierten. "Meinst du, sie hat einen Partner? Eine Frau oder einen Mann?"

"Ich weiß es nicht. Ich kann sie mir nicht mit einem Mann vorstellen, und es scheint unwahrscheinlich, dass sie bei ihrem Beruf in einer Beziehung steht."

71

"Warum fragst du sie nicht einfach?"

"Ja. Das werde ich vielleicht tun." Ich seufze tief und blase meine Wangen aus, während ich abwesend die Olive in meinem Drink umrühre. "Ich kann nicht aufhören, an sie zu denken, und das ist wirklich anstrengend." Mir ist bewusst, dass ich Sasha mehr erzähle, als ich vorhatte, aber es fühlt sich gut an, es mitzuteilen, und ich fühle mich weniger allein mit all diesen seltsamen Gefühlen, die mich seit Tagen heimsuchen. "Ich habe aufgehört, so über Frauen zu denken, als ich Sandeep kennengelernt habe, aber seit Montag kommt alles wieder hoch, trifft mich wie eine Tonne Ziegelsteine und ich bin völlig durcheinander."

Sasha wirft den Kopf zurück und lacht. "Weißt du was? Ich hätte mir dich nie mit einer Frau vorstellen können, aber wenn ich dich jetzt sehe und dir beim Reden zuhöre, ist es, als wärst du ein anderer Mensch, und ich verstehe es. Ich verspreche, ich verstehe es. Ich war mit Ben auch ein anderer Mensch."

"Oder vielleicht bin ich einfach nur so", sage ich und bin mir nicht mehr sicher.

# Kapitel 12

## *Belle – Donnerstag*

"Hattest du Spaß mit deinem alten Herrn?"

"Ja, es war schön. Jackie ist auch gekommen. Ich verstehe nicht, warum die beiden nicht einfach den peinlichen Teil hinter sich bringen und anfangen, sich zu verabreden." Juliette und ich sitzen auf meinem Balkon und sehen zu, wie die Welt vorbeizieht. Unten auf der Straße wimmelt es von Leuten, die in die Bars und Restaurants gehen, und in der Austernbar unter meiner Wohnung steht eine lange Schlange von Gästen, die auf einen Tisch warten. Es ist schön hier oben, mit dem Lachen und der Musik im Hintergrund und dem Geruch von Essen aus den Restaurants.

Juliette lacht und füllt ihre Tasse mit Tee aus der Kanne zwischen uns auf. "Immer noch beste Freunde?"

"Ja. Immer noch beste Freunde. Und sie macht jede Woche seine Wäsche. Ich meine, es ist offensichtlich, dass sie sich mögen, und sie sieht regelmäßig seine schmutzige Unterwäsche, also worauf warten sie noch? Es ist dreißig Jahre her, dass meine Mutter gestorben ist."

"Sie war die beste Freundin deiner Mutter", sagt Juliette. "Selbst nach dreißig Jahren kann ich verstehen, dass das beiden nicht passt."

"Aber es wäre gut für ihn, wenn er eine Begleitung hätte. Ich mache mir Sorgen um ihn. Er humpelt und der Hof wird zu viel für ihn. Aber er ist so dickköpfig. Er wird nicht so bald umziehen wollen." Ich schaue auf meinen Tee, der mir nicht mehr schmeckt. "Hey, willst du etwas Stärkeres? Ich habe einen guten Scotch. Du und Cameron könnt über Nacht bleiben, wenn ihr wollt."

Juliette kichert und rollt mit den Augen. "Da haben wir es wieder. Klar, warum nicht? Es ist fast Schlafenszeit für ihn und ich genieße das hier." Sie steht auf und deutet auf den Supermarkt auf der anderen Straßenseite. "Du schenkst den Scotch ein und ich hole ihm eine Zahnbürste."

"Prost." Ich stoße mit meinem Glas auf das von Juliette an, nehme einen Schluck und genieße die goldene Flüssigkeit, die meine Kehle wärmt. Es ist schon eine Weile her, dass sie hier übernachtet haben. Heutzutage kommt uns das Leben oft in die Quere und wir trinken nur noch selten einen starken Drink zusammen. "Auf das Wildeste, was ich seit Wochen getan habe."

Juliette lacht schallend. "Geht mir auch so, Hun. Vor fünf Jahren waren wir beide totale Partylöwen, und sieh uns jetzt an. Ein Glas Scotch an einem Donnerstagabend ist so knallhart wie es nur geht." Sie kippt den Whiskey hinunter und lehnt sich mit einem zufriedenen Seufzer zurück. "Das Leben ist aber gar nicht so schlecht. Meine Mutter geht bald in Rente und kann sich dann mehr um Cameron kümmern, was bedeutet, dass ich anfangen kann, mich zu verabreden."

"Oh... bist du bereit für ein Date?", frage ich in einem neckischen Ton. Juliettes Freund hat sie kurz nach Camerons Geburt verlassen und genau wie ich hat sie in den letzten Jahren damit zu kämpfen gehabt, eine alleinerziehende, berufstätige Mutter zu sein.

"Ja. Ich bin bereit. Alles in allem bin ich in einer guten Position. Ich habe mein Leben geordnet, ich kann meine Rechnungen bezahlen, Cameron geht es gut und ich habe gerade mein Auto reparieren lassen." Sie zwinkert. "Es sind die kleinen Dinge, nicht wahr?"

"Auf jeden Fall." Ich fülle unsere Gläser auf und lasse mich ebenfalls in meinen Stuhl zurücksinken, wobei ich meine Füße auf das Balkongeländer stütze. "Und wo willst du den Glückspilz treffen?"

"Oh, ich weiß es nicht." Juliette streicht sich ihr kastanienbraunes Haar hinter die Ohren. "Online, in Bars, am Strand, vielleicht?" Sie sieht mich mit zusammengekniffenen Augen an. "Was ist mit dir?"

"Ich?", lache ich. "Ich kann mich nicht verabreden, während ich eskortiere. Das wäre doch verrückt. Keine Frau würde damit einverstanden sein."

"Stimmt. Aber das wirst du nicht mehr lange machen, oder?"

"Nein. Ich dachte, vielleicht noch drei Monate, um noch ein bisschen zu sparen, bevor ich anfange, selbst zu arbeiten."

Juliette nickt. "Also, wenn du aufhörst, das zu tun, was du tust, kannst du auch anfangen, dich zu verabreden. Wir könnten ein Doppeldate machen." Sie grinst mich frech an und fügt hinzu: "Es ist ja nicht so, dass du mir die Männer klauen würdest."

"Ekelhaft, nein." Ich werfe einen Blick über die Schulter ins Wohnzimmer, um sicherzugehen, dass Suki und

Cameron sich nicht aus ihrem Schlafzimmer geschlichen haben. "Aber mit einem Kind auszugehen ist schwierig, meinst du nicht?"

"Ich weiß es nicht. Ich werde es noch herausfinden." Juliette schürzt die Lippen. "Ich schätze, es müsste jemand sein, der Kinder liebt und verantwortungsbewusst ist... Und natürlich gut aussieht", fügt sie hinzu und schüttelt dann stöhnend den Kopf. "Okay, im Grunde bin ich am Arsch."

"Es tut mir leid, ich wollte dich nicht entmutigen. Ich finde es toll, dass du wieder rausgehen und Leute treffen willst."

"Nein, du hast recht", sagt Juliette. "Die einzigen Singles hier sind Immobilienmakler und die wollen nur ein bisschen Spaß zwischen den Laken".

"Das ist nicht wahr. Dave aus dem Supermarkt ist Single", sage ich, und wir brechen beide in schallendes Gelächter aus.

"Danke für den Vorschlag, aber ich bevorzuge jemanden, der jünger als siebzig ist." Sie legt den Kopf schief und sieht mich an. "Hast du noch nie jemanden getroffen, zu dem du dich hingezogen gefühlt hast? In der ganzen Zeit, die du aus New York zurück bist?"

"Nein", sage ich entschlossen und zögere einen Moment. Ich nippe an meinem Whiskey und denke an Miss Amari.

"Was?" Juliette stupst mich an. "Komm schon, sag es mir. Ich weiß, dass du dich zurückhältst."

"Es ist nichts. Nur eine Frau, deren Pool ich seit dieser Woche betreue. Zum ersten Mal seit Jahren fühle ich mich zu jemandem hingezogen, aber es ist sinnlos. Sie ist hetero und reich und ich kenne sie nicht einmal; es ist rein körperlich und völlig einseitig."

"Wie kannst du dir so sicher sein, dass es nur einseitig ist?"

"Weil ich dir gerade gesagt habe, dass sie hetero ist." Ich verdrehe vor Juliette die Augen. "Und selbst wenn sie es nicht wäre, ist sie eine Nummer zu groß für mich." Dennoch, als die Nacht dunkler wird und der Alkohol mich entspannt, erlaube ich mir, sie mir vorzustellen und gebe mich dem Flattern hin, das sich in meinem Inneren ausbreitet. Ob sinnlos oder nicht, es ist schön, wieder das gute alte Verlangen zu spüren.

# Kapitel 13

## *Reina - Freitag*

Ich scheine mich immer mehr zu verschlimmern. Heute Morgen war ich fassungslos, als ich um vier Uhr morgens in einer Lache meines eigenen Schweißes aufwachte und das Pochen zwischen meinen Schenkeln so stark war, dass ich zum dritten Mal in dieser Woche meinen Vibrator benutzen musste. Als ich nach drei Orgasmen wach lag und an die Decke starrte, dachte ich tatsächlich daran, eine Begleitung zu engagieren. Natürlich nicht Belle, sondern jemand anderen, nur um diese sexuelle Energie aus meinem System zu bekommen. Aber egal, wie oft ich die Liste der attraktiven Damen durchblätterte, ich hatte keine Lust, mit einer anderen als ihr zu schlafen.

Mein Körper ist überempfindlich, und ich bin ständig in meinen eigenen Gedanken versunken, während mein Verstand sich dreht und versucht, einen Sinn in dem zu finden, was mit mir geschieht. Ich, Reina Amari, fühle mich zu Frauen hingezogen. Zumindest zu einer ganz bestimmten.

Es ist nur eine Schwärmerei, sage ich mir immer

wieder, aber wenn es eine Schwärmerei ist, dann ist es das erste Mal, dass ich eine habe, und dieser Gedanke macht mir noch mehr Angst. Dieses Gefühl der ständigen Unruhe, der Verliebtheit, der Bewunderung, der Erregung ist mir fremd. Belle hat mich verschlungen, und sie weiß es nicht einmal. Wenn sie es wüsste, würde sie bestimmt ausrasten. *Eine traurige, einsame, reiche Geschiedene, die die Pooltechnikerin begehrt.*

Als ich die Treppe hinunterkam und mein Spiegelbild im Wohnzimmer sah, wusste ich, dass ich aussah, als würde ich mich zu sehr anstrengen. Ich trug ein wunderschönes gelbes Sommerkleid, hohe Absätze und mein Haar war perfekt gestylt, aber es war zu spät, um etwas Legeres anzuziehen. Belle war bereits im Hinterhof und hatte mich durch die Glasfassade entdeckt. Sie grüßte mich mit einem Winken, und ich winkte zurück, viel zu eifrig.

Mein Blick ist starr auf die Kaffeemaschine gerichtet, während ich darauf warte, dass der Cappuccino in die Tassen gefüllt wird, und ich sage mir, dass ich mich verdammt noch mal beruhigen soll. Das hier bedeutet Belle nichts; ich bin nur die erste in einer langen Reihe von Kunden während ihres Tages, und das muss ich im Hinterkopf behalten. Kurz bevor sie in den Maschinenraum gehen will, schleiche ich mich mit ihrem Kaffee und einem Teller mit Schokokeksen nach draußen.

"Hallo, Miss Amari." Belle schenkt mir ein dankbares Lächeln, als ich ihr Kaffee und Kekse hinstelle. "Sie verwöhnen mich. Das haben Sie wirklich nicht nötig, wissen Sie?"

"Natürlich", sage ich, wende meinen Blick ab und tue so, als würde ich ein Schiff in der Ferne betrachten. Ihre Nähe ist zu viel, zu intensiv, und jedes Mal, wenn ich sie sehe, wird es schlimmer. Sie trägt heute ein marineblaues

Tank-Top und Jeansshorts, und als sie ihre Mütze weiter über die Stirn zieht, rutscht ihr Oberteil hoch und gibt den Blick auf ihren straffen Bauch frei. "Es ist Morgen. Morgens braucht jeder einen Kaffee."

Belle lacht, und der Klang davon lässt Schmetterlinge in meinem Bauch aufsteigen. "Nun, ich weiß das zu schätzen." Für den Bruchteil einer Sekunde blickt sie auf meine Beine, und wenn ich mich nicht irre, lässt sie ihren Blick auch über mein Dekolleté schweifen. "Sie sehen übrigens wunderschön aus. Besondere Pläne für heute?"

Bei diesem Kompliment steigt mir die Hitze in die Wangen, und plötzlich habe ich Mühe, auf meinen Fersen zu balancieren. "Ich gehe nachher nur ein paar Lebensmittel einkaufen. Meine Tochter kommt über das Wochenende nach Hause."

"Schön. Ich wette, Sie vermissen sie."

"Das tue ich, aber ich bin auch sehr stolz auf sie." Auf der Suche nach etwas, um das Gespräch in Gang zu halten, deute ich auf die Schubkarre mit den drei großen Sandsäcken, die sie mitgebracht hat. "Nola hat mir gesagt, dass Sie den Sand im Filter austauschen werden?

"Ja, das machen wir normalerweise zu Beginn der Saison. Es ist eine ziemlich aufwendige Arbeit, die ein paar Stunden dauern kann.

"Kein Problem", sage ich und freue mich über die Nachricht. "Ich bin bis mittags da."

\* \* \*

Als Belle fertig ist, gehe ich mit meinem Laptop nach drinnen, denn ich hatte Angst, dass ich zu viel starren würde, wenn ich am Pool bliebe. Der Hocker an der Kücheninsel, der am nächsten an der Schiebetür steht, ist mein Lieblingsplatz, und dort verbringe ich normalerweise meine Vormittage, wenn es regnet. Wahrscheinlich sehe ich aus, als würde ich alle möglichen wichtigen Dinge tun, aber in Wahrheit bestelle ich Unterwäsche im Internet. Meine Unterwäscheschublade ist voll mit alten, verwaschenen BHs und Slips, und selbst meine schönsten Sets sind veraltet. Es macht nichts, wenn sie niemand sieht; es ist an der Zeit, dass ich mir etwas gönne, mit dem ich mich sinnlich fühlen kann.

Ich erschrecke, als Belle plötzlich hereinkommt, und klicke die Agent-Provocateur-Website weg.

"Entschuldigung, Miss Amari. Ich wollte Sie nicht erschrecken." Belle reicht mir ein Tablet, an dem ein Stift befestigt ist. "Ich möchte nur, dass Sie das unterschreiben, bevor ich gehe. Es ist der Scheck für den Sand, wir werden ihn Ihrem Konto belasten."

"Oh." Ich bin einen Moment lang sprachlos, als ob ich mich nicht an meinen eigenen Namen erinnern könnte. Sie steht ganz nah bei mir, und ich kann ihre köstliche, gebräunte Haut riechen. Sie riecht nach Sonne und Kokosnusslotion, gemischt mit einem Hauch von Schweiß, der mich verrückt macht. "Du kannst mich Reina nennen", höre ich mich sagen.

"Reina, wie dieses Haus? Hübscher Name. Es bedeutet Königin, nicht wahr?"

"Das ist richtig. Woher weißt du das?"

"Ich spreche ein wenig Spanisch. Bist du Spanierin?"

"Libanesin. Meine Eltern stammen aus Beirut, Libanon."

Belle sieht mich an, ihre Augen brennen sich in mein Fleisch. "Daher hast du also dein exotisches Aussehen. Sprichst du Arabisch?"

Die Bemerkung "exotisch" lässt meinen Puls rasen.

Bisher war sie nur professionell, aber wenn ich mich nicht irre, liegt ein Hauch von Flirten in ihrer Stimme. Wahrscheinlich bilde ich mir das nur ein, aber trotzdem werde ich das Gefühl nicht los, dass zwischen uns eine gewisse Energie herrscht. "Nicht wirklich. Ich bin in New York aufgewachsen, hauptsächlich."

"Schön. Ich habe ein paar Jahre lang in New York gelebt. Das war toll, aber ich bin froh, wieder hier zu sein. Das Meer, die salzige Luft und die..." Belles Stimme verstummt und ihr Lächeln wird schwächer, als sie auf etwas auf dem Küchentisch hinunterblickt.

Ich erstarre, als ich sehe, dass es die Visitenkarte von Hamptons' Escorts ist. Ich habe sie dort liegen lassen und sie völlig vergessen. *Fuck. Fuck! Mist. Mist.* "Ich habe sie im Büro meines Ex-Mannes gefunden", sage ich schnell, denn es wäre peinlich, es nicht zu erwähnen. Gleichzeitig weiß ich, dass ich nervös und überrumpelt klinge.

Belle starrt von mir zur Karte und wieder zurück und glaubt mir meine Ausrede offensichtlich nicht. Ich würde es auch nicht glauben, denn ich weiß, wie ich in diesem Moment aussehe, mit vor Panik geweiteten Augen und rosigen Wangen. Dann wird ihr Gesichtsausdruck weicher, und sie lächelt wissend und nickt. "Sicher." Es ist möglich, dass sie nicht weiß, dass ich über ihr geheimes Leben Bescheid weiß. Wahrscheinlich denkt sie, dass ich mir die Männer anschaue. "Aber selbst wenn es deine *wäre*", fährt sie fort, "ist es nichts, wofür man sich schämen müsste. Es ist nur eine Dienstleistung wie jede andere auch."

"Du kennst diese Firma also?" frage ich und reiche ihr das Tablet zurück.

Wieder sieht Belle mich an, dieses Mal mit großem Interesse. "Ich glaube, du weißt, dass ich das tue, Reina." Allein der Klang meines Namens auf ihren Lippen lässt mich zusammenzucken, und als ich stumm bleibe, zu verblüfft, um etwas zu sagen, zwinkert sie mir zu und macht auf dem Absatz kehrt. "Nun, es war mir ein Vergnügen. Ich wünsche dir ein schönes Wochenende mit deiner Tochter und wir sehen uns dann nächste Woche."

# Kapitel 14

## *Belle - Freitag*

Als ich am späten Nachmittag nach der Arbeit beim Spielzeuggroßhändler ankomme, mache ich mir immer noch Vorwürfe wegen meines Verhaltens heute Morgen. Ich hätte nicht mit ihr flirten sollen, aber ich habe es getan. Ich schätze, ich war so überwältigt, als ich die Visitenkarte von Hamptons' Escorts auf ihrer Kücheninsel sah, dass ich nicht weiter darüber nachgedacht habe. Vielleicht hat sie mich nicht einmal auf der Website gesehen. Vielleicht hat sie sich nur die Männer angeschaut. Vielleicht gehörte die Karte wirklich ihrem Ex-Mann, aber ihre Reaktion war extrem, und heute fiel mir auf, dass sie mich auf eine bestimmte Weise ansah. *Mit Interesse.*

"Kann ich Ihnen helfen?"

"Ja, bitte." Trotz meiner ängstlichen Stimmung gelingt mir ein Lächeln. Auf diesen Moment habe ich mich schon lange gefreut, und ich muss mir das Gespräch aus dem Kopf schlagen. "Ich würde gerne Ihr Poolspielzeug sehen."

"Sicher. Ich bin Randy, ich freue mich, Ihnen helfen zu können. Suchen Sie irgendetwas Bestimmtes?" Der Verkaufsleiter wirft einen Blick auf mein fleckiges Oberteil und meine zerrissenen Shorts. Wahrscheinlich hält er mich für eine Gärtnerin, die Spielzeug für die Kinder ihrer Chefs besorgen soll.

"Zeigen Sie mir einfach alles, was Sie haben. Ich brauche eine große Auswahl."

Randys Augen leuchten bei diesem Gedanken und er geht voraus zu einem Gang voller aufblasbarer Spielgeräte. "Wir haben so ziemlich alles, von aufblasbaren Kinderspielzeugen bis hin zu schwimmenden Bars, und im hinteren Bereich gibt es jede Menge verrücktes Zeug.

"Toll." Ich werfe einen Blick auf die riesige Auswahl. "Fangen wir mit den kleinen Dingen an. Die rosafarbenen, bestreuten Krapfen sehen aus, als wären sie perfekt für einen Junggesellinnenabschied. Sind sie von guter Qualität? Ich brauche Spielzeug, das lange hält."

"Sie sind gut", sagt er. "Und sie sind die größten ihrer Art auf dem Markt. Sie haben einen Innensitz und einen Becherhalter. Warten Sie, ich ziehe einen für Sie herunter." Er schnappt sich einen langen Stock und hebt einen der ausgestellten Krapfen vom Haken. "Neunundfünfzig Dollar. Darin enthalten ist ein Reparaturset für kleine Reifenpannen."

Ich fahre mit der Hand über das dicke Gummi. "Sieht gut aus. Ich nehme fünfzehn Stück, bitte. Zehn rosafarbene und fünf von den gemischten."

Randy sieht überrascht aus, gibt aber keinen Kommentar ab, sondern tippt es in sein iPad. "Ich bin mir nicht sicher, ob wir so viele auf Lager haben. Es würde etwa zwei Wochen dauern, sie hierher zu bringen."

"Das ist in Ordnung, ich habe es nicht eilig; ich muss noch meinen Mietvertrag für das Lager unterschreiben. Was ist mit den schwimmenden Stangen?"

"Das ist unsere größte und spektakulärste schwimmende Bar", sagt er und zeigt auf einen Zehnersessel mit einem runden Tisch in der Mitte. "Sie kostet vierhundertneunundsiebzig Dollar. Zehn Becherhalter, eine Vertiefung in der Mitte für einen Weinkühler und bequeme Rückenlehnen. Er hängt zu hoch, als dass ich ihn hierher bringen könnte, aber wenn Sie mir eine Stunde Zeit geben, kann ich das arrangieren."

"Nicht nötig, ich nehme zwei davon, bitte. Ich habe mir bereits die Bewertungen im Internet angesehen." Ich zeige auf die kleinere schwimmende Bar, die sechs Stück fasst. "Und zwei davon." Meine Aufregung wächst, während wir die Gänge durchstöbern. Das ist es; ich tue es wirklich. Es lenkt mich von Reina ab, und das ist gut so. Gleichzeitig habe ich ein wenig Angst, dass ich meine Ersparnisse in etwas stecke, das nicht funktioniert.

"Darf ich fragen, was Sie mit diesem ganzen Zeug vorhaben?", fragt er.

"Ich beginne ein Vermietungsgeschäft. Party-Requisiten."

"Tolle Idee." Die Art, wie Randy mich ansieht, lässt mich glauben, dass er sich fragt, warum er nicht selbst auf diese Idee gekommen ist. "In den Hamptons gibt es jede Menge Partys. Haben Sie sich schon an irgendwelche Party- und Hochzeitsplaner gewandt?"

"Ja, das habe ich. Die Saison hat noch nicht begonnen, aber einige von ihnen haben sich bereits mit Anfragen an mich gewandt, also dachte ich, dass ich die Ware besser einführe, bevor ich ihnen ein Angebot mache."

"Schön für Sie." Randy öffnet ein Bild auf seinem iPad und zeigt es mir. "Das könnte Sie interessieren. Wir haben es nicht auf Lager, aber wir können es für Sie bestellen."

"Wow." Ich beobachte die fünfundzwanzig Meter hohe

Kletterwand, die am Rande des Showpools befestigt ist. „Sowas habe ich noch nie gesehen."

"Ich freue mich, dass ich Ihnen etwas Neues zeigen kann", sagt er und grinst. "Es ist sicher für Erwachsene - vorausgesetzt, man kann schwimmen -, da man nur ins Wasser fallen kann, und es ist fantastisch für diejenigen, die etwas Aktives wollen. Ich habe bisher nur ein Exemplar verkauft, aber aus irgendeinem Grund sind sie in den Emiraten sehr beliebt. Vielleicht haben sie dort größere Pools."

"Hier gibt es auch viele große Pools. Wie viel?"

"Zweihundertsiebenundzwanzig Dollar."

"Okay." Ich schaue mir die restlichen Bilder an, während ich in Gedanken mein Budget durchblättere und versuche zu analysieren, wer so etwas mieten würde. Zugegeben, ich kann mir niemanden vorstellen, der es nicht ausprobieren möchte, weil es so lustig aussieht. Ein einzigartiges Produkt zu haben, das die Leute nirgendwo anders bekommen, ist ein Bonus, also nicke ich und gebe ihm das iPad zurück. "Ich nehme es."

Während ich das sage, reckt Randy seine Faust in die Höhe, lacht dann über sich selbst und rollt mit den Augen. "Ich schwöre, ich arbeite nicht einmal auf Provision, aber ich liebe Spielzeug und Sie sind meine Traumkundin."

Ich lache auch und gebe ihm einen herzhaften Klaps auf die Schulter. "Sie wissen also, wie alles funktioniert und wie man es richtig einrichtet?"

"Oh, ja. Es ist mein Job, zu wissen, wie alles funktioniert."

Ich lasse meinen Blick über ihn schweifen und stelle fest, dass er unter dem übergroßen, babyblauen Firmenpolohemd, das er trägt, ziemlich muskulös aussieht. "Suchen Sie zufällig einen Nebenjob?"

"Ist das Ihr Ernst?" Randy runzelt die Stirn. "Was tun?"

"Ich bereite alles vor, wirklich. Um sicherzustellen, dass alles sicher und solide ist. Ich kann Ihnen natürlich keinen Vertrag anbieten, und ich weiß, dass es höchst unpassend ist, dies an Ihrem Arbeitsplatz zu besprechen, also könnten wir vielleicht stattdessen bei einem Bier reden..." Ich schaue mich um, um sicherzugehen, dass niemand mithört, aber wir sind ganz allein. "Ich brauche jemanden, der mir auf freiberuflicher Basis hilft, bis mein Unternehmen anläuft. Wenn Sie also neben Ihrem Job etwas Zeit haben, würde ich Ihnen gerne ein paar Stunden auf Probe geben, wenn Sie Interesse haben."

"Das würde ich ganz sicher." Randy strahlt. "Meine Frau und ich erwarten ein Baby, und ich arbeite nur vier Tage die Woche hier.

"Okay. Dann sollten wir uns treffen, um das zu besprechen." Randy ist wirklich sehr interessiert. Ich habe nicht darüber nachgedacht, aber es schien mir eine Selbstverständlichkeit zu sein, genauso wie es für mich eine Selbstverständlichkeit war, dieses Geschäft zu eröffnen, nachdem ich gesehen habe, wie die andere Hälfte lebt und wie schwer es ihnen fällt, all die Dinge loszuwerden, die sie nur für eine Party kaufen. Ich kann gar nicht mehr zählen, wie oft ich gefragt wurde, ob ich ein aufblasbares Einhorn, ein wasserfestes Bierpong-Set oder ein Beachvolleyballnetz haben möchte. Genau wie die Reinigungskräfte und Gärtner meiner Kunden kann ich nichts davon annehmen; ich habe keinen Pool und keinen Platz dafür. Zumindest jetzt noch nicht. Sie kaufen Dinge, weil es zum Thema ihrer Party passt. Es geht nicht um Geld, sondern darum, das Zeug loszuwerden, das ihre Hinterhöfe verstopft. Die meisten Menschen hier sind umweltbewusst, sie wollen nicht dabei gesehen werden, wie sie Dinge wegwerfen, also wäre die Anmietung die perfekte Lösung. Was die Party-planer betrifft, so kann ich nur vermuten, dass sie von der Möglichkeit begeistert wären, alles, was sie brauchen, aus einer Hand zu mieten, was ihnen eine Menge Zeit, Stress und Mühe erspart.

"Ich bin dabei. Sind Sie von hier?" fragt Randy.

"Irgendwie schon. Ich bin in Sag Harbor."

"Perfekt. Ich bin in East Hampton, wir können uns irgendwo in der Mitte treffen." Er winkt mir, ihm zu folgen, und hüpft nun wie ein Kind im Süßwarenladen. "Und da ich jetzt weiß, worauf Sie aus sind, kann ich Ihnen noch viel mehr zeigen."

"Toll." Ich folge ihm und kichere über seinen Enthusias-mus. Randy war genau das, was ich brauchte, um meinen Schwung wiederzubekommen.

# Kapitel 15

## *Reina - Freitag*

"Nicole!" Ich umarme meine Tochter lange und ziehe sie ins Haus. "Wie war die Fahrt?"

"Lang und langsam", antwortet Nicole mit einem Stöhnen und zuckt dann mit den Schultern. "Ich bin hungrig. Was gibt es was zu essen?" Sie geht schnurstracks zum Kühlschrank, holt eine Packung Orangensaft und nimmt einen großen Schluck davon.

"Ich war heute ein wenig abgelenkt, deshalb habe ich Chinesisch bestellt. Es wird nicht lange dauern." Die Tatsache, dass sie kein Glas benutzt, kommentiere ich nicht. Ich bin so froh, dass sie hier ist, dass ich ihr die weniger damenhaften Manieren verzeihen kann. "Wie war deine Woche?"

"Viel zu tun. Ich fange nächste Woche mit dem Außendienst an, also habe ich versucht, mit dem Lernen für meine Prüfungen voranzukommen." Nicole stellt den Orangensaft zurück, wischt sich mit dem Ärmel ihres Kapuzenpullis den Mund ab und sieht zu mir herüber, als würde sie mich plötzlich erst jetzt bemerken. "Oh, wow. Du siehst super nett aus, Mom. Deine Haare ... sie sind so schön glatt."

"Danke." Ich werde rot und streiche mir die Haare hinter die Ohren.

"Und deine Absätze und dein Kleid ..." Sie geht zu mir hinüber und fingert an der Leinen-Seidenmischung meines gelben Sommerkleides. "Ist das neu?"

"Nein, ich habe es nur noch nie getragen."

"Oh. Gehst du heute Abend aus?"

"Natürlich nicht, du bist ja hier", rufe ich aus. "Ich dachte nur, ich sollte ein bisschen besser auf mich aufpassen, das ist alles."

Nicoles Mund verzieht sich zu einem breiten Lächeln. "Schön für dich. Es freut mich, dass es dir besser geht. Hast du mit Dad gesprochen?"

"Nein. Ich habe keinen Grund mehr, mit deinem Vater zu sprechen. Du etwa?"

"Nein." Nicole wendet ihren Blick ab, und ich weiß, dass sie lügt. Sandeep hat ihr wahrscheinlich gesagt, dass Bree schwanger ist, und sie gebeten, es geheim zu halten, bis er es mir selbst sagen kann. Er muss sich vor dem Moment fürchten, aber jetzt, wo ich den ersten Schock überwunden habe, weiß ich, dass ich in der Lage sein werde, ruhig und freundlich zu bleiben. Vielleicht hat die Erkenntnis, dass ich mich nach zweiundzwanzig Jahren Ehe mit einem Mann zu einer Frau hingezogen fühle, alles andere in meinem Leben in den Schatten gestellt.

"Du solltest ihn besuchen, während du hier bist. Das würde ihm gefallen", sage ich. "Du warst noch nicht bei ihnen zu Hause."

"Nein." Nicole zieht eine Grimasse. "Ich habe nichts dagegen, mit ihm essen zu gehen, aber ich bin nicht scharf darauf, ihn und Bree zusammen zu sehen. Vielleicht auf einen Kaffee am Sonntag, mal sehen." Das Tor summt, und Nicole nimmt dankbar die Gelegenheit wahr, das Gespräch zu beenden. Sie schnappt sich etwas Kleingeld für den Lieferanten aus der Schüssel auf dem Küchentisch und sprintet aus der Tür in Richtung Tor. "Foooooood!", schreit sie und bringt mich zum Lachen. Sie kommt mit einer großen Tüte voller Lieblingsgerichte zurück, die ich bestellt habe, und als sie sie öffnet, strömt der Duft von Chow Mien, frittiertem Seetang, Sichuan-Auberginen, knuspriger Peking-Ente mit Gemüse, Pfannkuchen und Pflaumensauce, Wonton-Suppe und gedämpften Fadennudeln durch die Küche. Das ist viel zu viel für zwei Personen, aber ich weiß, dass sie gerne die Reste zum Frühstück isst, also habe ich es ein wenig übertrieben. "Lecker, ich bin am Verhungern", sagt sie und öffnet die Schachteln.

Ich bringe Teller, Stäbchen, Gläser und eine Flasche Weißwein nach draußen zum Esstisch und Nicole bringt das Essen, das sie unterwegs angreift. Normalerweise sitze ich am Kopfende des Tisches, aber diese Woche habe ich an der Seite gesessen, weil ich von dort aus einen freien Blick auf Belle hatte. Ohne nachzudenken, ziehe ich denselben Stuhl hervor und setze mich. Nicole wirft mir einen flüchtigen verwirrten Blick zu, kommentiert ihn aber nicht. "Gefällt es dir immer noch in New York?" frage ich, während ich den Wein einschenke.

"Ja, das tue ich. Das fragst du mich immer." Sie isst ein paar Auberginen und reicht mir die Schachtel.

"Ich bin deine Mutter. Es ist wichtig für mich, dass du dein Leben genießt. Was machst du dieses Semester? Ist es interessant?"

"Ich nehme es an. In ein paar Monaten kann ich dir diese Frage beantworten; es ist noch zu früh, um das zu wissen." Nicole schürzt die Lippen und kaut auf ihrer Wange. "Was wolltest du machen, als du jünger warst?"

Die Bemerkung "jünger" sticht. "Hey, ich bin noch

jung", sage ich und trete ihr spielerisch den Fuß unter den Tisch. "Ich bezweifle, dass viele deiner Kommilitonen eine Mutter haben, die noch in den Dreißigern ist."

"Nur knapp." Nicole rollt mit den Augen und lacht. "Tut mir leid, war nur ein Scherz. Du weißt schon, was ich meine."

Ich nehme einen Schluck von meinem Wein und schaue mir das Geschirr auf dem Tisch an. Ich habe keinen Hunger. Ich habe den ganzen Tag nichts gegessen, weil mich der Vorfall mit Belle völlig aus der Bahn geworfen hat, aber ich esse trotzdem. Auch wenn wir nur zu zweit sind, ist es immer noch Familienzeit, und ich werde essen, Appetit hin oder her. "Nun, ich nehme an, ich wollte Fotografin werden."

"Wirklich?" Nicoles verwirrter Blick verrät mir, dass sie nicht so recht glauben kann, dass ich einen künstlerischen Knochen in meinem Körper habe. "Ich wusste, dass du Fotografie magst, du hast die ganze Kunst hier gekauft, aber ich wusste nicht, dass du in diesem Bereich arbeiten wolltest. Warst du gut?"

"Ich hielt mich für besser als der Durchschnitt. Ich bin mir nicht sicher, wie gut ich jetzt wäre; ich habe in den letzten zehn Jahren nicht viel geübt, außer mit meinem Handy Fotos zu machen."

"Hast du irgendwo coole Fotos rumliegen? Wo ist deine Kamera?"

"Ich glaube, ich habe noch ein paar oben in einer Kiste im Arbeitszimmer. Meine Kamera ist auch dort, glaube ich, aber sie ist sehr alt, genau wie ich", füge ich hinzu und wölbe eine Augenbraue zu ihr. "Ich bin sicher, dass es heute viel bessere auf dem Markt gibt."

"Tut mir leid, Mom, ich wollte nicht altersdiskriminierend sein." Nicole wirft mir einen Kuss zu. "Hast du nicht Lust, wieder mit der Fotografie anzufangen? Jetzt, wo du mehr Zeit zur Verfügung hast?"

"Vielleicht." Ich zögere, weil ich ehrlich gesagt noch nie darüber nachgedacht habe, aber sie hat Recht: Ich habe viel zu viel Zeit und es ist eigentlich keine schlechte Idee.

"Ausgezeichnet", sagt Nicole und deutet meine vage Antwort als Ja. "Warum besorgen wir dir nicht dieses Wochenende eine neue Kamera? Wir könnten eine online kaufen oder in die Stadt fahren. Ja, lass uns in die Stadt fahren. Mittagessen und einkaufen, nur wir beide."

"Okay. Mittagessen und Einkaufen also", sage ich, glücklich über die Aussicht, einen Tag mit meiner Tochter gemeinsam zu verbringen. Während ich mit dem Gedanken spiele, nach so vielen Jahren wieder eine Kamera in die Hand zu nehmen, verspüre ich das Verlangen, die Welt wieder durch eine Linse zu sehen und das Wesentliche von allem, was ich liebe, einzufangen.

"Ich möchte nur, dass du wieder zu dir selbst findest, Mama. So wie du willst, dass ich das Leben genieße, will ich auch, dass du glücklich bist."

Es herrscht Schweigen zwischen uns, während ich über ihre Aussage nachdenke. Es scheint ihr sehr erwachsen zu sein, so etwas zu sagen, und ich bin ein wenig verblüfft darüber. Ist es wirklich so offensichtlich für sie, dass ich eine schwere Zeit durchgemacht habe? Ich habe mein Bestes gegeben, um es zu verbergen, indem ich an den Wochenenden, wenn sie hier ist, die beste Version meiner selbst war. "Ich weiß, Schatz, aber ich bin glücklich. Ich fühle mich schon so viel besser."

"Ja, das habe ich bemerkt. Etwas ist anders an dir. Nicht nur dein Aussehen, da ist noch etwas anderes." Wieder mustert Nicole mich, als ob sie auf ein Geständnis wartet. Wartet sie darauf, dass ich ihr erzähle, dass ich ein Date hatte oder einen Mann im Supermarkt oder im Internet getroffen habe? Wartet sie darauf, herauszufinden, warum ich plötzlich wieder auf Stöckelschuhen herumtanze und auf mich aufpasse wie nie zuvor? Es gibt natürlich nichts zu berichten. Zumindest nichts, was ich bereit bin zu erzählen, also lächle ich einfach.

"Es ist einfach an der Zeit weiterzumachen", sage ich und konzentriere mich auf mein Essen. Ja, ich fühle mich heute anders, aber ich fühle mich auch verängstigt und verwirrt, denn selbst wenn Nicole hier ist, scheine ich nur an Belle denken zu können.

"Ich bin froh, dass du das gesagt hast. Denn ich wollte mit dir über etwas reden." Nicole hält inne. "Ende des Monats findet im Haus eines Freundes in Brooklyn eine Party statt, und ich würde gerne hingehen. Es ist an einem Samstag, aber der Verkehr wird furchtbar sein, wenn man hierher kommt, und-"

"Natürlich, Schatz. Bleib in New York und amüsier dich", unterbreche ich sie. "Du brauchst meine Erlaubnis nicht. Ich möchte, dass du nach Hause kommst, weil du hier sein willst, und nicht, weil du dir Sorgen machst, dass ich alleine bin."

"Aber ich kann nicht anders, als mir Sorgen um dich zu machen." Nicole zuckt mit den Schultern. "Und nur um das klarzustellen: Ich komme gerne hierher. Ich liebe das Meer, und ich liebe dich. Das hier ist mein Zuhause und *du bist* mein Zuhause. Ich will nur nicht, dass du einsam bist."

Meine Augen brennen bei diesem Gedanken, und ich schlucke den Kloß in meinem Hals hinunter. "Ich verspreche dir, dass ich nicht einsam bin, okay?" Ich sehe sie eindringlich an. "Du bist erwachsen und entwickelst dich zu einer eigenen Person, also bleib in New York, wann immer du willst, hörst du mich? Wann immer du willst. Und wenn du nach Hause kommst, wird immer ein chinesisches Essen zum Mitnehmen auf dich warten." Ich greife über den Tisch und drücke ihre Hand. "Solange du mich anrufst und mir sagst, dass es dir gut geht, geht es mir gut."

# Kapitel 16

## *Belle - Samstag*

"Ich will nicht in die Bank gehen. Ich will die Lamas sehen." protestiert Suki, als ich uns zum Aufbruch bereit mache.

Ich bürste ihr die Haare zu Ende und beginne, die linke Seite ihres Haares zu flechten. "Wir müssen zur Bank gehen, Süße. Mami muss ein Geschäftskonto eröffnen."

"Warum?"

"Weil ich mein eigenes Unternehmen gründe und viele Dinge bezahlen muss, die ich bestellt habe."

Suki dreht sich um und runzelt die Stirn auf die süßeste Art und Weise. "Warum?"

Ich lache und befestige das Gummiband in ihrem Zopf, dann beginne ich auf der anderen Seite. "Damit wir ein schönes Leben haben können, du und ich. Damit wir irgendwann ein größeres Haus haben, und damit du studieren und das werden kannst, was du werden willst. Willst du das nicht auch?" Wenn ich mich so reden höre, kann ich kaum glauben, dass ich noch dieselbe Person bin wie vor drei Jahren. Ich arbeitete hinter der Bar in New Yorker Nachtclubs, schlief mich durch die Stadt und lebte in einer Wohngemeinschaft mit drei Freunden. Ich lebte für den Augenblick und plante nie weiter als einen Tag voraus. Jetzt habe ich ein Kind, für das ich sorgen muss, eine Hypothek, die ich abbezahlen muss, ich bin dabei, mein eigenes Unternehmen zu gründen, und das Leben könnte nicht besser sein. Meine Schwester gab mir etwas Bedeutsames, bevor sie starb. Sie gab mir das Geschenk der Hingabe, der Verantwortung und der Liebe, und obwohl ich sie immer noch jeden Tag vermisse, fühle ich mich mit Suki in meinem Leben stark und positiv.

"Lernen?"

"Ja. Das ist, wenn man auf eine Schule für große Mädchen geht und sie einem beibringen, wie man einen Job macht." Ich denke an Reina, die mir von ihrer Tochter erzählt hat. Sie müssen sich nahe stehen, wenn ihre Tochter an den Wochenenden immer noch nach Hause kommt, und ich kann nur hoffen, dass Suki das auch tun wird, wenn sie in dem Alter ist. Ich habe unseren kurzen Austausch immer wieder analysiert, und ich bin sicher, dass Reina weiß, dass ich für Hamptons' Escorts arbeite. Wenn sie das weiß, bedeutet das auch, dass sie sich die lesbischen Escorts angeschaut hat... "Was willst du werden, wenn du älter bist?" frage ich in einem Versuch, mich von Reina abzulenken. "Du musst dich natürlich nicht jetzt entscheiden, und du kannst deine Meinung jederzeit ändern, wenn du willst. Und wenn du es nicht weißt, ist das auch in Ordnung."

"Ich möchte eine Prinzessin sein", sagt Suki ganz sachlich.

"Eine Prinzessin? Das ist doch kein Beruf." Es amüsiert mich, wie mädchenhaft sie ist, wo ich doch das Gegenteil bin. Sie kommt eindeutig nach ihrer Mutter. Linda verkleidete sich immer als Prinzessin, als wir jünger waren, und ich war gerne der Prinz, wobei ich es nie richtig schaffte, die karierten Hemden meines Vaters zu tragen.

Suki lehnt ihren Kopf zurück und sieht zu mir auf. "Ich möchte eine Prinzessin mit einem Job sein."

Ich kichere. "Okay. Welcher Job?"

"Ich will das Gleiche machen wie du." Sie grinst. "Ich will in Pools schwimmen."

"Ich schwimme nicht in Pools, Schatz. Ich putze sie. Aber wenn du das willst, dann kannst du das tun."

"Ja. Ich möchte mit dir zur Arbeit kommen." Suki klopft mit ihrer kleinen Hand auf ihren Oberschenkel. "Und ich will auch schwimmen und ich will eine Prinzessin sein."

"Vielleicht könnte ich dir das Schwimmen beibringen. Das wäre doch ein guter Anfang, oder?" Ich bezweifle, dass sie in drei Jahren noch dieselben Träume haben wird, aber es ist irgendwie süß, dass sie jetzt schon so sein will wie ich.

"Aber ich *kann* schwimmen."

"Ja, du kannst schwimmen. Du schwimmst wirklich gut, aber ich meine ohne deine Armbänder." Ich klopfe ihr zweimal auf die Schultern, mein Zeichen, dass ihr Haar fertig ist, und sie dreht sich mit einem Stirnrunzeln um.

"Mit nichts?"

"Ja, nur mit deinen Armen und Beinen. Es braucht vielleicht etwas Übung, aber du wirst es schaffen. Wir gehen in den Gemeinschaftspool. Das ist einfacher als im Meer, und Juliette und Cameron wollen vielleicht auch mitkommen."

Suki denkt über meinen Vorschlag nach, der für eine Vierjährige unerhört erscheinen muss. Schwimmen ohne Armbinden. Verrückt. "Okay. Können wir jetzt gehen?"

"Nein, Suki. Der Pool ist jetzt geschlossen", sage ich und ärgere mich über meine kleine Notlüge. "Wir gehen zur Bank, und dann gehen wir einkaufen." Ich schüttle den

Kopf und lächle sie an. Wenigstens habe ich es geschafft, sie von den 'Lämmchen' abzulenken.

* * *

Niemand hat je behauptet, dass dies einfach sei. Nach unserem Besuch in der Bank jongliere ich mit einem Kinderwagen voller Einkäufe und Suki zieht mich über den Bürgersteig. Sie hält sich inzwischen für zu alt für den Kinderwagen, aber nur so kann ich Multitasking betreiben. Ich benutze ihn, um Sachen zu transportieren, wenn sie bei mir ist, damit ich gleichzeitig ihre Hand halten kann. Heute ist er unter anderem mit gefrorenen Erbsen, welkem Spinat und schmelzender Eiscreme gefüllt, aber das bedeutet nicht, dass wir schneller zurück in die Tiefkühltruhe kommen werden.

Aus dem Augenwinkel erregt etwas meine Aufmerksamkeit und ich bleibe abrupt stehen, um über die Straße zu schauen. "Warte, Suki", sage ich und kneife die Augen zusammen, um sicherzugehen, dass ich mir nichts einbilde.

"Mami, du hältst mich zu fest."

"Oh, tut mir leid, Schatz." Ich merke, dass ich Sukis Hand drücke, als ich Reina aus dem lustigen kleinen Technikladen an der Ecke unserer Straße kommen sehe, und lockere meinen Griff. Sie ist in Begleitung eines Mädchens, von dem ich annehme, dass es ihre Tochter ist; sie hat eine verblüffende Ähnlichkeit mit Reina. Natürlich ist sie jünger, ein wenig kurviger und viel legerer gekleidet, aber ihre großen Augen, ihr langes dunkles Haar und ihre vollen Lippen sind die gleichen. Das Mädchen hält eine Polaroid-kamera hoch, aber Reina scheint sich zu sträuben - oder vielleicht zu schüchtern zu sein - auf dem Bild zu sein. Plötzlich blickt sie auf, als ob sie meinen Blick auf sich spürt, und ich winke ihr von der anderen Straßenseite zu und höre mich selbst ihren Namen rufen. "Komm, wir gehen Mamas Freundin begrüßen. Es dauert nur eine Minute."

Ich fühle mich nervös, als ich Suki hochhebe und die Straße überquere, und Reinas Gesichtsausdruck nach zu urteilen, ist auch sie nervös. Mein Herz klopft wie wild, aber es ist zu spät, umzukehren, also hebe ich mein Kinn und schenke ihr ein breites Lächeln.

# Kapitel 17

## *Reina - Samstag*

B eim Durchstöbern des Ladens, in dem es alles rund um die Fotografie gibt, bin ich von der Auswahl überwältigt. Wir haben uns nach Sag Harbor begeben, denn hier befindet sich das einzige Fachgeschäft auf der Halbinsel. Es ist ein hübsches Fischerdorf mit sehr einheimischen Leuten und einer böhmischen Atmosphäre. Ich war noch nie in diesem Teil der Hamptons; die meisten meiner Freunde leben in den Dörfern und Weilern in und um Southampton und Easthampton, versteckt hinter privaten Hecken in ihren großen Villen. Es ist schön, mal aus meiner Nachbarschaft herauszukommen, und es hat mir bewusst gemacht, wie klein meine Welt wirklich ist.

"Wie wäre es mit dem hier?" Nicole nimmt eine riesige Kamera in die Hand. Allein das Objektiv ist größer als ihre beiden Hände, die das Gehäuse umklammern, während sie es auf mich richtet.

"Die ist zum Filmen aus der Ferne", sage ich lachend. "Ich brauche keine Scharfschützenkamera. Eine einfache, semiprofessionelle Digital- oder Hybridkamera mit gutem

Fokus reicht aus. Als ich mir die Regale ansehe, fällt mein Blick natürlich auf eine Nikon D6, denn alle meine bisherigen Kameras waren von dieser Marke. Ich nehme sie in die Hand, streiche mit dem Daumen über die raue Oberfläche und bewundere das Objektiv. Die Kamera hat eine ungewöhnliche Form: quadratisch statt rechteckig, aber sie fühlt sich robust und angenehm in meinen Händen an.

"Was wollen Sie denn fotografieren?", fragt mich die Verkäuferin, die zugehört hat.

"Ich bin mir noch nicht sicher. Den Strand, das Meer, wilde Tiere, Menschen vielleicht?" Ich hatte ihr gesagt, dass ich keine Hilfe brauche, aber jetzt, wo ich vor so viel Auswahl stehe, brauche ich sie irgendwie doch. "Was denken Sie?"

"Ich denke, die DSLR ist eine gute Wahl. Sie ist zwar teuer, aber eine der besten, die wir haben. Sie kennen sich mit Kameras aus?"

"Früher hatte ich eine, aber das ist schon lange her", sage ich, falte meine Hände um die Kamera und hebe sie hoch, um durch das Objektiv zu schauen. Das Bild ist kristallklar, viel besser als das meiner alten Kamera, und das überrascht mich nicht. Die Technik muss sich seit meinen Teenager- und frühen Zwanzigerjahren sehr weiterentwickelt haben.

"Sie verfügt über eine geräuschlose Einstellung für die Wildlife-Fotografie, ein unglaublich genaues Autofokussystem und eine erstklassige Qualität. Außerdem ist sie wetterfest und für alle Umgebungen geeignet, ob bei Tag oder Nacht", fährt die Verkäuferin fort. "Ich würde sagen, sie ist eher für Profis und wird oft von Journalisten oder Sportfotografen gekauft, aber sie ist einfach zu bedienen und wurde entwickelt, um Momente und nicht Szenen festzuhalten."

Als ich das mit Neopren gefütterte Band um meinen Hals lege, stelle ich fest, dass das Gewicht angenehm ist. Nicht zu schwer für lange Spaziergänge, aber auch nicht zu leicht. Es gibt nichts Schlimmeres als eine fadenscheinige Kamera; ich will wissen, dass sie da ist. "Sie gefällt mir."

"Sie haben einen guten Geschmack."

"Ich schon", scherze ich. Ich wette, sie hat uns schon ausgemessen, um herauszufinden, ob ich mir die Kamera leisten kann. Obwohl Nicole zerrissene Jeans und ein graues T-Shirt ohne Markenzeichen trägt, bin ich sicher, dass die Givenchy Antigona-Tasche, die ich ihr zu ihrem siebzehnten Geburtstag geschenkt habe, nicht unbemerkt geblieben ist, ebenso wenig wie meine Bottega Veneta-Tasche. Ich bin nicht der Typ, der viel Geld ausgibt; eine schöne Handtasche ist alles, was ich brauche, und diese habe ich schon seit Jahren. Aber mir ist auch bewusst, dass ich mir schon lange nichts Besonderes mehr gegönnt habe, und ich will diese Kamera unbedingt haben.

"Ich kann zusätzlich eine fünfjährige Garantie und eine Polaroidkamera für die junge Dame anbieten", sagt sie und hofft, dass Nicole mich überzeugen kann. "Und ich lege zwei Packungen alten Farbfilm und eine Packung Sepia-Film bei."

Natürlich ist Nicole begeistert. Es ist der perfekte Vorschlag für jemanden in ihrem Alter. "Ja, Mama! So eine hätte ich auch gerne." Sie schaut mich mit ihren besten Rehaugen an, und ich lache, denn ich muss nicht überredet werden; ich habe mich bereits entschieden.

"Okay. Ich nehme sie."

Nicole nimmt der Verkäuferin eifrig die Schachtel mit der Polaroidkamera ab und beginnt, den Sepiafilm einzulegen, während ich bezahle, die Grundeinstellungen meiner neuen Kamera bespreche und den Papierkram für die Garantie unterschreibe. Wenn ich gewusst hätte, dass etwas so Einfaches wie eine billige Polaroidkamera Nicole so glücklich machen würde, hätte ich ihr schon längst eine gekauft.

"Lächeln!", sagt sie und will ein Foto von mir machen, als wir den Laden verlassen.

"Oh, bitte nicht. Ich mag es nicht, wenn man mich fotografiert." Reflexartig hebe ich eine Hand vor mein Gesicht und wende mich leicht ab.

"Komm schon, Mom. Das ist ein großer Moment. Endlich hast du wieder eine gute Kamera."

Kopfschüttelnd und kichernd gebe ich nach und halte die Einkaufstasche hoch, während ich sie verlegen anlächle. Als ich in meinem Blickfeld etwas, oder besser gesagt *jemanden,* der mir bekannt vorkommt, entdecke, wechselt mein fröhlicher Gesichtsausdruck schnell in einen Schockzustand. Es ist Belle, die auf der gegenüberliegenden Straßenseite steht und unser Hin- und Hergeplänkel beobachtet. In ihrer Hand hält sie ein kleines Mädchen, von dem ich annehme, dass es ihre Tochter sein muss, und in der anderen hat sie einen Kinderwagen mit Einkaufstüten.

"Hey, Reina!" Sie winkt mir zu, hebt das Kind auf ihre Hüfte und überquert zu meiner Überraschung die Straße. Mein Herz klopft wie wild, als sie näher kommt, so heftig, dass ich kaum in der Lage bin, sie zurück zu grüßen.

"Hey, Belle", schaffe ich es. Meine Stimme klingt nicht wie meine eigene, wenn ich ihr direkt gegenüberstehe. Sie sieht so anders aus, ohne ihre rote Mütze und die Shorts. Stattdessen trägt sie eine verwaschene Jeans und ein marineblaues T-Shirt. Ein weißes Leinenhemd hängt ihr über die Schultern, und ihr Haar ist lässig zurückgekämmt. Sie ist so unglaublich attraktiv, dass ich mich dabei ertappe, wie ich sie anstarre. Heute sieht sie nicht aus wie Belle, das Poolmädchen, aber sie sieht aus wie ′B′, die Begleiterin. *Genau wie auf ihrem Profilbild.*

″Und du musst Nicole sein.″ Ich bin beeindruckt, dass Belle sich an ihren Namen erinnert, und ich kann sehen, dass Nicole verwirrt ist. Sie kennt alle meine Freunde, und Belle ist sicherlich ein wenig anders als sie, was das Aussehen angeht.

″Das bin ich.″ Nicole schüttelt ihre Hand und lächelt das kleine Mädchen an. ″Hallo, Süße. Wie heißt du denn?″

″Suki″, murmelt das Mädchen, während sie an ihrem Daumen lutscht.

″Das ist ein schöner Name. Wie alt bist du?″ fragt Nicole. Mir ist klar, dass ich diese Fragen stellen sollte, aber ich bin zu fassungslos, um ein Gespräch zu führen.

″Suki ist vier″, sagt Belle, als Suki nicht antwortet. ″Und sie wird langsam zu schwer, um sie zu tragen.″ Sie setzt sie ab und nimmt ihre Hand.

″Bist du nicht ein hübsches Mädchen?″ sage ich schließlich. Suki kichert und versteckt sich halb hinter Belles Bein.

″Sie ist so süß. Ich liebe Kinder.″ Nicole lächelt Belle an. ″Woher kennst du meine Mutter?″

″Ich warte ihren Pool″, sagt Belle. ″Ich arbeite für Pool Masters.″

″Oh.″ Nicole schaut mich an, wahrscheinlich fragt sie sich, warum ich meine Zunge verloren habe. ″Was ist mit Larry passiert?″

″Barry.″ Belle gluckst. ″Er hat sich den Arm gebrochen, ich springe für ihn ein.″ Sie schaut von Nicole zu mir und wieder zurück. ″Was macht ihr denn in Sag Harbor?″

″Mama hat gerade eine neue Kamera gekauft.″ Nicole zeigt auf meine Tasche. Sie hat mir erzählt, dass sie früher eine ziemlich gute Fotografin war, also wollte ich mich selbst davon überzeugen."

"Ist das so?" Belle wölbt eine Augenbraue zu mir. "Wenn ich du wäre, würde ich mit deinem schönen Blick anfangen."

"Ja, ich denke, das werde ich." Schließlich bringe ich den Mut auf, Belle in die Augen zu sehen, und der Effekt, den diese einfache Handlung auslöst, ist erstaunlich. Ich hatte nicht erwartet, sie hier zu sehen. Es ist aus dem Zusammenhang gerissen, es ist verwirrend und lässt mich in kalten Schweiß ausbrechen. Mein Inneres flattert, mein Puls rast, und ich wünschte, ich könnte mich in einem Spiegel überprüfen, um zu sehen, ob ich vorzeigbar aussehe. "Und was machst du hier?" stottere ich.

"Ich? Oh, wir wohnen hier." Belle zeigt auf das erste Restaurant in einer Reihe von vielen. "Gleich da drüben, über der Austernbar."

"Wie schön", sage ich und schaue zu dem zweistöckigen Gebäude mit dem breiten Balkon, der die Straße überblickt. Ich weiß nicht, wo ich erwartet hatte, dass sie wohnen würde. Ich habe darüber nachgedacht und sogar versucht, sie in den sozialen Medien zu finden, aber ohne Erfolg. Ehrlich gesagt konnte ich mir nicht vorstellen, dass sie irgendwo wohnt, denn Poolpflege und Escort sind so gegensätzliche Welten, aber jetzt, wo ich sie hier sehe, macht es Sinn. "Mitten im Getümmel."

Belle lacht. "Ich weiß nicht, ob in Sag Harbor viel los ist, aber uns gefällt es, nicht wahr, Suki?" Sie wendet den Kinderwagen in Richtung der Austernbar. "Nun, es war schön, dich zu sehen. Wir sollten das Eis in den Gefrierschrank stellen."

"Ja, es war auch schön, dich zu sehen." Ich hauche Suki einen Kuss zu. "Und dich." Ich bleibe an Ort und Stelle stehen und überlege, wohin wir als nächstes gehen sollen. Hier vor dem Laden können wir nicht bleiben, aber ich möchte auch nicht in die gleiche Richtung wie Belle gehen. Das wäre doch komisch, nachdem wir uns gerade verabschiedet haben. *Oh Gott, ich mache mir zu viele Gedanken.* "Wie wäre es, wenn wir nach Southampton Village fahren und in dem Shrimp-Laden essen, den du so magst?" frage ich Nicole und mache mich, ohne eine Antwort abzuwarten, auf den Weg zurück zum Auto.

"Aber ich dachte, du wolltest in Sag Harbor bleiben", sagt Nicole und folgt mir. "Du sagtest, die Geschäfte und Restaurants sähen nett aus und du wolltest dich hier umsehen.

"Ich weiß, dass ich das gesagt habe, aber ich habe wirklich Hunger, also können wir genauso gut dorthin gehen, wo wir wissen, dass das Essen gut ist." Ich wende mich ihr zu und zucke entschuldigend mit den Schultern. "Wenn es dir nichts ausmacht, versteht sich. Du gehst doch sowieso nicht gerne einkaufen, oder?" Ich habe das Bedürfnis, von hier zu verschwinden, denn ich weiß nicht, wie ich mich verhalten soll, nachdem ich Belle gesehen habe. Es war zu viel, zu überwältigend. Weder sie noch Nicole haben eine Ahnung, wie ich mich fühle, und ich werde dafür sorgen, dass sie es nie herausfinden.

"Es macht mir nichts aus", zuckt Nicole mit den Schultern. "Aber...", sie hält inne, während wir unsere Taschen ins Auto packen und einsteigen. "Aber was ich nicht verstehe, ist, warum du dich bei dieser Frau so komisch benommen hast."

"Das habe ich nicht. Sie ist nur die Frau, die unseren Pool wartet."

"Ganz genau. Warum warst du dann so still und zappelig? Es war, als ob sie dich nervös gemacht hätte oder so.

Hat sie irgendetwas getan, das dir Unbehagen bereitet hat?"

"Nein. Gott, nein." Ich schaue in den Himmel und versuche zu lachen. "Ich weiß wirklich nicht, wovon du redest." Verzweifelt versuche ich, das Thema zu wechseln, und zeige auf das Polaroidfoto, das sie von mir gemacht hat. "Wie sehe ich aus?"

# Kapitel 18

## *Belle - Sonntag*

Der Sonntag ist mein Lieblingstag in der Woche. Juliette und ich beschlossen, mit Suki und Cameron nach Montauk zu fahren, um bei *"Rolls"*, einer kleinen Bude an der Hauptstraße, Hummerbrötchen zu essen, weil wir einfach Lust darauf hatten. Es ist ein beliebter Ort, und wir sind früh gekommen, um einen schattigen Tisch auf der Terrasse zu ergattern. Familien und Millennials drängen sich um die blauen Picknicktische unter klapprigen Bambusdächern. Da dies einer der wenigen Orte ist, an denen sich die Reichen und Berühmten am Wochenende unter die Einheimischen mischen, geht Juliette hier gerne auf Prominentensuche. Obwohl sie es immer abgestritten hat, ist sie im Grunde ihres Herzens eine Art Möchtegern, was auf eine seltsame Art und Weise liebenswert ist. Sie liest alle Klatschzeitschriften, hält sich über Skandale und Intrigen rund um die Prominenten der Hamptons auf dem Laufenden und versucht gelegentlich, mich zu den neuesten Hotspots zu schleppen.

Juliette schließt die Augen und stöhnt, während sie in

ihr Brötchen beißt. Sie hat drei vor sich liegen, und ich wäre überrascht, wenn sie es schafft, sie aufzuessen. "Mmm, das habe ich vermisst. So, so gut. Warum sind sie im Winter geschlossen? Das ist einfach nicht fair."

"So, so gut", sagt Cameron, schließt die Augen und ahmt seine Mutter nach.

Ich lache und stelle fest, dass er es genau getroffen hat, einschließlich des dramatischen Augenrollens am Ende. "Freut ihr euch darauf, nachher ins Schwimmbad zu gehen?"

Cameron nickt. "Ich kann schon schwimmen", sagt er und stopft sich eine Pommes in den Mund.

"Ich auch", mischt sich Suki ein. "Ich kann im tiefsten Wasser schwimmen." Sie ist ganz aus dem Häuschen und erzählt Cameron alles darüber, wobei sie eine Reihe von imaginären Szenen mit Haien, Meerjungfrauen und einer Prinzessin, die Pools reinigt, einstreut. Immer mehr Ketchup landet auf ihrer Wange, während sie spricht und gleichzeitig isst, zur Belustigung der Leute um uns herum.

"Bitte sehr, Leute. Drei Hummerbrötchen, Pommes und eine Cola." Eine Frau stellt ein Tablett mit Essen ab und gesellt sich zu dem Paar, das über Sukis spektakulär unzusammenhängende Geschichte lacht. Ich lächle die Frau an und versuche, eine gerade Miene zu bewahren, als ich sehe, dass es Mrs. Ashworth ist. Sie starrt mich einen Moment lang an, blinzelt, als würde sie die Situation verarbeiten, vielleicht eine interne Risikoanalyse durchführen. Die Leute, mit denen sie zusammen ist, sind viel jünger; ich vermute, dass der Junge ihr Sohn sein könnte, da er ihr ähnlich sieht. Es ist nicht das erste Mal, dass mir so etwas passiert, also wende ich mich wieder meinem Essen zu, greife nach meinem Handy und tue so, als würde ich eine Nachricht beantworten. Als ich das erste Mal mit einem

Kunden zusammenstieß, schien es eine große Sache zu sein, aber inzwischen habe ich herausgefunden, dass es ein einfacher Weg ist, unnötigen Stress zu vermeiden, indem ich mich ruhig verhalte. Ich will nicht, dass sie in Panik gerät. Sie ist verheiratet und will natürlich nicht, dass jemand von ihren Eskapaden erfährt. Sobald sie sieht, dass ich entspannt bin, wird sie es auch sein, und alles wird gut sein.

Mrs. Ashworth wendet sich an unseren Tisch, ebenfalls amüsiert über Suki. Zu meiner Überraschung ignoriert sie mich nicht, und sie drängt ihre Begleiter auch nicht, zu gehen. "Ist das Ihre Tochter?", fragt sie stattdessen. "Sie ist bezaubernd."

"Ja", sage ich, ein wenig unbehaglich. Ich mag es nicht, wenn Kunden etwas Privates über mich wissen, aber ich kann sie auch nicht ignorieren, Suki abholen und weggehen, also lege ich einen Arm um sie und tue so, als würde ich mich amüsieren. "Sie hat heute viel zu sagen, normalerweise ist sie nicht so gesprächig."

"Sie scheint für ihr Alter sehr intelligent zu sein. Das muss sie von ihrer Mutter haben." Mrs. Ashworth wirft mir einen Blick zu und dreht sich zur Seite, damit das Paar ihr gegenüber nicht sehen kann, was sie tut. Bisher habe ich es geschafft, mein Privatleben von meiner Arbeit als Escort getrennt zu halten, aber das hier geht mir zu nahe, und der Blick, den sie mir zuwirft, gibt mir ein höchst unangenehmes Gefühl, vor allem, weil Suki hier ist.

"Sie ist wirklich klug." Ich schenke ihnen ein höfliches Lächeln und wende mich an Juliette. "Wie wäre es, wenn wir das am Strand beenden?"

"Was? Das macht keinen Sinn. Wir sind früher gekommen, weil ..." Juliette verstummt, als sie ihre Aufmerksamkeit für einen Moment von ihrem Essen abwendet und aufblickt, um Mrs. Ashworth zu sehen, die mich anstarrt.

Ich bin mir nicht sicher, ob Juliette weiß, wer sie ist, sie muss viele Kunden pro Woche überprüfen, aber ein leises Zusammenzucken verrät mir, dass sie es weiß. Ich bin dankbar, als sie anfängt, Camerons Essen einzupacken, trotz seiner Proteste.

"Wohnst du am Strand?" fragt Mrs. Ashworth Suki. "Wenn du so eine gute Schwimmerin bist?"

"Nein. Ich wohne in Sag Harbor. Nummer neunundvierzig in der Main Street", sagt Suki sachlich und fängt dann an, die Informationen herunterzurasseln, die ich ihr beigebracht habe, damit sie sich nicht verlaufen kann. "Meine Mami heißt Belle Rodgers und ihre Nummer ist..."

"Okay, das reicht, Suki", unterbreche ich sie. "Aber nur, wenn du mich nicht finden kannst, schon vergessen?"

Das Paar lacht, aber Frau Ashworth scheint fasziniert zu sein. "Sag Harbor ist schön", sagt sie. "Wir waren gestern dort zum Abendessen." Sie gestikuliert zu ihren Begleitern. "Meine Kinder sind übers Wochenende zu Besuch."

"Wie schön. Nun, das Wetter ist auf jeden Fall auf Ihrer Seite." Ich versuche, lässig zu klingen, während ich die Pappkartons schließe und aufstaple.

"Wohnt ihr dort alle zusammen?" fragt Mrs. Ashworth Suki.

"Mama, das ist ein bisschen aufdringlich, findest du nicht?" Ihre Tochter wirft ihr einen verwirrten Blick zu, da sie offensichtlich nicht weiß, warum sich ihre Mutter so sehr für unser Leben interessiert.

"Ja, das tun wir", lügt Juliette lächelnd und rettet mich, indem sie so tut, als wäre sie meine Partnerin.

Ich stelle fest, dass Mrs. Ashworth jetzt Juliette mit ihren Augen folgt. "Entschuldigen Sie uns. Wir haben unseren Kindern versprochen, dass wir am Strand essen. Ich wünsche Ihnen einen schönen Tag."

"Aber du hast doch gesagt, dass wir zum Pool gehen", protestiert Cameron durch den Bissen, auf dem er immer noch herumkaut, während Juliette ihn zum Auto zerrt. "Ich will nicht an den Strand gehen. Ich will in den Pool."

"Ja, wir fahren zum Pool, keine Sorge." flüstert Juliette und schnallt die beiden an, während ich den Motor starte.

"Das tut mir sehr leid." Ich werfe einen Blick in den Rückspiegel, als ich losfahre, halb in der Erwartung, dass Mrs. Ashworth uns wie eine Verrückte folgt. "Ich halte irgendwo an, wo wir uns zum Picknick hinsetzen können."

"Mach dir keine Sorgen. Es ist nicht deine Schuld, diese Frau ist..." Sie dreht die Musik laut auf, damit Suki und Cameron sie hinten nicht hören können. "Sie ist verdammt unheimlich, scheint sogar ein bisschen besessen zu sein."

"Wem sagst du das. Als ich sie das letzte Mal gesehen habe, war sie nicht so. Ich meine, sie hat mir sicherlich keine persönlichen Fragen gestellt."

"Gott, man weiß nie, oder?" Juliette zuckt mit den Schultern. "Ich kann nur überprüfen, ob sie keine Vorstrafen haben und ob sie die sind, die sie vorgeben zu sein. Ich kann sie leider nicht auf Verrücktheit überprüfen. Aber ich werde eine rote Fahne im Buchungssystem setzen, so dass sie dich nicht mehr buchen kann."

"Das ist wahrscheinlich das Beste." Ich seufze erleichtert auf und fahre in die nächste Strandstraße, wo ein Schild auf Picknicktische hinweist. "Vergessen wir es einfach und genießen wir unser Mittagessen. Ich bin sicher, es wird gut."

# Kapitel 19

## *Reina - Montag*

Der heutige Montagmorgen hätte nicht unterschiedlicher sein können als letzte Woche. Ich bin immer noch nervös, aber aus ganz anderen Gründen. Es ist nicht Nicoles Abwesenheit, die mich nervös macht, sondern die Vorfreude auf Belle heute Morgen. Ich trage Leggings und ein Crop-Top, weil ich nachher zum Yoga gehe, und ich fühle mich ein wenig verlegen, weil ich so viel Haut zeige, aber ich bin sicher, dass die meisten von Belles Kunden in knappen Bikinis herumlaufen, während sie arbeitet. Ich bezweifle allerdings, dass sie einer von ihnen so anschaut wie ich. Oder tun sie das? Was ist, wenn Mrs. Roberts von nebenan auf weibliche Escorts steht? Was ist, wenn jemand aus meinem Yoga-Kurs mit ihr geschlafen hat?

Es ist erst eine Woche her, dass ich Belle zum ersten Mal gesehen habe, aber es kommt mir so viel länger vor. Wenn man rund um die Uhr an etwas denkt, scheint die Zeit langsamer zu vergehen, und ich kann nicht aufhören, an Freitag und an unsere Begegnung am Samstag zu denken. Ich glaube, sie hat herausgefunden, dass ich weiß, dass sie für Hamptons' Escorts arbeitet, da bin ich mir sicher. Nicht, dass sie etwas verraten hätte, als wir sie in Sag Harbor sahen; sie war einfach nur freundlich und entspannt. Ich habe unser Gespräch vor dem Fotogeschäft - das von meiner Seite aus höchst unangenehm war - immer wieder in Gedanken durchgespielt und mir gewünscht, ich hätte etwas anderes gesagt. Ich wünschte, ich wäre als geerdete, sorglose Frau mit einem Hauch von Flirten rübergekommen - aber nicht flirtend genug, damit sie weiß, wie sehr ich sie begehre -, während ich in Wirklichkeit nur wie ein ungeschickter Idiot wirkte.

Der Wind und das Meer übertönen die Geräusche von der Vorderseite des Hauses, und ich höre nicht, wie sich die Tore öffnen. Als sie wieder auftaucht, ist das wie eine willkommene Überraschung, und ich spüre, wie mein Gesicht bei ihrem Anblick aufleuchtet. *Ich bin so ein Verlierer.* Ich versuche, mir das Grinsen aus dem Gesicht zu wischen, während ich dastehe und wie ein Ein-Frau-Empfangskomitee aussehe. *Fast vierzig und besessen von dem Pool-Mädchen. Es ist erbärmlich. Vollkommen erbärmlich.* "Hi, Belle."

"Guten Morgen, Reina." Belle winkt mir zu und nimmt sich einen Moment Zeit, um die Aussicht zu bewundern, bevor sie sich wieder mir zuwendet. "Keine einzige Wolke am Horizont."

"Ja", sage ich und verfluche mich dafür, dass ich wieder einmal keine Worte finde. Wie eine Süchtige warte ich auf meinen nächsten Schlag von ihr und sie enttäuscht mich nicht. Mein Körper füllt sich mit Hitze und Adrenalin durchflutet meine Adern. Es ist köstlich und beunruhigend zugleich. "Ich habe nur den blauen Himmel bewundert. Kaffee?"

Belle schaut in den Maschinenraum, verweilt einen

Moment, bevor sie mit den Schultern zuckt und um den Pool herum zur Terrasse geht. "Klar. Ich hätte gerne einen."

Ihr Kaffee steht schon bereit, und er ist noch warm, als ich die Tasse unter der Maschine hervorhole.

"Hast du deine neue Kamera schon ausprobiert?", fragt sie und nimmt einen Schluck.

"Ja. Ich bin heute Morgen spazieren gegangen und habe alle Einstellungen herausgefunden. Es ist erstaunlich. Sie ist so viel besser als meine vorherige."

"Gut." Sie lächelt. "Kann ich ein paar von deinen Fotos sehen?"

"Oh ..." Ich beiße mir auf die Lippe und werfe einen Blick auf die Kamera auf dem Wohnzimmertisch. "Ich bin mir nicht sicher, wie gut sie sind. Ich bin kein Profi, aber du kannst sie dir gerne ansehen..." Ich hole die Kamera und schalte sie in den Ansichtsmodus, dann gebe ich sie ihr.

"Ich habe keine Ahnung von Fotografie, aber die hier sind wunderschön", sagt sie und blättert in den Fotos, die ich heute Morgen bei Sonnenaufgang gemacht habe. Sie geht näher heran und zeigt auf eine Nahaufnahme einer Möwe mit einem Fisch im Schnabel. Die aufgehende Sonne umrahmt ihren Kopf wie ein Heiligenschein, und in der rechten Ecke plätschert eine ankommende Welle gegen einen Felsen. "Und das hier ist unglaublich."

"Danke. Das hat mir auch gefallen." Ich spüre, wie Belles Atem über meinen Nacken streicht, wenn sie spricht, und ihr Körper berührt fast meinen, während wir gemeinsam durch die Bilder blättern.

"Du bist sehr talentiert, Reina." Als sie sich zu mir umdreht, um mir die Kamera zurückzugeben, treffen sich unsere Blicke, und ich kann mich weder bewegen noch wegsehen. Die Sehnsucht in meinem Blick wird ihr auf keinen Fall entgehen, aber ich kann mir nicht helfen. "Geht es dir gut?", flüstert sie nach einer langen Stille. Irgendetwas ist heute anders an unserem Umgang miteinander. Es ist intimer, als ob wir ein unausgesprochenes Geheimnis teilen würden.

"Aha", sage ich und schlucke schwer, während ich die Kamera auf den Terrassentisch lege.

Belle nickt, ohne ihren Blick von meinem abzuwenden, und mit diesem Blick hat sie die Grenze zur Professionalität überschritten. Dies ist kein Gespräch zwischen Arbeitgeber und Arbeitnehmer. "Du scheinst in meiner Gegenwart nervös zu sein." Ihre langen Wimpern flattern, als sie ihren Blick auf meine Lippen senkt. "Bist du das?"

"Das bin ich."

"Und ist das etwas Schlechtes?", fragt sie, als ich nicht näher darauf eingehe.

"Kommt drauf an."

"Du machst es mir nicht leicht mit deinen einsilbigen Antworten." Sie kichert und streicht mir mit ihrer Hand eine dunkle Strähne hinters Ohr.

"Entschuldigung..." Ich kann mich kaum aufrecht halten. Meine Beine fühlen sich an wie Gelee und mein Herz schlägt so schnell, dass ich sicher bin, sie kann es hören. Es gibt nur zwei Möglichkeiten: Entweder sie geht weg, oder sie küsst mich jetzt, denn so wie sie mich ansieht, könnte sie das auch. "Es ist schwer für mich zu erklären. Es macht keinen Sinn, aber..." Ich schüttle den Kopf, weil ich es einfach nicht aussprechen kann. "Schon gut."

Belles Gesichtsausdruck verändert sich auf zauberhafte Weise. Ihre Augen verdunkeln sich, und ein kokettes Lächeln umspielt ihren Mund, das ihre Grübchen noch tiefer werden lässt. Das macht mich schwach und feucht und innerlich ganz matschig. "Du weißt, dass ich für Hamptons' Escorts arbeite, oder?"

Es herrscht ein langes Schweigen zwischen uns. Ich habe keine Ahnung, ob sie sich wirklich zu mir hingezogen fühlt oder nur auf der Suche nach einer neuen Kundin ist, aber im Moment ist es mir egal. "Ja, ich habe dich auf der Website gesehen."

"Und du hast dir die weiblichen Begleiterinnen angesehen?" Ihr Ton ist seltsam sanft und beruhigend.

"Ja. Ich hatte nicht erwartet, dich dort zu sehen."

Belle gluckst. "Ich kann mir vorstellen, dass das eine Überraschung war; ich habe nicht die Angewohnheit, es den Leuten zu erzählen." Sie starrt weiter auf meinen Mund, und ich spüre, wie sich Nässe zwischen meinen Schenkeln sammelt. Ich wünschte, sie würde mein Gesicht packen und mich sinnlos küssen, aber sie tut es nicht. "Wenn du interessiert bist, Reina, wenn es einen Teil von dir gibt, den ich dir helfen kann zu erforschen, dann habe ich morgen Abend Zeit."

Ich atme schnell ein und weiche ein wenig zurück, denn das hier fühlt sich realer an, als ich es mir je vorgestellt habe. Jetzt, wo mein Geheimnis bekannt ist, macht es mir mehr Angst als alles andere, aber ich kann meinen Blick nicht von ihren Lippen lösen. "Oh..." Ich lehne mich an den Terrassentisch, meine Hand umklammert die Tischplatte so fest, dass mein Knöchel weiß wird, und sie bedeckt ihn mit ihrer eigenen.

"Es tut mir leid. Ich bin zu weit gegangen." Sie sieht kein bisschen traurig aus, als sie das sagt.

"Nein, es ist alles in Ordnung." Panik macht sich breit, und wieder weiß ich nicht, was ich sagen oder wie ich mich verhalten soll, also mache ich einen Schritt auf die Tür zu und starre zu ihr hoch, in der Hoffnung, dass ich nicht verängstigt aussehe. "Ich muss gehen", höre ich mich sagen und drehe mich um, um meine Tasche zu holen. "Yoga."

# Kapitel 20

## *Belle - Montag*

O kay, ich habe es gesagt. Ich habe ihr die Anregung in den Kopf gesetzt. Reina wollte mich; ich konnte es in ihren Augen sehen, und ich frage mich, ob sie das gleiche Verlangen in meinen Augen gespürt hat. Sie ist so schnell verschwunden, dass ich sie kaum gesehen habe, die Reifen quietschend, als sie wegfährt. Letzte Woche ist sie erst um zehn Uhr morgens losgefahren, ich weiß also, dass sie früh dran ist und zu viel Zeit zum Nachdenken hat. Ich stelle mir vor, wie sie im Auto vor dem Yogastudio sitzt und sich fragt, was zum Teufel gerade passiert ist. Sie errötet, atmet auf dem Fahrersitz tief durch, hat die Augen geschlossen und den Kopf nach hinten geneigt, so dass ihr zarter, eleganter Hals frei liegt. Ein Anflug von Erregung durchströmt mich und ich stelle mir vor, wie ich mit meiner Zunge darüber fahre. Ich wollte nicht, dass sie sich unwohl fühlt, aber sie wird schon wieder zu sich kommen und ich bin sicher, dass sie sich nicht über mich beschweren wird.

Mein Flirt war leichtsinnig, aber ich bedaure ihn nicht. Obwohl ich sie unbedingt küssen wollte und ich glaube, dass sie meinen Mund begrüßt hätte, konnte ich es nicht. Nicht nur, weil es in Anbetracht der Tatsache, dass ich zum Arbeiten hier bin, höchst unangebracht gewesen wäre, sondern auch, weil es den Eindruck erweckt hätte, dass ich ernsthaft in sie verliebt bin. Ja, ich fühle mich zu ihr hingezogen, aber das darf sie nie erfahren. Auf diese Weise kann ich, wenn sie mich bucht, mit einer Frau schlafen, zu der ich mich hingezogen fühle, und Reina kann ihre Sexualität erkunden und sich danach sehr, sehr zufrieden fühlen.

Meine Klientinnen fühlen sich nach einem Besuch bei mir wohl, nicht weil ich so toll bin, sondern weil sie sich nach körperlichem Kontakt und Aufmerksamkeit sehnen und weil sie tief im Inneren schon immer neugierig auf Frauen waren. Ich mache diese Arbeit seit drei Jahren und habe noch keine "geoutete" lesbische Klientin kennen gelernt. Die meisten von ihnen sind heterosexuell, zumindest behaupten sie das, und es ist befreiend für sie, sich zu outen, ohne sich Sorgen machen zu müssen, dass ihre Familie es herausfindet oder ihre Freunde sie verurteilen. Sie müssen sich auch keinen Stress machen, eine gute Liebhaberin in einem unbekannten Gebiet zu sein. Sie können sich einfach zurücklehnen und die Fahrt genießen. Bei Reina ist das nicht anders, und wenn sie den Schritt wagt, weiß ich, dass ich ihr ein tolles Gefühl geben kann. Und wenn sie ihre Meinung ändert und beschließt, dass Frauen nicht ihr Ding sind, dann habe ich ihr wenigstens dabei geholfen, das herauszufinden.

Es war ein glücklicher Zufall, dass mein Dienstagabend frei wurde. Aus Sorge, dass Mrs. Ashworth nach unserer Begegnung während des Mittagessens zu sehr in die Sache verwickelt war, sagte Juliette ihre feste Buchung ab. Es ist mir unangenehm, dass sie mit Suki spricht und weiß, wo ich wohne, und ich möchte sie nicht wiedersehen. Manche Kunden sind im Laufe der Jahre einen Schritt zu weit gegangen, indem sie mir gefolgt sind oder mir ihre ewige Liebe erklärt haben, und das ist der Punkt, an dem ich Schluss mache. Ich bin nicht in den sozialen Medien und sie kennen meinen richtigen Namen nicht, aber Leute mit Geld haben eine Art, herauszufinden, was ich ihnen nicht sagen will. Es gibt keine Liebe zwischen einem Escort und einem Kunden; das ist alles nur in ihren Köpfen. Es ist eine Fantasie, die im wirklichen Leben nie funktionieren würde, aber das wollen manche nicht wahrhaben. Ich verstehe einfach nicht, wie eine Transaktion und Gefühle Hand in Hand gehen können, das sind zwei völlig verschiedene Konzepte. Liebe ist nicht käuflich, niemals, und Liebe kann sich nur entwickeln, wenn die Umstände realistisch sind. Alles andere ist nur ein Wirrwarr aus falschen Gefühlen und Wünschen.

Als die Haustür zuschlägt und die Haushälterin hereinkommt, merke ich, dass ich geträumt habe und immer noch mit meinem Kaffee in der Hand neben dem Terrassentisch stehe, an dem Reina mich zurückgelassen hat.

"Guten Morgen. Du bist Belle, richtig?" sagt sie und lehnt sich gegen die Hintertür. "Ich bin Nola."

"Ja, guten Morgen, Nola. Wie geht es dir?"

"Mir geht es gut, danke. Ist Miss Amari nicht da?" Sie wirft einen Blick über ihre Schulter in den offenen Wohnraum und dann hinaus in den Hof.

"Sie ist zum Yoga gegangen", sage ich und kippe meinen Kaffee hinunter. "Sie ist gerade gegangen."

"Oh." Nola schaut stirnrunzelnd auf ihre Uhr, dann geht sie zurück in die Küche. "Willst du noch einen Kaffee?", fragt sie und schaltet die Maschine ein.

"Nein danke, ich gehe besser wieder an die Arbeit." Ich

glaube nicht, dass Nola mich hört, denn das Geräusch von mahlenden Bohnen hallt durch die Küche.

"Wie geht es Barry?", schreit sie über den Lärm hinweg.

"Ich bin mir nicht sicher", sage ich ehrlich. "Ich kenne ihn nicht sehr gut, aber sie haben mich für sechs Wochen angemeldet, also nehme ich an, dass sie erwarten, dass er dann wieder arbeitet."

"Okay, ich hoffe, er erholt sich." Gerade als ich mich wieder dem Pool zuwenden will, bringt Nola zwei Kaffees vorbei. "Wenn wir uns schon regelmäßig sehen, können wir uns doch auch gleich kennenlernen, oder?" Sie reicht mir eine Tasse. "Ich bin drei bis vier Tage die Woche hier, nur halbtags. Fräulein Amari macht allein nicht viel Unordnung, also arbeite ich auch für andere Leute."

"Rei-" Ich unterbreche mich selbst. "Frau Amari scheint eine nette Person zu sein, für die man arbeiten kann."

Nola wirft mir einen verwirrten Blick zu, da sie weiß, dass ich ihren Vornamen nennen wollte. Sie starrt mich einen Moment lang an, dann fährt sie fort, ohne weiter nachzufragen. "Ja, sie ist sehr nett. Ich verspreche dir, dass du hier keine Schwierigkeiten haben wirst. Wo wohnst du?"

"Sag Harbor. Ich habe eine Wohnung in der Main Street."

Nola pfeift durch ihre Zähne. "Das ist teuer. Wie kannst du dir das leisten?"

Ich bin nicht überrascht, dass sie mich das fragt. Wir sind beide Angestellte mit Grundgehalt, nicht anders als sie, und Sag Harbor ist in der Tat sehr teuer. Die Wahrheit ist, dass wir ohne meinen Escort-Job immer noch bei meinem Vater wohnen würden. "Es ist nur eine sehr kleine Wohnung."

"Hmm ..." Sie hält inne und schaut mich wieder an. "Ich wohne in Holbrook, in der Nähe des Flughafens. In einer

Souterrainwohnung mit meinem Mann und zwei Kindern", fügt sie hinzu. "Sie sind allesamt Störenfriede, auch mein Mann. Bist du verheiratet?"

"Nein, aber ich habe eine kleine Tochter."

"Oh ..." Nola setzt sich hin und legt die Füße hoch. "Erzähl mir von ihr." Sie hat offensichtlich noch nicht die Absicht, etwas zu tun. Ich schaue auf die Uhr, dann auf den makellosen Pool und beschließe, dass ich noch fünf Minuten Zeit habe, also setze ich mich zu ihr und genieße die Morgensonne.

# Kapitel 21

## *Reina - Montag*

"Tu es", flüstert Sascha. "Tu es, tu es, tu es."

"Pst ..." sage ich und kämpfe darum, meine rückwärtige Position in der King Pigeon-Pose zu halten. Nach der Geburt von Eddie habe ich mit Yoga angefangen, und obwohl ich nicht jeden Tag fleißig übe, komme ich in der Fortgeschrittenen-Klasse ganz gut zurecht. "Nicht hier."

"Komm schon, du musst es tun. Sie hat dich praktisch dazu aufgefordert, du kannst jetzt keinen Rückzieher machen." Ich bedaure, dass ich Sasha vor dem Unterricht auf den neuesten Stand gebracht habe, denn sie ist so aufgeregt, dass sie gar nicht mehr aufhören kann, darüber zu reden.

"Sasha, ich sagte, nicht hier", zische ich.

"Ruhe, bitte. Kommen Sie, meine Damen. Nur noch fünf Minuten, dann können Sie reden, so viel Sie wollen." Unser Ausbilder geht zwischen den zappelnden Körpern hindurch und beginnt von zehn herunterzuzählen. "So ist es gut. Jetzt kommen Sie langsam aus Ihrer Position heraus,

gehen auf Ihre Hände und Knie und nehmen die Kinder-
stellung ein."

Ich stoße einen langen Seufzer der Erleichterung aus,
als ich mich endlich nach vorne beuge und meine
Muskeln von der Anstrengung entlaste. Ich strecke die
Arme vor mir aus, lege den Kopf zwischen die Knie und
konzentriere mich auf meinen Atem. *Ein, halten, aus,
halten. Ein, halten, aus, halten.* Meine Schultern fühlen
sich schon viel leichter an. Ich sollte wirklich mehr als
einen Kurs pro Woche besuchen, vor allem, wenn ich so
angespannt bin.

"Okay, setzen Sie sich jetzt auf, bewegen Sie langsam
die Beine vor Ihnen und legen Sie sich auf den Rücken."
Unser Ausbilder steht immer noch neben uns und achtet
darauf, dass wir seinen Unterricht nicht wieder unterbrechen.

Wir tun, was er sagt, und ich schließe meine Augen.
Normalerweise falle ich sofort in einen glückseligen
Zustand des Nichts, aber heute scheine ich das nicht zu
können. Sasha hat mich immer darum beneidet, dass ich
meditieren kann. Sie hat mir erzählt, dass sie in diesem Teil
des Kurses nur an unseren argentinischen Lehrer denkt, der
auf ihr liegt, ohne seine engen Hosen. Ich muss die einzige
Frau in der Klasse sein, die nicht auf ihn steht und ich
glaube, ich weiß jetzt auch warum. Meine Gedanken
schweifen zu Belle und ihren Lippen, zu ihren Augen, die
mir mit diesem neugierigen und - Sasha hat sich nicht geirrt
- gewagten Schimmer in die Augen schauen. *„Wenn du
interessiert bist, Reina, wenn es einen Teil von dir gibt, den
ich dir helfen kann zu erforschen, dann habe ich morgen
Abend Zeit..."*

"Hey, wach auf." Sasha stupst mich an und ich schrecke
hoch.

"Oh, Entschuldigung." Ich blinzle und bin enttäuscht, aus meinem Tagtraum gerissen zu werden.

"Du bist noch nie im Unterricht eingenickt." Sie hält mir eine Hand hin, um mir aufzuhelfen, und ich schnappe mir meine Tasche und folge ihr nach draußen zu unseren Autos.

"Ich bin nicht eingenickt. Willst du einen Saft?"

Ein verschmitztes Lächeln umspielt Sashas Lippen. "Ich glaube nicht, dass wir dafür Zeit haben werden." Sie deutet auf meine Handtasche. "Gib mir dein Handy."

"Warum?"

"Gib mir einfach dein Telefon."

Da ich nicht die Kraft habe, mit ihr zu streiten, entsperre ich es und gebe es ihr. "Was machst du da?" Ich schaue ihr über die Schulter und sehe, dass sie auf der Website von Hamptons' Escorts ist und auf der Seite von Belle bis zur Schaltfläche 'Buchen' scrollt. "Hey, hör auf damit!"

"Lass mich in Ruhe, ich helfe dir", sagt sie einfach und zieht sich zurück, als ich versuche, ihr das Handy aus der Hand zu reißen. "Du weißt, dass du es willst, und Belle ist es nicht unangenehm, da sie dir praktisch gesagt hat, dass du sie buchen sollst".

"Aber ich weiß nicht, ob ich schon so weit bin. Ich glaube, ich bin es nicht."

"Du wirst nie so weit sein, also kannst du auch gleich das Pflaster abreißen und es tun." Sasha zieht schamlos ein paar Karten aus den Lederschlitzen in meiner Handyhülle und hält eine meiner Kreditkarten hoch. "Kann ich die hier benutzen?"

Ich öffne den Mund, um zu protestieren, aber mir gehen die Ausreden aus. Ich kann jederzeit absagen, denke ich mir, und das werde ich wahrscheinlich auch tun, wenn ich nach Hause komme. "Ja, das ist in Ordnung", sage ich mit einem resignierten Seufzer.

"Großartig." Sasha sieht schwindlig aus, als sie meine Kartendaten eingibt und darauf wartet, dass die Bestätigungsseite erscheint. "Alles gebucht, vorbehaltlich einer strafrechtlichen Überprüfung..." Dann nimmt sie meinen Führerschein, macht ein Foto davon und lädt es hoch. "Sie werden in zwei Stunden bestätigen. Morgen Abend, von halb neun bis Mitternacht. Belle wird all deine Fantasien wahr werden lassen", zitiert sie die Seite in einem neckischen Ton.

"Scheiße", murmle ich. "Das ist das Schrecklichste, was ich je getan habe. Was, wenn sie mich nicht mag? Was, wenn sie sich von mir abgestoßen fühlt?"

Sasha lacht. "Sie wird nicht abgestoßen sein. Nach dem, was du mir erzählt hast, könnte es sogar eine gewisse gegenseitige Anziehung geben, und außerdem ist es ihr Job. Das ist zu deinem Vergnügen und nur zu deinem."

"Es ist nicht richtig, für Sex zu bezahlen", sage ich.

"Glaub mir, du wirst deine Meinung darüber noch früh genug ändern."

Ich setze mich auf die Backsteinmauer hinter meinem Auto und lasse alles auf mich wirken. *Belle ist für morgen Abend gebucht. Ein Mensch, eine Frau, gebucht für Sex. Ich werde Sex mit Belle haben. Ich werde zum ersten Mal in meinem Leben Sex mit einer Frau haben. Stundenlang werde ich alles haben, wovon ich in der letzten Woche geträumt habe. Oder vielleicht auch nicht. Vielleicht stelle ich fest, dass es nur eine dumme Verliebtheit war, und dass ich mich im Nachhinein überhaupt nicht zu Frauen hingezogen fühle. Vielleicht werde ich sie enttäuschen. Vielleicht wird sie mich auslachen.* Daraufhin breche ich in Tränen aus, und egal wie sehr ich mich anstrenge, ich kann nicht aufhören zu weinen.

"Hey, komm her." Sasha muss schockiert sein, denn so hat sie mich noch nie gesehen. Sie nimmt mich in ihre Arme und drückt mich fest an sich. "Es tut mir so leid, das war nicht in Ordnung, ich hätte dich nicht unter Druck setzen dürfen. Willst du, dass ich es absage?"

Ich schüttle den Kopf, schnuppere und putz mir die Nase. "Nein, es ist nicht wegen dir. Nun, doch, schon", sage ich mit einem unbehaglichen Kichern. "Aber du hast getan, was ich mich nie getraut hätte, also danke dafür. Aber ..." Meine Atemzüge werden wieder schneller, und ich unterdrücke einen weiteren Ausbruch. "Ich fühle mich einfach so unsicher."

Zu meiner Überraschung werden auch Sashas Augen groß. Sie drückt meine Schultern, bevor sie loslässt und mein Kinn anhebt, damit ich ihr in die Augen sehen kann. "Reina, du bist so unglaublich. Ist dir eigentlich klar, dass die meisten Männer in unseren Kreisen töten würden, um mit dir zusammen zu sein? Nicht, dass es dich interessiert, natürlich", fügt sie mit einem Hauch von Humor hinzu. "Jetzt verstehe ich auch, warum ich dich noch nie mit einem anderen Mann habe flirten sehen. Es macht alles Sinn, du hast einfach Frauen bevorzugt und wusstest es nicht einmal. Aber glaube mir, du bist eine sehr attraktive Frau."

"Richtig." Ich schniefe wieder und räuspere mich. "Du bist voreingenommen, weil du meine Freundin bist, aber ich weiß die aufmunternden Worte zu schätzen."

"Blödsinn." Sasha zieht mich hoch, nimmt mich an den Schultern und dreht mich zum Autofenster, damit ich mein Spiegelbild sehen kann. "Sieh dich an, Reina. Du bist eine schöne, exotische Frau in der Blüte deines Lebens. Du brauchst dir keine Sorgen um Geld zu machen, du bist alleinstehend, deine Kinder sind ausgezogen, und dies ist deine Zeit, um zu glänzen, deine Träume zu verfolgen und herauszufinden, was dich inspiriert. Also finde es heraus. Sieh dir dein Leben genau an und frage dich, was du willst. Die Welt liegt dir zu Füßen, und es ist an der Zeit, dass du deine Möglichkeiten auslotest. Wir wissen beide, dass es eine Sache gibt, nach der du dich sehnst, also fang damit an, und morgen kannst du diese Sache von deiner Liste abhaken."

Ich nicke und atme tief durch. "Okay. Es ist nur so ..." Ich halte inne. "So bald."

"Alles, was neu und beängstigend ist, fühlt sich immer so an, als sei es zu früh. Aber wir haben ..." Sasha schaut auf ihre goldene Uhr. "Mindestens sechs Stunden, um Dessous und etwas Schickes zum Anziehen zu kaufen, bevor ich wieder nach Hause muss, und wir können auf dem Weg zum Einkaufszentrum noch einen Zwischenstopp für eine Pediküre und ein Wachs einlegen." Sie zwinkert. "Vorbereitung ist die beste Medizin für die Nerven."

# Kapitel 22

## *Belle - Montag*

"Hey Babe, weißt du was? Du hast morgen eine brandneue Kundin." Juliette klingelt, als ich gerade von meinem letzten Job des Tages nach Hause fahre.

"Oh... Es ist schon eine Weile her, dass ich eine Premiere hatte", sage ich. "Aber ich nehme an, die Sommersaison beginnt jetzt." Als ich mich einer Ampel nähere, bremse ich ab und stöhne über die Autoschlange vor mir. Die Straßen werden von Tag zu Tag voller, und bald werde ich doppelt so lange brauchen, um irgendwo hinzukommen. "Wo soll ich hin? Ins Hotel? Nach Hause?"

"Southampton, Privatwohnung. Reina Amari. Ich habe sie überprüft, sie ist völlig sauber." Juliette seufzt, als ich nicht antworte. "Was ist denn los? Fühlst du dich nicht wohl? Ich kann ihr mailen und absagen."

Ich öffne das Fenster und sauge die frische Luft ein. Selbst nach unserem Austausch heute Morgen hätte ich nicht erwartet, dass Reina mich so schnell buchen würde - wenn überhaupt - und es ist sowohl eine angenehme Überraschung als auch ein Schock für mein System. *Reina*

*Amari*. Das Auto vor mir kommt wieder zum Stillstand. So viele Ampeln. "Nein, sag sie nicht ab", sage ich schließlich mit erstickter Stimme. Es ist, als wäre ich wieder in meinem alten Leben in New York, wo ich mich auf eine Nacht mit einer Frau freue, in die ich ernsthaft verliebt bin, und ich habe vergessen, wie es sich anfühlt. Die Schmetterlinge, die Vorfreude, nur dass sie dieses Mal viel, viel stärker ist und ich verdammt nervös bin.

"Okay. Was gibt's? Kennst du sie?"

"Ja." Die Anspannung in meinem Inneren bringt mich um und ich presse meine Schenkel zusammen, während ich im Schneckentempo die Hauptstraße hinunterfahre. "Erinnerst du dich an die Frau, von der ich dir erzählt habe? Diejenige, deren Pool ich betreue?"

Juliette schnappt nach Luft. "Sag mir nicht, dass sie es ist. Ist sie es?"

"Ja. Das ist Reina. Ich kann nicht glauben, dass sie mich gebucht hat."

"Hast du ihr von Hamptons' Escorts erzählt?"

"Nein, das war nur ein verrückter Zufall. Sie hat mich auf der Website gesehen und mich wiedererkannt." Ich halte inne. "Jules, so etwas ist mir noch nie passiert. Von jemandem gebucht zu werden, der weiß, wer ich bin."

"Du hast doch gesagt, dass du auf sie stehst", sagt Juliette.

"Ja, ich fühle mich wahnsinnig zu ihr hingezogen." Ich räuspere mich und versuche, nicht ganz so nervös zu klingen, wie ich es im Moment bin, denn mit Reina Amari zu schlafen ist der personifizierte Druck. "Also, acht Uhr dreißig? Irgendwelche Wünsche?"

"Nein, es steht nichts in den Notizen."

"Das wundert mich nicht. Ich glaube nicht, dass sie weiß, was sie will, und vielleicht wird sie es nicht einmal tun. Soweit ich weiß, war sie noch nie mit einer Frau zusammen." Ich wette, ich bin jetzt genauso nervös wie Reina, aber das muss Juliette nicht wissen. "Sei nicht überrascht, wenn sie absagt."

"Nun, du kennst die Abmachung. Keine Rückerstattung zehn Stunden vor der Buchung."

"Ich weiß, aber ich bezweifle, dass das Geld für sie ein Problem darstellt."

"Hmm... Du magst sie, sie mag dich. Stell dir das mal vor." Juliette gluckst. "Sie wäre die perfekte Zuckermutter."

"Hey, das ist nicht lustig, du weißt, dass ich nicht so bin." Ich blase meine Wangen aus und stoße einen tiefen Seufzer aus. "Sorry, ich wollte nicht ausrasten. Ich mache mir nur Sorgen, dass... Was ist, wenn sie nicht auf mich steht?"

"Du meinst, was ist, wenn sie nicht auf lesbischen Sex steht? Willst du mich verarschen? So etwas sagst du nie." Juliette lacht jetzt laut auf. "Wo ist meine extrem selbstsichere Freundin Belle hin? Du hast immer damit geprahlt, dass du jede Frau zu deinem Team bekehren kannst."

"Ja, nun, ich bin jetzt ein anderer Mensch", sage ich. "Außerdem habe ich seit Jahren nicht mehr mit jemandem geschlafen, auf den ich wirklich stehe. Das ist ein bisschen entmutigend."

"Das wird schon, das ist wie Fahrradfahren", versichert sie mir, immer noch in einem amüsierten Tonfall. "Und wenn Reina beschließt, dass sie doch nicht auf Frauen steht, dann ist das nicht deine Schuld. Es wird einfach ihre Vorliebe für das Geschlecht bestätigen. Und dann ist Schluss damit."

"Genau." Ich lehne meinen Arm über den Rand des Fensters und atme tief durch. Heute Morgen, als ich Reina von Angesicht zu Angesicht gegenüberstand und mich

139

danach sehnte, sie zu küssen, schien alles so einfach. Es war, als hätte mein einspuriger Verstand von vor drei Jahren, aus der Zeit vor Suki, die Oberhand gewonnen und ich hätte jede Fähigkeit verloren, klar zu denken und die Konsequenzen meines Handelns abzuwägen. Was habe ich mir dabei gedacht? Dass es eine gute Idee wäre, wenn sie mich für Sex engagieren würde, nur weil ich sie wollte? Dass danach alles wieder normal werden würde und ich bei ihr auftauchen würde, um ihren Pool zu warten und wir zusammen einen Kaffee trinken würden, als wäre nichts passiert? "Ich habe das einfach nicht durchdacht. Wenn ich ehrlich bin, habe ich sie ermutigt, und das hätte ich nicht tun sollen."

"Mach dir keine Sorgen", sagt Juliette und versucht wieder einmal, mich zu beruhigen. "Du machst da eine zu große Sache draus. Es ist ein Geschäft für eine Dienstleistung, und Reina unterscheidet sich nicht von deinen bisherigen Kundinnen, außer dass du sie verdammt heiß findest. Ich verstehe nicht, wie das etwas Schlechtes sein kann." Als ich nicht antworte, sagt sie: "Belle? Bist du noch da?"

Hinter mir ertönt eine Autohupe und ich merke, dass ich vor einer grünen Ampel stehe. "Ja, ich bin hier." Ich räuspere mich und reiße mich zusammen, während ich weiterfahre. "Du hast recht. Ich mache eine große Sache daraus, aber das ist es nicht. Ich werde dafür sorgen, dass Reina Amari morgen die beste Zeit hat."

"Das ist die richtige Einstellung. Hör zu, ich schicke euch eine kalte Flasche Champagner zusammen mit deinem Fahrer. Mit freundlicher Genehmigung von Hamptons' Escorts für unsere neue Kundin. Ich habe hier noch einen anderen Anruf, also muss ich los. Viel Glück morgen, okay?"

Nachdem Juliette aufgelegt hat, setze ich meine Fahrt

in einem Zustand leichter Beklemmung fort. Aber dann fällt mir ein, dass ich den Lagerraum, für den ich gerade den Mietvertrag unterschrieben habe, drei Monate im Voraus bezahlen muss. *Nur ein bisschen länger.* Und in den Monaten, die mir noch bleiben, kann ich genauso gut etwas Spaß haben.

# Kapitel 23

## *Reina - Dienstag*

Als mich die Sprechanlage darauf aufmerksam macht, dass jemand am Tor steht, bin ich so nervös, dass ich überlege, es zu ignorieren. Ich habe bezahlt, also wäre es kein Verbrechen, Belle in die Nacht zurückgehen zu lassen. Ich kann mir sogar vorstellen, dass sie sich über die einfachsten zweitausendsiebenhundert Dollar freuen würde, die sie je verdient hat, und außerdem erspart es uns beiden die Unannehmlichkeiten, wenn wir uns das nächste Mal sehen. Das sich wiederholende Geräusch des Summers macht mich nervös, und obwohl der schwarze Honda Accord, den ich auf meinem Bildschirm sehe, unauffällig ist und kein Logo trägt, stelle ich mir immer noch vor, wie meine Nachbarn über ihn sprechen, wenn er auf meiner Auffahrt vorfährt. Was hatte ich erwartet? Dass sie sich mit ihrem Pool-Masters-Schlüsselanhänger Zutritt verschafft und plötzlich nur mit einer Latzhose und ihrer roten Mütze bekleidet in meinem Wohnzimmer auftaucht?

Ich warte, lehne mich mit dem Rücken gegen die Kühlschranktür und hoffe, dass sie den Wink versteht, wenn ich so tue, als wäre ich nicht zu Hause. Aber das Tor summt wieder und wieder, und in dem Bestreben, es zu stoppen, gehe ich zu dem Gerät an der Wand, um die Tore trotzdem zu öffnen. Da ich es nicht gewohnt bin, Menschen zu ignorieren, biete ich ihr wenigstens einen Drink an und erkläre ihr, dass das alles ein großer Fehler war. Dass ich wirklich nicht die Art von Frau bin, die für körperliches Vergnügen bezahlt, und dass ich mich einfach mitreißen ließ, verwirrt war und eine schwierige Zeit in meinem Leben durchmachte.

Als ich die Haustür öffne und sehe, wie sie aus dem Auto aussteigt, sehe ich, dass sie nicht viel anders gekleidet ist als damals in Sag Harbor, abgesehen von ihrem Gesicht, das hinter einer großen Piloten-Sonnenbrille verborgen ist. Obwohl ihr weißes Leinenhemd und ihre blauen Jeans nicht auffallen, sieht sie sexier denn je aus, als wäre sie dazu geboren, sie zu tragen.

"Hallo, Reina. Ich hatte schon Angst, du würdest mich nicht reinlassen", sagt sie mit heiserer Stimme und nimmt ihre Sonnenbrille ab, um mich zu empfangen.

"Wäre das denn so schlimm gewesen?" Ich öffne die Tür weiter und sie winkt dem Fahrer zu, dann schiebt sie sich an mir vorbei.

"Ja. Ich denke, es wäre für uns beide schade gewesen. Du siehst übrigens hinreißend aus." Belle deutet auf meinen neuen, weichen rosa Satinmantel. Nachdem ich zahlreiche Kleider anprobiert hatte, in denen ich mich nicht wohl fühlte, kam Sasha auf die Idee, stattdessen diesen zu kaufen. Sie hat mir versichert, dass es das perfekte Kleidungsstück ist, weil es elegant ist und sich leicht ausziehen lässt, aber jetzt fühle ich mich wie eine Betrügerin, als würde ich ein verdrehtes Spiel spielen und versuchen, den Anschein zu erwecken, dass ich schwer zu haben bin. Ich kann das nicht durchziehen und weiß nicht, wie ich es ihr sagen soll.

"Danke." Instinktiv schließe ich meinen Bademantel noch ein wenig mehr und trete zurück. "Ich habe, ähm ... ich habe es mir anders überlegt. Ich kann das nicht tun, und es tut mir leid, dass du den ganzen Weg hierher gekommen bist. Aber bitte bleib doch auf einen Drink, ich möchte nicht, dass es peinlich wird." Ihr Auto biegt in meine Auffahrt ein und fährt zurück in Richtung Tor. "Vielleicht solltest du ihn zurückwinken? Ihn bitten, zu warten?"

"Es ist in Ordnung. Er ist nie weit weg." Belle legt mir eine Hand auf die Schulter. "Und ich verstehe vollkommen, wenn du deine Meinung geändert hast." Sie lächelt mich an und hält mir eine Flasche Champagner hin. "Aber da du dieses Getränk erwähnt hast, können wir genauso gut die hier trinken. Soll ich sie öffnen? Sie ist kalt."

"Okay. Ich danke dir." Ich deute auf die Couch. "Bitte setz dich. Oder möchtest du lieber draußen sitzen?"

"Ja, lass uns nach draußen gehen. Es ist ein schöner Abend." Belle durchquert das Zimmer zur hinteren Terrasse und öffnet auf dem Weg dorthin die Flasche. Statt zum Esstisch zu gehen, wählt sie die zweisitzige Couch am Pool und lehnt sich zurück, die Beine vor sich ausgestreckt, die Knöchel übereinandergeschlagen, die Brust herausgestreckt, als sei sie bereit, es mit der Welt aufzunehmen. Sie verhält sich heute Abend anders, selbstbewusster. Vielleicht spielt sie eine Rolle, vielleicht ist sie es wirklich, aber meine Reaktion ist in beiden Fällen die gleiche. Erregung durchflutet meinen Körper, als ich zwei Sektflöten aus dem Küchenschrank hole. Sie sieht so gut aus, so frisch, so selbstbewusst, und sie scheint völlig unbeeindruckt von dieser ungewöhnlichen Situation. Gestern gab es noch Grenzen, aber heute Abend hat sie eine

Ausstrahlung, die unglaublich sexy ist. Ich wünschte wirklich, ich könnte das tun; Gott weiß, ich will sie, aber ich habe zu viel Angst.

Belle füllt die Gläser, dann tippt sie auf den Platz neben sich. "Komm, setz dich hierher", sagt sie und mustert mich noch einmal. Ihre glühenden Augen setzen mich in Brand und ihr Blick hinterlässt eine Flammenspur auf meinem ganzen Körper. Ich weiß genau, was sie vorhat, aber ich setze mich trotzdem. Ich bin mir sicher, dass dies nicht das erste Mal ist, dass eine Frau ausflippt, nachdem sie einen Begleiter gebucht hat, und Belle versucht eindeutig, mich zu beruhigen, damit ich meine Meinung ändere. Ich frage mich allerdings, warum. Was würde sie davon haben?

Sie reicht mir mein Glas und wir stoßen an, bevor sie einen Schluck nimmt. Die Art und Weise, wie sie langsam und bedächtig einen Tropfen von ihren Lippen leckt, ist ein Akt der Verführung - einer, den sie sicher schon oft vollzogen hat. *Macht ihr das Spaß?*

"Sei nicht nervös", sagt sie und legt eine Hand auf meinen Oberschenkel. "Wir trinken nur etwas, und wenn du willst, dass ich danach gehe, dann gehe ich. Wir müssen ja nichts tun."

"Ich weiß." So viele Fragen schwirren mir durch den Kopf, und ich brauche einen Moment, um meine Gedanken zu ordnen. Es ist schwer zu denken, wenn ihre Hand da ist und ein köstliches Kribbeln zwischen meinen Schenkeln verursacht. "Wie lange machst du das schon?" frage ich schließlich nach einem langen Schweigen.

"Drei Jahre." Belle lächelt. "Und du fragst dich wahrscheinlich, *warum* ich das tue..."

Ich schüttle den Kopf. "Ich möchte nicht zu weit gehen. Das ist deine Privatsache und ich bin sicher, dass du solche

Dinge normalerweise nicht mit deinen Kundinnen besprichst."

"Stimmt. Aber meine Kundinnen wissen im Allgemeinen nicht, wer ich bin. Sie kennen nicht einmal meinen richtigen Namen, aber du kennst ihn. Ich erzähle dir also gerne, warum ich das tue, wenn du mir sagst, warum du mich gebucht hast. Das ist ein fairer Tausch, findest du nicht auch?" Belle nimmt einen weiteren Schluck von ihrem Champagner und fährt fort, als ich nicht antworte. "Wie die meisten habe ich mit dem Escort für Geld angefangen. Vor drei Jahren war ich ein wildes Kind, lebte mit Freunden in New York und ging jede Nacht aus, als Suki plötzlich ein Teil meines Lebens wurde."

"Aber ich dachte, Suki wäre vier", sage ich. "Hast du sie adoptiert?"

"So ähnlich. Aber das ist eine Geschichte für ein anderes Mal." Ein Hauch von Traurigkeit durchzieht Belles Züge. "Ich bin zurück in die Hamptons gezogen und musste ihr ein Zuhause geben, ein stabiles Umfeld, und die Begleitung schien mir ein schneller und recht angenehmer Weg zu sein, das Mittel zum Zweck zu sein." Sie zuckt mit den Schultern, und so schnell wie er gekommen war, ist der Schimmer der Traurigkeit wieder verschwunden. "Ich mag Sex, weißt du? Sex mit Frauen, und bis jetzt habe ich es nicht bereut, das zu tun, was ich tue. Eine Freundin von mir hat es vorgeschlagen; sie ist Bookerin bei Hamptons' Escorts, und ich hatte damals einen guten Ruf bei den Frauen, also dachte sie, ich wäre gut darin. Es sollte nur für ein Jahr sein, dieser Nebenjob, bis ich uns eine Wohnung besorgt und genug Geld für Notfälle gespart hatte. Aber jetzt bin ich hier, drei Jahre später. Wir sind umgezogen, ich habe mein Leben - unser Leben - für eine Weile in Ordnung gebracht, aber Escort ist einfach und macht Spaß, und so schiebe ich es immer wieder vor mir her, aufzuhören. Aber ich werde es bald aufgeben. Ich will nicht, dass Suki es erfährt, und es ist nur eine Frage der Zeit, bis jemand in unseren Kreisen - und damit meine ich die Mütter aus der Vorschule - es herausfindet. Aber ein paar Monate mehr können nicht schaden."

"Es macht dir also Spaß...", sage ich und klinge überrascht. "Mit all deinen Kundinnen?"

"Mit den meisten von ihnen." Belle lächelt. "Zumindest bis jetzt. Jede Frau ist auf ihre Weise schön, und ich möchte, dass sie sich wohlfühlen." Sie legt ihren Arm auf die Rückenlehne der Couch und spielt mit einer Haarsträhne von mir.

"Hmm..." Ich schließe kurz die Augen und erschaudere, das Gefühl ist so überwältigend, dass ich mich daran erinnern muss, zu atmen. *Ein, aus. Ein, aus. Das ist nur mein Haar.* Der Champagner steigt mir zu Kopf, denn ich habe den ganzen Tag noch nichts gegessen.

"Du bist dran, Reina", sagt Belle leise. "Als ich die Visitenkarte gesehen habe, wusste ich, dass sie von dir und nicht von deinem Ex-Mann ist. Ich hoffe, ich habe mich nicht danebenbenommen."

"Nein, es ist in Ordnung. Aber woher wusstest du, dass es meine ist?"

"Du warst nervös in meiner Nähe. Und das bedeutete, dass du die Frauen abgetastet hattest."

"Das muss dich überrascht haben", sage ich. "Ich bin nicht der Typ dafür."

"Nicht wirklich. Die meisten meiner Kundinnen sind mit Männern verheiratet und würden sich selbst als heterosexuell bezeichnen."

"Wirklich?" Ich gehe im Geiste meine Liste der weiblichen Freunde und Bekannten durch und frage mich, ob jemand, den ich kenne, mit Belle geschlafen hat.

"Ja. Und warum du?", fragt sie.

"Eine Freundin hat mir die Firma empfohlen, sie hatte über sie einen männlichen Begleiter gebucht", sage ich. "Ich habe nur geschaut, weil..." Meine Stimme verstummt und ich halte inne. "Ich weiß nicht genau, warum ich nachgeschaut habe, ich war wohl neugierig und bin direkt zur Frauenabteilung gegangen. Und dann habe ich dich gesehen..." Ich unterbreche mich wieder; ich kann ihr nicht sagen, dass ich so lächerlich in sie verknallt bin.

"Und aus Ihrer Neugierde wurde Interesse", schließt Belle.

"Es scheint so."

"Warst du schon einmal mit einer Frau zusammen?" Belle fährt mit einem Finger an meinem Hals entlang und legt ihre Hand auf meine Schulter.

"Nein", sage ich mit atemloser Stimme und starre auf ihre Hand, als würde sie mich gleich in den Strudel all meiner Ängste und Wünsche ziehen. Ein warmes Glühen breitet sich zwischen meinen Beinen aus und ich fühle etwas, das ich noch nie zuvor gespürt habe. Es ist ein intensives Gefühl, ein so starkes Bedürfnis, dass sie mich dort berührt, dass ich fast mein Glas fallen lasse. Mit zitternder Hand stelle ich es auf den Tisch und weiß nicht, was ich mit mir anfangen soll. Sich wieder zurückzulehnen ist zu gewagt, also bleibe ich auf der Kante der Couch sitzen.

"Stört es dich, wenn ich dich berühre?" fragt Belle, rückt näher heran und sieht mich an. "Sei ehrlich."

"Nein, es macht mir nichts aus. Ich mag es." Ich wünschte, ich hätte die Fähigkeit, etwas Witziges zu sagen, oder zumindest etwas Artikulierteres, aber mir fehlen die Worte. Als sie mir über die Wange streicht und mir in die

Augen sieht, weiß ich, dass ich das mehr will als alles andere auf der Welt.

"Gut." Belles Lippen verziehen sich zu einem kleinen, koketten Lächeln, als sie sich quälend langsam zu mir herabbeugt und ihren Mund auf meinen presst. Ihre Hand wandert in meinen Nacken und sie streichelt mich mit ihrem Daumen. "Darf ich dich küssen?", fragt sie.

Ich zögere lange, dann nicke ich, und in dem Moment, in dem ihre weichen Lippen meine berühren, werde ich flüssig. Es ist, als ob jeder Teil von mir schmilzt, bis keine einzige feste Zelle mehr in meinem Körper ist. Selbst meine Gedanken fühlen sich wie heiße Lava an, die sich langsam über Felsen wälzt, das Alte zerstört und eine neue, noch unbekannte Landschaft schafft. Irgendwo in meinem Hinterkopf verweilen vage Gedanken. Weich... So weich... Mehr...

Belles üppige Lippen öffnen sich, und sie zieht mich fester an sich. In einem sexy, trägen Tempo erkundet sie meinen Mund, lässt sich Zeit, bevor ihre Zunge auf meine trifft. Ich stöhne und lasse mich in den Kuss sinken, um mich ihr hinzugeben. Es ist nachsichtig, aufregend, erregend und so viele Dinge, die ich nicht einmal benennen kann. Ich habe irgendwo gelesen, dass Escorts ihre Kunden nicht küssen, und ich habe vergessen, Sasha danach zu fragen, also war ich nicht darauf vorbereitet. Nicht auf den Kuss und auch nicht auf das, was er mit mir anstellen würde. Nicht darauf, wie er mich flüssig machen würde.

Für einen glücklichen Moment vergesse ich auch, dass ich dafür bezahlt habe, und als ich mich daran erinnere, verdränge ich den Gedanken sofort wieder und fahre mit den Fingern durch ihr seidiges, dunkles Haar. In diesem Moment will ich nur so tun als ob. Sie schmeckt nach Minze und Champagner; eine seltsame, aber köstliche

Kombination, die ich für immer in meinem Gedächtnis bewahren werde. Alles an diesem Kuss wird mir im Gedächtnis bleiben; ich werde dafür sorgen, dass ich ihn nie vergesse. Der Duft frischer Zitrusfrüchte auf ihrem Körper, die sinnliche Berührung ihrer Hand, die in meinen Bademantel gleitet und über mein Schulterblatt streicht, ihre Lippen, die jetzt noch intensiver sind, als sie ihren Kopf neigt und den Kuss vertieft. Ich stöhne wieder, diesmal lauter, und der Klang dieser neu entdeckten Lust - mein eigener Klang - ist mir fremd. Belle stöhnt auch, so leise, dass ich es kaum hören kann. Ist es echt? Oder ist es nur das, was sie tut? Auch diese Frage verdränge ich, denn ich will nicht, dass irgendetwas den Moment ruiniert.

Als sie sich zurückzieht und mit dem Daumen über meine Wange streicht, erschaudere ich und sehe ihr in die Augen. Sie sieht erregt aus, aber vielleicht ist das nur mein Wunschdenken.

"Hat dir das gefallen?", fragt sie.

Ich brauche nicht zu antworten; ich weiß, mein Gesichtsausdruck sagt alles, aber ich stottere trotzdem eine Antwort. "Das... Das war unglaublich."

Belle beißt sich auf die Unterlippe und beugt sich wieder vor. "Du bist eine sehr, sehr gute Küsserin, Reina." Diesmal ist sie weniger vorsichtig, sie küsst mich, als würde sie sich nehmen, was *sie* will, und das versetzt mich in einen Rausch der Sinnesüberflutung. Ich will nur noch mehr, und Belle gibt es mir. Sie drückt mich zurück in die Sofakissen und schiebt sich so, dass ihr Oberkörper den meinen bedeckt. Ihre Wärme und ihr Gewicht fühlen sich an wie Wasser nach der Durchquerung einer Wüste, und ich sauge sie gierig in mich auf. Jetzt gibt es kein Zurück mehr; ich könnte es nicht, selbst wenn ich es versuchte.

Meine Nervosität hat sich gelegt, verdrängt von einem

so tiefen Verlangen, dass ich darin ertrinken könnte. Ich muss mich ihr nicht beweisen, sie will nur, dass ich mich gut fühle, und so entspanne ich mich in ihrer Liebkosung und beschließe, ihr völlig zu vertrauen.

Sie küsst meinen Hals, saugt und beißt in mein Fleisch, und bei jedem kleinen Stich zucke ich zusammen und stöhne. Sie schiebt ihre Hand in meinen Bademantel und zeichnet die Kurven meiner Brüste über meinem neuen BH nach. Ich keuche auf, als sie meine Brustwarzen streift, die sich noch nie so empfindlich angefühlt haben. Mein Körper ist bereit für das hier. *Ich bin* bereit dafür.

"Wie wäre es, wenn du mir dein Schlafzimmer zeigst", sagt Belle, als sie sich von meinem Hals losreißt. Ihr Blick senkt sich auf meinen Mund, als würde sie mich unbedingt wieder küssen wollen.

"Bist du sicher?" flüstere ich und kichere dann, als mir klar wird, wie lächerlich diese Frage ist.

"Ja." Belle wirft mir einen amüsierten Blick zu. "Aber nur, wenn du es bist."

# Kapitel 24

## *Belle - Dienstag*

Reinas Bademantel fällt auf und gibt einen Blick auf ihren Körper unter dem Satinstoff frei. Meine Reaktion ist intensiv; ein Hunger, ein tiefes Bedürfnis, sie so heftig kommen zu lassen, dass sie mich wieder und wieder und wieder bucht, weil das der einzige Weg ist, wie ich sie jemals haben werde. Dieser Kuss hat mich erschlagen und sie hat keine Ahnung, dass ich das genauso brauche wie sie.

Die Nerven liegen blank, als ich ihr die hochmoderne, schwebende Treppe hinauf folge und beobachte, wie sich ihre Hüften vor mir wiegen. Es ist seltsam, denn ich habe mich erst zweimal so nervös gefühlt: beim ersten Mal, als ich Sex hatte, und vor meinem ersten Job als Escort. Ich weiß, dass sie etwas für mich übrig hat; niemand reagiert so auf mich wie sie. Sicher, ich bin selbstbewusst und weiß, was ich tue, aber diese Sehnsucht ist etwas, das ich bisher weder bei einem meiner Kundinnen noch bei einer meiner früheren Freundinnen erlebt habe. Es ist die Sehnsucht einer Frau, die ihre Sexualität ihr ganzes Erwachsenenleben lang unterdrückt hat. Diese Seite von ihr bettelt darum, entdeckt zu werden, und ich bin die glückliche Person, die ihren Appetit stillen und ihre Wünsche erfüllen darf. Und ich will sie. Ich will sie aufrichtig. Die heutige Nacht ist kein Job, sie ist ein Privileg, eine Ehre. Nichts hätte mich darauf vorbereiten können, wie es sich anfühlen würde, meine Lippen auf ihren zu haben.

Reinas Hand zittert, als sie ihre Schlafzimmertür öffnet. Es ist ein wunderschöner moderner Raum, genau wie der Rest des Hauses. Unter anderen Umständen würde ich die spektakuläre Aussicht, die bodentiefen Fenster oder ihr riesiges Holzbett mit dem handgeschnitzten Kopfteil erwähnen, aber heute Abend ist meine Aufmerksamkeit ungeteilt. Die letzten Sonnenstrahlen werfen ein warmes Licht in den Raum, und die hohe Palme, die draußen im Wind weht, wirft einen theatralischen Schatten auf die hohen, weißen Wände und streift gelegentlich dunkle Formen über ihr engelsgleiches Gesicht.

"Kann ich das ausziehen?" frage ich und schiebe meine Daumen unter das Revers ihres Bademantels.

Reina holt tief Luft, bevor sie an dem Gürtel zieht, so dass der Bademantel auffällt. "Ich habe zwei Kinder bekommen", sagt sie und entschuldigt sich praktisch für ihren Körper, der absolut umwerfend ist. Ihre vollen, echten Brüste sind wie ein Hauch frischer Luft im Vergleich zu den verstärkten und angehobenen, die in den Hamptons praktisch die Norm sind, und ihre Haut hat die Farbe von Honig. Ich vermute, dass man ihr nicht oft genug gesagt hat, wie wunderschön sie ist, und es macht mich traurig, dass sie unsicher ist.

"Du bist so unglaublich schön", flüstere ich und meine es aus tiefstem Herzen. Das champagnerfarbene Dessous-Set umrahmt ihre Figur wie ein Kunstwerk, schmiegt sich an sie und betont ihre zarten Kurven. Als ich ihr den Bademantel ausziehe, lächelt Reina schüchtern und verschränkt die Arme vor der Brust, aber ich nehme ihre Hände und küsse sie.

"Ich denke, du solltest dich hinlegen", sage ich und zeige auf das Bett. Während sie sich auf die vielen schönen Kissen in der Mitte des Bettes legt, beginne ich mein Hemd aufzuknöpfen und lasse es zu Boden fallen.

Reina wirft einen Blick auf meine kleinen Brüste in dem weißen Calvin Klein Sport-BH, dann richtet sie ihre Aufmerksamkeit auf meine Finger, die gerade meine Jeans aufknöpfen. Sie sieht fasziniert und neugierig aus, und als ich sie nach unten schiebe und den passenden weißen Slip zum Vorschein bringe, leckt sie sich die Lippen und in ihren Augen blitzt ein intensives sexuelles Bedürfnis auf. Ich stehe lange da und gebe ihr Zeit, mich zu verarbeiten. Sie war noch nie mit einer Frau zusammen, also muss ich es langsam angehen lassen, damit sie sich an meinen Körper gewöhnen kann.

"Fuck...", murmelt sie, und das überrascht mich, denn Reina scheint nicht der Typ Frau zu sein, der solche Obszönitäten benutzt.

Ich schenke ihr ein kokettes Lächeln und steige auf das Bett, dann stelle ich mich auf Händen und Knien über sie, mein Mund verweilt knapp über ihrem. "Sag mir einfach, wenn ich aufhören soll, okay?"

Sie nickt und hebt leicht den Kopf, ihre Augen flehen mich an, sie zu küssen. Reina zu küssen ist verwirrend, weil ich dabei die Kontrolle verliere. Es ist erregend, alles verzehrend und organisch, wie ein frei fließender Fluss. Sie zieht mich an sich und ich stöhne, als wir uns gegenseitig verschlingen. Ihre Arme liegen um mich und ihre Nägel kratzen über meinen Rücken, während ich mich ihrem Hals zuwende und sanfte Küsse auf ihr Schlüsselbein und ihre

Brüste verteile, die dem Rand ihres BHs folgen. Normalerweise würde ich meine Kundinnen an dieser Stelle fragen, was sie wollen, aber ich bezweifle, dass Reina eine Ahnung hat. Die Art und Weise, wie sie sich bewegt und ihre Brust meinem Mund entgegenstreckt, ist ein hypnotisierender Anblick. Ich lasse meine Hände unter ihren gewölbten Rücken gleiten, um ihren BH zu öffnen, und schaue ihr in die Augen, um mich zu vergewissern, dass sie einverstanden ist, wenn ich ihn ausziehe.

Zu meiner Überraschung nimmt Reina ihn schnell ab und wirft ihn quer durch den Raum, als wollte sie ihn unbedingt ausziehen. Der Anblick ihrer schönen Brüste lässt mir das Wasser im Munde zusammenlaufen und ich starre auf ihre Brustwarzen, die sich mit ihren schnellen Atemzügen schnell heben und senken.

*Scheiße. Ich will sie so sehr.* Nur ein sanftes Streichen meiner Hand entlockt ihrem Mund ein lautes Stöhnen, und als ich meine Lippen um einen ihrer perfekten, harten, rosafarbenen Kiesel kreisen lasse, schreit sie auf und wippt mit den Hüften. Ich bin so erregt, dass ich mich nur mit Mühe zurückhalten kann, dass ich mich zwinge, einen Moment zu warten, bevor ich zu ihrer anderen Brustwarze gehe. Ihre Reaktion ist erstaunlich und kommt aus dem tiefsten Inneren.

"Oh mein Gott", murmelt sie und zieht mich fester an sich. Ich wirble mit meiner Zunge um ihn herum, dann ziehe ich sanft mit den Zähnen daran, während ich sie beobachte. Ein Ausbruch purer Freude hat sich über ihre Gesichtszüge gelegt und sie ist ein schönes Durcheinander, ihre Augen sind geschlossen, während sie ihren Kopf hin und her bewegt.

Ich fahre fort, ihren Brustkorb zu küssen, streichle ihren Bauch und höre kurz unter ihrem Nabel auf, bevor ich wieder nach oben gehe. Ich möchte, dass sie wartet, dass ihr erstes Mal das letzte ist. Ihre Wimpern flattern, die Härchen auf ihren Armen stellen sich auf und ihr Herz schlägt schnell, als ich mit meiner Hand wieder über ihre Brüste fahre und mich mit der anderen über ihr abstütze. Ihre Nippel sind steinhart, ihre Wangen rosig und ihre Atemzüge kommen in einer unregelmäßigen Mischung aus schnellem Einatmen und langem Ausatmen über ihre Lippen.

"Geht es dir gut?", frage ich, mehr aus Höflichkeit als aus Besorgnis, denn es kann nicht sein, dass sie sich unwohl fühlt. Mit gespreizten Fingern streichle ich sie, und da sie weiß, worauf ich hinaus will, ist sie kaum in der Lage zu antworten.

"Aha." Reinas Stimme wird lauter und verrät mir, dass ich eine ihrer erogenen Zonen getroffen habe, direkt über ihrem Hüftknochen. Ich bin immer aufmerksam, das ist mein Job. Ich versuche, die Körper meiner Kunden zuerst kennen zu lernen, ihre Reaktionen auf alles, was ich tue, zu erforschen. Als ich sie dort wieder streichle, stöhnt sie laut auf, und ich bewege mich nach unten, senke mein Gesicht auf ihre weiche Haut und fahre mit meiner Zunge über die Stelle. "Ja..."

Reina schiebt sich ungeduldig hin und her, und als ich an ihrem Höschen ziehe, hebt sie die Hüften, damit ich es herunterziehen kann. "Bitte", murmelt sie.

Mein Atem stockt beim Anblick des dünnen Haarstreifens zwischen ihren Schenkeln, beim Anblick ihres glitzernden Geschlechts, als sie ihre Beine ein wenig spreizt. Ich spüre ihre Hitze an meiner Brust und sehne mich danach, mit meiner Zunge durch ihre Nässe zu fahren und sie zu schmecken. Gott, ich will sie schmecken, aber ich kann nicht, weil das ein Job ist. Nicht ohne Schutz. Ich habe Angst, unsere organische Interaktion zu unterbrechen, indem ich zu meiner Tasche hinübergehe, also rutsche ich wieder hoch und bedecke ihren Körper mit meinem.

Wir seufzen beide bei der Berührung und verfallen in einen sehnsüchtigen Kuss, unsere Gliedmaßen verschränken sich und unsere Hüften stoßen ineinander, als wären wir lang verschollene Liebhaber. Mein Schenkel zwischen ihren Beinen, meine Hände in ihren Haaren, ihr Bein um meine Hüfte geschlungen und ihre Finger drücken meinen Hintern, ziehen mich fest an sich. Unsere verzweifelt bedürftige Körpersprache ist so weit entfernt von der kalten Realität einer Escortdame und ihres Kunden, und obwohl dies theoretisch keinen Sinn ergibt, ist es wunderbar einfach und überdeutlich. Ich will sie und sie will mich, und in diesem Moment brauchen wir einander auf eine Weise, die völlig greifbar und körperlich ist.

Ich schiebe meine Hand zwischen ihre Beine und fahre mit einem Finger durch ihre heißen Falten, woraufhin sie einen erstickten Schrei ausstößt und ihren Kopf zurückwirft.

"Ich will dich", flüstert sie gegen meine Lippen. Diese drei Worte lassen meine Zurückhaltung verschwinden und ich will sie nur noch zum Explodieren bringen. Ihr ganzer Körper zittert, als ich mit zwei Fingern in sie eindringe, und ich küsse sie erneut und stöhne, als ich spüre, wie ihre Nässe meine Finger bedeckt. Unsere Münder sind verschlossen, unsere Körper eins, und ich ficke sie langsam und tief, bewege mich in ihr wie in Trance. Es ist wunderschön, ihre Lust zu hören, ihr Bedürfnis zu spüren, zu wissen, dass ich ihr etwas Besonderes gebe, das sie noch nie zuvor erlebt hat. Reina öffnet sich wie eine Blume und saugt mich in ihre tiefsten Tiefen, bis ich mich in ihr und sie sich in mir verloren hat. Ich spüre, wie sie sich zusammenzieht, als ich meine Finger verschränke und meinen Kopf hebe, um sie anzusehen. Sie wölbt ihren Rücken, ihre Muskeln spannen sich an, während sie den Atem anhält, ihre Augen weiten sich vor Überraschung über mich. Und dann bricht sie mit einem erstickten Schrei zusammen, legt ihre Hand auf meine und hält mich in sich fest, während sie ihren Höhepunkt auskostet. Sie schließt die Augen, runzelt die Brauen und beißt sich so fest auf die Unterlippe, dass ich Angst habe, sie würde bluten. Es ist ein schmerzhaft schöner Moment, und da ich nicht will, dass er endet, ziehe ich ihn so lange wie möglich in die Länge. Mit meiner anderen Hand streiche ich ihr Haar und entferne dunkle Strähnen von ihrer klammen Stirn. Sie sieht erschöpft, zufrieden und traurig zugleich aus, und als ihr eine Träne über die Wange läuft, wische ich sie weg.

"Geht es dir gut?" Ich bin besorgt, als sie nicht sofort antwortet, ihr Blick ist abwesend, als sei sie völlig in Gedanken versunken. Doch dann lächelt sie und legt mir eine Hand auf die Wange.

"Ja. Ich bin nur ..." Reina hält inne und sucht nach Worten. "Ich hatte keine Ahnung", sagt sie schließlich. "All diese Jahre, und ich hatte keine Ahnung."

Ich kann nur zurücklächeln, denn jetzt ist nicht die Zeit für ein Gespräch. Sie braucht Zeit, um nachzudenken und ihre Gedanken zu sammeln. Es kann nicht einfach sein, wenn man mit neununddreißig Jahren herausfindet, dass man sich zu Frauen hingezogen fühlt, vor allem, wenn man ein ganzes Leben hinter sich hat. Ich küsse ihre Stirn und rolle mich von ihr herunter, und sie schmiegt sich in meine Armbeuge, als gehöre sie dorthin. Ich halte sie fest und streichle ihr Haar, während wir schweigend daliegen und uns wünschen, die Nacht würde nie enden.

# Kapitel 25

## *Reina - Dienstag*

Sandeep hat mich nie mit so viel Verständnis berührt. Ich konnte mich nicht einmal selbst so berühren, wie sie es tut. Belle zeichnete meinen Körper auf, studierte ihn bis ins Detail, als wäre er das Einzige, was für sie zählte, und dann ließ sie mich explodieren, bis ich nichts mehr zu geben hatte. Ich liege in ihrer Armbeuge, halb auf ihr drapiert, und frage mich, ob sie so mit all ihren Kunden umgeht, denn so habe ich mir die Erfahrung eines Escorts nicht vorgestellt. Vielleicht ist es bei zwei Frauen anders, oder sie hat ihre eigene Art. Alles, was ich sicher weiß, ist, dass mein Leben nie wieder dasselbe sein wird.

"Behältst du immer deine Unterwäsche an?" frage ich und fahre mit einem Finger über den Gummizug ihres Sport-BHs.

"Manchmal. Ich wollte dich nicht überfordern." Belle schenkt mir ein verruchtes Lächeln, bevor sie es abnimmt. "Aber ich glaube, jetzt kannst du damit umgehen."

Beim Anblick ihrer kleinen, frechen Brüste bin ich mir nicht sicher, ob ich das aushalten *kann*, und sofort schießt wieder Erregung durch mich hindurch. Ich hätte nie erwartet, von den Brüsten einer anderen Frau so erregt zu werden, aber dann wird mir klar, dass es nichts Betörenderes gibt als ihre nackte Gestalt. Mich überkommt das Verlangen, sie zu besitzen, ihren Körper zu erforschen, so wie sie meinen erforscht hat. "Darf ich dich berühren?" frage ich, so leise, dass ich mich kaum hören kann.

Belle nimmt meine Hand und führt sie zu ihren Brüsten, dann gleitet sie über die zarten Vertiefungen und Rundungen. Als meine Fingerspitzen ihre Brustwarzen berühren, schließt sie die Augen und stöhnt leise, und ihre Hand greift fester nach meiner. Ich küsse sie, weil ich will, dass sie in meinen Mund stöhnt, dass sie ihre ganze Lust in mir auslöst. "Du fühlst dich so weich an", sage ich und übernehme die Führung, als sie meine Hand loslässt und beginnt, meinen Rücken und meinen Hintern zu streicheln. Ich bin wie eine Jungfrau, unbeholfen, unsicher, neugierig, aber entschlossen. Nicht entschlossen, es hinter mich zu bringen, sondern entschlossen, es auch für sie gut zu machen. Mein Mund wird zu ihrem Hals gezogen und ich küsse mich hinunter zu ihrem Schlüsselbein, während ich ihren herrlichen Duft einatme. Ihre Haut ist warm an meinen Lippen, ihre Brustwarzen sind überempfindlich, als ich mit meiner Zunge darüber fahre. Ich lächle über ihre schnellen Atemzüge und weiß, dass ich etwas richtig mache.

Ich streiche mit meiner Hand über die glatte Haut ihres Bauches, halte aber inne, als ich spüre, wie sich ihre Muskeln anspannen. Bedeutet das, dass es ihr gefällt, oder bedeutet es, dass sie es nicht mag? Ich habe nicht einen Bruchteil ihres Selbstbewusstseins, aber ich habe den tiefen Wunsch, dass sie sich gut fühlt, also bin ich bereit, es zu riskieren. Sie hat das Sagen, und wenn sie sich unwohl fühlt, wird sie es mir mitteilen.

Als ich endlich den Mut finde, weiter nach unten zu gehen, schiebe ich meine Fingerspitzen unter den Gummizug ihrer Boxershorts und Belle hält mich nicht auf. Sie zittert und als ich ihr feuchtes, heißes Fleisch finde, lässt sie ein leises Stöhnen hören. Ihre Hitze erregt mich noch mehr und ich spüre, wie meine Hand zittert, während ich sie erforsche.

Belles Hüften schießen nach oben, als ich meine Finger wieder nach oben ziehe und die Bewegung wiederhole, in der Hoffnung, dass ich das Richtige tue. Es sollte nicht anders sein, als mich selbst zu berühren, aber es fühlt sich so neu für mich an, dass ich alles, was ich tue, in Frage stelle. Ihr Atem geht schneller, und schon bald stöhnt sie lauter und spreizt ihre Beine auseinander. Ich bewege mich über ihren köstlichen Körper und küsse sie, woraufhin sie ihre Finger durch mein Haar schlingt und den Kuss erwidert. Das berührt mich zutiefst. Das Wissen, dass sie mich will, lässt mich danach lechzen, ihr alles und noch mehr zu geben. Ich beobachte, wie sich ihre Augen schließen, während ich sie streichle, und ohne Vorwarnung spannt sie sich plötzlich an, stößt ein langes, tiefes Stöhnen aus und beginnt unter mir zu zittern. Sie kommt zum Höhepunkt, und ich kann nur noch mein Gesicht von ihrem nehmen und den faszinierenden Anblick betrachten, während ich sie weiter streichle. Mit fest geschlossenen Augen, aufgespritzten Lippen, zurückgelegtem Kopf und am ganzen Körper zitternd sieht sie aus wie ein gefallener Engel, der sich von unseren Sünden ernährt.

Mein Gesicht verzieht sich zu einem breiten Lächeln, und als sie ihre Augen wieder öffnet und meinen selbstgefälligen Gesichtsausdruck sieht, lacht sie.

"Es tut mir leid, das sollte nicht passieren", murmelt sie und bedeckt dann ihr Gesicht mit den Händen, als ob sie sich schämen würde. "Oh, Gott."

"Warum?"

"Weil du mich für *dein* Vergnügen bezahlst, nicht für meines."

"Willst du damit sagen, dass du gerade einen Orgasmus hattest?" frage ich, wobei ich meine Worte in einem neckischen Tonfall ausspreche. "Ich dachte, du tust nur so." Letzteres ist eine Lüge, denn was ich gerade erlebt habe, fühlte sich sehr, sehr real an.

Belle lacht. "Ich habe nicht nur so getan. Ich würde mich lächerlich machen, wenn ich das täte."

"Hmm ..." Ich versuche, mir das Grinsen aus dem Gesicht zu wischen, aber es scheint dauerhaft zu sein. "Also, ist es gegen die Regeln?"

"Irgendwie schon. Es ist gegen meine Regeln." Sie dreht sich auf die Seite und zieht mich zu sich heran. "Normalerweise lasse ich meine Kundinnen mich nicht intim berühren."

"Warum nicht?"

"Du klingst wie Suki", scherzt sie. "So viele Fragen..."

"Es tut mir leid." Als sie meine Wange küsst, schließe ich die Augen und lasse mich von ihr berühren. Sie fühlt sich tröstlich und warm an, und ich möchte in ihren Armen einschlafen.

"Braucht es dir nicht." Belle küsst mich sanft auf meine Lippen. "Ich tue nur Dinge, von denen ich weiß, dass sie angenehm für mich sind, wie anderen zu gefallen. Das ist der beste Weg, um mich aus unangenehmen Situationen herauszuhalten, sonst könnte ich diesen Job nicht machen. Ich hätte die Grundregeln mit dir besprechen sollen, aber du warst so nervös, dass ich es für das Beste hielt, die Dinge nicht zu kompliziert zu machen und alles ganz natürlich geschehen zu lassen."

"Ich verstehe. Danke, dass ich mich bei dir so wohl fühle." Ich streiche mit meiner Hand über ihre Hüftkurve und bewundere ihren Körper. "Warum hast du mich dich berühren lassen?"

Belle schenkt mir ein kleines Lächeln. "Weil ich es so wollte." Als ich von ihr herunterrolle, dreht sie sich auf die Seite, stützt sich auf ihren Ellbogen und sieht mich an. "Du siehst aus, als ob du das genießt."

"Das tue ich. Darf ich dich wieder buchen?" Die Dämmerung bricht herein und erinnert mich daran, dass die Zeit vergeht, und ich wünschte, ich könnte sie anhalten.

"Natürlich, das würde mir sehr gefallen." Belle streichelt zärtlich mein Haar und scheint über etwas nachzudenken. "Weißt du, wenn du einen Test machen würdest, könnten wir beim nächsten Mal viel mehr Spaß haben."

"Einen Test?" Ich runzle die Stirn. "Du meinst einen Test auf Geschlechtskrankheiten?" Für den Bruchteil einer Sekunde fühle ich mich fast beleidigt, da ich in meinem Leben nur mit einem Mann geschlafen habe. Aber dann erinnere ich mich daran, dass das ihr Job ist, dass sie mich nicht kennt und dass ich nicht anders bin als die anderen Frauen, mit denen sie schläft. Und dann erinnere ich mich daran, dass Sandeep eine Affäre hatte und dass Bree vor ihm eine ganze Reihe von Liebhabern gehabt haben muss.

"Ja. Damit ich meine Zunge auf eine Art und Weise einsetzen kann, die dich umhauen wird", sagt sie und leckt sich über die Lippen. "Glaub mir, es wird sich lohnen."

Ihre Worte lassen mich zusammenzucken und jetzt kann ich nur noch auf ihren Mund starren und ihn mir zwischen meinen Beinen vorstellen. *Ihre Zunge. Ficken.*

"Denk darüber nach", sagt Belle. "Aber im Moment …"

Sie schiebt sich auf mich und drückt ihre Hüften in meine. "Fürs Erste haben wir noch Zeit, und ich möchte, dass du dich zurücklehnst und entspannst."

\* \* \*

Herrliche Stunden vergehen, und ich wünschte, ich könnte richtig funktionieren, aber immer wieder holen mich dampfende Flashbacks ein. Ich bin vergesslich, abgelenkt, sogar völlig abwesend, und als Nola ihre Stimme erhebt und meinen Namen ruft, wird mir bewusst, dass ich kein einziges Wort von dem, was sie gerade zu mir gesagt hat, aufgenommen habe.

"Entschuldigung, was hast du gesagt?"

"Ich habe gefragt, ob du deinen Geburtstag feiern willst", sagt Nola. "Er ist in zwei Monaten, und ich will dich nicht unter Druck setzen, aber du weißt, wie schwer es ist, in den Hamptons etwas in letzter Minute zu arrangieren, wenn du also meine Hilfe willst, wäre es gut, das eher früher als später zu wissen."

"Ach ja, mein Geburtstag." Mir dreht sich der Magen um bei dem Gedanken, vierzig zu werden. "Darüber habe ich noch nicht nachgedacht, um ehrlich zu sein. Vielleicht lasse ich ihn dieses Jahr einfach ganz ausfallen."

"Aber letztes Jahr hast du es auch ausgelassen", sagt Nola. "Ich meine, ich verstehe das vollkommen - Sandeep war gerade erst ausgezogen -, aber findest du nicht, dass es schön wäre, deinen Vierzigsten zu feiern? Du scheinst jetzt so viel glücklicher zu sein." Sie hält inne. "Obwohl du auch sehr, sehr abgelenkt bist."

"Ja, bin ich, tut mir leid. Ich werde mal über meinen Geburtstag nachdenken." Ich steige aus der Wanne und ziehe mir einen flauschigen, weißen Bademantel an, dann wickle ich mein Haar in ein Handtuch. Nola hat mich schon unzählige Male nackt gesehen und ich fühle mich in ihrer Gegenwart so wohl, dass ich nicht einmal darüber nachdenke, dass sie direkt neben mir steht und frische Handtücher aufhängt.

"Kein Stress, wir kriegen das schon hin, wenn du dich dafür entscheidest", sagt sie mit einem Lächeln. "Übrigens, ich hoffe, ich gehe nicht zu weit, aber hast du schon jemanden kennengelernt?"

"Was?" Mein Gesicht errötet und für einen Moment frage ich mich, ob Nola übersinnlich ist.

"Einen Mann", stellt sie klar. "Nicht, dass es mich etwas angehen würde."

"Einen Mann?" Ich lache und gehe zu meinem Schminktisch im Schlafzimmer. "Nein, habe ich nicht. Warum fragst du?"

"Du hast gerade ..." Nola kichert, als sie das letzte Handtuch ins Regal legt und mir dann folgt. "Du benimmst dich wie eine verliebte Frau. Du bist überall, du bist spät auf und du strahlst so."

"Ich bin nicht verliebt!" rufe ich aus und lache mit ihr zusammen. Der eigentliche Grund, warum ich so spät aufstehe, ist, dass ich nicht weiß, wie ich mich Belle gegenüber verhalten soll, die gerade im Garten ist. Ich möchte sie sehen und mit ihr reden, das möchte ich wirklich. Aber ich brauche auch Zeit, um zu verarbeiten, was letzte Nacht passiert ist. Als ich aufwachte, kam mir unsere Nacht wie ein Traum vor, als wäre sie nie geschehen, aber dann nahm ich einen Hauch ihres Duftes auf meinem Kissen wahr, und die Realität brach über mich herein. Ich habe mit einer Frau geschlafen und es hat mir gefallen. Nein, ich habe es geliebt. Und was jetzt? Nola macht mein Bett, und das ist wahrscheinlich der Grund, warum sie spekuliert. Die

Laken waren ziemlich verschwitzt und unordentlich, und meine Bettlaken sind nie unordentlich. "Ich schwöre, da ist kein Mann." Das ist alles wahr, also muss ich nicht einmal lügen. Eine Schwärmerei? Klar. Ein bisschen besessen? Ja. Aber ich bin nicht verliebt und schon gar nicht in einen Mann.

"Ich ziehe dich nur auf." Nola hebt den leeren Wäschekorb auf. "Aber wenn du reden willst, bin ich da, okay?"

"Danke", murmle ich, mehr zu mir selbst, als sie bereits die Treppe hinunter verschwunden ist. Als ich mich im Spiegel begutachte, stelle ich fest, dass ich die zarten Krähenfüße um meine Augen herum gut sehen kann. Belle hat mir das Gefühl gegeben, wunderschön zu sein, und diese Energie wirkt immer noch nach. Sie gab mir den Eindruck, dass sie mich wirklich wollte und dass ich für ein paar Stunden alles war, was zählte. Es ist erstaunlich, was das Gefühl, begehrt zu werden, in einem Menschen auslösen kann, und ob es nun echt war oder nicht, ich schätze die Nachwirkungen sehr.

Trotzdem freue ich mich nicht darauf, vierzig zu werden. Mehrere Frauen haben mir gesagt, dass ihre vierziger Jahre großartig waren. Dass es eine Zeit war, in der sie anfingen, sich ihrer selbst sicherer zu fühlen und sich nicht mehr so sehr darum zu kümmern, was andere von ihnen denken. Scheiß auf das Jungsein", sagte eine Frau in meinem Yogakurs. Ich würde die Zeit nie zurückdrehen wollen. Aber ich? Ich fühle mich, als stolpere ich direkt in die Pubertät und weiß nicht einmal mehr, wer ich bin. Vor allem aber habe ich plötzlich Angst davor, was andere von mir denken werden.

Ich trage Feuchtigkeitscreme auf und scrolle durch mein Handy, während ich darauf warte, dass sie meiner Haut Feuchtigkeit spendet. Eine Nachricht von Sasha, die mich fragt, ob ich morgen noch etwas trinken gehen möchte, eine Einladung zum Wohltätigkeitsball im Juli und eine Anfrage meiner Mutter wegen eines Geburtstagsgeschenks warten auf meine Antwort, aber stattdessen navigiere ich zu meiner Arztpraxis und buche einen Termin für einen STD-Test. *„Damit ich meine Zunge auf eine Art und Weise an dir einsetzen kann, die dich umhauen wird."* Seit ich aufgewacht bin, habe ich ihre Worte immer wieder im Hinterkopf, und ich kann sie einfach nicht loslassen. Nicht einmal vierundzwanzig Stunden nach Belles erstem Besuch fantasiere ich schon wieder davon, mich mit ihr zu bespritzen, und mein Körper tobt vor Sehnsucht.

Draußen höre ich die Stimme von Nola und dann die von Belle. Ihre Stimme zieht mich an wie ein Magnet, und ohne nachzudenken, stehe ich auf und schiebe die Balkontür auf. Da steht sie und sieht so frisch, süß und sexy aus wie immer. Jeansshorts, ein marineblaues T-Shirt, ihre rote Mütze und dieses Lächeln, das mich in allen Gliedern schwach werden lässt. Ich starre auf ihre Hände und erinnere mich daran, wie sie meinen Körper erforscht haben. Ich starre auf ihren Mund und kann immer noch ihre Lippen auf meinen spüren. Und dann sieht Nola auf, und Belle sieht auf, und unsere Augen treffen sich in einem geladenen Austausch. Ich bin wie festgenagelt und erinnere mich daran, dass ich sie eigentlich begrüßen sollte - dass es das Normalste der Welt wäre -, also atme ich tief durch und lächle.

# Kapitel 26

## *Belle - Mittwoch*

Ihr Parfüm haftete noch auf meiner Haut, als ich nach Hause kam, und ich wollte es nicht abwaschen. Und jetzt bin ich in einer anderen Funktion wieder hier und mische Chemikalien für einen Pool, der kaum benutzt wird und eigentlich nur alle zehn Tage gewartet werden muss. Vielleicht sollte ich ihr sagen, dass sie Geld verschwendet - das hätte man schon vor langer Zeit tun sollen -, aber wenn ich das täte, würde ich sie in der kostbaren Zeit, die ich habe, bis Barry aus dem Krankenstand zurück ist, nicht viel sehen.

Reina ist nicht herausgekommen, und ich frage mich, ob sie sich irgendwo in diesem großen Haus vor mir versteckt. Ich würde es ihr nicht verübeln; es ist ja nicht so, dass wir eine persönliche Beziehung haben, und vielleicht ist sie beschämt, jetzt, wo ihr klar wird, was sie getan hat. Wenn es das war, dann werde ich die Erinnerung daran in Ehren halten und ihr so gut wie möglich aus dem Weg gehen. Aber bei einer Sache bin ich mir sicher: Sie wird die Erinnerung auch in Ehren halten, egal, was sie sich einredet.

Gestern Abend habe ich etwas sehr Ungewöhnliches

getan. Als ich im Bett lag, erschöpft und doch hellwach vor Adrenalin, habe ich nach ihr gesucht. Es gab nicht viel über Reina zu finden, da ihre Social-Media-Profile auf privat eingestellt waren, aber dann fand ich Nicole und es gab einen endlosen Strom von Informationen und Fotos, die mich mehr über ihre Mutter lehrten. Zunächst dachte ich, ihr Ex-Mann sei derjenige mit dem Geld, aber es scheint, dass Reina noch reicher ist als er. Es gab Urlaubsfotos, auf denen sie ihre Mutter in ihrem Familienpalast in Beirut besuchten. Ihr Haus in der Stuyvesant Street in East Village, New York, in dem sie mit ihrem Mann und ihren Kindern bis zu ihrer Scheidung lebte, muss ein Vermögen wert gewesen sein, und sie hat einige sehr einflussreiche Freunde. Sie war dort eine ziemliche Gesellschaftsdame, vielleicht ist sie es immer noch. Schließlich habe ich keine Ahnung, was sie nachts so treibt. Über Nicoles Kanäle habe ich Bilder von Reina und ihrem Mann bei der Met Gala und von ihr und Nicole auf der Yacht eines Milliardärs gefunden.

Als ich begann, mir ein Bild von ihrem Leben zu machen, wurde mir klar, wie viel für sie auf dem Spiel steht. Ihre Familie in Beirut, ihr Platz in der Gesellschaft... Wenn jemand herausfindet, dass sie eine weibliche Begleitung engagiert hat, würde der Skandal sie noch jahrelang verfolgen und die Folgen könnten verheerend sein. Reina ist keine Frau, die sich leicht outet, und ich fühle mit ihr, denn gestern Abend war klar, dass sie sehr auf Frauen steht.

Nola, die freundliche, aber furchtbar neugierige Haushälterin, winkt mir von der Terrasse aus zu und ruft, dass sie mir einen Kaffee macht. Ich bin überrascht, dass es hier kein Vollzeitpersonal gibt. Die meisten Leute, für die ich arbeite, haben eine Haushälterin und einen Vollzeit-Gärtner, aber hier ist alles ausgelagert. Die einzige Konstante ist

Nola. Sie sagte mir, dass Reina sehr flexibel ist und dass sie diesen Job neben ihren anderen Haushalten erledigen kann, dass Reinas Kinder höflich und ordentlich sind und dass es der einfachste Job ist, den sie je hatte.

"Danke", sage ich, als sie mit einem Cappuccino und einem Stück Kuchen vorbeikommt. "Ehrlich gesagt, solltest du das nicht tun. Ich bin heute nur für kurze Zeit hier, es gibt nicht viel zu tun.

"Aber du musst ihn probieren", sagt sie und nippt an ihrem eigenen Kaffee. "Ich habe ihn selbst gemacht. Er ist polnisch."

"Wow. Du bist Bäckerin?" Ich nehme einen Bissen und stöhne vor Vergnügen. "Er ist köstlich."

"Ich versuche mein Bestes", sagt sie fröhlich und dreht sich um, um auf den Balkon des Schlafzimmers zu schauen, wo Reina erschienen ist. Sie ist in ein weißes Gewand gekleidet, ihr Haar ist in ein Handtuch gewickelt und sie sieht aus wie eine griechische Göttin. Der Hauch von Dekolleté ist verlockend, und während ich zu ihr hinaufstarre, spüre ich, wie sich meine Lippen zu einem breiten Lächeln verziehen. *Meine Königin.* Lange Zeit sieht Reina aus, als hätte sie ein Gespenst gesehen, doch dann lächelt sie mich endlich an, was die nervöse Anspannung in meinem Inneren in ein freudiges Flattern verwandelt. Es ist kein höfliches Lächeln; sie scheint sich aufrichtig zu freuen, mich zu sehen. "Hallo, Belle", ruft sie begeistert.

"Guten Morgen, Reina." Es folgt ein unangenehmer Moment, in dem wir dastehen und verweilen; ich schaue zu ihr auf und sie schaut auf mich herab. Sie ist zu weit weg, um ein Gespräch zu führen, und selbst wenn wir es könnten, was würden wir einander sagen, wenn Nola hier ist?

Reina zieht sich zurück und denkt offensichtlich dasselbe. Sie winkt mir zu und wirft mir einen letzten Blick über die Schulter zu, bevor sie sich in ihr Schlafzimmer zurückzieht, wo sie vermutlich ihren Bademantel ausziehen wird. *Gott, ich will sie so sehr.*

"Du nennst sie Reina..." Nola wirft mir einen verwirrten Blick zu.

"Sie hat mich darum gebeten", sage ich achselzuckend.

"Hmm ... das sagt sie mir auch immer wieder, aber ich kann mich einfach nicht daran gewöhnen." Nola nimmt einen Schluck von ihrem Kaffee und blickt wieder auf den Balkon hinauf. Die Schiebetüren sind geschlossen, aber sie senkt trotzdem ihre Stimme. "Sie hat heute eine komische Laune."

"Oh?" Ich denke, dass Nola hier eine Grenze überschreitet, aber ich tue so, als ob ich ganz Ohr wäre. Schließlich bin ich nur die Pooltechnikerin, und das Personal neigt dazu, untereinander zu tratschen. "Was meinst du?"

"Ihr Bett", flüstert Nola. "Es sah nicht so aus, wie es normalerweise morgens aussieht. Sie hat auch neue Unterwäsche, ich habe sie gerade in die Wäsche getan. Und so, wie sie sich verhält..." Sie macht eine Pause, um zu wirken. "Ich bin mir fast sicher, dass sie einen Mann zu Besuch hatte."

Ich beiße mir auf die Lippe, um ein Grinsen zu unterdrücken, und schweige. *Wenn sie es nur wüsste.*

"Es tut mir leid, ich hätte das nicht sagen sollen", fährt Nola fort und winkt mit der Hand. "Ich habe schon wieder geklatscht."

*Ja, das hast du.* Ich werfe ihr einen verwirrten Blick zu und drücke ihr die Schulter. "Ist schon okay, ich werde es niemandem erzählen."

"Bitte nicht. Ich freue mich einfach so für sie, dass sie endlich weiterzieht und ihren Ex-Mann loslässt." Sie lächelt. "Ich glaube, Miss Amari ist verliebt."

Ich kann Nola nicht meine eigene Theorie erzählen, dass Reina sich verwirrt verhält, weil sie nach einer Nacht mit mir über ihre Sexualität verwirrt ist, also reiche ich ihr meine leere Tasse und nehme das Netz, das ich mitgebracht habe. "Wenn das so ist, dann ist das gut für sie." Ich fange an, das Netz durch das Wasser zu ziehen und lasse Nola wissen, dass ich hier bin, um zu arbeiten. "Vielen Dank für den Kaffee und den Kuchen. Er war köstlich."

# Kapitel 27

## *Reina - Donnerstag*

Am nächsten Abend essen Sasha und ich im Hush, einem Club im East Village. Die Dachterrasse ist gefüllt mit einer Mischung aus Einheimischen und Millennials von der Ostküste, die für die Nacht ihrem Elternhaus entflohen sind. Wir müssen mindestens zehn Jahre älter sein als der Durchschnitt der Leute hier, und ich bin froh, dass ich mich leger in Jeans und einem schulterfreien weißen Top gekleidet habe, denn Sasha sieht in ihrem langen, babyrosa Satinkleid völlig deplatziert aus. Nicht, dass es ihr etwas ausmacht; Sasha stellt ihre Kurven gerne zur Schau und steht gerne im Mittelpunkt. Nach einer kurzen Teilnahme an einer Reality-TV-Show - sie hatte die Nase voll von den Kameras, die sie verfolgten - wird sie immer noch regelmäßig auf den Gesellschaftsseiten fotografiert und ist hier eine Art Berühmtheit.

"Würdest du aufhören, mit jedem zu flirten?" sage ich ungläubig, als sie einen anderen Mann an unserem Tisch anlächelt. "Was ist denn mit dir los?" Sie hat bereits dem DJ *und* unserem Kellner, die beide Anfang zwanzig sind, schöne Augen gemacht.

"Hey, ich schaue nur. Daran ist nichts falsch", erwidert sie und streicht sich ihr blondes Haar über die Schulter. "Ich bin sicher, Igor schaut ab und zu."

"Ich bin sicher, dass er das tut, aber du bist heute Abend voll dabei."

"Nur ein bisschen Spaß", sagt Sasha mit einem zufriedenen Achselzucken. "Ich bin so froh, wieder mit dir zusammen zu sein und über freche Sachen reden zu können, ohne dass Männer dabei sind. Warum waren wir früher immer zu viert?" Sie nimmt einen Schluck ihres Weißweins und bedient sich an einem Stück Haloumi von der Platte, die zwischen uns steht. Ihre Stimmung ist ausgelassen und ansteckend.

"Ja, warum?" Ich lächle und stoße mein Glas mit ihrem an. "Ich mag das auch lieber so."

"Also, sag mir ganz ehrlich." Sasha lehnt sich näher heran. "War es wirklich so gut, wie du es gesagt hast?"

"Ja." Ich schenke ihr ein Lächeln und bewege mich in meinem Stuhl, als ich das vertraute Flattern der Schmetterlinge spüre. "Es war umwerfend." Ich lehne mich ebenfalls zu ihr und fahre im Flüsterton fort. "Ich habe bei meinem Arzt einen Termin für einen Test auf Geschlechtskrankheiten gemacht, damit wir beim nächsten Mal nicht so vorsichtig sein müssen. Es war ihre Idee."

Sashas Augen weiten sich. "Nächstes Mal?"

"Aha." Ich kneife meine Augen zusammen. "Aber wenn du es jemandem erzählst, bringe ich dich um."

"Natürlich", sagt sie, als wäre das eine Selbstverständlichkeit. Dann wird ihr Gesichtsausdruck ernst, und sie betrachtet mich lange Zeit. "Also, was wirst du tun?"

"Was meinst du?"

"Ich meine, du hast gerne Sex mit Frauen. Nach dem, was du mir erzählt hast, ziehst du Frauen den Männern vor, zumindest eine Frau im Besonderen. Also, bist du lesbisch? Und wenn ja, was wirst du tun?"

"Ich weiß es nicht." Eine Frage, die ich mir heute immer wieder gestellt habe. "Ich muss mich doch nicht jetzt entscheiden, oder?"

"Nein, aber es ist etwas, worüber man nachdenken sollte. Nicht, dass es wichtig wäre, ob du lesbisch oder hetero bist", fügt sie hastig hinzu. "Aber wenn du dir sicher bist, solltest du vielleicht irgendwann mit deinen Kindern reden, damit sie nicht völlig überrascht sind, wenn Mama plötzlich mit einer Frau ausgeht."

"Aber... ich kann mir nicht vorstellen, mit einer Frau auszugehen", sage ich.

"Kannst du dir vorstellen, mit einem Mann auszugehen?"

"Nein. Ich nehme an, das scheint jetzt auch unwahrscheinlich." Ich stöhne und vergrabe mein Gesicht in meinen Händen. "Oh Gott, Sasha, was soll ich nur tun?"

"Beruhige dich. Das kann so lange unser Geheimnis bleiben, wie du willst. Aber ich glaube, du gerätst in Panik und machst daraus eine viel größere Sache, als es ist. Viele Leute sind homo."

"Wie wer?" frage ich. "In unseren Kreisen, meine ich."

"Unsere Kreise könnten ein wenig Abwechslung gebrauchen; ich denke, sie wäre willkommen. Außerdem sind wir hier in den Hamptons. Es ist ja nicht so, dass du bei deiner Mutter in Beirut wohnst."

Sashas Worte erfüllen mich mit Schrecken. "Bitte erinnere mich nicht an meine Mutter. Sie würde es nicht überleben, wenn sie es wüsste."

"Sie muss es nicht wissen, niemals. Wie oft siehst du sie?"

"Nur etwa zweimal im Jahr, und ich besuche sie normalerweise. Sie sagt, ihre Katzen werden unruhig, wenn sie länger als ein paar Nächte weg ist." Ich rolle mit den Augen. "Ihre zwölf Katzen. Obwohl sie ihre eigenen Haushälterinnen haben, die sich um alle ihre Bedürfnisse kümmern."

"Ihre großen, flauschigen Perserkatzen. Ich habe sie gesehen, ich folge ihnen auf Instagram." Sasha lacht. "Ruby ist mein Favorit. Die weiße mit dem mürrischen Gesicht."

"Sie haben alle mürrische Gesichter", sage ich und lache mit. "Sie hat gerade für alle ein persönliches Himmelbett anfertigen lassen. Es ist total lächerlich."

"Tja, da hast du es, gerettet von den Katzen. Es ist ja nicht so, als würde sie unangemeldet auftauchen. Und dein Onkel, dieser megareiche Typ, ist der nicht schwul? Du hast gesagt, er hat einen männlichen Begleiter, der ihm überallhin folgt, und ich habe die Bilder von dir und ihm auf seiner Yacht gesehen; er sieht ein bisschen campig aus."

"Ja, ich bin mir ziemlich sicher, dass er schwul ist, aber er würde das nie offen zugeben."

"Aber jeder vermutet, dass er es ist, oder? Und er hat nie geheiratet?"

"Nein. Er ist mit fünfzig immer noch Single. Ich glaube, meine Familie weiß es, es wird nur nicht erwähnt." Ich seufze und nehme einen großen Schluck. "Genug von mir. Ich will über all das nicht nachdenken, es macht mich unruhig."

Sasha lächelt mich an und füllt mein Glas nach. "Na klar. Lass uns einfach Spaß haben."

"Ich habe einen pikanten Klatsch für dich", sage ich und bin seltsam erleichtert, dass mein Ex-Mann mir etwas gibt, das mich für einen Moment von Belle ablenkt. "Rate mal, wer ein Baby bekommt?"

# Kapitel 28

## *Belle - Freitag*

R eina sieht schläfrig aus, als sie in dem dünnen Seidenmantel, den sie am Dienstagabend für mich trug, nach draußen geht. "Hey", sagt sie mit einem schüchternen Lächeln und reicht mir einen Kaffee. "Bitte ignoriere mein Aussehen, ich hatte eine lange Nacht."

"Wieder eine lange Nacht?" Ich scherze. "Keine Sorge, du siehst wie immer wunderschön aus." Als die Worte meine Lippen verlassen, wird mir klar, dass das wahrscheinlich zu viel ist, aber das ist mir egal. Sie sieht wirklich wunderschön und seltsam verletzlich aus mit ihrem unordentlichen Haar und dem ungeschminkten Gesicht. Und dann stelle ich mir vor, wie ich neben ihr aufwache, ihr verschlafenes Gesicht als Erstes sehe und ihre Körperwärme an meinem Körper spüre.

"Danke." Sie lächelt schüchtern. "Ich trinke meinen Kaffee am Strand. Möchtest du mir Gesellschaft leisten? Es sei denn, du bist beschäftigt. Ich möchte dich nicht von deiner Arbeit abhalten."

"Ich glaube, du weißt, dass dein Pool mehr Aufmerksamkeit bekommt, als er braucht", sage ich lachend und folge ihr zum Tor. "Ich wollte eigentlich vorschlagen, dass du die Wartungsbesuche auf einmal pro Woche reduzierst, es sei denn, du hast Gäste zu Besuch."

"Das habe ich mir auch überlegt, weil die Kinder nicht hier sind, aber ich wollte niemanden arbeitslos machen." Reina tippt einen Code ein, um das Tor zu öffnen, und wir überqueren die Stelzenbrücke, die über die Dünen zum Strand führt. Sie ist barfuß, ihre Zehennägel sind hellrosa lackiert. Ihre Füße sind makellos, genau wie ihre eleganten Hände, und ich kann nicht aufhören, sie anzuschauen.

"Das ist sehr nett von dir, aber ich kann dir versichern, dass wir mehr als genug Arbeit haben."

"Okay, wenn das so ist, werde ich darüber nachdenken", sagt sie und geht die Treppe hinunter. Der Strand liegt ruhig vor uns, als wir uns auf die unterste Stufe der Brücke setzen. Es fühlt sich intim an, hier mit ihr zu sein, als hätten wir gerade eine Grenze überschritten, indem wir uns aus dem Haus gewagt haben. "Wie geht es dir?" Es ist eine einfache Frage, aber sie lässt sie beladen klingen, als ob mein Wohlbefinden ihr wirklich wichtig wäre.

"Mir geht es gut", sage ich beiläufig und versuche, das Ziehen der Sehnsucht in meinem Unterleib zu unterdrücken. "Wie geht es dir nach der letzten Nacht?"

Reina blickt abwesend auf den Ozean und hält ihre Tasse in beiden Händen. "Um ehrlich zu sein, war ich ganz schön durcheinander. Es ist... Es gibt viel zu verarbeiten." Sie hält inne und sieht mir schließlich in die Augen. "Aber es war unglaublich, und ich möchte es wieder tun." Es herrscht ein langes, geladenes Schweigen und dann sagt sie: "Ich habe einen Termin für den Test gemacht."

"Oh..." Ich lecke mir über die Lippen und schaue auf ihren Mund hinunter, ich möchte sie jetzt so sehr küssen, dass ich mich kaum zurückhalten kann. Ich will ihr sagen, dass sie mich nicht buchen muss, dass ich ihr ausgeliefert bin und dass sie mich haben kann, wann immer sie will. Hier und jetzt, wann und wo auch immer. Aber das kann ich nicht sagen, denn dies ist keine Beziehung und wird es auch nie sein. Es ist ein Arrangement und ich muss mich schützen. "Ich freue mich auf das nächste Mal."

"Tust du das wirklich?" Reina mustert mich und ich kann sehen, dass sie genau wie ich von dieser seltsamen Intimität zwischen uns verwirrt ist.

*Ja, Reina. Ich finde dich umwerfend, und ich kann nicht aufhören, an dich zu denken. Ich will dich, ich sehne mich nach dir.* Ich schlucke schwer. "Ja, das tue ich. Du bist etwas Besonderes." Wir sind gefährlich nahe daran, uns zu küssen, also lehne ich mich zurück, stütze meine Ellbogen auf die Stufe hinter mir und wechsle das Thema. "Kommt Nicole dieses Wochenende nach Hause?"

Etwas geht über Reinas Gesicht. Es ist subtil, aber es bleibt nicht unbemerkt, und ich bedaure, dass ich den Verlauf unserer Unterhaltung geändert habe. "Nein. Ich werde sie in New York besuchen", sagt sie und setzt ein Lächeln auf.

"Schön. Wann warst du das letzte Mal dort?"

"Letztes Jahr, als ich meine Scheidungspapiere unterschrieben habe." Reina zuckt mit den Schultern. "Ich habe New York gemieden und sogar jemanden eingestellt, der meine Sachen umzieht und einlagert, nachdem wir das Haus verkauft hatten, damit ich nicht mehr dorthin zurückkehren muss. Ich konnte mich einfach nicht dazu durchringen, gemeinsame Freunde zu treffen oder Orte zu besuchen, an denen Sandeep und ich früher zusammen waren. Aber jetzt bin ich bereit. Ich freue mich sogar schon darauf." Ein verliebtes Pärchen schlendert am Strand entlang, und wir folgen ihnen mit unseren Augen. Sie können nicht älter als fünfundzwanzig sein und bleiben alle paar Schritte stehen, um sich zu küssen, wobei sie ein regelmäßig unterbrochenes Muster von Fußspuren im Sand hinterlassen.

"Vermisst du die Stadt?"

"Manchmal." Reina zuckt mit den Schultern. "Aber mein Leben dort war mit meiner Familie. Wenn ich zurückziehen würde, wäre es nicht dasselbe. Ich habe Freunde in New York, und ich habe sie über den Winter vermisst, aber die meisten von ihnen haben ein Haus in den Hamptons, also werden sie bald zurückkommen, und alle anderen können jederzeit zu mir kommen und bei mir wohnen, denn ich habe viel Platz. Was hast du in New York gemacht?", fragt sie.

"Ursprünglich ging ich dorthin, um zu studieren. Obwohl ich in der Schule immer recht gut war, brach ich das Studium ab, weil mich das Großstadtleben zu sehr ablenkte, um mich auf das Wesentliche zu konzentrieren. Also arbeitete ich in Bars und Clubs und liebte die Aufmerksamkeit, die ich von den Frauen bekam. Sie zu befriedigen wurde für mich zu einem Spiel, und ich glaube, damit hat alles angefangen."

"Was hast du studiert?"

"Finanzen".

"Finanzen?" Reina schaut verwirrt. "Ich weiß, dass ich dich nicht sehr gut kenne, aber ich kann mir dich nur schwer in diesem Bereich vorstellen."

"Ja, ich auch. Ich weiß nicht, was ich mir dabei gedacht habe", sage ich und kichere. "Ich glaube, ich wollte mich anfangs nur beweisen und habe meinem Vater erst ein Jahr später von meinem Ausstieg erzählt. Er war einfach so stolz auf mich, weil ich die Klügste in der Familie war, und ich brachte es nicht übers Herz, ihm zu sagen, dass das nichts für mich war. Aber schließlich musste ich es tun, und er hat es besser aufgenommen, als ich erwartet hatte."

"Stehst du ihm nahe?", fragt sie.

"Ja. Meine Mutter starb, als meine Schwester und ich noch sehr klein waren, und er war ein großartiger Vater. Jackie, unsere Nachbarin, hat uns damals sehr geholfen. Sie hilft immer noch mit Suki, also ist sie auch ein Teil der Familie."

"Das mit deiner Mutter tut mir leid. Darf ich fragen, was passiert ist?"

"Brustkrebs. Ich war drei, also kann ich mich nicht wirklich an sie erinnern." Ich halte inne und denke, dass dieses Gespräch eine sehr persönliche Wendung nimmt.

"Trotzdem muss es für dich schrecklich gewesen sein", sagt Reina. "Und deine Schwester? Wie alt war sie, als deine Mutter starb?" Sie schüttelt den Kopf und rollt die Augen gen Himmel, als würde sie sich selbst verfluchen. "Tut mir leid, schon gut. Ich wollte dich nicht ausfragen."

"Es ist okay." Ich lege eine Hand auf ihr Knie, ziehe sie aber wieder zurück, als wir beide darauf hinunterstarren. Alles, was wir jetzt sagen oder tun, scheint so belastet zu sein, und ich weiß einfach nicht mehr, wie ich mich in ihrer Gegenwart verhalten soll. "Meine Schwester, Linda, war zwei Jahre älter als ich, aber sie ist auch gestorben", sage ich schließlich. Ich weiß nicht, warum ich ihr das alles erzähle, aber irgendwie will ich es wirklich, und ich schenke ihr ein Lächeln, damit sie weiß, dass es mir nichts ausmacht, darüber zu reden. "Sie war Sukis Mutter."

"Oh, Gott." Reina streicht mir mit der Hand über die Wange, und ich lehne mich in ihre Berührung hinein, genieße den Kontakt. "Du..." Ich glaube, sie will sagen: "Du armes Ding", aber sie unterbricht sich. "Und du hast Suki adoptiert?"

"Ja. Sukis Vater war nicht auf dem Bild und als sie krank wurde - meine Schwester hatte auch Brustkrebs - hat sie Vorkehrungen getroffen, dass ich Sukis rechtmäßiger Adoptivelternteil werde, für den Fall, dass sie es nicht schaffen würde." Reina sieht aus, als würde sie gleich weinen, also nehme ich ihre Hand in meine und küsse sie. Dann rückt sie näher und legt einen Arm um mich, und wir sitzen minutenlang schweigend da, lauschen den Wellen und den Möwen, die über uns kreisen.

"Du bist mutig", sagt sie schließlich. "Ich bewundere deine Stärke."

"Ich bin nicht mutig. Ich hatte keine andere Wahl, als weiterzumachen, aber ich liebe Suki und wir haben jetzt ein ziemlich gutes Leben. Sie ist glücklich und das ist alles, was zählt."

"Und du? Bist du glücklich?" Wieder scheint die Frage überladen zu sein, und ich brauche einen Moment, um darüber nachzudenken, denn ich habe mich eigentlich nie gefragt, ob ich es bin.

"Ja", sage ich. "Ich genieße es, Suki lächeln zu sehen, erwachsen zu werden, Freunde zu finden, Dinge zu lernen ... Ich genieße es, hier zu leben und an den Wochenenden an den Strand zu gehen. Meine Träume sind jetzt anders, konkreter, nehme ich an. Es geht nicht darum, mein Leben in vollen Zügen zu leben oder um ewige Leidenschaft. Es geht um Stabilität und inneren Frieden." Ich wende mich an Reina und beschließe, dass es an der Zeit ist, sie zu befragen. "Und du? Bist du glücklich?"

Reina gluckst und schüttelt den Kopf, als ob sie keine Ahnung hätte. "Ich glaube, ich bin glücklich. Jedenfalls glücklicher, als ich es vor einer Weile war. Aber vielleicht bin ich jetzt das Gegenteil von dir. Mir gefällt der Gedanke, mein Leben in vollen Zügen zu leben und der ewigen

Leidenschaft nachzujagen oder wie auch immer du es nennst. Das habe ich noch nie getan."

"Dann hast du einen guten Anfang gemacht", sage ich. "Die Erkundung deiner Sexualität ist nur der Anfang, also genieße es und schäme dich nicht. Alles, wonach du dich jetzt sehnst, ist ganz natürlich. Du hast es vielleicht vergraben, aber es war schon immer da, und letztlich bist du, wer du bist."

Reina nickt. "Ich danke dir. Ich werde das im Hinterkopf behalten."

Als ich meinen Kaffee ausgetrunken habe, stehe ich auf und nehme ihre Hand, um ihr aufzuhelfen. Reina hält sich viel länger als nötig an mir fest, und als wir auf der Treppe stehen bleiben, ist die Anziehungskraft so stark, dass ich sie schließlich loslasse, um sie nicht an mir zu zerquetschen. "Ich muss zu meinem nächsten Kunden."

"Natürlich. Entschuldige, dass ich dich hier aufhalte. Ich wollte nicht so persönlich werden." Reinas Gesicht errötet, als wir die Brücke überqueren.

"Du musst dich nicht entschuldigen, es war nett. Es macht mir Spaß, mit dir zu reden."

"Mir auch." Sie bleibt am Tor stehen und lächelt. "Also, sehen wir uns nächste Woche?"

"Ja. Wir sehen uns Montag. Viel Spaß in New York."

# Kapitel 29

## *Reina - Samstag*

"**E**s ist so seltsam, dich hier zu haben, Mom", sagt Nicole, als wir durch unser altes Viertel gehen. Es ist das erste Mal, dass ich hier bin, seit ich in Not das Haus verlassen habe, nachdem ich über eine freche E-Mail von Bree gestolpert bin, die an meinen Mann gerichtet war. Danach war ich nur noch für ein Treffen mit unserem Scheidungsanwalt hier. Nicole war der Meinung, dass es für mich "kathartisch" sein könnte, die Stuyvesant Street und ihre Umgebung wieder zu besuchen; so hat sie es jedenfalls ausgedrückt. Und so schlendern wir nach einem langen Mittagessen in Manhattan ziellos umher. Zuerst fühlte es sich beängstigend an, aber jetzt ist nur noch ein starkes Gefühl der Distanzierung übrig, als ob dies eine andere Welt wäre, zu der ich nicht mehr gehöre.

"Für mich ist es auch seltsam", sage ich. Nicole kommt immer noch in die Nachbarschaft, um Freunde zu besuchen, und da sie nur ein paar Monate mit mir in den Hamptons verbracht hat, bevor sie auf den Campus der NYU zog, hat sich für sie nicht viel geändert. "Aber ich glaube, ich bin

189

gerne ein Außenseiter. Es ist schön, die Stadt zu genießen, ohne viel zu planen."

"Gut." Nicole zieht ihren Kapuzenpullover aus und bindet ihn sich um die Taille. Die Tage werden wärmer und bald wird es in New York unerträglich heiß und schwül sein. "Lass uns irgendwo etwas trinken gehen, ich brauche Schatten."

Unsere alte Straße ist eine der wenigen diagonalen Straßen in New York und kreuzt die East 9th Street zwischen den Second und Third Avenues. Wir kommen an der St. Mark's Church in-the-Bowery vorbei, einem der vielen Zeugnisse der holländischen Vergangenheit New Yorks, und an einem schlichten Haus im Federal-Style mit roten Ziegeln im flämischen Verband, dem ältesten im East Village. Um die Ecke befindet sich mein bevorzugtes japanisches Imbissrestaurant und ein Stück weiter die Bar, in der ich mich regelmäßig mit Freunden traf. Nebenan hat eine neue Bar eröffnet, und ich werde neugierig, als ich eine Regenbogenflagge über der Tür sehe und sehe, dass jemand "Ladies only weekend" auf das Whiteboard draußen gekritzelt hat. Ich bin mir nicht sicher, warum ich das Bedürfnis habe, dort hineinzugehen; es ist nicht so, dass ich Frauen auschecken will. Belle ist die einzige Frau, an die ich denke, und auch, wenn es nie zu etwas führen wird, ist der Gedanke, mit einer anderen zu flirten, undenkbar. Vielleicht will ich einfach nur unter meinesgleichen sein, damit ich mich nicht so anders fühle, oder vielleicht bin ich neugierig auf die Orte, an denen Belle sich herumgetrieben hat. "Sehen wir uns das mal an", sage ich, ohne nachzudenken. "Hier steht, dass sie einen Innenhof haben."

Nicole schaut auf die Fahne und wirft mir dann einen amüsierten Blick zu. "Okay, was immer du willst, Mama Bär." Wahrscheinlich denkt sie, ich sei ahnungslos und es wäre lustig, meinen Gesichtsausdruck zu sehen, wenn ich merke, dass wir in einem Lesbentreff landen.

Innen ist es nichts Besonderes. Für eine neu eröffnete Bar sieht sie sogar ziemlich veraltet aus, aber der Barkeeper ist super freundlich und die Musik peppig. Ich bestelle eine Cola für Nicole und einen Gin Tonic für mich und niemand wirft mir seltsame Blicke zu oder stellt Fragen. Nur ein paar Tische sind besetzt, aber als wir mit unseren Getränken durch die Hintertür kommen, ist der Innenhof voller Frauen, die sich an den bunten Tischen unterhalten und lachen. Ein riesiger, mit Regenbogenlaternen behängter Baum spendet Schatten, und die Sonne, die durch die Krone scheint, hinterlässt auf jeder Oberfläche ein schönes Muster. Obwohl es so schön und fröhlich ist, bereue ich es sofort, hierher gekommen zu sein, denn es ist auch sehr viel los und ich fühle mich von der Energie über-wältigt.

"Ihr könnt den Tisch haben, wir gehen gerade", sagt eine maskuline Frau zu Nicole, als sie und ihre Freundin aufste-hen. Sie zwinkert Nicole zu, aber Nicole scheint nicht beunruhigt zu sein.

"Danke, das ist sehr nett von Ihnen", antwortet sie mit einem warmen Lächeln, das sich in ein freches Grinsen verwandelt, als ich mich ihr gegenüber setze. "Du siehst ein bisschen errötet aus, Mama. Geht es dir gut?"

"Ja. Mir geht's gut." Ich schlucke schwer und achte darauf, dass ich nur Nicole im Auge behalte. "Hat diese Frau mit dir geflirtet?"

Nicole gluckst. "Ich denke schon, aber es macht mir nichts aus." Sie beugt sich vor und senkt ihre Stimme. "Du wusstest nicht, dass dies eine Lesbenbar ist, oder?"

"Nein", lüge ich. "Hast du?"

"Ja. Ich war schon ein paar Mal mit einer Freundin hier. Einer Freundin-Freundin", fügt sie schnell hinzu.

"Oh." Ich lächle. "Du brauchst mich nicht zu beruhigen. Es würde mir nichts ausmachen, wenn du dich mit Frauen verabredest."

"Wirklich? Bist du dir da sicher?"

"Natürlich. Ich möchte nur, dass du glücklich bist." Nicole schaut überrascht, und ich kann es ihr nicht verdenken. Vor einem Jahr hätte ich noch ganz anders reagiert, nehme ich an. Ich habe mir alles für sie gewünscht: einen Abschluss, einen Job, ein schönes Zuhause, einen Ehemann, eine Familie. Das tue ich natürlich immer noch, aber ich sehe jetzt, dass nicht alles so einfach und schwarz-weiß ist, wie ich immer angenommen habe.

„Warum bist du plötzlich so aufgeschlossen?"

"Ich bin nicht anders als vorher", lüge ich wieder. "Wir haben dieses Gespräch nur noch nie geführt." Ich rühre in meinem Drink und fasse endlich den Mut, mich umzusehen. So viele lesbische Frauen. Die meisten von ihnen sitzen in Gruppen, manche sehen aus, als hätten sie ein Date. Eine Frau blickt neugierig in meine Richtung. Sie fragt sich wahrscheinlich, was ich hier mache; alle sehen viel lässiger und individueller aus als ich, und für Manhattan sehe ich in meinem Maxikleid und der großen Sonnenbrille viel zu dramatisch aus. Ich drehe mich wieder zu Nicole und ignoriere ihren ständigen Blick. "Hattest du schon mal ein Date mit einem Mädchen?"

"Mama!" Nicole tut so, als wäre sie erstaunt. "Wollen wir wirklich darüber reden?"

"Ich möchte nur wissen, was in deinem Leben vor sich geht", sage ich ehrlich. "Wir reden nie über dein Liebesleben."

"Genau." Nicole kippt die Hälfte ihres Getränks

hinunter und hebt eine Augenbraue. "Okay, wenn du es wirklich wissen willst..." Sie hält inne. "Ich hatte mal ein Date mit einem Mädchen, aber das war nichts für mich. Ich meine, es war lustig, solange es dauerte, aber ich bevorzuge Jungs. Und ja, ich habe jemanden kennengelernt, aber es ist noch sehr frisch; wir haben uns erst ein paar Mal gesehen."

"Oh." Ich lächle und freue mich, dass sie sich mir öffnet. Nicole hat sich immer bedeckt gehalten, so wie ich, nehme ich an. Ich war noch nie ein großer Redner, aber irgendetwas hat sich geändert. "Ihr habt euch also getroffen?"

Nicole lacht. "Wir leben nicht mehr in den Achtzigern, so funktioniert das nicht mehr", sagt sie und lässt mich alt aussehen. "Jungs tauchen nicht mehr mit Blumen vor der Tür eines Mädchens auf, um sie zum Essen einzuladen. Wir treffen uns mit gemeinsamen Freunden und ich war schon zweimal bei ihm zu Hause. Er hat eine eigene Wohnung."

Die Bemerkung über die Wohnung beunruhigt mich, aber ich versuche, es mir nicht anmerken zu lassen. "Er ist nicht viel älter als du, oder? Wie heißt er? Was studiert er?"

"Er ist dreiundzwanzig. Sein Name ist Tyrell und er ist Rapper." Nicole wirft mir einen kühnen Blick zu und wartet auf meine Kritik. Sie weiß genau, was ich denke. *Ein Rapper. Kein fester Job, kein Einkommen, keine Zukunft. Nicht gut genug für meine Tochter.* Ich zwinge mich, zu versuchen, die Dinge aus ihrer Perspektive zu sehen und nicht in ein Verhör zu verfallen. Meine Eltern waren wütend, als ich ihnen sagte, dass ich mit Sandeeps Baby schwanger war. Er kam nicht aus einer wohlhabenden Familie wie ich, und das führte zu vielen Reibereien, da Sandeep das Gefühl hatte, nie gut genug zu sein. Ich nehme an, das gab ihm den Antrieb, ihnen das Gegenteil zu beweisen und sehr erfolgreich zu werden, aber es war trotzdem sehr schwierig, und ich möchte nicht, dass Nicole in dieser Lage ist.

"Okay. Solange du glücklich bist, Schatz. Wenn es klappt, würde ich ihn gerne kennenlernen."

Nicoles Augen weiten sich. "Du willst mich nicht belehren?"

"Nein." Ich schließe die Lippen und schüttle den Kopf, ändere aber meine Meinung, als ich mir Nicole mit einem Babybauch vorstelle. "Doch, ich werde dich belehren, aber nur einen Moment lang. Weißt du, dich und Eddie zu haben, war das Beste, was mir je passiert ist, und ich würde nichts auf der Welt ändern wollen. Aber ich habe nie einen Abschluss gemacht, und das will ich auch für dich. Es ist schwierig, wenn man sich eines Tages in einer Situation wiederfindet, in der man neu anfangen muss und keine Ahnung hat, was man mit seinem Leben anfangen soll. Also bitte, wenn die Zeit gekommen ist, schütze dich, okay? Und hab nur dann Sex, wenn du dazu bereit bist."

Jetzt ist es an Nicole, rot zu werden, und sie stößt ein ersticktes Lachen aus. "Ich bin keine Jungfrau mehr. Und ja, ich schütze mich, also keine Sorge." Sie greift über den Tisch hinweg nach meiner Hand und drückt sie. "Sei nicht schockiert, Mom. Ich bin fast achtzehn. Und ich weiß, du denkst wahrscheinlich, dass alle mit ihren Müttern reden, bevor sie zum ersten Mal Sex haben, aber in Wirklichkeit ist das nicht der Fall. Keiner meiner Freunde tut das, es passiert einfach, wenn es passiert. Außerdem hattest du letztes Jahr deine eigenen Probleme und ich wollte dich nicht noch mehr stressen."

"Schatz, ich möchte nicht, dass du jemals das Gefühl hast, nicht mit mir reden zu können. Du sollst wissen, dass ich immer für dich da bin, egal, was in meinem Leben passiert." Sie hat Recht; ich bin schockiert, dass sie Sex hatte, aber ich war mit siebzehn schwanger, also wäre es scheinheilig von mir, das zu missbilligen. Sie ist jetzt erwachsen, viel weiser als ich in diesem Alter war. "Aber ich bin froh, dass du es mir gesagt hast, und das mit Tyrell habe ich ernst gemeint. Ich würde ihn gerne kennenlernen."

"Danke", sagt Nicole.

"Wofür?"

"Dafür, dass du mich nicht verurteilst." Sie lehnt sich zurück und entspannt sich sichtlich. "Es ist schwer zu begreifen, dass ich mit meiner Stepford-Mutter in einer Lesbenbar sitze und ihr erzähle, dass ich mit einem Rapper ausgehe und sogar mit ihr über Sex rede."

"Hey, ich bin keine Stepford-Mutter!", rufe ich aus.

"Vielleicht nicht mehr, aber seien wir ehrlich, das warst du früher." Nicole verengt humorvoll ihre Augen und richtet sie auf mich. "Komm schon, Mom. Du hast die meiste Zeit damit verbracht, dir Gedanken darüber zu machen, was du zu Veranstaltungen anziehst, was du bei Dinnerpartys servierst und wen du einlädst."

"Hmm ..." Ich lache, denn sie hat nicht ganz unrecht. "Das habe ich doch getan, oder?" Am Tisch neben uns fangen zwei Frauen an, sich zu küssen. Obwohl ich kein Fan von PDA bin, ist es ziemlich sinnlich und ich merke, wie ich sie völlig fasziniert anstarre. Die Art und Weise, wie sich ihre Lippen berühren, und wie ihre Hände durch das Haar des anderen fahren... Das ist erregend. *Sehen Belle und ich auch so aus, wenn wir uns küssen?* "Nun, von nun an wird sich alles ändern", sage ich und löse meinen Blick von ihnen.

# Kapitel 30

## *Belle - Sonntag*

"Mama, können wir wieder ins Schwimmbad gehen?"

"Wir gehen später zum Strand, Schatz. Cameron wird auch dabei sein." Ich nehme Sukis Hand fester in die Hand, als wir die Straße zum Harborside Café überqueren. "Ich brauche nur einen Kaffee und einen Moment mit meiner Sonntagszeitung. Du kannst auf dem iPad spielen, wenn du willst, und ich habe auch ein Malbuch mitgebracht." Als ich über die Schulter schaue, werde ich das ungute Gefühl nicht los, dass uns jemand beobachtet, aber ich sehe niemanden, den ich kenne.

Dankbar, dass am Ende der Terrasse am Wasser ein schattiger Tisch frei ist, lasse ich mir die Brise auf die Haut wehen und bestelle einen Cappuccino für mich und eine Limonade für Suki. Boote und bescheidene Yachten fahren in den Hafen ein. Die Tagesausflügler sind noch früh genug dran, um sich einen Liegeplatz zu sichern. Ich beobachte gerne die Leute und sehe die Begeisterung in ihren Gesichtern, wenn sie zum ersten Mal hier ankommen, denn es ist wirklich eine hübsche Stadt, und ich bin stolz darauf, wo ich lebe. Suki holt ihre Buntstifte aus meiner Tasche und scheint sich eine Weile zu beschäftigen, also vertiefe ich mich in meine Zeitung und genieße die Zeit.

"Schön, Sie beide hier zu sehen", sagt jemand, als ich gerade in einen Artikel vertieft bin. Ich erkenne die Stimme sofort, erstarre und blicke auf, um Mrs. Ashworth neben unserem Tisch stehen zu sehen.

"Hallo, Mrs. Ashworth", sage ich zögernd und werfe einen Blick auf Suki, die sich auf eine Dschungelillustration in ihrem Buch konzentriert. Und aus reiner Höflichkeit füge ich hinzu: "Wie geht es Ihnen?"

"Mir geht es gut, danke." Mrs. Ashworth fährt sich mit der Hand durch ihr hellblondes Haar und klimpert mir mit den Wimpern. "Aber bitte nennen Sie mich Cindy, wir haben uns gut genug kennengelernt, um die Förmlichkeiten wegzulassen", fügt sie mit einem Augenzwinkern hinzu. Zu meinem großen Entsetzen nimmt sie an unserem Tisch Platz. "Ich habe einen Anruf erhalten, dass Sie nicht verfügbar sind, und ich muss sagen, ich war sehr enttäuscht."

Wieder schaue ich nervös nach Suki, die nun zu Mrs. Ashworth hochlächelt und sie wiedererkennt. "Hallo", sagt sie.

"Hallo, Süße. Was malst du denn da?"

"Einen Elefanten." Suki hebt das Malbuch hoch, um es ihr zu zeigen. "Ich habe ihn blau ausgemalt", fügt sie mit einem verschmitzten Lachen hinzu.

"Das ist sehr kreativ. Was haben du und deine Mami heute vor?"

"Okay, Cindy", versuche ich vorsichtig und unterbreche sie. "Es ist schön, dich zu sehen, aber ich bin nur hier, um mich mit meiner Tochter zu entspannen. Wenn ich dich irgendwie verärgert habe, wäre ich dankbar, wenn wir zu einem für beide Seiten günstigen Zeitpunkt unter vier Augen reden könnten."

Cindy sieht tatsächlich erfreut darüber aus und lehnt sich näher an mich heran. "Das ist kein Problem. Wie wäre es, wenn wir heute Abend essen gehen?"

"Nein, ich meinte nicht das Abendessen", sage ich und gebe mein Bestes, höflich zu bleiben. Ich bin mir ziemlich sicher, dass sie uns hierher gefolgt ist, und wenn sie in irgendeiner Weise Wahnvorstellungen hat, möchte ich sie nicht zum Äußersten treiben. Ich schaue mich um und stelle fest, dass es in der Ecke der Terrasse ein ruhiges Plätzchen gibt, und mache eine Geste dorthin, weil ich denke, dass es wahrscheinlich am besten ist, es hinter sich zu bringen, damit sie nicht auf die Idee kommt, dass wir ein Date haben. "Suki, bleib hier, wo ich dich fünf Minuten lang sehen kann, okay? Ich werde nur kurz mit Cindy sprechen, ich bin gleich wieder da."

Suki runzelt die Stirn, protestiert aber nicht und wendet sich wieder ihren Buntstiften zu. Frau Ashworth seufzt, als sie aufsteht, und folgt mir dann zum leeren Tisch.

"Warum bist du so distanziert zu mir?", flüstert sie. "Was habe ich getan?"

"Du hast nichts getan, Cindy. Aber ich trenne meine Arbeit und mein Privatleben strikt, und ich möchte außerhalb der Besuche keinen Kontakt zu Kunden haben. Das da drüben ist meine Tochter. Verstehst du nicht, dass es mir höchst unangenehm ist, wenn du anfängst, ihr persönliche Fragen zu stellen und uns zu folgen?"

"Ich bin dir nicht gefolgt", sagt sie und erhebt ihre Stimme zur Verteidigung.

"Komm schon, ich weiß, dass du es bist. Du wohnst doch gar nicht hier."

Mrs. Ashworth sieht verletzt aus, aber ich mache keine

Anstalten, sie zu trösten. Wenn ich das täte, würde es das Ganze nur noch schlimmer machen. "Ich reiche die Scheidung ein", sagt sie und schluckt schwer. "Ich werde also bald eine alleinstehende Frau sein. Wir können uns so oft sehen, wie wir wollen, und du kannst bei mir einziehen, wenn du das in Betracht ziehen möchtest."

Ich starre sie völlig schockiert an und schüttle den Kopf. "Bitte tu das nicht. Verlass deinen Mann nur, wenn du in einer unglücklichen Ehe lebst. Wir sind nicht in einer Beziehung. Du hast mich als Escort engagiert. Das ist etwas ganz anderes." Ich versuche, meine Sätze kurz zu halten, in der Hoffnung, dass meine Worte bei ihr ankommen.

"Aber ..." Sie versucht, meine Hand zu ergreifen, aber ich schiebe sie beide in meine Taschen. "Aber ich kann mich um euch kümmern. Um euch beide."

Da ich nicht weiß, was ich jetzt sagen soll, da sie offensichtlich kein Nein akzeptiert, greife ich zu dem einzigen Mittel, das mir einfällt. Lügen. "Ich bin in einer Beziehung, Cindy. Mit der Frau, mit der du mich in Montauk gesehen hast. Ich habe das Team gebeten, deine Buchung zu stornieren, weil du zu persönlich mit mir geworden bist. Ich bin in sie verliebt, und es ist uns ernst."

"Es war also wahr..." Ihre Lippe zittert leicht und sie beugt sich vor. "Wie ist ihr Name?"

"Das ist privat", sage ich, etwas erleichtert, dass ihr Wahn zerbricht, und gleichzeitig besorgt darüber, was sie jetzt tun könnte.

"Sag mir ihren Namen", zischt sie. "Du hast mich verraten."

"Cindy", sage ich mit ruhiger Stimme. "Ich habe dich nicht betrogen. Du und ich haben keine Beziehung." Es ist schwer zu glauben, dass die ruhige und besonnene Frau, die ich in ihrem schönen Haus besucht habe, eine totale

Verrückte ist, aber sie ist eindeutig höchst labil und möglicherweise gefährlich. "Ich möchte, dass du dich von mir und meiner Tochter fernhältst, okay?" Als sie nicht antwortet, füge ich hinzu: "Ist das klar?"

Cindy bleibt stumm, die Fäuste vor sich geballt. Einen Moment lang habe ich Angst, dass sie mich schlagen könnte, aber schließlich steht sie auf und geht weg. Mein Herz rast und mir wird schlecht bei dem Gedanken, dass sie sich meinetwegen scheiden lassen könnte. Als ich zum Tisch zurückkehre, setze ich ein Lächeln auf, um sicherzustellen, dass Suki nicht merkt, wie verärgert ich bin.

# Kapitel 31

## *Reina - Sonntag*

"**D**as hat Spaß gemacht. Wirklich", sagt Nicole, als wäre sie überrascht, dass sie sich in meiner Gegenwart nicht gelangweilt hat. Ich schließe meine Wochenendtasche und gebe ihr eine lange Umarmung.

"Ja. Ich würde das gerne wiederholen. Und mach dir keine Sorgen, wenn du nächstes Wochenende nicht kommst, genieß einfach die Party, okay?" Nicole ist gestern Abend nach einem späten Abendessen in meinem Zimmer geblieben, und wir haben uns im Bett Filme angesehen, so wie früher, als sie noch jünger war. Heute Morgen waren wir zusammen im Fitnessstudio des Hotels und danach in der Sauna, bevor wir uns über das Frühstücksbuffet hermachten. Ich hätte bei Freunden bleiben können, aber ich habe niemandem gesagt, dass ich komme. Es ist nicht so, dass ich sie nicht sehen wollte, aber ich wollte Nicole für mich allein haben und war mir nicht sicher, ob ich in meinem derzeitigen Zustand bereit war, jemand anderem als ihr zu begegnen.

"Du kannst jederzeit vorbeikommen." Nicole drückt mir den Arm. "Übrigens, feierst du deinen Geburtstag?"

Ich schüttle den Kopf. "Das glaube ich nicht, Schatz. Aber ich würde gerne mit dir zu Abend essen, wenn du in der Nähe bist."

Nicole runzelt die Stirn. "Aber du wirst vierzig, Mom. Das ist ein großes Ereignis."

"Ich wünschte, alle würden aufhören, mich daran zu erinnern", sage ich und kichere. "Ich habe einfach keine Lust, irgendetwas zu organisieren, okay? Es ist nicht so, dass ich keine Zeit hätte, ich habe nur keine Lust, all die Leute anzurufen, denen ich schon so lange aus dem Weg gehe. Das ist wohl so ein Ding geworden, und außerdem mag ich es nicht, im Mittelpunkt zu stehen."

"Oh, Gott. Du hast dich wirklich viel zu sehr zurückgezogen", sagt Nicole. "Warum überlässt du das nicht mir? Im Ernst, ich würde gerne eine Party für dich organisieren. Nichts Großes, das verspreche ich. Nur deine engsten Freunde. Sie wissen, was du durchgemacht hast, und glaub mir, sie nehmen es dir nicht übel, wenn du sie nicht zurückrufst, sie werden sich einfach freuen, dich wiederzusehen."

"Es tut mir leid, aber ich würde ihn lieber mit dir verbringen..."

"Okay, es ist dein Geburtstag." Nicole seufzt und schenkt mir ein Lächeln. "Dann lass mich wenigstens etwas Besonderes organisieren, nur für uns beide. Eine Überraschung."

"Klar. Das klingt gut." Ich habe es nicht so mit meinen eigenen Geburtstagen, ich habe mich nie wohl dabei gefühlt. Früher habe ich gerne Abendessen und Cocktailpartys organisiert, aber das war etwas anderes, weil es dabei nie um mich ging. Zu meinem Dreißigsten nahm Sandeep mich und die Kinder mit auf die Malediven, weil ich eine Party ablehnte, und wir hatten eine wunderbare Zeit dort. Wir wohnten in einer wunderschönen Hütte mit Glasboden, die über dem Meer gebaut war, und ich musste mich nicht darum kümmern, mich anzuziehen oder die Kinder zu füttern. Kein Druck, kein Stress und keine Familie außer unserer eigenen süßen kleinen Blase. Das war das letzte Mal, dass wir einen richtigen Urlaub zusammen verbracht haben. Wir haben meine Familie in Beirut regelmäßig besucht, und wir haben viele lange Wochenenden in den Hamptons verbracht, aber es gab nie Zeit, den Verpflichtungen zu entfliehen. Sandeep war mit seiner Arbeit beschäftigt, ich plante mein Leben rund um die New Yorker Gesellschaftsszene, und die Kinder wurden erwachsen und zogen es vor, mit ihren Freunden zusammen zu sein. Aber das waren alles nur Ausreden, denn in Wirklichkeit nahmen wir uns keine Zeit mehr, um unsere Ehe und Familie an die erste Stelle zu setzen.

Rückblickend denke ich, dass wir nicht so glücklich waren, wie wir hätten sein können, denn es fehlte immer etwas. Dieses Etwas, so habe ich erkannt, ist die Leidenschaft. Der Klebstoff, der Paare ein Leben lang zusammenhält, das Öl, das die Maschine der Ehe in Sachen Intimität zum Laufen bringt, das magische Elixier, das es ermöglicht, dass Beziehungen auch in schwierigen Zeiten funktionieren. Es gab viel Liebe, aber die Leidenschaft war nie da. Und manchmal ist selbst die Liebe nicht genug.

Ich glaube nicht, dass ich eine Ahnung hatte, was Leidenschaft ist, bevor ich Belle traf. Aber jetzt ist es, als würde sie durch meine Adern fließen. Nur leider ist sie eine Begleiterin, die ich dafür bezahle, dass ich mich gut fühle. Es ist einseitig und es ist keine Liebe im Spiel, und deshalb ist es nicht echt. Aber nachdem ich mein ganzes Leben lang keine Leidenschaft hatte, sehne ich mich danach wie nach nichts anderem.

Seufzend greife ich nach meinem Handy und lasse mich zurück aufs Bett fallen. Ich habe noch eine halbe Stunde bis zum Auschecken, also scrolle ich durch meine E-Mails und finde die Ergebnisse meiner Tests auf Geschlechtskrankheiten, die ich vor meiner Fahrt hierher am Freitag machen ließ. Obwohl ich nicht überrascht bin, dass sie alle negativ sind, flackert in mir dennoch ein Gefühl der Erleichterung auf. Wenn Sandeep einmal fremdgegangen ist, hat er es vielleicht schon früher getan, und das hat mich beunruhigt.

Ohne meine Tochter, die mich ablenkt, sind meine Gedanken wieder einmal bei Belle. Ein Schauer der Erregung durchfährt meinen Körper, als ich zu Hamptons' Escorts navigiere und sehe, dass sie am Dienstag verfügbar ist. Es fühlt sich immer noch falsch an, für Sex zu bezahlen, aber nachdem ich einmal mit ihr geschlafen habe, ist sie für mich wie eine Droge geworden, und wenn das die einzige Möglichkeit ist, dann nehme ich, was ich kriegen kann. Niemand wird es je erfahren. Während ich meine Kartendaten eingebe und auf die Schaltfläche 'Buchen' drücke, frage ich mich, ob sie eine Benachrichtigung erhalten wird. Wird sie begeistert sein? *Sei nicht dumm*, sage ich mir. Ich bin nur ein Kunde wie jeder andere auch. Ob es ihr nun gefällt oder nicht, es ist ihr Job, und ich muss mir immer wieder vor Augen führen, dass ich ihr nichts bedeute.

Ich habe darüber nachgedacht, dass sie mit anderen Frauen zusammen ist, und ich hasse es, dass ich eifersüchtig bin. Eifersucht ist eine neue - aber nicht besonders angenehme - Emotion für mich, und sie bringt meinen Kopf durcheinander. Selbst als ich herausfand, dass Sandeep mich betrogen hatte, fühlte ich mich nicht so, wie ich es jetzt tue. Ich war wütend und verletzt, sicher, sogar am Boden zerstört, aber nicht eifersüchtig. Der Gedanke an ihn und Bree zusammen im Bett verursachte nicht diesen fast unerträglichen schweren Knoten in meinem Magen, wie wenn ich mir Belle mit jemand anderem vorstelle, und das macht überhaupt keinen Sinn. Ich will wissen, ob sie Lieblingskunden hat, ob sie außerhalb ihrer Termine an sie denkt. Ich will wissen, ob sie über sie fantasiert, ob sie über mich fantasiert.

Als die Bestätigungsnachricht eintrifft, seufze ich erleichtert auf und bin sofort wieder nervös. Es ist anstrengend, die ganze Zeit so emotional zu sein, aber ich habe mich noch nie so lebendig gefühlt wie jetzt.

# Kapitel 32

## *Belle - Montag*

Es ist schwer, hier zu sein und auf Körperkontakt zu verzichten, während ich nur an ihre morgige Buchung denken kann. Auch Reina hat damit zu kämpfen; ich merke das daran, wie sie mich ansieht, als wolle sie mir die Kleider vom Leib reißen. Unsere morgendlichen Gespräche sind zu einer angenehmen Gewohnheit geworden, aber heute kann ich die Spannung in der Luft fast schmecken.

Wir sitzen wieder auf der untersten Stufe der Brücke, beide mit einem Kaffee in der Hand. Reina trägt Yoga-Klamotten, ein schwarzes Trägertop, schwarze Leggings und Turnschuhe, und ihre Kamera hängt um ihren Hals. Wenigstens habe ich heute meine Arbeit getan, so dass ich nicht das Gefühl haben muss, dass ich sie ausnutze. Da mein nächster Termin erst um elf Uhr ist, habe ich ihre Einladung angenommen, mit ihr hierher zu kommen.

"Das Licht ist heute Morgen wunderschön", sagt sie und blickt auf das Meer.

"Das ist es." Ich lächle und tue mein Bestes, um nicht auf ihre Brüste in dem engen Yoga-Top zu starren.

Niemand bringt meine Libido so in Wallung wie Reina. "Wie war dein Wochenende in New York?"

"Es war wirklich schön", sagt sie. "Nur Nicole und ich. Sie ist bei mir im Hotelzimmer geblieben." Sie zögert. "Wir waren in einer Lesbenbar etwas trinken."

Bei ihrer Aussage verschlucke ich mich fast an meinem Kaffee und wende mich ihr mit einem Stirnrunzeln zu. "Wirklich? Hast du mit ihr darüber gesprochen?"

"Nein, natürlich nicht. Ich habe ihr nicht von dir erzählt, falls du das meinst", sagt sie schnell. "Wir sind nur zufällig an diesem Ort vorbeigekommen und ich wollte reingehen."

"Und?"

"Und nichts. Am Anfang war es mir etwas unangenehm, aber alle schienen sehr nett zu sein und...", sie macht eine Pause. "Nun, es war interessant, Frauen zusammen zu sehen."

"Aber du bist in New York aufgewachsen. Sicherlich bist du bei vielen Gelegenheiten lesbischen Paaren begegnet."

"Ja, aber ich habe nie wirklich darauf geachtet, wenn du weißt, was ich meine. Ich habe nie darauf geachtet, was um mich herum geschah." Sie zuckt mit den Schultern. "Ich versuche nur, diese plötzliche Veränderung in mir zu verstehen."

"Ich glaube, du weißt, was mit dir los ist."

Reina befeuchtet ihre Lippen, als sie mich ansieht, und, Gott, ich möchte sie küssen. "Ja", sagt sie. "Ich glaube schon." Während des langen Schweigens knistert die Spannung zwischen uns, und dann sagt sie: "Meine Testergebnisse sind da. Ich bin clean." Sie errötet stark, als sie ihr Handy hochhält und mir die Seite zeigt.

Ich bin mir nur allzu bewusst, dass ich gefährlich nahe

daran bin, etwas Dummes zu tun. "Das ist gut", sage ich schließlich. "Ich lasse mich regelmäßig untersuchen, also musst du dir auch um mich keine Sorgen machen." Es folgt ein weiteres Schweigen. "Also, wir sehen uns morgen... Ich freue mich schon darauf."

"Ja. Ich auch." Ihre Stimme ist atemlos, während sie mich weiter anstarrt. Plötzlich, als ob es zu viel wäre, reißt sie aus ihrer Trance und wendet ihre Aufmerksamkeit wieder dem Meer zu. "Wie war dein Wochenende?"

"Es war sehr schön. Ich war mit Suki und einer Freundin und ihrem Sohn am Strand, und wir haben meinen Vater gesehen", sage ich und lasse die peinliche Situation mit Mrs. Ashworth aus. "Ich gründe gerade mein eigenes Unternehmen, also war ich auch damit beschäftigt."

Reinas geweitete Augen verraten mir, dass sie über-rascht ist, das zu hören. "Oh? Was für ein Geschäft?"

"Ich beginne einen Requisitenverleih für Poolpartys. Alles, was du dir vorstellen kannst, habe ich. Möbel, Beleuchtung, Dekorationen, Poolspielzeug..."

"Das klingt nach Spaß. Und lass mich raten: Testet Suki alle Poolspielzeuge?"

"Nein, der Strand ist zu rau für teure Schlauchboote, und wir kennen niemanden mit einem Pool, also habe ich ihr noch nichts gezeigt."

"Oh. Natürlich." Reina sagt das, als würde sie erst jetzt merken, dass nicht jeder in den Hamptons einen Pool hat. "Du kannst sie immer hierher bringen, wenn du meinen Pool benutzen willst oder einen einfachen Zugang zum Strand haben willst. Ich weiß, wie schwierig es ist, im Sommer einen Parkplatz am Strand zu finden, und ich habe eine riesige Auffahrt, und außer mir ist niemand hier."

"Danke, das ist sehr nett, aber ich glaube nicht, dass das eine gute Idee wäre."

"Warum nicht? Ich habe so viel Platz und die perfekte Ausstattung, und niemand genießt sie."

Ich schaue Reina an und sehe, dass sie es ernst meint. Natürlich würde Suki gerne hierher kommen, aber ich stecke bereits in der Klemme und möchte meine Tochter nicht in den Schlamassel hineinziehen, den ich wissentlich verursache, indem ich mich in eine Kundin verliebe. "Ich fürchte, das würde die Grenzen verschwimmen lassen", sage ich vorsichtig. "Ich kann Suki nicht zu einer Kundin mitnehmen."

"Tut mir leid, daran habe ich nicht gedacht." Reina wirft mir einen bedauernden Blick zu. "Du hast ja recht. Ich verstehe das." Sie sieht auf ihren Kaffee hinunter und runzelt die Stirn. "Darf ich dich etwas fragen?"

"Sicher."

"Warum arbeitest du für Pool Masters? Wenn du mit der Escort-Arbeit so viel mehr Geld verdienst?"

"Aus zwei Gründen", sage ich. "Erstens möchte ich, dass Suki sieht, wie ich jeden Morgen zur Arbeit gehe und einen normalen Job mache, wie alle anderen Eltern auch. Ich möchte auch, dass mein Vater weiß, dass ich einen Job habe; er weiß nichts von meinem Escort-Job. Und zweitens brauche ich den Job bei Pool Masters einfach für unsere Krankenversicherung."

"Richtig. Ich kann mir vorstellen, dass die Arbeit als Escort das nicht unbedingt bietet." Reina schenkt mir ein wissendes Lächeln. Um die Krankenversicherung hat sie sich offensichtlich noch nie Gedanken gemacht. "Es muss seltsam sein, ein Doppelleben zu führen."

"Nicht wirklich", zucke ich mit den Schultern. "Ich betrachte die Begleitung als eine Vorstellung, einen Akt. Und da es nur zwei oder drei Abende pro Woche sind, und weniger, wenn ich keine Lust habe, ist es einfach etwas, das ich gerne mache. An manchen Abenden macht es mehr Spaß als an anderen", füge ich hinzu und möchte, dass sie weiß, dass sie etwas Besonderes ist.

"Hast du Lieblingskundinnen?", fragt sie. Wenn ich mich nicht täusche, spüre ich eine gewisse Eifersucht, also lächle ich und schaue ihr in die Augen.

"Nur eine."

Reina ist sichtlich errötet, freut sich aber dennoch über meine Antwort und verengt dann die Augen, als ein Mann auf sie zukommt. Er ist barfuß, trägt khakifarbene Shorts und ein weißes T-Shirt und geht in zügigem Tempo, bis er uns entdeckt. Er bleibt stehen, verweilt, dreht sich dann um und geht zurück.

"Kennst du ihn?" frage ich, erleichtert, dass mir dies einen Ausweg aus einem schwierigen Gespräch bietet.

"Ja, das ist Sandeep, mein Ex-Mann", sagt sie und sieht ihn nachdenklich an. "Er war wahrscheinlich auf dem Weg hierher und hat nicht damit gerechnet, dass ich Gesellschaft habe."

"Oh. Soll ich gehen?"

"Nein. Bitte nicht." Sie nimmt meine Hand, als ich gerade aufstehen will. "Ich weiß sowieso schon, worüber er reden will. Er und seine neue Freundin bekommen ein Baby."

"Mein Gott, Reina. Das muss schwer sein." Ich drücke ihre Hand.

"Es ist..." Sie zuckt mit den Schultern. "Eigentlich ist es ganz okay. Ich weiß es schon seit ein paar Wochen, also habe ich den Schock überwunden, aber er weiß nicht, dass ich es weiß. Es muss ihm zu schaffen machen. Er ist nicht der Typ, der am Montagmorgen spazieren geht. Er ist ein totaler Workaholic."

Ich nicke. "Ist sein Büro in den Hamptons?"

"Nein, er arbeitet von zu Hause aus. Früher hatte er ein Büro in New York, aber jetzt, wo er für die Reichen und Berühmten entwirft, nimmt er nur noch wirklich große Aufträge an und hält es einfach mit einem Team von Frei-beruflern, die ebenfalls von zu Hause aus arbeiten. Trotzdem reist er viel."

"Er ist also ein großer Name auf seinem Gebiet?" Das weiß ich bereits; ich habe auch bei Sandeep nachgeschaut, aber sie würde ausrasten, wenn sie das wüsste. Er hat eines der modernsten Bürogebäude der Welt in Dubai entworfen und hat viele Preise für seine Arbeit gewonnen.

"Ja. Er ist sehr talentiert. Und er hatte immer den Drang, sich zu beweisen, denn ich war... nun ja... ich war wohlhabend, als wir uns kennenlernten, und er nicht. Wie auch immer, er hat es geschafft, das zu ändern."

"Hast du noch Gefühle für ihn?"

"Nein. Er ist der Vater meiner Kinder, also wird immer etwas da sein. Aber es ist nicht so wie jetzt."

"So?"

Reina schüttelt den Kopf, die Hitze steigt ihr wieder in die Wangen. "Ich meine, was ich für ihn empfinde, ist nicht sexuell und ich glaube, das war es auch nie. Das wollte ich damit sagen", erklärt sie hastig. Sie sieht zu, wie Sandeep zu einem weißen Fleck in der Ferne verschwindet, und ich versuche zu begreifen, wie jemand die schöne, freundliche und sexy Reina jemals verlassen konnte. Vielleicht hatte er immer das Gefühl, dass sie ihn nie auf diese Weise liebte, aber wenn ich sie hätte, wenn sie wirklich mir gehören würde, dann würde ich sie nie, nie gehen lassen.

# Kapitel 33

## *Reina - Montag*

"Saft?", fragt Sasha und öffnet die Tür zur Saftbar neben dem Yogastudio, ohne auf eine Antwort zu warten.

"Ich glaube, ich brauche etwas Stärkeres", scherze ich.

"Warum? Ärger im Paradies mit deiner Belle?"

"Pst... nicht so laut." Ich überfliege die Speisekarte und bestelle das Übliche, und Sasha tut dasselbe. Wir sind beide berechenbar geworden, aber wenigstens erlauben wir uns jetzt, einmal pro Woche bei einem Cocktail die Sau rauszulassen. "Ich treffe mich morgen mit ihr", flüstere ich, als wir zur Bar am Fenster gehen und die letzten beiden freien Plätze ergattern. "Ich sehe sie als..."

"Ich weiß, was du meinst", unterbricht mich Sasha kichernd. "Aber das ist doch auch gut so, oder?"

"Ja. Das ist es. Aber ich bin so nervös."

"Aber du hast es doch schon einmal durchgemacht. Es wird doch sicher einfacher, wenn man weiß, was einen erwartet?"

Ich denke darüber nach, schüttle dann den Kopf und halte mir eine strenge Standpauke. "Nein, glaub mir, es wird nicht einfacher. Wenn überhaupt, dann wird es verdammt kompliziert." Ich nippe an meinem Saft und zögere. "Versprichst du mir, dass du nicht lachen wirst?"

"Niemals." Sasha bekreuzigt sich, ihr Gesichtsausdruck ist unschuldig wie der eines kleinen Lammes.

"Ich glaube, ich bin in sie verknallt", sage ich und senke meine Stimme. "Ernsthaft, Sash, vielleicht stimmt etwas nicht mit mir. Ich nutze jede Ausrede, um mit ihr zu reden, wenn sie den Pool bedient, und ich habe ihr schon sehr private Dinge über mich erzählt. Ich kann ihr nicht einmal richtig in die Augen sehen, weil es einfach zu viel ist. Allein ihre Nähe bringt mich aus dem Gleichgewicht."

Sasha stützt sich mit dem Ellbogen auf die Theke und hält sich die Wange, während sie sich mir zuwendet. "Okay, das ist ein bisschen komisch, aber ich habe versprochen, nicht zu lachen, also werde ich es auch nicht tun." Sie zieht eine Augenbraue hoch, als sie mich amüsiert ansieht. "Ich glaube nicht, dass du besessen bist, Reina. Ich weiß, es ist erst der Anfang, aber ich glaube, du bist in sie verliebt. Hast du dir das mal überlegt?"

"Ich bin nicht in sie verliebt. Das kann nicht sein", sage ich abwehrend, aber tief im Innern weiß ich, dass sie Recht haben könnte. Ich war noch nie verliebt, woher soll ich also wissen, wie es sich anfühlt? "Ich bezahle sie dafür, dass sie mit mir schläft. Das fühlt sich nicht sehr romantisch an."

"Ich weiß. Das heißt aber nicht, dass du dich nicht in sie verlieben kannst. Sie hat offensichtlich ein Händchen für die Frauen. Super charmant und so."

"Das ist ja das Problem. Ich weiß nicht, ob sie mit jedem so ist oder nur mit mir. Ich weiß, dass zwischen uns die Chemie stimmt, da bin ich mir sicher. Aber vielleicht ist sie auch nur eine von denen, bei denen die Chemie mit jedem stimmt. Sie ist sehr sexuell."

Sasha nickt und denkt darüber nach. "Nun, es gibt nur einen Weg, das herauszufinden. Du musst sie zu einem Date einladen."

"Auf keinen Fall." Ich schnaufe. "Ich kann sie nicht um ein Date bitten. Wenn sie ablehnt, wäre es mir peinlich, und wenn sie ja sagt, hätte ich ein offizielles Date mit einer Frau."

"Und?"

"Und ich glaube nicht, dass ich das tun könnte. In der Öffentlichkeit, meine ich. Ich habe Kinder und eine Stellung in der Gesellschaft. Ich bin mir nicht einmal sicher, ob ich..."

"Deshalb musst du dich mit der Frau treffen. Um es sicher zu wissen." Sasha zuckt mit den Schultern. "Du bist alleinstehend und deine Kinder sind praktisch erwachsen. Wovor hast du solche Angst?"

"Vor allem!", rufe ich aus. "Ich habe vor allem Angst, verstehst du das nicht? Meine Gefühle, die Tatsache, dass sie mit anderen Frauen schläft... und ich habe noch nicht einmal darüber nachgedacht, was passiert, wenn wir weitergehen. Sie hat ein Kind, was, wenn wir uns treffen und es nicht klappt? Und wenn es doch klappt, was würden meine Freunde sagen? Meine Mutter?"

"Was deine Mutter angeht, so haben wir das bereits besprochen. Sie ist weit weg und du hast dein eigenes Leben. Und was deine Freunde angeht: Ich bin deine Freundin und ich bleibe cool. Und wenn die anderen nicht cool bleiben, dann sind sie eben keine echten Freunde, so einfach ist das. Wir sind hier nicht im Mittelalter. Oder in Wyoming", scherzt sie.

"Du hast leicht reden. Du bist nicht diejenige, der sich in eine Escortdame verliebt." So. Ich habe es zugegeben. Ich bin auf halbem Weg, mich in Belle zu verlieben.

Sashas amüsierter Gesichtsausdruck verliert sich, und sie legt eine Hand auf meinen Oberschenkel. "Schatz, was auch immer passiert, passiert. Hast du das Gefühl, dass du mit ihr reden kannst?"

"Ja."

"Gut. Dann sprich mit ihr und sag ihr einfach, wie du dich fühlst. Das ist der einzige Weg, um ein Gefühl für deine Situation zu bekommen." Sasha zögert einen Moment, bevor sie fortfährt. "Ich muss dich nur vor etwas warnen, und du musst mir versprechen, dich nicht aufzuregen, okay?"

"Okay ... was ist es?" Ein Gefühl des Unbehagens beschleicht mich, denn ich ahne, was auf mich zukommt.

"Nun, sie ist eine Begleiterin und du bist eine sehr wohlhabende Frau. Das ist alles, was ich dazu sagen will, wirklich. Denke einfach daran, wenn du deine Beziehung mit ihr erkunden willst."

"Willst du damit sagen, dass Belle nur hinter meinem Geld her ist? So ist sie nicht."

"Nein, das will ich nicht. Aber vergiss das nicht. Schließlich kennst du sie ja nicht wirklich."

Einen Moment lang möchte ich Sasha anschreien. Ich will ihr sagen, dass sie nicht cool ist, dass sie genauso reagiert wie jeder andere auch und dass das nicht hilfreich ist. Ich möchte behaupten, dass ich Belle kenne, weil ich das Gefühl habe, dass ich sie kenne. Auch ohne alle Fakten ihres Lebens zu kennen, ist es, als würde ich sie wirklich sehen, und ich glaube, sie sieht mich auch. Aber Sasha hat Belle noch nie getroffen und alles, was sie weiß, sind die Fakten, die ich ihr gegeben habe. Sie will mich einfach nur beschützen, und deshalb kann ich es ihr nicht verübeln. "Sicher", sage ich und stoße einen langen Seufzer aus. "Ich werde es mir merken."

# Kapitel 34

## *Belle - Dienstag*

Ich hätte das durchdenken sollen, aber das ist das Problem mit der Anziehung, nicht wahr? Die Anziehungskraft bringt einen dazu, gegen jede Vernunft zu handeln. Das wird nicht gut ausgehen, das weiß ich, aber ich bin immer noch hier und verdränge die Alarmglocken in meinem Hinterkopf. Wenn die Chemie stimmt, fühlt es sich falsch an, für das, was ich tue, bezahlt zu werden, aber was ist die Alternative? Ich bin jemandem wie Reina nicht gewachsen.

Mein Fahrer hält vor dem Haus, und sobald ich aus dem Auto steige, fängt es an zu regnen. Ich eile zur Haustür, die sich weit öffnet und mir die elegante und atemberaubend schöne Frau zeigt, von der ich den ganzen Tag geträumt habe. Es ist ein Schock für mich, sie wiederzusehen, obwohl ich gestern schon hier war. Sie trägt ihren Satinmantel, und durch den zarten Stoff sind ihre vollkommen glatten Kurven und harten Brustwarzen zu sehen. Reina hat keine Ahnung, was sie mit mir macht.

"Komm rein." Sie führt mich in die Küche, wo sie sich ein Geschirrtuch schnappt und beginnt, mein Haar zu trocknen. Die Art und Weise, wie sie ihren Körper an meinen drückt, während sie damit über mein Gesicht streicht, löst eine Welle der Sehnsucht in mir aus. "Du bist nass."

"Ich bin es. Und du?", frage ich mit einem koketten Lächeln.

Reina erwidert mein Lächeln. "Sehr." Ihre Stimme ist hauchig und ihre Augen sind voller Verlangen, als sie sich auf meine Lippen senken. Wie aufs Stichwort verfallen wir in einen leidenschaftlichen Kuss, unsere Zungen prallen in einem Rausch der Lust aufeinander, unsere Münder sind fest und hart verschlossen. Das Handtuch fällt auf den Boden, meine Hände sind in ihrem Haar und ihre unter meinem Hemd. Diesmal wird nicht geredet, es gibt keinen Drink zur Beruhigung der Nerven und keine sanften Erkundungen. Die beherrschte und gelassene Frau, die ich normalerweise bin, wenn ich Kunden besuche, ist ebenfalls verschwunden, und ich werde von ihr aufgesogen.

Ich drücke sie gegen die Wand, streiche ihr das Haar aus dem Gesicht, verschlinge ihren Hals und atme ihren Duft ein. Sie hat einen so zarten Hals, weich und wohlgeformt, und die Ader an der Basis pocht wild gegen meine Lippen. Ihr Herz klopft heftig; ich spüre, wie es gegen meine Brust trommelt, während ich meinen Körper an ihren drücke.

Reina neigt ihren Kopf zur Seite und stöhnt, während sie sich an mich klammert wie an eine Rettungsinsel. Die süßen, kleinen, gehauchten Geräusche ihrer Lust lassen mich erschaudern, als ich ihr den Bademantel von der Schulter schiebe und sie küsse.

"Lass uns nach oben gehen", murmle ich gegen ihre Haut, während ich ihre Brust streichle. "Ich kann es kaum erwarten, dich zu schmecken."

\* \* \*

"Liegst du bequem?" Reina ist mir ausgeliefert und sie liebt es. Neben der intensiven Hitze in ihren Augen sickern Unsicherheit, Vorfreude und ein Hauch von Angst durch ihren Blick, als ich ihre Handgelenke am Bettgestell befestige.

"Ja", sagt sie leise und zerrt mit den Händen an den seidenen Fesseln. Sie trägt ein weißes Dessous-Set, das trotz seines sexy Schnitts seltsam unschuldig und fast jungfräulich an ihr aussieht. Ihr Spitzen-BH mit V-Ausschnitt hängt von einer Schulter herab und entblößt eine steinharte Brustwarze, und ihr weißes brasilianisches Höschen ist von ihrer Erregung durchtränkt.

Das war meine Idee, aber sie hat nicht lange überlegt, als ich es vorgeschlagen habe. Unsere Chemie ist zu intensiv, unsere Interaktion zu organisch, und ich kann nicht zulassen, dass sie mich noch einmal berührt, weil es mich beim ersten Mal wirklich durcheinander gebracht hat. Mich für jemanden, der mich bezahlt, noch verletzlicher zu machen, ist keine Option, und doch war ich noch nie so hin- und hergerissen. Ja, ich habe es sehr genossen - zu sehr -, aber ich muss auch daran denken, dass Reina gerade zweitausendsiebenhundert Dollar an Hamptons' Escorts überwiesen hat, von denen zweitausend morgen früh auf meinem Konto sein werden . *Sie bezahlt mich. Das ist nicht echt.* Das ist mein Mantra für heute Abend, und ich wiederhole es im Geiste immer wieder, um mich daran zu erinnern, was ich für sie bin. Jemand, der ihr ein Gefühl der Aufregung vermittelt. Jemand, der ihr hilft, zu entdecken, wer sie ist. Jemand, zu dem sie sich körperlich hingezogen fühlt. Jemand, der immer ihr schmutziges Geheimnis sein wird. Und jemand, der durch einen Partner ersetzt wird, sobald sie sich selbst besser fühlt und wieder mit anderen Männern ausgeht. Das ist es, was ich bin, und ich stehe besser dazu, oder sie wird der größte Fehler sein, den ich je gemacht habe.

Ich spreize sie und beobachte sie eine Weile, wie sie an mir zieht, sich unter mir windet und darüber nachdenkt, das Wort zu benutzen, das sie innerhalb von weniger als zehn Sekunden befreien wird, bis sie schließlich aufgibt und einwilligt. Reina hört auf, sich zu wehren. Sie vertraut mir.

"Braves Mädchen", sage ich und entlocke ihr ein nervöses Glucksen. "Bleib ruhig und genieße die Fahrt. Ich verspreche, dass ich dir nicht wehtun werde." Ich weiß, dass Reina nicht die Art von Mensch ist, die sich gerne den Hintern versohlen lässt, mein Instinkt ist stark bei ihr. Sie entspannt sich ein wenig bei meinen Worten, aber ihre Brust hebt sich immer noch schnell, und die freiliegende Brustwarze ruft nach meinem Mund. Da ich nur meine Boxershorts trage, drücke ich mich in ihre Mitte und lächle, als sie stöhnt. Ihr Blick wandert zwischen meinem Gesicht und meinen Brüsten hin und her, während sie sich auf die Unterlippe beißt. Sie mag meine Brüste.

"Du hast keine Ahnung, wie sehr ich dich schmecken möchte." Ich beuge mich vor und küsse sie langsam und tief, bis sie eine stöhnende, zuckende Pfütze aus Nässe ist. Oralsex wird in meiner Branche nicht praktiziert. Nicht ohne Schutz, aber sie wurde getestet, und außerdem habe ich bereits versprochen, sie mit meiner Zunge zu verwöhnen und sie um den Verstand zu bringen, also habe ich alle Grenzen überschritten. Nachdem ich in der letzten Woche ununterbrochen davon fantasiert habe, sehne ich mich danach, meinen Mund zwischen ihren Schenkeln zu haben. Ihre Brust hebt sich, als ich mit meiner Zunge um ihre Brustwarze fahre und sie sanft kneife und beiße. Ein weiteres langes Stöhnen, und dann hält sie den Atem an, als ich mich weiter nach unten bewege. Der Stelle über ihrem Hüftknochen gilt meine besondere Aufmerksamkeit; ich liebe es, wie sie sich vor Vergnügen windet und ihre Fesseln ihre Erregung nur noch verstärken. Meine Hände gleiten ihre Schenkel hinauf und drücken sie auseinander. Sie stöhnt auf und spreizt ihre Beine noch weiter, um meinen Mund zu ihrem geheimsten Teil einzuladen. Sie riecht süß und die dünne Haarsträhne kitzelt meine Lippen, als ich sie so sanft küsse, dass ich sie kaum berühre. Mein heißer Atem, der über ihr Geschlecht weht, genügt, um sie aufschreien zu lassen.

"Mein Gott, Belle..."

Ich schaue kurz zu ihr auf und sie sieht mir in die Augen, ihr Blick ist dunkel und voller Vorfreude. Ich liebe es, wenn sie meinen Namen sagt, und bald wird sie ihn hinausschreien. Wieder blase ich und warte, und das Warten macht sie verrückt.

"Bitte", fleht sie mit erstickter Stimme. "Bitte. Ich kann das nicht mehr ertragen."

Ich starre sie einfach nur schweigend an, und dann, nach langen Momenten und ohne Vorwarnung, beuge ich mich vor und fahre mit meiner Zungenspitze über ihr ganzes Geschlecht. Der hemmungslose und langgezogene Schrei, der ihr entweicht, ist gepaart mit dem sündigen Zucken ihrer Hüften gegen meinen Mund, und auch ich stöhne und trinke ihre berauschenden Säfte. Sie schmeckt göttlich, so wie ich es mir vorgestellt hatte, und ich drücke fester zu und wiederhole die Aktion, wobei ich dieses Mal an ihrer Klitoris verweile. Als ich sie in meinen Mund nehme, stößt sie einen weiteren lauten Schrei aus, und ich weiß, dass sie bereits kurz davor ist. Ich schiebe zwei Finger

in sie hinein und wirble mit meiner Zunge um ihren Kitzler. Ich kann ihren rasenden Puls überall spüren, sie ist
geschwollen und bereit zu explodieren.

"Oh mein Gott..." Reina spannt sich an und erhebt sich
vom Bett, die Kombination aus meinen Fingern und meiner
Zunge bringt sie zum Überlaufen. Ich schließe meine
Augen, als sich ihre Wände hart und schnell zusammenzie-
hen. "Belle! Fuck!"

Es ist aufregend, wundervoll und so sehr roh. Ihre
Beine umschlingen meinen Hals, als sie loslässt und ihre
Hüften hebt, um meiner Zunge nachzujagen. Ich verweile
in diesem Moment, ziehe ihn in die Länge, während ich
ihren wunderschönen Schreien zuhöre. In diesem Moment
gehört Reina mir, und nur für diesen Moment ist ein Teil
davon real. Ich will sie nicht mehr loslassen.

# Kapitel 35

## *Reina – Dienstag*

"Wirst du mich losbinden?" frage ich, als ich endlich wieder sprechen kann.

"Natürlich." Belle reißt an den Fesseln und ich bin in Sekundenschnelle frei. Sie nimmt meine Hände, verschränkt ihre Finger mit meinen und lässt sich auf mir nieder, um mich zu küssen. "Geht es dir gut?"

"Ja." Ich lächle sie an und nehme ihr Gesicht in meine Hände. "Ich zittere immer noch."

"Ich kann es fühlen." Belle schiebt sich zwischen meine Schenkel, ihr Hüftknochen ruht auf meinem pochenden Zentrum. "Du bist unglaublich, Reina", sagt sie und streicht mir eine Haarsträhne aus dem Gesicht. "Wirklich erstaunlich."

Unsere Blicke treffen sich und es fühlt sich so intim an, dass ich wieder verwirrt bin. "Du bist diejenige, die erstaunlich ist", sage ich und hebe meinen Kopf, um sie erneut zu küssen. "Ich möchte dich auch schmecken." Als Belles Atem stockt und Unsicherheit in ihren Zügen aufblitzt, bereue ich, es gesagt zu haben. "Es tut mir leid, vergiss es. Ich weiß, dass du das normalerweise nicht erlaubst, aber ich habe mich einfach hinreißen lassen."

"Es muss dir nicht leid tun." Belle sieht mich an, sieht mich wirklich an, und ich bin sicher, dass die Erregung in ihren Augen nicht gespielt ist. Ich habe sie erregt, indem ich mein Verlangen geäußert habe, und jetzt erregt mich ihre Reaktion auch. Sie will es eindeutig, warum sträubt sie sich also gegen mich? "Scheiß drauf", murmelt sie schließlich, dann zieht sie ihre Boxershorts aus. "Bist du sicher?"

"Ja." Mir stockt der Atem, als ich sie ganz nackt sehe, und Sehnsucht durchströmt mich bei dem Gedanken, über sie herzufallen.

Sie rollt sich von mir herunter, damit ich mich auf sie legen kann, und ich fahre mit meinen Händen über ihre Schenkel und starre auf ihr glitzerndes Geschlecht. In meinem Körper tobt ein intensives Verlangen, sie mit meinem Mund zu verwöhnen. Es ist beängstigend und schön zugleich, ihr pulsierendes Fleisch, das mich anzieht. "Bist du sicher?" flüstere ich nochmal, während ich mich nach vorne beuge und sie immer noch dabei beobachte, wie sie einen inneren Kampf führt.

Belle antwortet nicht. Sie zögert lange, bevor sie nach meinem Hinterkopf greift und ihre Finger durch mein Haar streicht. Sie zieht mich näher an sich heran und ich höre ihren berauschenden Atem, als ich das weiche, gepflegte Haardreieck küsse. Meine Lippen berühren sie kaum, aber ihre Hüften zucken heftig und sie murmelt einen Fluch. Sie ist so sensibel, so erregt, und als ich mit meiner Zunge über sie fahre, erfüllt unser gemeinsames Stöhnen den Raum.

Belle ist köstlich. Frauen sind köstlich, und Gott, ich könnte das die ganze Nacht tun, jede Nacht. Sie schmeckt so einzigartig wie nichts, was ich je gekostet habe, aber sie ist mein neuer Lieblingsgeschmack. Es fühlt sich surreal an, das mit ihr zu tun, und ich lecke sie noch fester. Ich genieße ihr Stöhnen, das mich noch mehr nach ihr verlangt, und umkreise mit meiner Zunge ihren Kitzler und ahme nach, was sie mit mir gemacht hat, was sie getan hat, um mich zum Explodieren zu bringen. Es dauert nicht lange, bis sie ihre Hüften gegen meinen Mund stemmt, mein Haar mit ihren Händen umklammert, und als ich tiefer gehe und meine Zunge in sie hineinstecke, weil ich ein unerklärliches Bedürfnis danach verspüre, hält sie plötzlich ganz still, bevor sie loslässt. Ich kann ihren Orgasmus in jeder Zelle ihres Körpers spüren. Ihre Beine zittern, ihre Hände verkrampfen sich und ziehen mich näher zu sich heran, und sie unterdrückt einen Schrei, der in einen gutturalen Schrei mündet, der in einem leisen Stöhnen endet. Ich bleibe eine Weile dort, will nicht aufhören, bis sie völlig still und erschöpft ist, und als sich ihr Körper lockert, entspannen sich ihre Hände und sie lässt mein Haar los. Ich gleite zu ihrem Mund und wir küssen uns, schmecken einander, verflechten unsere Glieder zu einem Netz und ziehen uns gegenseitig so fest wie möglich an uns heran.

"Es ist lange her, dass jemand das mit mir gemacht hat", sagt sie mit heiserer Stimme. "Das war unglaublich."

"Nun, ich habe es auf jeden Fall genossen." Ich fahre mit einem Finger über ihre Taille und ihre Hüfte und bewundere ihre schönen Kurven. Eine Frau zu lecken ist ein verlockendes neues Gefühl; eine Erfahrung, an die ich mich gewöhnen könnte.

Sie kann kaum sprechen, weil sie so schwer atmet, während sie fortfährt. "Aber das ist...", sie zögert. "Das ist nicht richtig."

"Wie kann das nicht richtig sein?", frage ich. "Für mich fühlte es sich verdammt perfekt an."

\* \* \*

"Ich werde dir das Geld zurückgeben. Ich kann nicht zulassen, dass du dafür bezahlst", sagt Belle und schlüpft in ihr marineblaues Tank-Top, bevor sie sich ihr Jeanshemd überstreift. Sie ist seit einer halben Stunde still und ich spüre, dass sie verärgert ist.

"Was meinst du? Ich verstehe das nicht..." Ich wünschte, sie könnte bleiben, aber selbst wenn sie nicht zu Suki nach Hause müsste, sieht sie so aus, als wolle sie plötzlich weg, und das tut mir weh.

"Komm schon, Reina. Du weißt, dass das nicht richtig ist."

Ich begegne ihren Augen und werfe ihr einen fragenden Blick zu. "Warum? Weil es so gut ist? Weil zwischen uns die Chemie stimmt? Du findest doch auch, dass die Chemie zwischen uns stimmt, oder? Ich könnte schwören, dass da etwas zwischen uns ist. Oder ist es, weil ich dich zu sehr mag?" Ich glaube nicht, dass 'mögen' die richtige Formulierung ist, um meine Gefühle auszudrücken, aber ich habe Angst, sie mit meinen Gefühlen zu überwältigen.

"Ja. Alles", sagt sie mit einem Seufzer, als ob sie es nur ungern zugibt. "Und weil ich dich auch mag."

*Sie mag mich auch. Ich habe es mir also nicht eingebildet.* Bei ihren Worten überkommt mich ein Gefühl der Euphorie, und wir beide starren uns an. "Du magst mich", wiederhole ich.

"Ja. Mehr als das", gibt sie zu. "Aber ich muss mich schützen. Ich darf nicht auf Kundinnen hereinfallen."

"Warum machen wir das dann nicht anders? Wir könnten uns ganz normal treffen. Ein Date, vielleicht?" Ich werde rot und kann kaum glauben, dass ich das gerade gesagt habe. Gestern kam mir Sashas Vorschlag noch lächerlich vor, aber jetzt, wo sie mir gesagt hat, dass wir das nicht mehr machen können, will ich sie unbedingt festhalten, egal wie. "Oder du könntest am Wochenende herkommen? Nicole bleibt in New York und Nola wird nicht hier sein. Ich koche für dich und wir können reden."

"Das kann ich nicht." Belle zieht ihre Socken und Turnschuhe an und durchsucht das Zimmer nach allem, was sie vergessen hat.

"Warum? Weil du keine Verabredungen hast?"

"Nein." Sie hält inne, blickt zur Tür, als ob sie einen Fluchtweg sucht, dann überlegt sie es sich anders und setzt sich auf die Bettkante. "Hör zu, du und ich können uns nie verabreden, verstehst du das nicht?", fragt sie und nimmt meine Hand. "Meine Kundinnen verlieben sich ständig in mich, weil ich die erste Person bin, die ihnen körperliche Aufmerksamkeit schenkt, und das in einer Phase ihres Lebens, in der sie sie am meisten brauchen. Sie haben eine Fantasie, ich erfülle diese Fantasie und sie lassen sich für eine Weile hinreißen. Aber am Ende bin ich nicht das, was sie wollen. Sie wollen einen wohlhabenden Mann, der sich um sie kümmert, und kein Escort mit einem Kind." Sie zuckt mit den Schultern. "Glaub mir, ich bin nicht das, was du willst, Reina. Dies ist nur ein Sturm in den ruhigen Gewässern deines Lebens. Er wird vorübergehen."

"Du weißt nicht, was ich will."

"Ach, wirklich? Angenommen, wir würden zusammenkommen, würdest du mich dann als deine Freundin zu Partys mitnehmen? Würdest du mich deiner Familie vorstellen? Wärst du bereit, meine Tochter zu akzeptieren? Denn das ist es, was eine Beziehung ausmacht. Es geht nicht nur darum, dass ich auf der Türschwelle deiner Multimillionen-Dollar-Villa auftauche, wenn es dir passt."

"Hey, das ist nicht fair", sage ich und erhebe meine Stimme.

Belle seufzt. "Es tut mir leid, du hast recht. Ich hätte das nicht sagen sollen, aber versuch bitte, es aus meiner Sicht zu sehen. Wir kommen aus verschiedenen Welten, du und ich. Wir ergeben zusammen keinen Sinn."

"Geht es um Geld?"

"Ja und nein", sagt Belle. "Reina, wir wissen beide, dass du fabelhaft reich bist und mächtige Freunde hast. Glaube nicht, dass ich die Bilder auf dem Regal über deinem Kamin nicht gesehen habe. Ich bin eine alleinerziehende Mutter, die deinen Pool bedient, und meine beste Freundin ist meine Buchhalterin von der Escort-Agentur. Wie, glaubst du, könnten unsere Leben jemals zusammenkommen? Was um alles in der Welt würden deine Freunde und deine Familie von mir denken? Selbst wenn ich meinen Escort-Job aufgäbe, hättest du keine Angst, dass sie etwas über meine Vergangenheit herausfinden? Und was ist, wenn das für dich nur eine Phase ist? Ich muss an Suki denken; ich kann mich nicht einfach mit irgendjemandem treffen, schon gar nicht mit einer Hetero-Frau, die so außerhalb meiner Liga ist, dass ich es nicht einmal ansatzweise beschreiben kann."

"Es ist mir egal, was andere von mir denken." Während ich das sage, weiß ich, dass das vielleicht nicht ganz wahr ist, und ich weiß auch, dass sie gute Gründe hat, all diese Dinge zu sagen. Könnte ich mich wirklich vor meiner Familie outen? Wie würde ich mich fühlen, wenn man uns in der Öffentlichkeit zusammen sieht, händchenhaltend oder küssend? Bis jetzt war sie mein größtes Geheimnis, und ich konnte damit umgehen, weil ich sicher war, dass niemand es herausfinden würde. Belle, die meine innere

Zerrissenheit spürt, nickt einfach und drückt meine Hand, mit traurigem, aber entschlossenem Gesichtsausdruck.

"Nein, Reina. Wir können uns nicht verabreden, das wird nie funktionieren. Aber wenn du mich fragst, hat mir das mehr bedeutet, als du je erahnen kannst." Sie steht auf und verlässt mein Zimmer, während ich im Bett zurückbleibe und mich mehr denn je in einem Konflikt befinde. Ich möchte ihr hinterherlaufen und ihr sagen, dass nichts von Bedeutung ist, weil mich noch niemand so fühlen ließ wie sie. Ich möchte sie anflehen, mir noch eine Chance zu geben, aber da ich weiß, was für sie auf dem Spiel steht, und weil ich tief in mir weiß, dass ich mir das sehr gut überlegen muss, tue ich nichts. Als ich höre, wie sich die Haustür schließt, überkommt mich ein Gefühl von überwältigender Traurigkeit. Als ich zum Bett schaue, vermisse ich sie bereits, also stehe ich auf, ziehe meinen Bademantel an und gehe nach unten, um mir ein Glas Wein einzuschenken.

Es regnet immer noch und dicke Tropfen rieseln mir ins Gesicht, als ich barfuß und mit dem Wein in der Hand zum Strand gehe. Ich brauche das Wetter, um meine Verwirrung wegzuspülen, während ich Belles letzte Worte auf mich wirken lasse. Ich habe es mir nicht eingebildet. Alles, was ich fühlte, war real, und sie fühlte es auch. Das ist ein kleiner Trost, aber ich fühle mich dadurch nicht besser. Blitze zucken über meinem Kopf zusammen, ein kühnes Muster aus blendenden Gabeln pulsiert durch den Himmel. Die Wellen schlagen wild gegen das Ufer, und die Kraft des Ozeans spiegelt meinen inneren Aufruhr wider. Vielleicht hat Belle recht, vielleicht ist es so am besten. Stürme sind wunderschön, unvorhersehbar und herrlich gefährlich, sie rufen Verwunderung und Aufregung hervor. Aber sie können auch zerstörerisch sein.

# Kapitel 36

## *Belle – Dienstag*

"Schatz, geht es dir gut?" Jackie schaut besorgt, als sie mich sieht.

"Ja. Ich glaube schon." Ich lasse mich zurück auf die Couch fallen und stoße einen langen Seufzer aus, dann merke ich, dass es mir überhaupt nicht gut geht. "Meine Kundin... sie ist..." Meine Stimme verstummt, ich schlucke schwer und schaue auf meine Hände, die in meinem Schoß liegen.

"War sie unhöflich zu dir?" Jackie richtet ihren Rücken auf, ihr Beschützerinstinkt setzt ein. "Ich schwöre, ich bringe sie um, wenn sie dir etwas angetan hat oder-"

"Nein, so ist es nicht", unterbreche ich sie und schenke ihr ein beruhigendes Lächeln. "Ich habe Gefühle für sie, Jackie. Ich bin total verknallt und wusste nicht, was ich tun sollte, also habe ich ihr gesagt, dass ich sie nicht mehr sehen kann."

"Oh..." Jackie starrt mich einen Moment lang an, dann geht sie zum Kühlschrank, öffnet zwei Flaschen Bier und reicht mir eine. Da sie spürt, dass ich reden muss, setzt sie sich neben mich und legt einen Arm um mich. "Irgendwann musste das ja passieren, Schatz. Man kann nicht einfach Sex haben und erwarten, dass man nie irgendwelche Gefühle entwickelt."

"Nein, normalerweise habe ich kein Problem damit, mich zu lösen", sage ich. "Aber bei Reina war es anders. Sie hat sich sofort zu mir hingezogen gefühlt, und obwohl sie mich nur zweimal gebucht hat, wurde es mir einfach zu intim."

Jackie nickt und streicht mir mit der Hand über die Wange. "Vielleicht ist es an der Zeit, dass du lieber früher als später damit aufhörst. Es gibt keinen Grund, noch ein paar Monate weiterzumachen, nur um des Geldes willen. Das ist es nicht wert, wenn es dich so aufregt."

"Ja." Ich habe nicht die Energie, dagegen zu argumentieren, und außerdem weiß ich, dass sie recht hat. In den letzten zwei Wochen hatte ich keine Freude an meiner Arbeit. Ich habe nur noch an Reina gedacht, sie hat mich völlig in Beschlag genommen.

"Was ist mit ihr? Was empfindet sie für dich?"

"Sie sagte, sie wolle sich mit mir verabreden." Ich halte eine Hand hoch, als Jackie etwas sagen will. "Hör auf, Jackie. Sie war fast ihr ganzes Leben lang mit einem Mann verheiratet und sie ist sehr reich. Es war dumm von mir, mich so hinreißen zu lassen. Wahrscheinlich ist es für sie nur eine Phase und sie wird irgendwann bei einem Mann landen."

"Richtig. Aber natürlich." Jackie schenkt mir ein mitfühlendes Lächeln. "Aber sie kann nicht ganz ehrlich sein, wenn sie mit dir schläft..." Sie kichert, was die Stimmung ein wenig auflockert.

"Das ist wahr. Aber es ist zu kompliziert für mich." Ich zucke mit den Schultern. "Ich glaube, ich habe sie verärgert, und dafür sollte ich mich wohl entschuldigen. Ich fühle mich schlecht, wie ich gegangen bin."

"Warst du unhöflich?"

"Nein. Ich habe ihr nur die Wahrheit gesagt. Dass sie und ich nie zusammen sein könnten, weil wir zu unterschiedlich sind und dass ich bei jeder Entscheidung an Suki denken muss."

In der darauf folgenden Stille wählt Jackie ihre Worte sorgfältig aus. "Du warst unglaublich selbstlos, Belle. Und ich bin so stolz auf dich, dass du dich so gut machst und Suki eine so tolle Mutter bist. Glaube mir, ich habe gesehen, wie du am Anfang zu kämpfen hattest, und manchmal war es unglaublich schwer, nicht einzugreifen. Ich habe es nicht getan, weil ich wusste, dass es für dich wichtig war, das Richtige für deine Schwester zu tun, und dass du dieses Verantwortungsgefühl übernehmen musst." Sie hält inne und zieht mich an sich. "Aber ein Kind zu haben, bedeutet nicht, dass man nicht sein eigenes Glück suchen und sich erlauben kann, Fehler zu machen. Es ist in Ordnung, Fehler zu machen, also schließe eine Chance auf Liebe nicht aus, nur weil du denkst, dass es nicht klappen wird. Niemand ist perfekt und Suki erwartet das auch nicht von dir."

Jackies Augen sind so freundlich und warm, dass ich fast in Tränen ausbreche. Beinahe, denn ich habe seit Jahren nicht mehr geweint, und ich werde auch jetzt nicht damit anfangen. "Ich möchte nur niemanden in Sukis Leben bringen, der nicht bei ihr bleibt. Sie hat schon zu viel verloren."

Jackie schüttelt den Kopf und stimmt mir nicht zu. "Schatz, du hattest noch nicht einmal ein Date. Suki braucht sie nicht zu treffen, wenn es nicht ernst wird." Sie hält inne. "Außerdem glaube ich, dass sie vor allem möchte, dass du glücklich bist."

Ich höre ihre Worte, aber sie passen nicht so recht zusammen. "Glaub mir, das wird mir nichts als Herzschmerz bringen." Ich nehme einen großen Schluck von meinem Bier, starre an die Decke und versuche, Reinas Gesicht aus meinem Gedächtnis zu streichen. "Eine andere Kundin hat mich verfolgt", sage ich und habe das Bedürfnis, ihr alles zu gestehen, was mich in letzter Zeit beschäftigt hat. "Sie ist im Harborside Café aufgetaucht, als ich mit Suki dort war, und hat mir praktisch vorgeschlagen, dass sie sich scheiden lässt, damit wir glücklich bis ans Ende unserer Tage leben können."

Jackie schnappt nach Luft. "Nein..."

"Ja. Ich musste sie aus dem System sperren lassen."

"Willst du die Polizei rufen?"

"Ich kann nicht. Sie hat nichts falsch gemacht. Nicht wirklich." Ich seufze. "Aber ich glaube, das war das letzte Mal, dass ich sie gesehen habe. Ich habe gelogen und ihr gesagt, ich sei in einer Beziehung, und sie war ziemlich sauer, als sie ging. Aber ich will damit sagen, dass manche Frauen denken, ich sei die Richtige, nur weil ich ihre erste Frau bin. Weil ich ihr Leben beeinflusst habe und sie dazu gebracht habe, zu überdenken, was sie wollen, aber so funktioniert das nicht."

"Ich verstehe. Und du glaubst, dass diese Frau, Reina... Glaubst du auch, dass sie es übertreiben wird?"

"Das ist möglich, ich kann es nicht wissen. Ich sollte mich wahrscheinlich bei ihr entschuldigen und dann Abstand halten." Ich greife nach dem Etikett auf meiner Flasche und denke laut nach. "Ich weiß nicht, warum ich so emotional bin, vielleicht weil morgen Lindas Hochzeitstag ist."

"Vielleicht. Ich bin auch nicht ganz auf dem Damm", gibt Jackie zu. "Mal sehen, wie du dich nach morgen fühlst."

"Ja. Soll ich dich abholen, damit wir zusammen zum Friedhof fahren können?"

"Das wäre großartig."

Ich trinke mein Bier aus und stehe auf. "Danke für das Gespräch, Jackie." Ich drehe mich um, als ich gerade in Sukis Schlafzimmer gehen will, um nach ihr zu sehen. "Ich hoffe, du weißt, wie sehr ich dich schätze."

"Ich weiß es, Schatz." Jackie steht auf, geht zu mir hinüber und umarmt mich.

"Wofür ist das?" frage ich, drücke sie fest an mich und genieße den Trost, so klein er auch sein mag. Es ist lange her, dass ich mich so gefühlt habe, aber es ist auch eine Weile her, dass ich jemanden an mich herangelassen habe, und ich weiß, dass es schwer sein wird, Reina loszulassen.

"Weil du eine Umarmung brauchst. Ich bin für dich da, okay?" Sie tritt zurück und lächelt mich an, ihre freundlichen Augen sagen mir, dass mit der Zeit alles gut werden wird. "Ich bin da."

# Kapitel 37

## *Reina - Mittwoch*

Belle war heute Morgen noch nicht da. Zuerst habe ich mir Sorgen gemacht, dass es an mir liegen könnte, aber der Mann, der für sie kam, hat mir versichert, dass sie nicht krank ist und dass sie diesen freien Tag schon Wochen im Voraus geplant hat. Ich vermisse sie, und um mich davon abzuhalten, an sie zu denken, bin ich mit meiner Kamera an den Strand gegangen. Ich sitze im Schneidersitz auf einem Handtuch im Schatten des Sonnenschirms, den ich mitgebracht habe, und zoome auf etwas, das vor mir im Meer plätschert. *Es ist eine Robbe.* Seit ich meine Kamera gekauft habe, habe ich keine mehr gesehen. Ich ziehe meine Sandalen aus, wate hinein und versuche, näher heranzukommen, während ich mich auf die Stelle konzentriere, an der ich sie unter der Oberfläche verschwinden sah. Mein Herz schlägt schneller, als sie mit ihrem kleinen Kopf wieder auftaucht und mich direkt anschaut, und ich fühle eine Welle der Aufregung, als es mir gelingt, sie genau richtig einzufangen. Sie scheint nicht ängstlich, sondern nur neugierig zu sein und schwimmt sogar auf mich zu, bis mein Telefon in der Tasche meiner Shorts klingelt und sie verscheucht.

Frustriert stöhnend fische ich es heraus und stöhne erneut auf, als ich den Namen auf dem Bildschirm lese. "Hallo, Mama", sage ich und mache eine fröhliche Miene.

"Hallo, Reina. Ich habe schon lange nicht mehr mit dir gesprochen, also dachte ich, ich rufe dich mal an."

"Ja, es ist schon eine Weile her." Ich wate zurück ins Wasser und lasse mich in den Sand sinken, damit die sanften Wellen meine Zehen umspülen. Meine Shorts werden nass, aber solange meine Kamera trocken bleibt, ist mir das egal.

"Wo bist du? Es ist so laut."

"Ich bin am Strand und habe gerade eine Robbe fotografiert." Ich schaue über die Wasseroberfläche und bin enttäuscht, als ich sehe, wie sie wegschwimmt. "Aber jetzt ist sie weg, also macht nichts."

"Hast du wieder mit der Fotografie angefangen?", fragt sie.

"Ja, ich habe mir eine neue Kamera gekauft und ich habe geübt. Es macht mir wirklich Spaß."

"Du warst schon immer künstlerisch veranlagt." Meine Mutter gurrt etwas Albernes und Unzusammenhängendes, was bedeutet, dass eine ihrer Katzen gerade auf ihren Schoß geklettert ist. "Und, wie geht es dir? Wie geht es dir und Sandeep? Ist er schon wieder zu Hause?"

Ich bereue es bereits, den Hörer abgenommen zu haben, stoße einen langen Seufzer aus und schüttle den Kopf. "Wir sind geschieden, Mom. Er kommt nicht mehr zurück."

"Unsinn. Jede Ehe hat ihre Höhen und Tiefen." Sie räuspert sich, bevor sie ihre Standardrede fortsetzt, die ich schon zu oft gehört habe, um sie zu zählen. "Es ist nie das, was in Filmen dargestellt wird, aber eine starke Ehe kann..."

"...alles überwinden", beende ich ihren Satz. "Ja, aber das wird nicht passieren und du musst akzeptieren, dass es vorbei ist. Ich habe es schon vor langer Zeit akzeptiert." Es herrscht Stille am Ende der Leitung und ich hoffe, dass sie es endlich sein lässt. Als ich die Scheidung einreichte, war meine Mutter die größte Herausforderung in diesem emotionalen Prozess. Ich hatte kein Problem damit, es den Kindern und meinen Freunden zu sagen, aber ich habe drei Monate damit gewartet, es meiner Mutter zu sagen, weil ich wusste, dass es zu einer nicht enden wollenden Diskussion und totaler Verleugnung führen würde. Obwohl sie seit über zwanzig Jahren Tausende von Kilometern entfernt ist, scheint es ihr immer noch zu gelingen, mein Leben von der anderen Seite des großen Teichs aus zu dominieren.

"Aber du könntest mit ihm reden, es wiedergutmachen. Was auch immer passiert ist..."

"Was passiert ist, ist, dass er eine Affäre hatte. Er lebt jetzt ganz glücklich mit seiner neuen Freundin zusammen." Ich lasse den Teil weg, in dem sie ein Kind bekommen, da meine Mutter wahrscheinlich sofort mit ihm telefonieren würde, und das will ich nicht. Eine Trennung ist halbwegs akzeptabel, eine Scheidung nicht, aber ein Kind mit jemand anderem zu haben, ist eine ganz andere Sache. "Selbst wenn er zurückkommen wollte, bin ich nicht interessiert."

"Warum nicht?", fragt sie ungläubig. "Um der Kinder willen würdest du doch sicher versuchen, die Sache zu reparieren."

"Den Kindern geht es gut, und mir geht es gut. Lass es gut sein."

"Es geht ihnen nicht gut. Ich habe Bilder von Eddie und Maddie auf Instagram gesehen und sie schlafen in Hütten und Hängematten. Ihre Trennung hat ihm offensichtlich schon zugesetzt."

"Scheidung, Mama, nicht Trennung", korrigiere ich sie. "Und Eddie amüsiert sich prächtig. Er ist mit dem Rucksack unterwegs, und zwar freiwillig, nicht weil er obdachlos ist. Er wird hier bei mir immer ein Zuhause haben. Und jetzt lass uns über etwas anderes reden, sonst lege ich auf."

"Sehr gut." Ein dramatischer Seufzer folgt, und dann sagt sie: "Dein Onkel Achmed war gestern hier. Ich hatte ihn und seinen Freund zum Essen eingeladen. Die beiden sind ein seltsames Paar. Sehr enge Freunde, obwohl sie unterschiedlicher nicht sein könnten."

*Das liegt daran, dass sie ein Paar sind.* "Wie schön. Wie waren sie?"

"Oh, sie haben sich gerade auf einen Sommerball irgendwo in der Schweiz vorbereitet. Er ist sehr kosmopolitisch, Achmed. Sie haben mir ein paar ganz besondere Datteln aus Dubai mitgebracht, sie waren köstlich. Ich werde ihn bitten, dir eine Schachtel zu schicken." Sie gibt noch ein paar Quietschgeräusche von sich, und ich höre tatsächlich ein Schnurren. "Meinen Babies geht es auch gut. Ruby fragt nur nach ihrem Mittagessen und sie hat seit zwei Tagen eine Magenverstimmung, deshalb kann ich nicht lange reden."

*Warum hast du mich dann angerufen?* "Okay, Mom. Ich werde dich gehen lassen. Wird es Ruby gut gehen?"

"Ja, ich glaube schon. Ich hatte gestern einen Tierarzt hier, der mir sagte, dass drei Tage gedünstete Hühnerbrust ausreichen würden. Ich war furchtbar gestresst, vor allem, weil ich ein neues Baby in den Haushalt gebracht habe, deshalb gibt es hier ein paar Spannungen, während sie sich alle aneinander gewöhnen."

"Noch eine?"

"Ja. Sie heißt Reina, ich habe sie nach dir benannt. Sie ist die hübscheste Perserkatze, die ich je hatte. Ein langes, schneeweißes Fell und strahlend blaue Augen."

Seltsamerweise ist das wahrscheinlich das Netteste, was meine Mutter je zu mir gesagt hat, und ich muss lächeln. "Das ist lieb. Pass gut auf sie auf und ich werde einen Flug buchen, um dich bald zu besuchen."

"Danke, Schatz. Und bitte bring Sandeep und die Kinder mit. Es ist fast zwei Jahre her, dass wir alle zusammen waren."

# Kapitel 38

## *Belle – Mittwoch*

Vielleicht hätte ich Reina sagen sollen, dass ich heute nicht komme, aber ich habe nicht klar gedacht, als ich gestern Abend in aller Eile losgefahren bin. Der Jahrestag von Lindas Tod ist immer ein schwieriger Tag für mich, und zu wissen, dass dies das erste Jahr sein könnte, in dem Suki die Wahrheit verstehen kann, macht es nur noch schwerer.

Mit großen Sträußen weißer Lilien gehen mein Vater, Jackie, Suki und ich schweigend über den Friedhof zu ihrem Grab. Wir sprechen an diesem Tag nie viel; wir sind nur hier, um uns an sie zu erinnern, jeder auf seine Weise. Vorbei an der gebogenen Weide, die sich über ein Netz von schmalen Wegen wölbt, schimmert ihr weißer Grabstein im Sonnenlicht. Es ist seltsam zu denken, dass Linda auf ein Stück weißen Marmor mit ihrem Namen darauf reduziert wurde. Der ruhige Platz im hinteren Teil des Friedhofs ist jedoch wunderschön, mit Wildblumen, die jetzt über das Gras verstreut sind. Sie liegt neben meiner Mutter, die einen ähnlichen Grabstein hat, und beide Gräber sind gepflegt. Die roten Rosen, die mein Vater dort hingesetzt hat, blühen noch. Er besucht sie mehrmals in der Woche, auch im Winter, aber ich komme nur einmal im Jahr, denn ich möchte Linda lieber so in Erinnerung behalten, wie sie war: immer positiv, lieb, fürsorglich und gutmütig. Es ist nicht fair, dass sie uns so früh genommen wurde, aber nach einer Trauerbegleitung und nachdem ich mich ganz auf Suki konzentriert habe, habe ich ihren Tod akzeptiert, und jetzt kann ich hier sein, ohne in Tränen auszubrechen.

Trotzdem ist es schwierig, und als ob sie wüsste, dass ich mich abmühe, drückt meine sonst so gesprächige Suki stillschweigend meine Hand fester und sieht zu mir auf, als wir am Grab ihrer Mutter zum Stehen kommen. Mein Vater stellt die zusätzliche Vase, die er mitgebracht hat, neben die andere auf das Steinplateau, schiebt die Blumen hinein und gießt Wasser aus einer Colaflasche nach. Dann nimmt er den Korb mit den Gänseblümchen - die Lieblingsblumen meiner Mutter - von Jackie und stellt sie auf ihr Grab. Er hat immer dafür gesorgt, dass meine Mutter frische Blumen bekommt; als Linda und ich jung waren, hat er uns jede Woche hierher gebracht, und jetzt tut er dasselbe für Linda. Da ich weiß, wie ich mich gefühlt habe, kann ich mir den Schmerz, den er durchgemacht hat, nicht vorstellen, aber er lächelt sich immer noch durchs Leben. Was für eine Kraft muss das sein, und ich bewundere ihn dafür. Im Gegensatz zu meinem Vater bin ich nie in die Kirche gegangen, und obwohl ich mit dem "Engel"-Teil der Inschrift, die er für den Grabstein bestellt hat, nicht ganz einverstanden war, gefällt sie mir jetzt.

*Linda Rodgers*

*Singen mit den Engeln*
*Geliebte Tochter, Schwester und Mutter*
*Deine Stimme wird immer durch unsere Herzen klingen*

"Linda", murmelt Papa. "Wir sind da." Dann holt er tief Luft und blickt in den Himmel. "Schatz, ich hoffe, du kümmerst dich gut um sie."

"Linda", wiederholt Suki leise.

"Linda war deine erste Mutter", sage ich und zeige auf das Bild, das vor ihrem Grabstein steht. Es zeigt Linda mit einem strahlenden Lächeln bei einem Festival in Nashville. Sie trägt ein weißes Bohème-Kleid und hat Blumen im Haar. Dort wurde sie nach einem One-Night-Stand mit einem gutaussehenden Fremden schwanger, nachdem sie als Backgroundsängerin für eine große Band aufgetreten war. "Sie war auch meine Schwester und eine sehr gute Sängerin."

"Kann ich eine Schwester haben?" Suki hellt die Stimmung mit ihrer zufälligen Frage ein wenig auf, und wir kichern alle.

"Ich glaube nicht, dass das passieren wird, Schatz. Aber du kannst so viele Freunde haben, wie du willst. Manchmal sind Freunde genau so wertvoll wie die Familie." Ich nehme sie in den Arm, hebe sie auf meine Hüfte und küsse sie auf die Wange.

"Ist Linda im Himmel?"

"Ja, das ist sie. Sie ist bei Großmutter. Wir vermissen sie sehr, aber wir werden sie eines Tages wiedersehen, in einer langen Zeit." Ich bin mir nicht sicher, warum ich ihr das erzähle, denn ich glaube nicht an den Himmel,

aber es scheint das Richtige zu sein, um es einer Vierjährigen zu sagen.

"Wie lange schlafen wir, bis wir sie sehen?" fragt Suki.

Jackie lächelt sie an und schüttelt den Kopf. "Für dich,
viele, viele Schläfe. Zu viele, um sie zu zählen, also
zerbreche dir nicht deinen kleinen Kopf darüber."

Als ich Sukis verwirrten Gesichtsausdruck sehe, bildet
sich ein Kloß in meinem Hals. Wenigstens wird sie nie den
stechenden Schmerz des Verlustes spüren, da sie sich nicht
an ihre Mutter erinnert. Ich erinnere mich auch nicht an
meine, und das ist auch viel einfacher so. Im Laufe der
Jahre habe ich mir mein eigenes Bild von ihr gemacht,
indem ich Fotos, die ich gesehen habe, und Geschichten,
die mein Vater und Jackie mir erzählt haben, zu einer geistigen Collage einer süßen, schönen, klugen, liebevollen und
inspirierenden Frau zusammengefügt habe. Natürlich ist
niemand so perfekt, wie ich sie mir vorstelle, aber ich mag
meine imaginäre Mutter, und sie hat mir beim Aufwachsen
geholfen.

"Vier Jahre", sagt Jackie. "Wie die Zeit vergeht." Sie
seufzt tief und legt einen Arm um meinen Vater, der zu
weinen beginnt.

"Bist du traurig, Opa?" fragt Suki.

"Manchmal, mein Schatz. Manchmal bin ich traurig,
weil ich die Menschen vermisse, die ich sehr geliebt habe."
Er beugt sich vor und streichelt ihre Wange. "Aber weißt du
was? Mit dir wird alles besser. Genauso wie mit deiner
Mutter und Jackie."

Suki grinst und streckt die Hand nach ihm aus, und ich
nehme sie in seine Arme. "Besser", sagt sie und drückt einen
Finger gegen seine Nase. Sie sieht Linda so ähnlich, wenn
sie lacht, und tief im Inneren hoffe ich, dass meine
Schwester irgendwie weiß, dass sie hier bei uns ist, dass sie

sich in ein süßes, mutiges Mädchen verwandelt hat, das eine tolle Zukunft vor sich hat. Ich hoffe, sie weiß, dass ich erwachsen geworden bin und mich beruhigt habe und alles tun würde, um Suki zu beschützen, und dass die drei Menschen hier sie mehr lieben als alles andere auf der Welt. Das ist wahr. Sie macht alles besser.

# Kapitel 39

## *Reina - Freitag*

Als ich die Tore öffne, bildet sich ein fester Knoten in meinem Magen. Das Warten auf Belle hat mich den ganzen Tag beunruhigt und ich hatte keine Ahnung, wann sie hier sein würde. „Kann ich heute Abend vorbeikommen?", hat sie mich gefragt, nachdem sie heute Morgen meinen Pool gewartet hat. Das kann nur eines bedeuten: Sie will mich nicht mehr als Kundin haben, in keiner Weise. Sie hatte einen Lehrling dabei, und wir wussten beide nicht, wie wir uns in der Gegenwart des jungen Mannes verhalten sollten, also ignorierten wir uns meistens gegenseitig.

Es ist klar, dass sie damit beschäftigt ist, ihre Vertretung zu organisieren, damit sie nicht zurückkommen muss, und ich kann es ihr nicht verübeln. Ich bezahle sie dafür, dass sie sich um den Pool kümmert, und ich habe sie für Sex bezahlt. Irgendetwas stimmt daran nicht, und ich werde nicht leugnen, dass mich das schon die ganze Zeit stört. Ich will nicht, dass sie mich für eine verwöhnte reiche Frau hält, die glaubt, sie könne alles bekommen, was sie will, solange sie nur genug Geld dafür ausgibt.

Als ich die Tür öffne, verfluche ich die Angst, die sich in meinem Magen zusammenzieht. Ich weiß, dass es dumm ist, sich in eine Begleitung zu verlieben. Es ist töricht und leichtsinnig und naiv, und trotzdem hält es mich nicht davon ab, sie die ganze Zeit zu begehren und von einer Beziehung mit ihr zu träumen. Mein Bedürfnis, mit ihr zusammen zu sein, ist so stark, dass ich im Moment alles in Kauf nehmen würde. Alles.

"Hallo", sage ich und lasse sie herein. "Ich habe dich früher erwartet. Bist du heute Abend nicht mit jemandem verabredet?"

"Nein, ich habe abgesagt."

"Oh." Ich gehe zum Kühlschrank und schenke zwei Gläser Wein ein. Sie sieht ernst aus, und wenn sie reden will, brauche ich eins.

"Nein, danke", sagt sie, als ich ihr ein Glas anbiete. "Ich bin gefahren."

Ich nicke und vermute, dass sie es schnell hinter sich bringen will. "Ich weiß, was du mir sagen willst."

"Und du?" Als Belle auf mich zukommt, unterdrücke ich ein Stöhnen, weil sie mir so nahe ist.

"Ja. Ich werde dich nicht mehr buchen", sage ich einfach und tue so, als würde mich das nicht verletzen. Ich kann nur daran denken, sie zu küssen, aber ich unterlasse es. "Nichts für ungut, ich verspreche es."

"Danke, das ist wahrscheinlich das Beste. Ich wollte mich entschuldigen, falls ich dich verletzt oder verärgert habe." Ihre Stimme ist leise und heiser, und ein wenig emotional, wenn ich mich nicht irre.

"Mach dir keine Sorgen um mich, mir geht es gut." Das tapfere Lächeln, das ich aufsetze, ist nur halbherzig. "Und es tut mir leid, wenn ich dir zu nahe gekommen bin." Wir verweilen schweigend und ignorieren die tosende Ladung zwischen uns. Ich sehe sie an, sie sieht mich an, und ich kann fast ihren inneren Kampf spüren. Ich warte darauf, dass sie sich umdreht und geht, aber stattdessen streckt Belle die Hand aus, um meine Wange zu streicheln, und ihr veränderter Ausdruck schockiert mich. Es ist nicht der Blick des Bedauerns oder des Mitleids. Ich habe diesen Blick schon einmal gesehen, im Bett.

"Was machst du da?", flüstere ich, als sie sich zu mir lehnt und mich mit dem Rücken gegen den Küchentisch drückt. Ich spüre ihren Unterleib an meinem, ihre Brüste an meiner Brust.

"Ich habe keine Ahnung." Belle klingt genauso verwirrt wie ich, doch es besteht kein Zweifel daran, dass wir beide das Gleiche wollen. Ihre Lippen streifen meine, und ohne zu zögern, schlinge ich meine Finger um ihren Hals, ziehe sie näher an mich heran und küsse sie intensiv. Ich habe sie vermisst, und als sie ihre Arme um mich schlingt und meinen Kuss hungrig erwidert, weiß ich, dass sie mich auch vermisst hat. Zu wissen, dass sie das will, dass sie sich nach mir sehnt, macht den Kuss noch himmlischer, und instinktiv greife ich nach dem Saum ihres Tanktops und hebe ihn hoch. Sie fragt mich nicht, ob es mir gut geht, sie macht nicht langsam, und es macht mich wahnsinnig, als sie ihr Oberteil herunterreißt, dann mein Kleid hochzieht und mich auf den Tresen hebt. Hier geht es nicht mehr um mich. Es geht um sie und mich. Um uns, zusammen.

Belle spreizt meine Beine und tritt zwischen sie, und fleischliches Verlangen sickert zwischen uns durch, während wir in der Küche rummachen, als wäre es das erste Mal. In gewisser Weise ist es das auch. Es ist das erste *richtige* Mal. Ich spüre, wie ihre Fingernägel unter meinem

Kleid, das jetzt bis zur Taille hochgeschoben ist, über meine Schulterblätter kratzen, und ich schiebe meine Hände hinten in ihre Jeans, um ihren Hintern zu kneten.

"Ich will dich, Reina", murmelt sie gegen meinen Mund und schiebt ihre Hand zwischen meine Beine.

Ihre Worte verstärken meine Erregung; es ist unglaublich, sich so begehrt zu fühlen. Ich weiß, dass sie spürt, wie feucht ich bin, als sie mit ihren Fingern über mein Höschen streicht und mich laut stöhnen lässt. Wieder ist ihre Berührung nicht vorsichtig oder überlegt, sondern hart und drängend, und ich will, dass sie mich fickt wie nie zuvor. Sie macht sich nicht einmal die Mühe, mir das Höschen auszuziehen und schiebt zwei Finger unter den Rand, um mein durchnässtes Zentrum zu finden.

"Fuck! Ja!" Ich schreie auf und werfe meinen Kopf zurück, als sie mit zwei Fingern in mich eindringt. Belle fickt mich hart und schnell, dann kommt ein dritter Finger dazu, und mein Körper kann kaum mit all den köstlichen Empfindungen mithalten, die mich nacheinander treffen. Ich liebe es, wie sie ihren Blick hebt, um mir in die Augen zu sehen, mit einem Blick, der sagt, dass sie das auch sehr, sehr genießt. Sie ist roh und sexy und impulsiv und alles, was ich nicht bin, zumindest nicht bis heute. Ich spüre, wie sich ein enormer Höhepunkt aufbaut und klammere mich an sie, während sie ihn schneller aus mir herauszieht, als ich es für möglich gehalten hätte.

"Mmm..." stöhnt Belle, als sie meine Wehen spürt, und sie krümmt ihre Finger, so dass ich so laut schreie, dass meine Stimme durch das Haus hallt.

Ich umfasse ihr Gesicht, um sie zu küssen, brauche sie ganz und gar und gebe mich den Wellen der Lust hin, die mich wieder und wieder überspülen. Ich schwelge noch in den Nachwehen und keuche alle paar Sekunden vor

Vergnügen, als die Haustür plötzlich mit Gewalt aufschwingt.

"Mama! Geht es dir gut?"

Irgendwo im Hinterkopf registriere ich, dass die Stimme die von Nicole ist, und ich stelle auch fest, dass sie panisch klingt. Und dann gerate *ich* in Panik, denn ich sitze auf dem Küchentisch und Belle ist zwischen meinen Beinen und ihre Finger sind in mir. Und meine Tochter, die an diesem Wochenende nicht hier sein sollte, ist gerade hereingeplatzt. *Meine Tochter.*

Belle ist eindeutig besser vorbereitet als ich, denn in Sekundenschnelle hat sie sich aus mir herausgezogen, mein Kleid heruntergerissen und ihr Oberteil angezogen. Jetzt starrt sie Nicole mit großen Augen an, die Hände tief in den Gesäßtaschen ihrer Jeans, als wolle sie sie vor der Welt verstecken.

"Nicole ... das ist nicht ..." Ich unterbreche mich an dieser Stelle, denn es ist eindeutig genau das, wonach es aussieht, und es hat keinen Sinn, etwas anderes zu behaupten.

Nicole lässt ihre Wochenendtasche fallen und bleibt wie angenagelt auf dem Boden stehen, während sie schweigend von mir zu Belle schaut. Ich sehe einen Hauch von Anerkennung in ihren Augen, bevor sie zum Pool und wieder zu uns zurückblickt. Sie hält sich eine Hand vor den Mund und geht einen Schritt zurück durch die offene Tür.

"Nicole, bitte warte. Lass mich erklären ..." Ich weiß, was sie denkt. Mami ist verrückt geworden. Mutti macht mit dem Personal rum. Mutti hat eine Midlife-Crisis. Mami ist nicht die, für die ich sie gehalten habe. Und dann sehe ich, dass ihre Augen rot gerändert sind, und ich mache mir mehr Sorgen um sie als um die Situation.

Nicole antwortet nicht, sondern stürmt schnell zur Tür hinaus.

"Warte!" Ich springe vom Tresen auf und renne ihr hinterher, aber sie sitzt bereits in ihrem Auto und fährt rückwärts in unsere Einfahrt, um mit ihrer Fernbedienung die Tore zu öffnen.

# Kapitel 40

## *Belle - Freitag*

Scheiße. *Was? Das hätte ich nicht tun sollen.* Meine Knöchel werden weiß, weil ich das Lenkrad so fest umklammere, dass meine Hände schmerzen. *Mist.* Jetzt habe ich ihr Leben komplett durcheinander gebracht. Reinas Gesichtsausdruck, als ihre Tochter bei uns hereinkam, wird mir immer im Gedächtnis bleiben, ebenso wie Nicoles angewidertes und schockiertes Aufstöhnen. Ich wusste, dass wir nicht in der Lage sein würden, die Hände voneinander zu lassen, aber damit hatte ich nicht gerechnet.

Jetzt wird sie ihrer Tochter etwas erklären müssen, was sie wahrscheinlich nicht einmal selbst versteht. Sie wird erklären müssen, warum sie mit der Poolfrau auf dem Küchentisch Sex hatte, und damit werden viele, viele Fragen auftauchen, über die sie noch gar nicht nachgedacht hat.

"Scheiße!" Ich fluche, diesmal laut, und werde langsamer, damit meine Fahrweise wenigstens weniger rücksichtslos ist als mein Verhalten. Was ich getan habe, war egoistisch und dumm. Ich habe meiner Kundin für heute Abend abgesagt, weil ich mir nicht vorstellen konnte, mit jemand anderem als ihr zu schlafen, und dann bin ich bei ihr zu Hause aufgetaucht und habe mich wie ein geiler Teenager verhalten. Und dann kam ihre Tochter herein. Ausgerechnet ihre Tochter.

Ich bin nicht mit der Absicht dorthin gegangen, das zu tun, was ich getan habe. Ich wollte mich entschuldigen, mit ihr reden, damit es keine Unannehmlichkeiten zwischen uns gibt. Aber dann sah ich sie und meine ganze Zurückhaltung verflog. Keine Frau hat mich jemals dazu gebracht, mich so zu benehmen und mich so zu verlieren. Ich muss mir Reina aus dem Kopf schlagen, und der einzige Weg, das zu tun, ist, alle Verbindungen zu kappen. Ich weise mein Telefon an, das Büro der Pool Masters anzurufen, und warte ungeduldig, bis jemand abnimmt. Zum Glück ist es Sam, den ich schon seit Jahren kenne.

"Hey, Sam, hier ist Belle."

"Hallo, du. Bist du okay?"

"Ja. Ich habe mich gefragt, ob Sie mir einen Gefallen tun könnten. Es geht um die Morgenschichten, die ich von Barry übernommen habe."

"Okay, was kann ich für dich tun?"

"Ich weiß, dass ich gesagt habe, dass ich es gerne mache, aber die Babysitterin hat mir gesagt, dass die langen Tage zu viel für sie sind. Meinst du, du könntest jemand anderen finden?"

"Oh." Sam hält inne und ich kann Klopfgeräusche hören. "Lass mich mal sehen... Okay, wir haben hier Möglichkeiten. Ich kann ein paar Anrufe machen, aber ich kann nichts versprechen. Es sollte aber in Ordnung sein; ich melde mich bei dir."

"Danke, Sam. Du bist mein Lebensretter. Wir sprechen uns später", sage ich und mache eine fröhliche Miene. Nachdem ich aufgelegt habe, rufe ich Hamptons' Escorts an und werde von Juliette begrüßt, die ein wenig gestresst klingt.

"Hey, Süße. Es ist Freitagabend und ich bin sehr beschäftigt. Kannst du später zurückrufen?"

"Es dauert nur eine Minute", sage ich und komme gleich zur Sache. "Würdest du mich bitte aus dem System nehmen?"

"Für heute Abend? Ich habe dich schon heute Nachmittag rausgenommen, als du mich darum gebeten hast", antwortet sie ungeduldig.

"Nein, ich meine, könntest du mich ganz streichen?"

"Was?" Sie zögert. "Du meinst, du wirst deine drei Monate nicht ausschöpfen?"

"Nein. Ich bin fertig." Ein unbehagliches Gefühl überkommt mich, als mir klar wird, dass ich meine Haupteinnahmequelle aufgebe, aber ich kann einfach nicht so weitermachen. Erst Mrs. Ashworth, und jetzt das. Es wird zu viel, zu kompliziert, abgesehen davon, dass ich das Gefühl habe, jemanden zu betrügen, mit dem ich nicht einmal eine Beziehung habe und nie haben werde. Ich bin wütend auf mich selbst, weil ich es so weit habe kommen lassen, weil ich das getan habe, wovon ich mir immer versprochen habe, es nicht zu tun: mich in eine Kundin zu verlieben.

"Babe, geht es dir gut?" Juliettes Stimme wird leiser.

"Mir geht es gut, widme dich wieder deinen Anrufen, wir können später reden."

"Auf keinen Fall. Meine beste Freundin hat gerade aus heiterem Himmel gekündigt und ich will wissen, warum."

Frustration macht sich breit und ich schlage mit der Hand auf das Lenkrad. "Weil ich es vermasselt habe, okay? Ich bin zu Reinas Haus gefahren und habe sie in der Küche gefickt, und ihre Tochter hat uns dabei erwischt. Du hättest ihren Gesichtsausdruck sehen sollen." Ich halte inne und schüttle den Kopf. "Ich kann das nicht mehr tun, Jules. Ich stecke mittendrin, und es fühlt sich jetzt zu emotional an."

"Oh, Babe." Sie seufzt. "Bist du sicher?"

"Ja. Alles hat sich verändert; ich hatte eine gute Sache laufen, aber ich weiß, dass mir die Arbeit keinen Spaß mehr machen wird. Ich werde mich eine Zeit lang auf den Aufbau meines neuen Unternehmens konzentrieren. Ich brauche eine Pause." *Ich muss über Reina hinwegkommen.* "Bitte sag auch alle meine festen Termine ab. Es tut mir leid, wenn dir das Probleme bereitet."

"Nein, nein, ich kümmere mich sofort darum." Sie räuspert sich. "Es wird alles wieder gut, Babe. Atme einfach durch. Können wir uns morgen treffen?"

"Ja. Ich hole dich zum Markt ab. Zur gleichen Zeit wie immer", sage ich und versuche, ruhig zu atmen, bevor ich auflege.

*Oh Gott, ich habe es getan. Ich habe den Sprung gewagt.* Mein Leben liegt nun in beängstigender Ungewissheit vor mir und ich habe keine Ahnung, ob mein Unternehmen Erfolg haben wird oder nicht. Etwas zu haben, auf das ich zurückgreifen kann, war einfach. Vielleicht zu einfach. Aber trotzdem war es das, was ich mit Suki brauchte. Jetzt ist es an der Zeit, mich zu konzentrieren und Kontakte zu knüpfen und die Frauen ganz zu vergessen. Wenn ich mich genug anstrenge, werde ich aufhören können, an sie zu denken, und sie wird mich auch vergessen. Vielleicht war das der Anstoß, den ich brauchte. Es ist besser so.

# Kapitel 41

## *Reina - Freitag*

Das Haus ist aus der Nähe sogar noch bezaubernder als der Blick durch die Hecke, den ich erhaschen konnte, als ich hier einmal anhielt, um zu sehen, was mein Ex-Mann und seine neue Flamme trieben. Der Vorgarten - ein Garten im englischen Stil, wie Bree ihn mir zum ersten Mal beschrieb, als sie unser Wohnzimmer einrichtete - ist voller Wildblumen, Vogelfutterhäuschen, niedlicher Springbrunnen und Rosensträucher. Alles sieht aus, als wäre es spontan aus dem Boden gesprossen, doch ich weiß, dass sie jeden Grashalm genau geplant hat, genauso wie sie geplant hat, meinen Mann zu stehlen, während sie vorgab, meine Freundin zu sein. Das kümmert mich nicht mehr. Es ist mir egal, dass er mich für sie verlassen hat, und es ist mir egal, dass sie schwanger ist und dass sie wahrscheinlich glücklich bis ans Ende ihrer Tage in diesem Bohème-Paradies leben werden. Alles, was mich interessiert, ist Nicole und dass es ihr gut geht.

Als ich ihr Auto in der Einfahrt sehe, bin ich sehr erleichtert. Wenigstens ist sie nicht in ihrem jetzigen Zustand nach New York zurückgefahren, aber die Tatsache, dass sie hier ist, muss bedeuten, dass sie furchtbar traurig ist, da sie sich bisher geweigert hat, Brees Haus zu besuchen. Sandeep und Nicole treffen sich gelegentlich zum Mittagessen in Southampton, aber ansonsten stehen sie sich nicht mehr so nahe wie früher. Das ist das erste Mal, seit er hier eingezogen ist, dass ich dankbar bin, dass er in der Nähe wohnt.

Die Villa im Bungalowstil ist in einem schrecklich trendigen Mintton gestrichen, die Haustür zwei Nuancen dunkler, genau wie die Fensterrahmen. Sie öffnet sich, bevor ich klingeln kann, und als Sandeep erscheint, trete ich einen Schritt zurück, schockiert, ihn aus nächster Nähe zu sehen, nachdem wir uns ein Jahr lang absichtlich aus dem Weg gegangen sind. Ich merke, dass er sich auch unwohl fühlt, und das Zucken seiner Augenbraue hätte mich amüsiert, wenn ich nicht wegen des Vorfalls von eben hier wäre.

"Reina. Hallo."

"Hi." Ich halte Nicoles Tasche hoch. "Sie hat ihre Sachen vergessen."

Sandeep nickt. "Habt ihr euch gestritten oder so? Sie weint im Gästezimmer und will mir nicht sagen, was los ist."

"Nein..." Mir wird klar, dass ich auf dieses Gespräch überhaupt nicht vorbereitet bin und ihm unmöglich sagen kann, was wirklich passiert ist. "Du weißt es also auch nicht", sage ich und hoffe, dass ich überzeugend genug klinge, damit er mich vom Haken lässt. Vielleicht sagt sie es ihm, vielleicht auch nicht, aber im Moment ziehe ich es vor, meine Karten auf den Tisch zu legen.

Sandeep sieht nicht überzeugt aus, aber er ist auch nicht neugierig. Ich nehme an, er fühlt sich schon schuldig genug mir gegenüber und will mich nicht noch mehr verärgern. "Nein, ich habe keine Ahnung."

"Kann ich sie sehen?" Ich werfe einen Blick über seine Schulter in den Flur und vermute, dass Bree im Hintergrund lauert und unser Gespräch mit anhört.

"Sie sagte, ich solle sie in Ruhe lassen, aber ich kann ja mal fragen." Sandeep nimmt die Tasche, deutet mir, in der Tür zu bleiben, und geht nach links den Korridor entlang, so dass ich einen Blick ins Wohnzimmer werfen kann. Ich erhasche einen Blick auf einen indischen Teppich und ein Designersofa, das mit passenden Kissen gefüllt ist. Ich stelle mir vor, wie sie dort zusammen sitzen, aber es tut nicht weh. Brees Schuhe und Mäntel stehen im Flur, aber ich sehe nichts von Sandeep, und das amüsiert mich. Als er unser Haus entworfen hat, hat er sich viel Mühe gegeben, um clevere Stauräume zu finden, damit wir keine Flure brauchen. Er hasst sie und hält sie für banal, und ich war immer anderer Meinung. Ich meine, wer braucht nicht einen Platz für Schuhe und Mäntel und einen langen Spiegel, um zu sehen, wie man aussieht, bevor man das Haus verlässt? Ich habe sogar überlegt, mir nach unserer Scheidung einen bauen zu lassen, nur um ihn zu ärgern.

"Entschuldigung." Sandeep taucht wieder auf. "Sie will im Moment nicht mit dir reden." Er schenkt mir ein unbeholfenes Lächeln. "Ich bin mir sicher, dass sie wieder zu sich kommen wird, was auch immer es ist."

"Ja, das hoffe ich." Ich schaffe es, sein Lächeln zu erwidern. "Warst du neulich auf dem Weg zu mir am Strand? Ich habe dich in der Ferne gesehen."

Er wirft einen kurzen Blick über seine Schulter. "Ja, aber das kann warten. Du hattest Besuch, also bin ich zurückgekehrt."

"Nur ein Freund", sage ich und bete, dass Nicole mich nicht verraten wird.

"Ein neuer Freund? Ich konnte sein Gesicht nicht sehen, er war zu weit weg."

"Ihr Name ist Belle." Ich kichere und stelle fest, dass ihr kurzes Haar ihm aus der Ferne einen falschen Eindruck vermittelt haben muss.

"Oh." Sandeep räuspert sich unbeholfen. "Wie auch immer, wie geht es dir?" Seine Augenbrauen zucken wieder, als er die Frage stellt, weil er zweifellos die Antwort fürchtet. Wahrscheinlich rechnet er mit einer Antwort wie "Was glaubst du denn, wie es mir geht?", aber ich lächle ihn pflichtbewusst an.

"Nicht schlecht." Ich erwähne nicht, dass ich gerade den aufregendsten Fick meines Lebens hatte, auch wenn er sehr schmerzhaft endete. "Du?"

"Das Gleiche", sagt er und zuckt mit den Schultern. "Uns geht es gut."

Es herrscht Schweigen, und ich warte darauf, dass er mir etwas über das Baby erzählt, aber er tut es nicht. Vielleicht ist er besorgt, dass ich hier eine Szene machen könnte. "Nun, dann gehe ich wohl besser. „Würdest du Nicole bitten, mich anzurufen? Ich weiß, sie ist kein Kind mehr, aber ich mache mir Sorgen. Sie sah aus, als hätte sie geweint, bevor sie kam."

"Natürlich. Ich werde sie bitten, dich anzurufen", verspricht Sandeep. "Und ich werde versuchen, mit ihr zu reden."

"Vielen Dank. Wie geht es übrigens Bree?" frage ich, als ich weggehe.

Sandeep runzelt die Stirn, als könne er nicht so recht glauben, was für ein Gespräch wir hier führen. Ich bin mir nicht sicher, was er erwartet hat, aber wahrscheinlich war es nicht so zivilisiert - wenn auch künstlich - und ich bin sicher, dass es ihn verwirrt. "Ihr geht es gut", sagt er und hält wieder inne. "Sie ist..."

"Sie ist was?"

"Nein, ich meinte nur, dass es ihr gut geht. Die Arbeit, das Leben..." Seine Stimme verstummt, und dann ist die Gelegenheit vorbei. Er wird es mir jetzt nicht sagen, aber ich weiß, dass er es tun wird, wenn er dazu bereit ist.

"Gut, das ist gut." Ich fummel an meinen Schlüsseln herum und gehe zurück zu meinem Auto. "Ich warte, bis ich von Nicole höre."

"Okay." Nach einem unbeholfenen Austausch höflichen Lächelns tritt Sandeep nach draußen, wirft noch einen kurzen, verlegenen Blick über die Schulter und setzt sich dann zu mir ans Auto. Ich öffne mein Fenster und gebe ihm die Gelegenheit zu sprechen. "Reina ..."

"Ja?" Ich schaue ihm in die Augen, und die Wut, von der ich überzeugt war, dass sie mich überkommen würde, sobald ich ihn wieder sehe, hat sich immer noch nicht gezeigt.

"Ich wollte nur sagen, dass ..." Er lehnt sich vor und stützt seinen Ellbogen auf das Autodach. "Ich wollte nur sagen, dass es mir leid tut. Für das, was ich dir angetan habe."

Ich warte eine Weile nach seiner Entschuldigung, denn es ist das erste Mal, dass er mir das ins Gesicht sagt, und ich möchte ihm eine ehrliche Antwort geben. "Bist du glücklich?" frage ich.

"Ja. Ich glaube schon."

"Dann freue ich mich für dich", versichere ich ihm. "Pass auf dich auf."

# Kapitel 42

## *Belle - Samstag*

"Wie fühlst du dich?" fragt Juliette. "Jetzt, wo du den Sprung gewagt hast. Ich hätte nicht gedacht, dass du kündigen würdest, bevor dein Geschäft richtig in Gang gekommen ist. Ich dachte, wir hätten uns auf drei Monate geeinigt."

"Ich habe Angst", sage ich ehrlich und lasse Sukis Hand los. Mein Vater, der sich um seinen Stand auf dem Bauernmarkt in Sag Harbor kümmert, breitet seine Arme aus und hebt sie hoch. Cameron folgt ihr und setzt sich sofort auf einen der beiden kindgerechten Klappstühle, die mein Vater für sie bereithält. Suki und Cameron freuen sich auf ihre Ausflüge zum Bauernmarkt, zum einen, weil sie etwas Taschengeld dafür bekommen, dass sie ihm "helfen", und zum anderen, weil sie sich hinter ihrer Spielzeugkasse furchtbar erwachsen und wichtig fühlen. Mein Vater winkt mir zu und lässt mich wissen, dass er ein Auge auf sie haben wird, während Juliette und ich ein paar Lebensmittel einkaufen und einen Kaffee trinken gehen. "Ich war noch nie sehr unternehmerisch, also bleibt mir wohl nur, hart zu arbeiten und das Beste zu hoffen."

Im Winter gehört der Bauernmarkt in Sag Harbor den Dorfbewohnern. Es ist ein geselliger Ort, an dem wir uns austauschen, die Woche Revue passieren lassen und die Produkte probieren, bevor wir sie kaufen. Jetzt, wo die meisten Saisonbesucher zurückgekehrt sind, ist zu viel los für Smalltalk. Mein Vater produziert kaum genug Waren, um mit der Sommernachfrage Schritt zu halten, und in der Regel ist er schon vor Mittag ausverkauft. Eine Vergrößerung des Hofes ist in seinem Alter keine Option, und die Herstellung von handwerklich hergestelltem Käse und Joghurt war für ihn ohnehin immer nur ein Hobby.

"Du kannst deinen Job immer noch zurückbekommen, wenn du deine Meinung änderst. Der Chef war ganz schön sauer, dass du uns verlassen hast." Juliette lächelt meinen Vater an und ruft: "Danke, Frank!"

"Kein Problem, ohne sie könnte ich das nicht machen." Er zwinkert uns zu und wendet sich wieder Suki und Cameron zu. Er nimmt sich die Zeit, sie einzuweisen, bevor er sich einem der vielen Kunden zuwendet, die in der Schlange stehen.

"Danke, Jules, aber ich werde meine Meinung nicht ändern", sage ich. "Ich möchte jemand sein, auf den Suki stolz sein kann. Sie ist fast fünf und versteht manchmal mehr, als mir bewusst ist." Ich zucke mit den Schultern. "Versteh mich nicht falsch, ich habe mich nie für meinen Job geschämt, aber es ist sicher nicht das Leben, das ich mir für sie wünsche, also sollte ich ihr das richtige Beispiel geben." Ich bleibe an einem der Stände stehen, um ein besaatetes Baguette zu kaufen, und Juliette kauft ein glutenfreies Brot. "Außerdem kann ich nach Reina einfach nicht mehr. Ich brauche etwas Zeit, um sie zu vergessen."

"Ich verstehe und es tut mir leid, wenn ich dich nicht ernst genommen habe. Ich hatte keine Ahnung, wie tief das geht." Sie senkt ihre Stimme. "Aber ich werde unser Lachen über deine Kundinnen vermissen."

"Ja, ich auch." Ich kichere. "Keine Prügel mehr für Mrs. Palmer mit irgendwelchen Küchenutensilien, um so zu tun, als wäre sie mein frecher Souschef."

Juliette lacht auch. "Ich habe Red gestern als deinen Ersatz geschickt, aber Mrs. P. war nicht glücklich und hat das Doppelte geboten, um dich zurückzubekommen. Du musst gut sein."

"Um ehrlich zu sein, gingen mir langsam die Ideen aus, und ihre Küche war nach jeder Sitzung ein einziges Chaos. Ihre Putzfrau tut mir leid."

"Ich schätze, du hast Foodporn auf ein ganz neues Niveau gebracht." Juliette schaut über ihre Schulter, um sicherzugehen, dass niemand mithört. "Also, was genau ist gestern passiert? Du warst am Telefon ganz schön aufgeregt, ich glaube, ich habe etwas verpasst."

"Es ist alles ein bisschen verschwommen", sage ich, während sich das düstere Gefühl in meinem Inneren ausbreitet. "Ich bin zu Reina gefahren, um mit ihr zu reden, nachdem ich am Mittwoch überstürzt gegangen war. Ich wollte die Sache auf anständige Weise beenden, denn ich verbringe gern Zeit mit ihr, und ich nehme an, wir waren auf dem Weg, Freundinnen zu werden. Aber dann habe ich sie gesehen und dieser unstillbare Hunger hat mich gepackt. Ich glaube, Reina hat mich zuerst geküsst, aber wie gesagt, es ist alles verschwommen. Und dann kam eins zum anderen, schneller als ich es mir vorstellen konnte, und Nicole, ihre Tochter, erwischte mich dabei, wie ich ihre Mutter auf dem Küchentisch fickte. Sie war sehr wütend und fuhr davon. Ich glaube, das fasst alles zusammen." Ich halte inne und erinnere mich an den beschämten Blick in Reinas Augen. "Ich habe großen Mist gebaut."

"Hey, dazu gehören immer zwei", sagt Juliette. "Ihr seid beide erwachsen, ihr habt nichts falsch gemacht."

"Ich habe vielleicht die Beziehung zwischen Reina und ihrer Tochter zerstört. Alles daran ist falsch."

"Wirst du sie wiedersehen?"

"Nein, ich kann nicht zurück zu diesem Haus gehen, die Wahrscheinlichkeit ist groß, dass ihre Kinder im Sommer dort sind. Ich habe Pool Masters gebeten, meine Schichten mit jemand anderem zu tauschen, und damit ist die Sache erledigt." Ich stieß einen langen Seufzer aus. "Ich hätte nie zulassen dürfen, dass ich ihr zu nahe komme."

"Gegen das Echte kann man nicht ankommen", sagt Juliette. "Es ist selten."

"Es ist unrealistisch. Genau das ist es, Ende der Diskussion." Ich gehe zum Kaffeestand und bestelle drei Cappuccinos, einen in einer Tasse zum Mitnehmen für meinen Vater, und wir setzen uns an einen Picknicktisch.

"Klar, Boss." Juliette rollt mit den Augen.

"Hey, ich bin nicht dein Chef. Zumindest noch nicht", sage ich und wechsle das Thema.

"Was meinst du?"

"Ich habe demnächst meine erste Veranstaltung, die ich über einen Partyplaner organisiere, bei dem ich vor einiger Zeit unterschrieben habe. Es ist ein Sweet Sixteen mit etwa vierzig Teenagern in einem Haus in East Hampton. Ich habe mich gefragt, ob du mir helfen könntest, wenn du dir etwas Geld dazuverdienen willst?"

"Du hast deinen ersten Job? Das ist großartig."

"Ja. Und dieses erste Mal muss es wirklich gut laufen, damit ich mehr Aufträge bekomme. Stell dir all die Eltern vor, die mit Kindern im gleichen Alter da sein werden. Das ist der perfekte Job für die Selbstvermarktung. Ich schaffe es, ein Lächeln zustande zu bringen, aber ich bin nicht ganz so aufgeregt, wie ich es sein sollte. Die Buchung kam letzte Woche zustande, aber ich war so mit Reina beschäftigt, dass ich nicht viel darüber nachgedacht habe. Es ist jedoch an der Zeit, mich darauf zu konzentrieren; ich habe zu viel in diese Sache investiert, um etwas zu verpassen. "Also, bist du dabei?"

"Auf jeden Fall. Was kann ich für dich tun?", fragt sie.

"Hilf mir einfach, dass der Vorschlag für den Planer perfekt ist. Ich muss ihn so schnell wie möglich an sie schicken."

"Natürlich werde ich dir helfen. Das ist so cool, Belle." Juliette strahlt. "Aber ich will dein Geld nicht, du kennst den Weg zu meinem Herzen. Koche mir einfach ein Essen und schenke mir ein großes Glas Wein ein."

# Kapitel 43

## *Reina - Sonntag*

Der Strand ist menschenleer, als ich am Sonntagmorgen zum Ufer schlendere. Der Sand ist kühl an meinen nackten Füßen, und der Duft des Regens der letzten Nacht liegt schwer in der Luft. Eine Nebelschicht tanzt über dem Meer, federleicht und durchsichtig. Ich hebe meine Kamera und mache ein paar Fotos von dem faszinierenden Anblick im Morgenlicht. Es hat einen blauen, fast unheimlichen Ton, und man fühlt sich zu dieser Tageszeit unglaublich einsam.

Als ich eine Krabbe entdecke, lege ich mich hin, um sie aus der Nähe zu fotografieren, und wate dann weiter, wobei mir das Wasser bis zu den Knöcheln reicht. Das habe ich vermisst; nur ich und meine Kamera. Der Sand ist glatt bis zu den ersten riesigen Schlafvillen auf dieser Strecke, noch ohne Fußabdrücke. Bald werden sich Erwachsene, Kinder und Hunde hinauswagen, um einen weiteren Morgen in ihrem Zuhause zu genießen, und es ist schön, dass die Hamptons wieder zum Leben erwachen.

Als ich merke, dass ich fast das Haus von Sandeep und Bree erreicht habe - der Punkt, an dem ich normalerweise umdrehe und zurücklaufe - sehe ich in der Ferne eine Gestalt, die am Strand sitzt und auf das Meer blickt. Es ist Nicole. Als ich sie heranzoome, bricht mir das Herz, als ich ihren Ausdruck sehe, und ich verzichte darauf, ein Foto zu machen. Sie sieht so traurig aus. Sie hat mich immer noch nicht angerufen, aber sie hat mir eine Nachricht geschickt, in der sie mir mitteilt, dass es ihr gut geht, und obwohl ich ihre Bitte, sie vorerst in Ruhe zu lassen, respektiert habe, verspüre ich den Drang, mich ihr zu nähern. Ich kann nicht anders; sie zu ignorieren würde gegen meinen Mutterinstinkt verstoßen.

"Mama?" Nicole sieht zu mir auf und runzelt die Stirn.

"Ich schwöre, ich wusste nicht, dass du hier bist", sage ich und halte eine Hand hoch. "Ich bin nur spazieren gegangen und habe ein paar Fotos gemacht und-"

"Ist schon gut. Ich weiß, dass du das nicht tun würdest." Nicole dreht sich in meine Richtung und umarmt ihre Knie. "Wie läuft es mit der neuen Kamera?"

"Es ist toll, ich liebe es." Als ich keinen Ärger in ihren Augen sehe, zeige ich auf den Sand. "Darf ich mich zu dir setzen?"

Nicole zögert einen Moment, dann sagt sie: "Okay".

Ich setze mich im Schneidersitz hin, stülpe die Abdeckung über mein Objektiv und starre auf den Ozean hinaus, während ich darauf warte, dass sie zuerst spricht.

"Bist du lesbisch?", fragt sie nach langem Schweigen.

"Ich bin mir nicht sicher, Schatz, aber ich glaube schon. Hättest du etwas dagegen, wenn ich es wäre?"

"Nein..." Nicole fuchtelt mit dem Saum ihres T-Shirts herum. "Aber ... du warst dein ganzes Leben lang mit Papa zusammen. Warst du überhaupt glücklich mit ihm?"

"Natürlich war ich glücklich. Dein Vater, du und dein Bruder waren mein ganzes Leben. Ich habe es geliebt, eine

Ehefrau und eine Mutter zu sein. Ich liebe es immer noch, eine Mutter zu sein, und werde es immer tun." Ich halte inne. "Aber jetzt, wo sich alles verändert hat und ich anfange, das zu akzeptieren, verspüre ich den Drang, zu erforschen, wer ich bin, nicht nur eine Mutter zu sein, sondern meine eigene Person. Und das, was ich gerade durchmache, ist ein Teil davon." Alles, was ich tun kann, ist, ehrlich zu ihr zu sein, und ich hoffe, meine Antwort ergibt Sinn.

Sie nickt. "Warst du schon mal mit einer Frau zusammen, vor Papa?"

"Nein. Als ich jünger war, war ich ein wenig in Frauen verknallt, aber ich war nur mit deinem Vater zusammen. Sexuell, meine ich."

Nicole zieht eine Grimasse, als ob die Worte "Papa" und "sexuell" zu viel für sie sind, um sie in einem Satz zu verarbeiten. Ein weiteres langes Schweigen vergeht, bevor sie fragt: "Bist du in die Pool-Lady verliebt?"

"Wir meinen es nicht ernst, und sie heißt Belle", sage ich und bereue sofort meinen abwehrenden Ton.

"Ich weiß, ich musste es einfach sagen." Nicole stößt ein sarkastisches Lachen aus. "Es ist nur so klischeehaft, dass es fast schon lustig ist. Ich meine, ich dachte, Dad wäre ein Klischee, aber du übertrumpfst seine Midlife-Crisis noch um Längen."

Ich muss auch lachen, denn wenn sie es so ausdrückt, kann ich mir vorstellen, wie das aussieht. "Es ist keine Midlife-Crisis, und ich glaube auch nicht, dass dein Vater eine durchmacht."

"Bist du dir da sicher? Er hat mir gestern Abend erzählt, dass er darüber nachdenkt, sich einen Ferrari zu kaufen. Bree ist dagegen, weil..." Nicole unterbricht sich selbst.

"Weil sie ein großes Familienauto will?", sage ich und kann nicht widerstehen.

Nicoles Augen weiten sich. "Du weißt es?"

"Ja, ich weiß, dass Bree schwanger ist. Dein Vater hat es mir noch nicht gesagt. Vielleicht hat er noch nicht den Mut dazu."

"Stört es dich, dass sie ein Baby bekommen?"

"Ich war erschüttert, als ich es erfuhr", gebe ich zu. "Aber ich denke, ich kann mich für sie freuen. Was ist mit dir?"

"Ich weiß es nicht. Ich schätze, ich muss mich an den Gedanken gewöhnen." Als Nicole näher kommt und ihren Kopf an meine Schulter legt, kämpfe ich gegen die Tränen des Glücks an. Mein Mädchen ist wieder da, und alles wird gut werden.

"Ich kann mir vorstellen, dass das schwer für dich ist. Der Umzug auf den Campus, deine Eltern sind nicht mehr in New York, dein Vater fängt ein neues Leben an und ich..." Ich schweife ab, denn ich weiß nicht so recht, was ich da tue. Stattdessen lege ich einen Arm um sie und ziehe sie an mich.

"Nicht schwieriger als für dich", sagt sie. "Wirst du Dad von der Pool-Lady erzählen? Entschuldigung, ich meine Belle", korrigiert sie sich.

"Nein, das hatte ich nicht vor. Es geht ihn nichts an, und wie ich schon sagte, es ist nichts. Es ist überhaupt nichts Ernstes." Als die Worte meinen Mund verlassen, weiß ich, dass das nicht wahr ist. Abgesehen von unseren bezahlten Begegnungen weiß ich, dass das, was zwischen Belle und mir passiert ist, echt war. Zumindest was die gegenseitige Anziehung betrifft. "Aber wenn du das Bedürfnis hast, mit ihm darüber zu reden, dann wäre es nicht fair von mir, dich zu bitten, es für dich zu behalten."

"Ich werde es ihm nicht sagen. Er hat seine Affäre monatelang geheim gehalten, er hat es nicht verdient, etwas über dein Leben zu erfahren." Nicole schenkt mir ein kleines Lächeln. "Außerdem reden Dad und ich sowieso nie über echte Dinge. Er fragt nur nach meinen Prüfungen, meinen Freunden und solchen Sachen."

"Und? Wie geht es deinem Freund?", frage ich.

"Tyrell und ich hatten einen Streit. Er sagt mir immer wieder ab, wenn er einen Gig in letzter Minute bekommt." Nicole zuckt mit den Schultern. "Es ist sein Job, also verstehe ich das, aber ich fühlte mich einfach zurückgewiesen. Deshalb bin ich am Freitag hierher gekommen. Ich war wütend und wollte einfach nur zu Hause sein."

"Tut mir leid, das zu hören, Schatz. Und dann hast du mich so gefunden." Ich vergrabe mein Gesicht in den Händen und erschaudere, als eine Reihe von Erinnerungen an meine Tochter, die mich und Belle erwischt hat, in meinem Kopf auftauchen. Ich hoffe bei Gott, dass sie nie herausfindet, dass Belle eine Begleiterin ist.

"Ich dachte, du würdest angegriffen", sagt Nicole. "Du hast geschrien." Als ich stöhne, lacht sie und legt im Gegenzug einen Arm um mich. "Na ja, wenigstens hast du es genossen." Sie nimmt die Kamera von meinem Hals und schaltet sie ein. "Kann ich die Bilder sehen, die du gemacht hast?"

"Natürlich." Alle Anspannung der letzten Tage weicht von mir wie die ablaufende Flut, und ich erlaube mir endlich zu lächeln.

# Kapitel 44

## *Belle - Montag*

Da Barrys Schichten auf jemand anderen übertragen wurden, liegt mein Montagmorgen vor mir. Ich versuche, nicht an die Tatsache zu denken, dass Reina herausfinden wird, dass ich nicht mehr für sie arbeite, und öffne stattdessen die Liste der lokalen Partyveranstalter, die ich anrufen wollte. Von den achtunddreißig Namen habe ich bisher nur drei angesprochen, von denen sich einer bereit erklärt hat, mit mir zusammenzuarbeiten, nachdem er meinen Vorschlag bestätigt hatte. Bis ich nachgeschaut habe, hatte ich keine Ahnung, dass es so viele sind, aber andererseits sind die Hamptons ein Spielplatz, auf dem so ziemlich alles gefeiert wird.

Suki ist in der Vorschule und ich bin nur selten ohne sie hier, daher fühlt sich die Stille seltsam an, wenn ich mit meinem Laptop und einem Kaffee am Balkontisch sitze. Die meisten meiner Bestellungen sind eingetroffen und ich habe gestern in meinem Lagercontainer verbracht, um alles zu ordnen. Er ist ein bisschen vollgestopft, aber für das kommende Jahr wird er ausreichen, und wenn es nötig ist, kann ich jederzeit aufrüsten. Gerade als ich die erste Nummer eintippen will, klingelt mein Telefon, und es ist Jackie.

"Hallo Schatz", sagt sie. "Ich wollte nur hören, wie es dir geht."

"Mir geht es gut", sage ich und ignoriere den engen Knoten in meinem Magen. Ich habe Jackie nicht erzählt, was mit Reina passiert ist. "Ich rufe gleich die Partyveranstalter an und versuche mein Glück."

"Das ist großartig. Eigentlich habe ich hier jemanden, der dich interessieren wird; ich sitze mit einer Freundin aus dem Buchclub zusammen. Sie ist Stylistin, oder Stager, so nennt man das wohl, für eine große Immobilienfirma, und sie erzählt mir alles über ihren superinteressanten Job und wie sie Häuser für den Verkauf hübsch aussehen lässt. Sie veranstalten diese spektakulären Besichtigungspartys an ein oder zwei Abenden und laden potenzielle Käufer dazu ein."

"Das klingt interessant." Im Geiste rechne ich schon und stelle mir die spektakulärsten Pools in den Hamptons vor, die von mir dekoriert werden. Warum hatte ich nicht selbst daran gedacht? Solche Partys werden regelmäßig veranstaltet, wenn große Immobilien zum Verkauf stehen.

"Das dachte ich auch." Jackie hält inne. "Hör mal, wir sitzen im Harborside Café, wenn du dich zu uns setzen willst? Rose würde sich freuen, dich kennenzulernen."

"Auf jeden Fall, ich würde sie auch gerne kennenlernen." Ich werfe einen Blick auf mein Outfit und schaue dann auf meine Uhr. "Gib mir nur fünfzehn Minuten, ich muss mich umziehen." Ich räume schnell den Balkontisch ab und tausche mein T-Shirt gegen ein blaues Hemd. Gelegenheiten wie diese bieten sich nicht oft, und ich danke meinen Glückssternen, dass ich Jackie in meinem Leben habe.

\* \* \*

"Das gefällt mir", sagt Rose und blättert in der Broschüre, die ich mitgebracht habe. "Es gefällt mir sehr gut." Wenn sie mich anlächelt, wirkt sie nicht wie die typische Immobilienmaklerin. Sie ist älter und nicht so geschliffen wie die meisten Menschen in der Immobilienbranche, aber sie hat eine gewisse Eigenart, vielleicht eine authentische Essenz der Kreativität. "Kommen wir zur Sache, bevor wir mit dem Smalltalk beginnen. Ich ziehe es vor, es andersherum zu machen, das ist viel angenehmer", sagt sie und beugt sich vor. "Ich bin bereit, Ihnen mein gesamtes Outdoor-Geschäft gegen einen fünfundzwanzigprozentigen Rabatt zu überlassen."

"Fünfundzwanzig ist viel", erwidere ich und ignoriere Jackie, die mich unter den Tisch tritt. Ich will nicht zu eifrig erscheinen; vor allem, wenn dies ein langfristiger Vertrag werden könnte, muss ich einen kühlen Kopf bewahren.

"Nicht, wenn man bedenkt, wie einfach der Job ist. Die Häuser sind oft nicht bewohnt, so dass man sich einrichten kann, wann immer man will, und wenn es etwas gibt, das man nicht bekommt, dann sind es schlechte Bewertungen oder Beschwerden, weil es nicht persönlich ist. Das meiste ist sogar ziemlich einfach. Außerdem zahlen wir immer pünktlich - im Gegensatz zu vielen anderen Immobilienmaklern warten wir nicht, bis eine Immobilie verkauft ist - und wir haben regelmäßig Arbeit." Rose legt den Kopf schief. "Also, was sagen Sie?"

Rose ist sehr überzeugend, und weil ich ein gutes Gefühl bei ihr habe, lächle ich und gebe ihr die Hand. "Warum nicht? Versuchen wir's, ich bin dankbar für die Gelegenheit." Sie ist ganz anders als Jackies andere Freundinnen, die ich im Laufe der Jahre kennengelernt habe; sie ist viel mehr am Ball und scheint eine von den Leuten zu sein, die immer bekommen, was sie wollen.

Jackie strahlt und hält ihren Cappuccino hoch. "Ausgezeichnet. Ich wusste, dass ihr gut zusammenpassen würdet. Ich wusste es einfach."

"Ich freue mich darauf, mit Ihnen ins Geschäft zu kommen."

"Das tue ich auch", sagt Rose. "Jackie hat mir so viel über Sie erzählt."

Als ich den eher süßen, lächelnden Austausch zwischen Jackie und Rose beobachte, bin ich verwirrt, warum sie sich trotz der Verbindung zum Buchclub so nahe zu stehen scheinen. "Wie lange kennen Sie sich schon?" frage ich und zeige mit dem Finger zwischen den beiden hin und her.

"Vier Jahre." Jackie strahlt. "Seit unsere gemeinsame Freundin Jeanette den Buchclub gegründet hat."

"Ja. Wir haben dort viel Spaß, nicht wahr?", sagt Rose und stupst sie an. "Alle anderen sind so ernst, aber Jackie sagt, wie es ist, und bringt mich immer zum Lachen."

Da ich noch nie etwas von Rose gehört habe, frage ich mich, warum Jackie ihre Freundschaft so geheim hält, aber ich frage nicht weiter nach, denn ich habe das Gefühl, dass es vieles gibt, was Jackie mir verschweigt. "Ja, Jackie ist witzig", stimme ich ihr zu und füge dann hinzu: "Wollen Sie ein paar Geschichten hören?"

"Oh mein Gott, ja bitte!"

Genau wie ich dachte. Das ist keine gewöhnliche Freundschaft; Rose ist viel zu sehr daran interessiert, mehr über Jackie zu erfahren, wie ich finde.

"Bitte nicht", bittet Jackie kichernd. "Nur Belle kennt das Schlimmste von mir."

"Ich würde nicht sagen, dass es das Schlimmste ist", sage

ich in einem neckischen Ton. "Meiner Meinung nach ist es das Beste." Rose beugt sich vor und hängt jetzt an jedem meiner Worte. Ihr sachliches Auftreten ist verschwunden und durch Faszination ersetzt worden.

"Erzähl mir mehr", sagt sie und lehnt sich an Jackie.

# Kapitel 45

## *Reina - Montag*

"Wo ist Belle?", frage ich, als am Montagmorgen ein Mann von Pool Masters eintrifft. Ich hatte bereits mit einem Kaffee auf sie gewartet und reiche ihn ihm.

"Ihnen auch einen guten Morgen und vielen Dank für den Kaffee", scherzt der blonde, kräftige Kerl und schenkt mir ein breites Lächeln. "Entschuldigung, ich wollte nicht frech sein. Ich bin Ralph und Belle wird nicht mehr herkommen."

"Oh. Wissen Sie, warum?"

"Nö." Er zuckt mit den Schultern. "Wir sind ein großes Unternehmen und ich kenne sie nicht sehr gut. Vielleicht hat sie die Schicht getauscht."

"Okay." Ich versuche, mich zu beruhigen, denn der Mann wird sicher denken, dass ich mich seltsam verhalte. "Nun, das ist schade. Sie war wirklich gut und sehr nett. Aber das bist du sicher auch", füge ich hinzu und erwidere sein Lächeln. "Wie auch immer, ich warte drinnen. Sagen Sie mir Bescheid, wenn Sie etwas brauchen."

Zurück in der Küche lehne ich mich an die Küchenzeile

und starre auf die Stelle, an der ich noch vor wenigen Tagen gehockt habe. War das jetzt doch ein Mitleidsfick? Eine seltsame Art, sich zu verabschieden? Es fühlte sich nicht so an, aber es wäre ja auch nicht das erste Mal, dass ich mich in jemandem geirrt habe. Ich habe mich in meinem eigenen Mann geirrt, um Himmels willen. War es Nicole, die uns dabei erwischt hat? Oder war es einfach zu viel für sie?

Die Abwesenheit von Belle schmerzt, und ich weiß, dass es nicht fair ist, aber der Mann, der jetzt Chlortabletten in meinen Pool wirft, ärgert mich, einfach weil er nicht sie ist. Ich war um vier Uhr morgens wach und konnte nicht schlafen, weil ich dachte, ich würde sie sehen. Ich hoffte, wir könnten das fortsetzen, was wir am Freitag begonnen hatten, denn ich sehnte mich danach, sie zum Schreien zu bringen, wie sie es bei mir getan hatte. Ich habe mich danach gesehnt, sie zu küssen, sie wieder in den Arm zu nehmen und sie anzuschauen. Aber das wird jetzt nicht passieren. Ein Gefühl der Verzweiflung und des Verlassenseins beschleicht mich, und das Gefühl erstickt mich fast. Der Drang, ihr Gesicht zu sehen, ist zu stark, um zu widerstehen, also klappe ich meinen Laptop auf und rufe die Website von Hamptons' Escorts auf, aber mir dreht sich der Magen um, als ich sehe, dass sie aus dem System verschwunden ist.

"Was zum Teufel?", murmle ich und fluche, als ich die Seite vergeblich aktualisiere. Ich suche erneut nach ihrem Namen und wie erwartet erscheint die Meldung "nicht gefunden". Meine Frustration wird dann von Sorge abgelöst. Was, wenn ihr etwas zugestoßen ist? Ich ziehe mein Handy aus der Tasche meines Bademantels, der Robe, die ich mit Blick auf sie gekauft habe, dem Mantel, der meine aufreizenden Dessous verdeckt und nur für ihre Augen bestimmt ist. Ich habe ihre Nummer nicht, also rufe ich die

Escort-Agentur an und frage, ob Belle nächste Woche Zeit hat, nur um zu sehen, ob es ihr gut geht.

"Belle arbeitet nicht mehr für uns", sagt sie in munterem Tonfall. "Aber wir haben viele andere tolle Frauen in unserem Portfolio. Möchten Sie, dass ich sie Ihnen vorstelle?"

"Nein", sage ich, entsetzt darüber, dass diese Buchmacherin über Frauen spricht, als ob sie einfach nur Waren verkaufen würde. Das macht mich krank, obwohl ich selbst zu den Menschen gehöre, die sich an dem Schema beteiligt haben, dem Körper der Frauen ein Preisschild anzuhängen. Ich ekele mich vor mir selbst, wie damals, als ich eine Daunendecke bestellte und vor meinen Freunden damit prahlte, wie schön und warm sie sei, und Nicole mir dann ein Video zeigte, wie die Hühner in den Fabriken gehalten werden. Genau so fühle ich mich jetzt, nur viel, viel schlimmer. "Geht es ihr gut?"

"Ja, ich kann Ihnen versichern, dass es ihr gut geht, das passiert manchmal. Unsere Escorts suchen sich andere Karrieremöglichkeiten. Ich bin allerdings nicht in der Lage, irgendwelche persönlichen Informationen über sie preiszugeben. Aber was ist mit unserem neuen Mädchen, Leila? Haben Sie schon einen Blick auf sie geworfen?

Ich lege auf, bevor sie ihren Satz beendet hat, und lasse mich auf den Küchenboden sinken. Ich lehne meinen Kopf an den Schrank und schaue verzweifelt an die Decke. Ich muss sie aus meinen Gedanken verbannen. Sie will offensichtlich nichts mehr mit mir zu tun haben, also muss ich aufhören, es zu versuchen. *Nicht weinen*, sage ich mir. *Nicht weinen, es ist nur eine dumme, dumme Verliebtheit.*

"Miss Amari? Was machen Sie auf dem Boden?"

"Oh, hey, Nola. Ich bin nur..." Ich seufze. "Ich weiß nicht, was ich tue."

Nola kniet vor mir und legt ihre warme Hand auf meine Wange. Ich habe meine eigene Mutter in den letzten Jahren nicht oft gesehen, und ich glaube, Nola weiß das, denn seit ich hierher gezogen bin, kümmert sie sich ganz selbstverständlich um mich. Das ist süß, aber im Moment hilft es nicht, denn ihr freundliches Lächeln macht mich nur noch wütender. "Du siehst so traurig aus."

"Es ist nichts."

Nola steht auf und spürt, dass ich nicht reden will. Sie wirft einen Blick auf den Pool, bevor sie ihre Handtasche auf den Tresen legt und ihr Telefon überprüft. Sie telefoniert ständig, und es stört mich nicht. Ihre Kinder, die jetzt in den Zwanzigern sind, ihre Schwestern, ihr Mann und wer weiß, wer noch alles, rufen sie den ganzen Tag lang an, aber ihr alberner Klingelton mit einem polnischen Partysong bringt mich immer zum Lachen. "Wo ist Belle? Ist sie heute nicht da?"

Daraufhin fange ich an zu weinen und verfluche mich selbst dafür, dass ich das tue. Ich sage mir, dass ich mich zusammenreißen soll. Es gibt kein wirkliches Drama, keinen Tod. Niemand in meiner Familie ist in Schwierigkeiten oder krank, aber dass Belle aus meinem Leben verschwunden ist, scheint alles andere zu überlagern. "Ich weiß nicht, wo sie ist", sage ich durch Schniefen. "Aber ich glaube nicht, dass sie zurückkommen wird."

Nola schaut verwirrt und kniet sich wieder hin. "Ich verstehe das nicht", sagt sie und zieht mich in eine Umarmung. "Warum bist du so traurig darüber?"

Ich antworte nicht, und Nola ist nicht neugierig. "Ich mache dir eine Tasse Tee. Oder möchtest du lieber einen Kaffee? Ich habe einen Marmorkuchen mitgebracht, den ich am Wochenende gemacht habe, den Schokoladenkuchen, den du so magst."

"Ich hätte gerne einen Tee." Ich stehe auf und achte darauf, meinen Bademantel fest zu schließen, damit sie keinen Blick auf meine Unterwäsche erhaschen kann, denn ich möchte nicht, dass sie diese Verbindung zu Belle herstellt. Nicht, dass sie das tun würde; ich glaube nicht, dass sich irgendjemand vorstellen könnte, dass ich mit einer Frau schlafe, es sei denn, er würde mich dabei erwischen, so wie Nicole es getan hat. "Aber lass mich das machen. Willst du einen?" Ich wische mir die Tränen aus den Augen und schalte den Kessel ein.

"Ich glaube, es würde dir gut tun, ein bisschen mehr aus dem Haus zu gehen", sagt sie vorsichtig und nimmt zwei Tassen in die Hand. "Ich arbeite dienstags ehrenamtlich in einem Sommercamp für Kinder mit besonderen Bedürfnissen. Die erste Woche der Saison hat gerade begonnen", sagt sie und hält inne. "Du kannst gerne mitkommen, wenn du willst."

"Oh …" Ich starre sie an, während ich Wasser in die Tassen gieße, und freue mich über den Themenwechsel. "Ich wusste nicht, dass du dich freiwillig meldest. Du hast doch schon so viel um die Ohren, arbeitest Vollzeit und kümmerst dich um deine Familie."

"Ich genieße es", sagt Nola mit einem süßen Lächeln. "Wenn ich dorthin gehe, bin ich immer gut gelaunt, und ich habe es im Winter vermisst. Wir spielen Spiele im und außerhalb des Schwimmbeckens, wir basteln, wir machen Tagesausflüge zum Strand und singen und musizieren. Solche Sachen eben."

"Das klingt gut", sage ich vorsichtig, will mich nicht festlegen, bin aber auch nicht ganz abgeneigt. Ablenkung würde mir sicher gut tun. Eine Ablenkung, die nichts mit Partys oder Alkohol zu tun hat.

"Das ist es. Ich kann dich dem Team vorstellen und du

siehst, wie du dich fühlst. Du brauchst einen CRB-Check, aber ich nehme an, das ist kein Problem?" Sie schüttelt den Kopf, als ich ihre Idee schweigend aufnehme. "Es tut mir leid, ich habe mich hinreißen lassen. Es war nur eine Idee, und ich möchte nicht, dass du dich in irgendeiner Weise unter Druck gesetzt fühlst."

"Nein, nein, ganz und gar nicht. Ich denke, du hast recht, ich muss wahrscheinlich mehr aus dem Haus gehen. In New York hatte ich tatsächlich ein Leben. Ich war im Vorstand des Stadtparkkomitees, ich habe in Teilzeit für Sandeep gearbeitet, ich war im Schulkomitee und der Rest meiner Zeit war mit sozialen Verpflichtungen ausgefüllt. Es war ruhig hier, und eigentlich hätte ich nichts dagegen, etwas anderes zu tun." Ich schlucke schwer und unterdrücke einen weiteren Ausbruch. "Muss ich mich denn festlegen?"

"Auf keinen Fall. Als langjähriger Freiwilliger kann ich Leute empfehlen, aber wenn es nichts für dich ist, dann ist das völlig in Ordnung und niemand hat etwas dagegen. Im Prinzip gibt es genug Freiwillige, aber jede zusätzliche Hilfe ist immer willkommen".

Ich atme ein paar Mal tief durch und nicke. "Okay, das würde mir gefallen."

"Großartig." Nola scheint erfreut und überrascht zugleich, als sie mich in eine Umarmung zieht. "Komm einfach mit und sieh, was du davon hältst. Ganz unverbindlich."

# Kapitel 46

## *Belle - Montag*

"Also, was ist das Thema der Party?", fragt Juliette. "Wir brauchen einen Ansatzpunkt für deinen Vorschlag."

Ich blättere durch die Notizen, die mir der Organisator der Party geschickt hat. "Soweit ich weiß, gibt es kein Thema."

"Kein Thema?"

"Nein. Theresa kümmert sich um die Einladungen, das Essen, die Getränke und den DJ, und sie hat sich wegen der Requisiten an mich gewandt. Sie wollte nur wissen, was ich ihr für einen süßen Sechzehnten empfehlen würde."

"Okay, in den Hamptons ist kein Thema ungewöhnlich", sagt sie. "Konzentriere dich auf das Insta-Leben, dann bist du auf der sicheren Seite. Dein Antrag braucht viele Requisiten, die auf Fotos gut aussehen werden. Vergiss nicht die Mentalität dieser Generation: Wenn es nicht festgehalten wird, ist es nie passiert. Wenn man sechzehn ist, muss alles verewigt und gefiltert werden."

"Das ist erbärmlich."

"Ja, das ist es, aber das ist Gen Z für dich." Sie zeigt auf die rosa Flamingos auf meinem Bildschirm. "Die solltest du auf jeden Fall anbieten. Und du solltest dich auf jeden Fall für ein Farbschema entscheiden. Das wird auf Fotos toll aussehen. Ich tippe auf rosa."

"Rosa? Ist das nicht ein bisschen zu klischeehaft für einen süßen Sechzehnten?

"Nein, rosa ist heutzutage der letzte Schrei, also mach einfach mit. Rosa Wasser, rosa Lichter, rosa Flamingos, rosa Tischdecken und der LED-Brunnen mit rosa Licht. Das ist perfekt." Sie blättert auf meinem Laptop durch den Rest meines Inventars und zeigt auf ein Bild. „Gib die rosa Plastikbecher dazu. Wenn Theresa schlau ist und auf deinen Wagen aufspringt, findet sie ein paar glitzernde rosa Strohhalme und rosa Kuchen oder was auch immer sie essen wollen."

"Okay." Ich füge Screenshots von allem, was sie mir gezeigt hat, auf einer Seite ein und lächle darüber, wie gut das alles zusammen aussieht. "Danke, Babe. Ich wüsste nicht, was ich ohne dich tun sollte."

"Es ist nicht so schwer, wie es scheint. Die meisten Leute wissen nicht, was sie wollen, bis sie es ausprobieren. Genau wie bei Escorts", frotzelt sie.

Ich drehe mich um, als ich Sukis Stimme hinter mir höre. "Mami, können wir ein Eis haben?"

"Klar, Süße." Ich zeige auf die Gefriertruhe. "Aber nur eins für jeden, hörst du?" Bevor sie wegläuft, ziehe ich sie an mich, um ihre pausbäckige Wange zu küssen und sie zu kitzeln, bis sie kreischt und sich in meinem Griff windet. Sie ist so glücklich darüber, dass ich jeden Abend zu Hause bin, dass ich es keine Minute lang bereue, bei Hamptons' Escorts aufgehört zu haben.

"Was noch?" fragt Juliette.

"Nichts, das war's."

"So einfach?" Juliette sieht mich ungläubig an.

"Ja. Es ist ein Mietservice, ganz einfach."

"Donnerwetter." Juliette wirft einen Blick auf ihren eigenen Notizblock, notiert sich die Mietpreise und rechnet sie dann zusammen. "Fast dreitausend Dollar." Sie pfeift durch ihre Zähne.

"Minus sechshundert an Ausgaben", sage ich. "Und vergiss nicht, dass dies die allererste Veranstaltung ist. Ich brauche danach regelmäßige Buchungen."

"Hab Vertrauen." Juliette wendet ihre Aufmerksamkeit dem Wohnzimmer zu, wo Suki und Cameron vor dem Fernseher ihr Eis essen. "Sie sind heute Abend furchtbar brav. Was sehen sie sich da drinnen an?"

"Keine Sorge, das wird von den Eltern kontrolliert", murmle ich und mache mir Notizen. Wir lachen, als wir Hunde bellen hören, und dann lachen Suki und Cameron lauthals. "Eine Art Hundefilm?"

"Ja, das ist *Beverly Hills Chihuahua*", sagt Juliette, lehnt sich zurück und steckt ihren Kopf hinein. "Das muss Camerons Idee gewesen sein, er liebt diesen Film und weiß, wie man die Fernbedienung bedient. Seit er den Film zum ersten Mal gesehen hat, hat er mich um einen Hund angefleht."

"Oh Mann, Gott steh mir bei." Ich folge ihrem Blick und sehe, dass Suki wie hypnotisiert aussieht. Sie hat das breiteste Grinsen im Gesicht und ihre freie Hand ist zu einer Faust geballt, die jedes Mal hochschnellt, wenn es einen Moment der Anspannung gibt. Mir wird ganz warm ums Herz, und ich muss mich zurückhalten, zu ihr hinüberzugehen, um sie noch einmal in den Arm zu nehmen und zu knuddeln. "Ich hoffe, sie wird nicht wieder nach einem Hund fragen."

"Glaub mir, das wird sie." Juliette legt ihren Stift weg und schiebt das Notizbuch in meine Richtung. "Jetzt, wo du unter der Woche frei hast, könnten wir doch Jackie bitten, auf die Kinder aufzupassen und zusammen ausgehen." Als ich schweige, legt sie den Kopf schief und wirft mir einen verschmitzten Blick zu. "Komm schon, Belle. Es ist schon ewig her."

Ich zögere und lache dann über ihren flehenden Gesichtsausdruck. "Klar, warum nicht? Aber ich werde nicht die ganze Nacht durchmachen, das ist nicht mehr mein Ding. Bars sind gut genug für mich."

"Wie wäre es mit einer Club-Eröffnung?", schlägt sie vor und holt ihr Handy aus der Tasche, um mir eine Einladung zu zeigen. "Der Shaker Room eröffnet in zwei Wochen seine Dachterrasse für die Saison, und es ist nur für geladene Gäste, also wird es nicht zu voll sein. Zivilisiert, super lässig, und wenn wir Glück haben, werden viele Singles da sein. Ich kann einen Tisch reservieren, wenn du dabei bist."

Ich studiere die Einladung, die nicht allzu wild aussieht, und zucke mit den Schultern. "Das sieht doch gut aus. Wie kommt es, dass du zu so etwas eingeladen wirst?"

"Durch die Arbeit. Die Idee ist, dass ich Netzwerke knüpfe", sagt sie und rollt mit den Augen. "Aber eigentlich macht es keinen Unterschied. Wenn die Leute einen Escort engagieren wollen, werden sie danach suchen und feststellen, dass wir der einzige Dienstleister auf der Halbinsel sind. Wenn sie noch nie auf die Idee gekommen sind, werden sie nicht plötzlich jemanden buchen, nur weil ich ihnen eine Visitenkarte gegeben habe. Es hat also wirklich keinen Sinn, Kontakte zu knüpfen, aber solange mein Chef die Einladungen weiterleitet, nehme ich das Angebot gerne an. Also, bist du dabei?"

"Ja, ich bin dabei", sage ich und denke, dass ein Abend draußen eine nette Ablenkung sein wird. "Es ist schon zu lange her und wir sind viel zu jung, um so langweilig zu sein. Ich werde Jackie fragen, ob sie Zeit hat."

# Kapitel 47

## *Reina - Dienstag*

Das Hauptklubhaus - ein einfaches, einstöckiges L-förmiges Gebäude, das in Regenbogenfarben gestrichen ist - ist von einem schönen großen Hof voller Picknicktische umgeben. Es gibt einen eingezäunten Pool, einen Spielplatz, einen Teich mit Trittsteinen, Koi-Karpfen und Seerosen, einen Fitnessraum im Freien, und der Strand ist nur einen kurzen Spaziergang von hier entfernt. Als wir dem Weg vom Parkplatz folgen, werden Nola und ich von einer älteren schwarzen Frau in einem gelben Camp Rubin-T-Shirt begrüßt.

"Nola!", schreit sie und wirft sich auf meine Haushälterin. Es gibt Umarmungen und Küsse und Kommentare, dass sie toll aussehen und wie lange es her ist.

„Das ist meine Freundin Reina", sagt Nola, und mir wird ganz warm ums Herz, nicht nur wegen des Wortes "Freundin", sondern auch, weil sie mich endlich mit Vornamen anspricht. "Sie ist nur hier, um zu sehen, was wir Freiwilligen tun."

"Ja, ich habe Sie auf meiner Liste, vielen Dank, dass Sie

gekommen sind. Ich heiße Dawn und bin die Leiterin der Abteilung Personal und Freiwillige."

"Es ist schön, Sie kennenzulernen. Das ist eine tolle Einrichtung, die Sie hier haben", sage ich aufrichtig beeindruckt.

"Ja, es ist fabelhaft, nicht wahr? Die Familie Rubin, die weiter unten wohnt, ist Eigentümerin der Wohltätigkeitsorganisation und hat das Camp auf ihrem Land errichtet. Sie haben eine Tochter mit Down-Syndrom, also sind sie persönlich beteiligt."

"Bob und Marla Rubin?" frage ich und stelle erst dann die Verbindung zu meinen Bekannten her.

"Ja." Dawn schaut überrascht. "Kennen Sie sie?"

"Ich war sogar schon bei ein paar ihrer Benefizveranstaltungen." Ich muss zu meiner Schande gestehen, dass ich bis jetzt nicht wusste, wofür genau sie Spendengelder sammelten, außer dass es etwas mit Behinderung zu tun hatte. Nachdem ich satte zweitausend Dollar für einen Tisch bezahlt hatte, tauchte ich einfach in meinem hübschen Kleid auf und unterhielt mich, wobei sich unsere Gespräche um alles Mögliche drehten, nur nicht um den eigentlichen Zweck. Ich hatte wohl das Gefühl, dass ich meinen Beitrag geleistet hatte und mich nicht um die Details kümmern musste.

"Wenn das so ist, vielen Dank für Ihre Unterstützung", sagt Dawn mit einem strahlenden Lächeln und winkt uns, ihr zu folgen. "Wir haben hier Kinder mit Lern- und emotionalen Bedürfnissen sowie mit körperlichen und geistigen Behinderungen". Sie zeigt auf die drei gelben Gebäude neben dem Clubhaus. "Unsere sieben Betreuer leben vor Ort mit den ihnen zugewiesenen Kindern, und wir haben fünf Studenten, eine Kunsttherapeutin und drei Krankenschwestern, die im Sommer Vollzeit hier arbeiten. Und natürlich unsere treuen Freiwilligen, wie Nola, die seit der Gründung vom Camp Rubin im Jahr 2014 dabei ist." Dawn reibt Nola die Schulter und zieht sie dann zu sich. "Unsere erste Gruppe der Saison - zwei- undzwanzig geistig behinderte Kinder im Alter von zehn bis sechzehn Jahren - sollte in einer Stunde hier sein, also stellen wir gerade Kaffee für die Eltern bereit, die sie absetzen, und es wird Snacks und Limonade für die Kinder geben. Ich werde eine Begrüßungsrede halten und auch einen Überblick über das Programm geben. Es wäre schön, wenn Sie dabei sein könnten, damit Sie wissen, was Sie erwartet."

"Das klingt gut." Ich lächle und stelle fest, dass ich mich bei dieser warmherzigen Frau total wohl fühle und mich sogar auf den kommenden Tag freue.

Dawn wirft einen Blick auf ihr Klemmbrett. "Ihr CRB- Check ist noch nicht durch, aber Sie können in der Küche helfen, wenn Sie heute mit anpacken möchten."

"Klar, sehr gerne. Was soll ich denn machen?" Dawn öffnet uns die Tür und wir treten in eine große Halle. An der Seitenwand steht eine Bühne, vor der Stuhlreihen aufgestellt sind. Die Wände sind mit Bildern und Kunst- werken bedeckt, es gibt einen Laufstall und eine Ecke mit ausgestopften Tieren. Es gibt lange Reihen von Esstischen, und am anderen Ende befindet sich die Küche mit einer Auslage für gesunde Snacks und großen Tee- und Kaffee- kannen auf der Buffettheke. Es sieht fröhlich aus, wie in einer Grundschule, und die anderen Freiwilligen und Mitarbeiter lächeln und grüßen uns, wenn sie vorbeikommen.

"Wenn es euch nichts ausmacht, könntet ihr beide in der Küche helfen und die Kaffee- und Teekannen nachfül- len, wenn sie leer sind." Sie wendet sich an Nola. "Warum bringst du Reina nicht dorthin und zeigst ihr, wo alles ist? Wir haben fünfzig Minuten Zeit, bis der Saal voll ist."

\* \* \*

Die Begrüßungsrede ist chaotisch, aber lustig. Die Kinder können ihre Begeisterung nicht zügeln und die Eltern diskutieren angeregt darüber, wie glücklich sie sind. Am lautesten sind diejenigen, die schon einmal hier waren. Sie wissen, was sie erwartet, treffen alte Freunde wieder und umarmen die Freiwilligen und Mitarbeiter. Andere sind schüchtern, stehen in einer Ecke oder klammern sich an ihre Eltern, die ihr Bestes tun, um sie zu beruhigen.

Für die Eltern ist es eine Gelegenheit zum Durchatmen, wurde mir gesagt. Von der Sorge und dem Stress, die ein behindertes Kind mit sich bringen kann. Für die Kinder ist dies ein Ort, an dem sie Spaß haben und sich als Teil einer Gemeinschaft fühlen können. Die meisten Eltern hier könnten es sich nicht leisten, mit ihren Kindern in den Urlaub zu fahren, da die spezielle Betreuung teuer ist. Die Rubin-Wohltätigkeitsorganisation ermöglicht es den Kindern, wegzufahren und Schwimmen, Sport und viele lustige Aktivitäten zu genießen.

Nola sitzt neben mir und hat ein Mädchen auf dem Schoß. Sie ist eigentlich fast genauso groß wie sie, aber Nola hat ihre Arme um ihre Taille geschlungen und wiegt sie sanft hin und her, während wir der Rede zuhören. Das Mädchen ist gleich nach ihrer Ankunft zu ihr gerannt und nicht mehr von ihrer Seite gewichen, und ich liebe es, diese Seite von Nola zu sehen.

Die Hauptbotschaft der Willkommensrede ist Freundlichkeit, Fürsorge und Teilen, und Dawn spricht auch darüber, wie stark die Wirkung von Musik ist. Manche

Kinder sprechen nie mit anderen, aber sie singen den ganzen Abend am Lagerfeuer Lieder mit oder stehen sogar bei der Karaoke-Nacht auf der Bühne, sagt sie, bedankt sich bei allen und gibt einem der Freiwilligen das Stichwort, ein Lied anzustimmen, das einige erkennen und mitsingen. Ich ertappe mich dabei, wie ich von der fröhlichen Energie angesaugt werde, und als ein Junge neben mir meine Hand nimmt, verschlucke ich mich fast und fange ebenfalls an mitzusingen.

# Kapitel 48

## *Belle - Donnerstag (zwei Wochen später)*

"Ich liebe diesen Ort", sagt Juliette und blickt sich auf der Dachterrasse um. Sie ist im typischen Hamptons-Stil eingerichtet, mit hellen und weiß getünchten Möbeln, blauen Akzenten und Ananaspalmen, die eine Strandatmosphäre verbreiten. "Viele heiße Typen. Wir sollten öfters hierher kommen."

"Klar. Ich liebe heiße Typen", scherze ich und lasse meine Bierflasche gegen ihr Martiniglas klirren. Ich bin eher der Typ, der in meinem Stammlokal ein Bier trinkt, und *das* "Shaker Room" ist ein bisschen konstruiert für mich, aber die Musik ist nicht zu laut, die Getränke sind kalt und die Stimmung ist gut, also beschwere ich mich nicht. Es ist schön, mal rauszugehen und etwas anderes zu tun als nur zu arbeiten und Mutter zu sein, und es ist klar, dass Juliette das Gleiche empfindet, denn sie ist heute Abend extrem gut gelaunt.

"Ich meine es ernst, Belle. Wir leben in den Hamptons, meinst du nicht, dass es an der Zeit ist, das Leben in den Hamptons ein wenig zu leben?" Sie lenkt ihre Aufmerksamkeit auf eine Gruppe von Frauen, die alle bis ins kleinste

Detail gekleidet sind. "Die Blondine ist süß. Wie findest du sie?"

Ich folge ihrem Blick völlig uninteressiert zu einer der Frauen hier. Damals in New York, vor dem Tod meiner Schwester und bevor ich Suki adoptierte, hätte ich am Ende der Nacht mindestens eine von ihnen im Bett gehabt. Aber das war ein anderes Leben. "Nein. Sie ist nichts für mich."

"Warum nicht?" Juliette runzelt die Stirn. "Heterosexuelle Frauen haben dich noch nie davon abgehalten, Spaß zu haben. Erinnerst du dich an all die Nächte, die wir in den Sommerferien verbracht haben? Du warst der Hammer in der Damenabteilung, und ich weiß, dass du das auch in New York gemacht hast; ich habe dich in den sozialen Medien verfolgt."

"Hast du mir nachspioniert?" frage ich kichernd.

"Ich spioniere nicht, ich bin nur neugierig." Juliette zuckt mit den Schultern. "Neidisch ist ein besseres Wort, nehme ich an. Ich wollte immer in Brooklyn leben, aber im Gegensatz zu dir bin ich nie weggekommen, und als du dorthin gezogen bist, war ich ein bisschen besessen von deinem Leben."

"Nun, es hat Spaß gemacht, aber es war auch sehr leer. Glaub mir, du hast nichts verpasst." Ich blicke wieder zu der Gruppe von Frauen und schüttle den Kopf. "Ich habe einfach keine Lust mehr, Jules, aber ich bin gerne hier, wenn du mit jemandem reden willst. Oder ich könnte deine Flügelfrau sein?"

"Hmm ..." Juliette wirft einen Blick auf meine Jeans und mein weißes Leinenhemd, dann auf ihr eigenes kleines schwarzes Kleid und ihre Stöckelschuhe. "Wenn du mit mir gehst, nehmen sie einfach an, dass ich deine Freundin bin. Es denken sowieso alle, dass wir ein Paar sind, das ist so nervig." Sie lacht. "Manchmal wünschte ich, du würdest einfach ein Kleid tragen, dann hätten wir dieses Problem nicht."

Ich ziehe eine Augenbraue hoch und werfe ihr einen amüsierten Blick zu. "Wirklich? Ist es das, was die Leute denken?"

"Ja. Eine der Mütter in der Vorschule hat dich in einem Gespräch als meine 'Partnerin bezeichnet, und als ich sagte, dass wir nur Freundinnen sind, sagte sie mir, dass alle Eltern davon ausgehen, dass wir zusammen sind."

"Mein Gott, kein Wunder, dass du nie um ein Date gebeten wirst. Das ist einfach..." Meine Stimme verstummt, als ich einen Hauch eines vertrauten Parfüms wahrnehme. Ich bin mir nicht sicher, was es ist, aber es rührt mich bis ins Mark. Ich blicke auf, schaue mich um, und mir stockt der Atem, als ich Reina an den Tisch neben uns treten sehe. Sie trägt ein rückenfreies schwarzes Kleid, in dem ich mich nach ihr sehne, und sie hält mit einer großen blonden Frau Händchen.

"Oh je", sagt Juliette und folgt meinem Blick. "Das ist die Frau von Igor Strawinski. Du weißt schon, der Immobilienmogul. Sie ist manchmal in den Klatschblättern."

Ich weiß nicht, wer Igor Strawinski ist, und es ist mir auch egal, denn Reina, meine Reina, hat gerade Platz genommen, nimmt die Getränkekarte in die Hand und beginnt mit dem Kellner zu sprechen. Plötzlich, als wüsste sie, dass ich sie beobachte, schaut sie sich um, und ihre Augen treffen die meinen. Ihre Lippen sind immer noch aufgesprungen, sie ist mitten im Gespräch steckengeblieben. Ihr Begleiter bemerkt, was vor sich geht, schaut ebenfalls in meine Richtung und fragt sie etwas, aber sie antwortet nicht auf die Frage. Ich weiß nicht, was ich sagen oder tun soll, und lächle sie einfach an, denn so fühle ich mich auch. Mein ganzer Körper ist zu einem einzigen großen Lächeln geworden, und gleichzeitig zittere ich vor Nervosität. Vielleicht ignoriert sie mich, vielleicht kommt sie rüber und wirft mir einen Drink ins Gesicht. Das habe ich schließlich verdient, weil ich verschwunden bin.

"Wer ist das?" Juliette flüstert.

"Das ist Reina", sage ich und lasse meinen Blick nicht von ihr ab. Ein warmes, klebriges Glühen breitet sich in mir aus, als sie mein Lächeln erwidert, erst schüchtern, dann breiter. Es ist so seltsam, sie außerhalb ihres Hauses zu sehen, wie ein entlaufenes Pferd, das frei herumläuft. Ich weiß natürlich, dass das dumm ist. Wahrscheinlich geht sie ständig aus, aber ich konnte mir nie vorstellen, wie es sein würde, sie woanders zu treffen.

"Wirklich?" Juliette verengt die Augen und studiert sie. "Oh ja, jetzt erkenne ich sie." Sie winkt ihnen zu, bevor ich ihr Handgelenk ergreifen kann, und Reinas Freundin winkt Juliette zurück, nimmt dann Reinas Hand und zieht sie hoch.

Reina sträubt sich zunächst und sieht aus, als wolle sie fliehen, aber schließlich gibt sie nach und folgt ihrer Freundin zu unserem Tisch.

"Hallo", sagt ihre Freundin. "Ich bin Sasha und das ist Reina, aber ich glaube, ihr beide kennt euch schon." Sie hält mir ihre Hand hin und ich stehe auf, um sie zu schütteln. "Belle", sage ich und wende meinen Blick nur für den Bruchteil einer Sekunde von Reina ab. Dann wendet sie sich Juliette zu, die ein wenig verdutzt dreinschaut. "Seid ihr zusammen?"

"Ekelhaft, nein!" ruft Juliette aus. "Könnten alle aufhören, das zu sagen? Ich werde nie einen anständigen Mann finden, wenn jeder annimmt, dass ich mit ihr zusammen bin." Sie lacht und schüttelt Sasha die Hand. "Ich bin Juliette. Eine Freundin von Belle. Freut mich sehr, dich kennenzulernen, und es ist auch schön, dich kennenzulernen, Reina."

Außer der Begrüßung von Juliette hat Reina noch immer kein Wort gesagt, und Juliette und Sasha tauschen halb nervöse Blicke aus.

"Können wir uns zu euch setzen?" fragt Sasha schließlich und deutet auf unseren Tisch. Sie entschuldigt sich nicht, warum sie mit uns an einem Tisch sitzen möchte, und ich mag es, wie direkt sie ist.

"Natürlich, bitte sehr." Ich rutsche rüber und es gibt einen unangenehmen Moment, in dem Sasha Reina praktisch neben mich drückt, bevor sie sich Juliette zuwendet.

"Ich denke, ich werde mir stattdessen Drinks an der Bar holen, damit ich die Zusammenstellung meines wohlverdienten ersten Cocktails des Abends mikromanagen kann. Willst du dich mir anschließen?" fragt Sasha.

Juliette nickt und folgt Sasha wie ein Hündchen auf dem Absatz zur Bar, und schon sind wir allein. "Wenn ich es nicht besser wüsste, würde ich fast denken, dass unser Zusammentreffen inszeniert war", sage ich und wende mich an Reina.

"Ja, ich auch. Ist es aber nicht, ich verspreche es."

"Ich weiß." Ich bewege mich in meinem Sitz, die Energie zwischen uns flammt auf wie nie zuvor. Ich hatte erwartet, dass sie nachlässt, aber das tut sie nicht. Nicht ein bisschen. "Bist du mir böse?" Es ist eine schwere erste Frage, aber ich muss sie stellen.

"Ja", sagt sie und schaut auf meine Lippen. "Ich bin wütend und verletzt. Du bist einfach verschwunden."

"Es tut mir leid."

"Nein, tut es dir nicht." Reina hebt meine Bierflasche auf, nimmt einen Schluck, dreht sich zu mir um und gibt sie mir zurück. "Du musst dich aber nicht entschuldigen. Du wolltest nicht, dass es mehr wird, als es war, und das habe ich akzeptiert. Ich verstehe das, wirklich. Aber meine Gefühle haben sich nicht geändert, deshalb fällt es mir schwer, dich wiederzusehen." Sie wirft einen Blick auf die Bar, wo Sasha und Juliette sich angeregt unterhalten und lachen wie alte Freunde, während sie anstoßen. "Sasha ist niemand, mit dem man streiten sollte; ohne sie wäre ich schon längst weg. Jedenfalls tut es mir leid, wenn ich dich erschreckt habe."

Ich schüttle den Kopf und bin mir plötzlich über nichts mehr so sicher. Die Wirkung, die sie auf mich hat, ist verblüffend. Ich will sie, ich sehne mich nach ihr, und ich bete sie an. "Du hast mich nicht erschreckt. Ich musste einfach..."

"Dich schützen?", beendet sie meinen Satz. "Ich verstehe das. Und ihr habt andere Prioritäten. Suki ist noch jung."

"Ja, und du bist..." Ich halte inne und stoße einen langen Seufzer aus. "Egal, das Thema hatten wir schon." Ich lege eine Hand auf ihren Arm und beobachte, wie sich die Härchen auf ihrer Haut aufrichten. "Wie geht's Nicole? Sprichst du mit ihr?"

"Nicole geht es gut. Uns geht es gut; sie denkt nur, dass ich ein wenig gestört bin. Vielleicht bin ich das auch." Sie klingt nicht überzeugt, als sie das sagt.

Erleichterung durchflutet meinen Körper und ich habe das Gefühl, dass mir eine schwere Last von den Schultern genommen wurde. "Also habe ich deine Beziehung zu ihr nicht ruiniert?"

"Nein, natürlich nicht, das war nie deine Schuld. Mit Nicole und mir ist alles in Ordnung. Wenn überhaupt, dann reden wir mehr als früher." Reina schaut auf meine Hand hinunter, die immer noch auf ihrem Unterarm ruht.

"Aber es ist besser, wenn du mich nicht anfasst. Das macht mich ..."

"Tut mir leid." Ich ziehe meine Hand zurück und entferne mich leicht. "Was hast du ihr gesagt?"

"Dass es nichts Ernstes ist, aber dass ich verrückt nach dir bin." Ihre Worte verharren zwischen uns, und so sehr ich mich auch bemühe, ich kann meinen Blick nicht von ihr abwenden. Sie hat mich, ganz und gar... "Bist du dir da sicher?"

"Ja, aber das geht vorbei. Ich habe ihr auch gesagt, dass ich glaube, dass ich lesbisch bin, und dass das keine Phase ist." Sie klingt kein bisschen mehr wie die nervöse Reina von früher. Sie ist selbstsicherer, selbstbewusster.

"Das ist sehr mutig von dir."

"Es ist die Wahrheit."

Ich schlucke schwer und beiße mir auf die Lippe, während ich ihre Worte auf mich wirken lasse, und dann fällt mir diese seltsame Aussage einfach so von der Zunge. "Das Leben war einfach, bis ich dich traf."

In Reinas Blick blitzt etwas auf, und ich weiß, dass ihr klar ist, wie viel dieser einfache Satz wirklich bedeutet. "Meines auch." Sie kreuzt ihre Schultern und richtet ihren Rücken auf, ihre schöne Silhouette strahlt aus den Schein- werfern der Bar hinter ihr. Ihre Lippen schimmern mit einer dezenten Schicht Glanz, und ihre Wimpern sind lang und dunkel, als sie mich damit anfunkelt. "Meinst du nicht, dass das etwas zu bedeuten hat?"

# Kapitel 49

## *Reina - Donnerstag*

N ach dem Schock, Belle wiederzusehen, hat sich der Abend unerwartet angenehm entwickelt. Anfangs war es schwierig, so unangenehm, dass ich daran dachte, zu gehen, aber da Sasha und Belles Freundin Juliette hier sind, nimmt das ein wenig Druck von mir. Ich bleibe viel länger weg, als ich es normalerweise tun würde, vor allem, weil ich nicht will, dass diese kostbare Zeit mit Belle zu Ende geht, und ich vermute, dass es ihr genauso geht. Die Chemie stimmt immer noch, und die Art, wie mein Körper auf sie reagiert, ist nur noch stärker geworden.

Sasha und Juliette verstehen sich prächtig; die beiden haben sich den ganzen Abend gegenseitig mit Shots herausgefordert. Ich habe auch ein paar getrunken und fühle mich ein wenig benommen. Belle scheint auch entspannter zu sein; sie lächelt und hat einen Arm über die Armlehne gelegt, ihre Finger spielen mit meinem Haar, so wie sie es in der ersten Nacht bei mir zu Hause getan hat. Mir wird schwindelig vor Verlangen nach ihr, und obwohl wir in der

Öffentlichkeit sind, verspüre ich einen so starken Drang, sie zu küssen, dass ich mich kaum zurückhalten kann.

Wir haben hauptsächlich über unsere Freunde gesprochen. Wie wir uns kennengelernt haben, unsere Geschichte, und unsere Freunde haben im Gegenzug peinliche Geschichten über uns erzählt. Ich habe erfahren, dass Belle und Juliette sich schon lange kennen. Dass sie hier zusammen aufgewachsen sind und sich eine Zeit lang aus den Augen verloren haben, als Belle in New York war. Sie fanden wieder zueinander, als Belle ihre Schwester verlor und Sukis Adoptivmutter wurde, und Juliette half ihr, als sie selbst ein Kind bekam. Ich weiß jetzt auch, dass Juliette die Buchhalterin bei Hamptons' Escorts ist, und ich vermute, dass sie diejenige war, bei der ich aufgelegt habe, aber das habe ich ihr nicht gesagt.

Sasha und ich erzählten ihnen, wie wir uns durch unsere Ehemänner kennengelernt haben - sie mit einem Immobilienmogul und ich mit einem bekannten Architekten -, die vor Jahren an einem gemeinsamen Projekt gearbeitet haben. Sasha und Igor waren diejenigen, die uns vorschlugen, ein Haus in den Hamptons zu kaufen, und ihnen habe ich es zu verdanken, dass ich jetzt hier wohne. Juliette war sehr neugierig auf unser Leben und ich glaube, sie beneidet uns ein wenig. Wenn sie nur wüsste, dass das Leben nicht immer toll ist, nur weil man wohlhabend ist. Ich mag sie; sie ist witzig und warmherzig, sie hat eine wunderbare unbekümmerte Seite, und ich spüre, dass sie und Belle sich sehr nahe stehen.

Belle hat mir von ihrem ersten bevorstehenden Job in ihrem neuen Unternehmen erzählt, und ich bin beeindruckt von ihrer brillanten Idee und ihrem Drang, unabhängig zu sein. Ich habe ihr von meiner neuen ehrenamtlichen Tätigkeit erzählt, für die ich mich angemeldet habe, und von einem Online-Fotokurs, den ich gerade mache. Dabei ist mir klar geworden, wie anders mein Leben jetzt ist. Ich fühle mich glücklicher und erfüllter, obwohl das einzige, was ich wirklich will und nicht haben kann, direkt neben mir sitzt.

"Du hast behauptet, dass unsere Welten niemals zusammenarbeiten können", sage ich und senke meine Stimme, als Sasha und Juliette wieder in ein angeregtes Gespräch verwickelt sind, während sie sich Männer ansehen. "Aber was ist mit ihnen?" Ich gestikuliere zu unseren Freunden.

Belle öffnet den Mund, um etwas zu sagen, hält sich aber zurück. Wahrscheinlich will sie argumentieren, dass Sasha und Juliette keine Familie sind, dass sie nur zwei Menschen unter vielen sind, aber stattdessen schenkt sie mir ein kokettes Lächeln und greift fester in mein Haar, was meine Libido in Flammen setzt. Ich erlaube mir endlich, mich an sie zu lehnen und die wunderbaren Empfindungen zu genießen, die meinen Körper durchfluten, und sie rückt noch näher, als ich eine Hand auf ihren Oberschenkel lege.

Ich sitze intim mit einer Frau an einem öffentlichen Ort, und vielleicht ist es der Alkohol oder vielleicht ist es die Art, wie sie mich vor Lust betrunken macht, aber es ist mir wirklich egal. Ich habe mir das schon oft vorgestellt und mich gefragt, ob ich mich unwohl oder verlegen fühlen würde, aber das Gegenteil ist der Fall. Belle ist wirklich sexy und charmant, und ich bin stolz darauf, mit ihr hier zu sein, auch wenn es nur im engen Kreis von Leuten ist, denen ich jetzt vertraue, dass sie mein Geheimnis bewahren. Sasha wirft mir einen neugierigen Blick zu und lächelt, als sie sieht, wie nah wir beieinander sitzen. Sie flüstert Juliette etwas zu, woraufhin sie in Gelächter ausbrechen und ihre Gläser miteinander anstoßen.

"Sie sind sich so ähnlich, dass es fast schon unheimlich

ist", sagt Belle schließlich. "Vielleicht sollten wir sie in Ruhe lassen; ich habe das Gefühl, dass sie ohne uns mehr Spaß haben würden."

Mein Atem geht stoßweise und mein Herz klopft heftig und schnell. "Willst du damit sagen, dass du von hier weg willst?"

"Meine Wohnung ist nur eine fünfzehnminütige Taxifahrt entfernt und Suki und Cameron übernachten bei Jackie." Belle befeuchtet ihre Lippen und starrt mich an. "Willst du mit mir nach Hause kommen?"

Das kommt darauf an", sage ich und ignoriere meine rasenden Hormone, die mich schreien lassen wollen: *Ja! Ja, natürlich komme ich mit dir nach Hause! Nimm mich. Bitte, nimm mich einfach mit.* "Wirst du wieder vor mir verschwinden?"

"Nein." Belle zögert. "Aber ich kann dir auch nichts Ernstes versprechen. Ich habe Angst, dass wir beide verletzt werden."

"Ich brauche keine Versprechungen. Ich möchte nur, dass du aufgeschlossen bist."

"Sagt die verschlossene Frau", scherzt sie und beugt sich vor, um meine Wange zu küssen. Ihr Mund wandert zu meinem Ohr und ihr warmer Atem jagt mir einen Schauer über den Rücken, als sie hinzufügt: "Obwohl du zugegebenermaßen im Moment nicht sehr verschlossen aussiehst."

"Könnt ihr euch nicht einfach ein Zimmer nehmen?" Sasha grinst uns an. "Ich weiß, dass ihr beide das wollt, ihr seid ja ganz vernarrt ineinander."

"Sie hat Recht", mischt sich Juliette ein. "Geht ficken."

Jules!" Belle sieht ihre Freundin mit großen Augen an. "Ein bisschen mehr Feingefühl würde nicht schaden."

"Subtilität hat noch nie jemanden weitergebracht." Juliette streicht sich mit der Hand durch ihr langes, rotes Haar.

"Und in diesem Sinne werde ich mit den Jungs da drüben reden." Sie deutet auf einen Tisch neben der Bar und wendet sich an Sasha. "Kommst du mit? Ich würde mich freuen, eine Flügelfrau zu haben, die nicht so aussieht, als könnte sie meine Freundin sein."

Sasha begrüßt die Idee mit einem schallenden Lachen und innerhalb von Sekunden sind wir allein. Die Spannung steigt, Belle steht auf und hält mir die Hand hin. "Sollen wir gehen?"

\* \* \*

Ich folge Belle die schmale Treppe hinauf. "Ich hoffe, du hast keine Platzangst", sagt sie und schaut mich über ihre Schulter an. "Meine ganze Wohnung ist kleiner als deine Küche."

"Es ist wunderschön", sage ich und betrete das kleine, gemütliche Wohnzimmer. Ich stoße meine Schuhe ab und trete auf den dicken, cremefarbenen Teppich. Es gibt eine große marineblaue Eckcouch mit einem Fernseher und einem Couchtisch aus Eiche, und dahinter steht ein kleiner Esstisch mit vier Sitzplätzen. Eine Theke in der offenen Küche blickt auf das Wohnzimmer und ich kann mir vorstellen, wie sie hier kocht, während Suki auf dem Boden spielt. Lange, marineblaue Leinenvorhänge rahmen französische Türen ein, die auf einen Balkon führen, und es gibt eine Leseecke mit einem Bücherregal und einer modernen Leselampe, die sich über einen Stuhl im viktorianischen Stil beugt. Es ist seltsam, in ihrem Haus zu sein, mit ihren Sachen und Sukis Spielzeug in einer offenen Truhe neben der Tür. Das macht sie zu einer realen Person, nicht nur zu einer Fantasie.

"Entschuldige die Unordnung. Ich habe keinen Besuch erwartet."

"Es ist einladend", sage ich. "Es ist nicht wirklich ein Chaos, die Wohnung sieht einfach bewohnt aus, und das gefällt mir. Manchmal fühle ich mich, als würde ich in einem Museum leben."

"Du lebst in einem Museum", scherzt sie. "Ein sehr minimalistisches. Wo bewahrst du all dein Zeug auf? Es liegt doch nie irgendwelcher Mist herum. Jedenfalls nichts Unnötiges."

"Nola ist sehr effizient."

Belle gluckst und zieht ihre Schuhe aus. "Ich hätte gern eine Nola in meinem Leben."

Ich betrachte die Bilder an der Wand, während sie das Licht einschaltet. Es sind hauptsächlich Bilder von ihr und Suki, aber es gibt auch einige von Belle in ihren jüngeren Jahren mit ihrem Vater und ihrer verstorbenen Schwester, wie ich annehme. Es gibt auch eines von einer Frau und einem Baby, und sie hat Belles dunkle Augen.

"Das ist meine Mutter", sagt sie und folgt meinem Blick.

"Du siehst aus wie sie." Ich lenke meine Aufmerksamkeit auf das Bild daneben. "Ist das deine Schwester? Du siehst auch aus wie sie."

"Ja, das ist Linda. Abgesehen von unserem Aussehen waren wir sehr unterschiedlich."

Ich entdecke einen Hauch von Traurigkeit in Belles Augen, aber der verschwindet so schnell, wie er gekommen ist, und sie rückt näher, um anzudeuten, dass sie nicht mehr über ihre Familie sprechen will. "Ich bezweifle nicht, dass du ein Unruhestifter warst."

"Wenn jemand ein Unruhestifter ist, dann bist du es", erwidert sie spielerisch und streicht mir das Haar hinter die Ohren. "Abgesehen von Jackie und Juliette hatte ich noch nie eine Frau hier oben. Du bringst meine Hausordnung durcheinander."

"Du hast mich eingeladen."

"Stimmt. Kann ich dir einen Drink anbieten?"

"Nein danke, ich habe genug getrunken." Ich lächle, und jetzt, wo wir allein sind, erlaube ich mir, in ihren Augen zu versinken. "Stimmt das? Dass du nie Frauen zu Besuch hast?"

"Ja. Seit Suki in mein Leben getreten ist, hatte ich keine Verabredungen oder Freundinnen mehr. Du bist die erste." Ihre Hand wandert in meinen Nacken und sie zieht mich langsam näher zu sich heran, um ihre Lippen auf meine zu legen. Es stimmt, was man sagt, dass die Abwesenheit das Herz wachsen lässt. Unser erster Kuss ist elektrisierend; ein vorsichtiges Berühren der Lippen, als würden wir uns beide auf die körperliche Explosion vorbereiten, von der wir wissen, dass sie folgen wird. Ich öffne meine Lippen, lasse sie in mich eindringen und stöhne leise, als ich mich dem Gefühl ihrer Zunge hingebe, die meine trifft. Alles um mich herum verblasst und ich kann nur noch Belle schmecken, fühlen und hören. Schwindel und Hitze bringen alle meine Gedanken zum Schweigen, während ich mit ihr verschmelze und sie mit mir verschmilzt. Meine Knie fühlen sich an, als würden sie gleich nachgeben, und ich glaube, sie weiß es, denn sie schlingt ihren Arm um meine Taille und hält mich hoch. Sie hält mich fest, besitzergreifend, und als ihre Hand zu meinem Hintern sinkt, um ihn fest zu drücken, stöhne ich lauter und drücke meinen Mund fester auf ihren, um den Kuss zu vertiefen.

Wir schnappen nach Luft und atmen beide schnell, während wir uns in die Augen sehen und lächeln. Die wahnsinnige Anziehungskraft zwischen uns hält an, als ich anfange, die Knöpfe an ihrem Hemd zu öffnen, langsam, einen nach dem anderen. Ihr Geruch ist hypnotisierend und ihre Augen sind so dunkel, dass es mich fast erschreckt. Ich streiche ihr das Kleidungsstück von den Schultern, bis es zu Boden fällt, und fahre über ihre starken Schultern und ihre Arme hinunter zu ihren Händen. Sie nimmt sie und verschränkt unsere Finger miteinander.

"Komm, ich bringe dich in mein Zimmer."

Ich folge ihr ins Schlafzimmer, meine Glieder sind schwach und unkontrolliert. Diesmal ist es anders, das merke ich an der Art, wie sie mich ansieht, und ich kann es am Zittern ihrer Hand spüren. Da ist natürlich das unbestreitbare Verlangen, aber da ist auch ein Hauch von Nervosität und Vorsicht in ihrem Blick. Es bedeutet ihr sehr viel und sie hat Angst.

Belle öffnet die Vorhänge und lässt das schummrige Straßenlicht herein, dann wendet sie sich mir zu, plötzlich zögernd.

"Du brauchst keine Angst zu haben", flüstere ich mit denselben Worten, die sie bei unserer ersten Begegnung gesagt hat. "Habe ich nicht." Ich fühle mich mutig, gehe mit ihr zum Bett und stoße sie an, damit sie sich hinlegt. Jetzt ist unsere Zeit gekommen. Ich lasse nicht zu, dass sie mich fesselt; ich will mit ihr zusammen sein, und ich will sie ganz und gar. Belle stützt sich auf ihre Ellbogen und sieht zu, wie ich ihre Jeans aufknöpfe, sichtlich überrascht von meiner Selbstsicherheit. Dann gehe ich zu ihrem Sport-BH und ihren Boxershorts, bis sie nackt vor mir liegt. Sie sieht verletzlich und so schön aus, ihre zarten Kurven und kleinen Brüste rufen nach mir. Ich lasse meinen Blick ungehindert über sie schweifen und nehme jeden Zentimeter ihres Körpers in mich auf. Ihr dichtes, dunkles Haar, ihre stechenden Augen, die mich in Flammen setzen, ihre kräftige Kieferpartie und ihr geschwungener Mund, die feuchten, geschürzten Lippen. Die zarte Linie ihres Schlüsselbeins, ihre schlanke Gestalt und ihre starken Arme - die Arme von jemandem, der körperliche Arbeit verrichtet - und ihre kleinen Brüste, die so perfekt in meine Hände passen. Der Schönheitsfleck unter ihrer linken Brust, ihr harter Bauch und ihre etwas gerundeten Hüften. Ihre kräftigen Oberschenkel und ihre wohlgeformten Waden und Knöchel, die kleine Narbe an ihrem Fuß und ihre niedlichen Zehen; Nägel, die vom Strand und vom Draußensein beschädigt sind. Ich liebe alles an ihr.

Langsam ziehe ich mein Kleid über den Kopf, so dass ich nur noch ein weißes Spitzenhöschen anhabe. Ich fühle mich heute Abend wunderschön; Belle gibt mir dieses Gefühl.

"Scheiße", murmelt sie und starrt zu mir hoch.

Ich ziehe mein Höschen aus und steige auf das Bett, wobei ich Belle nicht aus den Augen lasse, während ich mich auf ihr räkle. Ich beuge mich vor, um sie zu küssen, drücke meinen Körper in ihren und stöhne über ihre Nässe. Ich wollte das nicht tun, aber es fühlt sich so gut an, dass ich weitermache und dabei Belles erregten Blick und die Art und Weise, wie sie auf meine Bewegungen reagiert, in mich aufnehme. Es gefällt ihr, und ich stoße fester zu, spüre, wie ich bei der Berührung anschwelle und poche. Ich setze mich aufrecht hin, nehme ihre Hände, führe sie zu meinen Brüsten und halte sie dort fest, während ich meinen Rücken beuge und mich vor und zurück bewege, um sie zu stimulieren, bis sie sich nicht mehr kontrollieren kann und unter mir zusammenzuckt.

"Ist das gut?" frage ich, schon fast am Rande des Abgrunds, mein Kitzler so empfindlich, dass ich bei jedem Stoß laut stöhne.

"Ja, hör nicht auf", fleht sie und wirft ihren Kopf zurück

in die Kissen, bevor sie zu mir aufschaut. "Das fühlt sich unglaublich an, bitte hör nicht auf." Sie kneift mir in die Brustwarzen, als ich gerade zum Höhepunkt komme, und ich bedecke ihre Hände mit meinen, weil ich mehr von dem stechenden Schmerz brauche, um mich zu erheben.

"Ja!", schreit sie und wippt mit den Hüften, wobei sie ihre Hände auf meine Oberschenkel legt, um mich hineinzuziehen.

Ich stoße hart zu und sie auch, wir beide zittern in Ekstase, während wir unsere Orgasmen auskosten. Ein Geräusch bildet sich in ihrer Kehle, und sie stöhnt laut, dann leiser, das Geräusch entweicht ihr, als ob ich ihr das Leben rauben würde. Erschöpft lasse ich mich nach vorne fallen und bedecke sie mit meinem Oberkörper.

Belle schlingt ihre Arme um mich und drückt ihren Mund an meine Schläfe, während wir schwer atmen.

# Kapitel 50

## *Belle - Freitag*

D as Zwitschern der Vögel weckt mich, und die Uhr auf meinem Nachttisch zeigt mir, dass es erst fünf Uhr dreißig ist. Ich seufze tief über die himmlische Wärme, die sich an meine Haut presst. Wir liegen auf der Decke und Reina liegt an meiner Seite, ihr Gesicht ruht auf meiner Brust und ihr Arm liegt auf meinem Bauch. Sie ist immer noch im Tiefschlaf und merkt nicht, dass ich sie beobachte. Ich nutze die Gelegenheit, um mich ihr hinzugeben, während ich in roher Glückseligkeit schwimme und mein Körper sich wieder nach ihr sehnt.

Die aufgehende Sonne, die ich immer für selbstverständlich halte, lässt ihr Gesicht schärfer hervortreten, und ich bin bewusst dankbar für die morgendlichen Strahlen, die den Raum in gelbe Töne tauchen. Sie ist eine gemeißelte Göttin und in diesem Licht nur vage menschlich. Ihre langen Wimpern flattern, als ob sie träumt, und ihre Mundwinkel sind ein wenig nach oben gekräuselt. Sie sieht glücklich und zufrieden aus, und das Geräusch ihres gleichmäßigen Atems beruhigt mich, wie nichts anderes je zuvor.

Was wir gestern Abend stundenlang gemacht haben, war nicht nur Sex. Wir haben Liebe gemacht. Die Panik, die ich bei dieser Erkenntnis empfinde, lässt mich verkrampfen, aber ich weiß auch, dass es sich gelohnt hat, selbst wenn sie mir das Herz bricht. Ich habe mich ihr hingegeben. Ich habe ihr alles von mir gegeben und sie hat mir im Gegenzug alles von sich gegeben. Wenn ich sie verliere, was wahrscheinlich der Fall sein wird, werde ich leben und mich immer an die letzte Nacht erinnern.

Sie rührt sich und leckt sich über die Lippen, bevor sie aufwacht und gegen das Licht blinzelt. Einen Moment lang scheint sie verwirrt zu sein, doch dann schaut sie auf ihre Hand auf meinem Bauch hinunter und lächelt, lässt ein zufriedenes Stöhnen los, während sie über meine Haut streicht. "Du bist so warm und weich", murmelt sie und bringt ihre Lippen zu meinem Hals, um ihn zu küssen, bevor sie ihr Gesicht dort anschmiegt und tief gegen meine Haut einatmet. "Und du riechst so gut."

Ich ziehe sie näher an mich heran und küsse ihren Scheitel, wobei die Intimität in mir Gefühle auslöst. "Ich rieche nach dir."

"Mmm ... das gefällt mir." Reina weicht einen Zentimeter zurück, um mich anzusehen, und in ihren Augen ist kein Bedauern zu erkennen. "Das ist erstaunlich." Sie streichelt meine Wange und mustert mich, als sähe sie mich zum ersten Mal.

"Was ist erstaunlich?"

"Nur ..." Sie zögert. "So aufzuwachen. Mit dir."

"Es geht dir also gut?", frage ich und schließe meine Augen bei ihrer warmen Berührung.

Reina küsst mich sanft. "Ja, mir geht es gut. Und dir?"

Ich nicke, drehe mich auf die Seite und klemme meinen Schenkel zwischen ihre Beine. Daraufhin stöhnt sie wieder, spreizt ihre Beine weiter und zieht mich auf sich. Wir passen so gut zueinander, unsere Bewegungen sind natürlich und instinktiv, fast so, als ob wir ein und dasselbe denken würden. Der Kuss, der folgt, ist lang und langsam, tief und sinnlich, während sich unsere Gliedmaßen verschlingen und unsere Körper miteinander verschmelzen. Ihre Hitze brennt gegen meinen Oberschenkel und ihr Atem beschleunigt sich mit jedem Schlag meiner Zunge gegen ihre. Es *ist* erstaunlich. Ein tief verwurzeltes Gefühl in meinem Inneren erinnert mich daran, wie viel ich in diesem Moment empfinde. Nicht nur Erregung, sondern viel, viel mehr. Ich schiebe meine Hand zwischen ihre Beine und staune über ihre Reaktion. Sie ist so empfindlich und zu wissen, wie sehr sie mich will, lässt mich schmerzen, um sie zu beglücken.

Reina stöhnt und führt im Gegenzug ihre Hand zu meiner Mitte und streichelt mich, während wir in einer langen, berauschenden Knutschsession ertrinken. Ich gleite in sie hinein und sie tut dasselbe. Wir bewegen uns in einem langsamen, schläfrigen Tempo und lieben uns, bis wir so erschöpft sind, dass wir bereit sind, wieder einzuschlafen.

Als ich mich gerade aus ihr zurückziehen will, hält sie mich auf und umfasst meine Hand mit ihrer eigenen. "Noch nicht. Können wir nur eine Weile so bleiben? Es fühlt sich so... intim an. Ich liebe es."

Stattdessen ziehe ich sie näher zu mir und küsse sie erneut. Ich werde nie genug davon bekommen, sie zu küssen, sie im Bett zu halten. Sie hat recht. Es fühlt sich wirklich intim an, aber auf die gute Art, auch wenn es mir ein wenig Angst macht.

\* \* \*

"Wenn ich dir versprochen hätte, dass dies keine Phase ist", sagt sie, als sie eine Stunde später in meinen Armen liegt. "Hättest du einen Grund, das nicht noch einmal zu wollen?"

Ich schweige eine Weile, weil ich nicht alle Ausreden wiederholen will, die ich ihr schon einmal genannt habe. Um ehrlich zu sein, bin ich so froh, dass sie wieder in meinem Leben ist, dass mir im Moment alles unwichtig erscheint. Ich habe sie mehr vermisst, als ich erwartet hatte, und jetzt, wo sie hier ist, in meinem Bett, will ich nicht, dass sie geht, denn es fühlt sich richtig und natürlich an, und ich brauche sie. Schließlich gebe ich ihr die einzige ehrliche Antwort, die ich geben kann, ohne zu viel nachzudenken. "Ich will dich nicht verlieren."

Reina lächelt und fährt mit ihren Fingern durch mein Haar. "Gut", sagt sie. "Dann wirst du es nicht. Denn ich will dich auch nicht verlieren. Nicht noch einmal."

Mein Herz klopft vor Erleichterung, aber ich habe auch Angst. Wir haben es laut ausgesprochen, wir haben den nächsten Schritt getan und ich begebe mich auf gefährliches Terrain. Es ist gut möglich, dass sie mich zerschmettert, aber ich habe nicht mehr die Energie, dagegen anzukämpfen. Aufzugeben fühlt sich gut an; ich kann jetzt aufhören, zu viel nachzudenken und meine Zukunft einfach in die glitschigen, unzuverlässigen Hände des Schicksals legen.

Ich lächle und küsse sie auf die Stirn. "Ich muss bald aufstehen."

"Ja, natürlich. Ich werde gehen."

"Warte..." Ich ziehe die Decke über uns und vergrabe mich in ihrer Wärme. "Nur noch zehn Minuten."

# Kapitel 51

## *Reina - Freitag*

"Tut mir leid, dass ich dir kein Frühstück gemacht habe." Belle zwinkert mir zu. "Du hast mir keine Zeit gelassen." Sie schlüpft in ein T-Shirt und kämmt ihr nasses Haar mit den Fingern zurück.

"Glaub mir, diese zehn Minuten mehr im Bett waren es wert." Ich erschaudere und denke an Belles Mund zwischen meinen Schenkeln zurück, der mich verschlungen hat, bis ich keine Luft mehr bekommen habe. Ich bin immer noch benommen und möchte nicht gehen, denn die letzte Nacht und der heutige Morgen haben mir klar gemacht, wie sehr ich das will. Wie sehr ich die ganze Zeit mit ihr zusammen sein möchte. Sogar während unserer kurzen gemeinsamen Dusche konnten wir die Hände nicht voneinander lassen, und jetzt ist Belle spät dran. Das ist wirklich kein Problem, versichert sie mir. Suki ist bei Jackie und Jackie ist flexibel, aber ich möchte ihrer Tochter nicht die Zeit stehlen. Ich trage das Kleid von gestern Abend, und mein langes Haar ist wild und ungekämmt, und es ist offensichtlich, wie ich die Nacht verbrachte.

"Ja, das war es wert, wirklich." Belle gibt mir einen

Klaps auf den Hintern, während ich in meine Absätze schlüpfe. "Gott, du siehst heiß aus."

"Und du siehst verdammt sexy aus." Ich richte mich auf, lehne mich an sie und fasse an den Kragen ihres blauen Hemdes. "Und wie geht's jetzt weiter?"

"Wir könnten damit anfangen, Nummern auszutauschen." Belle grinst und reicht mir ihr Telefon, um meine Daten einzugeben.

"Ja, das wäre wahrscheinlich ein guter Anfang." Ich kichere und gebe ihr mein Handy, um dasselbe zu tun. "Wirst du mich anrufen?"

Belles Gesichtsausdruck wird ernster, als sie mein Kinn berührt. "Wie wäre es, wenn du mich anrufst? Das ist neu für dich, also denke ich, wir sollten es langsam angehen, in deiner Zeit und zu deinen Bedingungen. Ich werde nirgendwo hingehen, ich bin hier."

Ich nicke und schlucke schwer. "Ich werde dich nicht ewig geheim halten."

Sie sieht nicht sehr überzeugt aus, aber sie lächelt und zieht mich zu einem Kuss heran. "Fürs Erste kann ich zu dir nach Hause kommen, oder du kannst hierher kommen."

Während wir an der Tür verweilen und unsere Lippen aufeinander pressen, schließe ich die Augen und kann mir keinen einzigen Grund vorstellen, warum ich es langsam angehen lassen sollte. Wenn überhaupt, dann ist sie diejenige, die Zeit braucht, nicht ich. Nach der letzten Nacht und heute Morgen weiß ich, was ich will. Mit ihr aufzuwachen, ihr süßes Lächeln als Erstes zu sehen und sie küssen zu können, wann immer ich will, daran könnte ich mich gewöhnen. "Gehst du mit mir aus? Ich weiß, dass ich dich schon einmal gefragt habe, aber ich glaube, wir sind jetzt an einem besseren Ort."

"Wirklich?" Belle weicht zurück und wölbt eine Augenbraue. "Bist du sicher?"

"Ja. Wir waren gestern Abend in der Öffentlichkeit
unterwegs, nicht wahr? Das ist nicht viel anders als ein
Date." Ich lächle. "Ich glaube nicht, dass ich bereit bin, in
eines meiner Stammlokale zu gehen, aber ich würde dich
gerne irgendwo hinbringen."

"Okay." Belle scheint von meinem Vorschlag schockiert
zu sein. Vielleicht hat sie erwartet, dass ich ausflippe,
nachdem ich bei ihr aufgewacht bin, oder vielleicht denkt
sie immer noch, dass das hier nur ein kleiner Spaß für mich
ist, obwohl es ganz offensichtlich nicht so ist. "Wie wäre es,
wenn ich *dich* stattdessen ausführe? Nächste Woche? Wir
könnten hier in der Nähe essen gehen?"

"Ja, das würde ich gerne." Ich werde rot und fühle mich
wie ein Teenager, der gerade zum ersten Mal um ein Date
gebeten wurde. Wir haben es falsch herum gemacht. Wir
haben miteinander geschlafen, bevor wir uns überhaupt
kennengelernt haben, und jetzt gibt es so viel zu entdecken.
"Normalerweise gehe ich donnerstags mit Sasha aus, aber
ich kann absagen, wenn es für Jackie donnerstags einfacher
ist."

"Jackie ist normalerweise in Ordnung, aber ich werde
erst bei ihr nachfragen und dir Bescheid geben." Belle öffnet
die Tür, aber kaum bin ich durch, nimmt sie mein Handgelenk, zieht mich zurück und drückt mich gegen die Tür.
"Du bist so verdammt süß, dass es mir schwerfällt, mich zu
verabschieden." Wieder küsst sie mich heftig, dann hebt sie
mich hoch und drückt mich gegen die Wand des Flurs. Ihre
starken Hände unter meinem Hintern halten mich hoch
und ich schlinge meine Beine um ihre Taille, umarme sie
und erwidere sie, während uns beide die Erregung packt.

"So werde ich nie nach Hause kommen", sage ich mit

schnellem Atem, als sie mich endlich absetzt. Ich schnappe mir meine Handtasche und richte mein Kleid, dann werfe ich ihr ein kokettes Lächeln über die Schulter zu, während ich die Treppe hinuntersteige.

Ich rufe ein Taxi auf der anderen Straßenseite, springe hinein und kurble das Fenster herunter, als es losfährt. Ich lehne mich hinaus, lasse mein Haar im Wind tanzen und genieße dieses seltsame, aber schöne Gefühl am Morgen danach, das mich über den Dingen schweben lässt. Alles sieht heute zauberhaft und voller Möglichkeiten aus, die Welt um mich herum glücklicher und heller. Sag Harbor erwacht in einem gemächlichen Tempo, und wir kommen an Müttern mit Kinderwagen, Läufern und Hundespaziergängern vorbei, während die Cafés sich für den Tag einrichten, ihre Mitarbeiter Tische und Stühle herausholen und Sonnenschirme aufspannen. Ich lächle einem glücklichen Paar zu, das Hand in Hand geht. Der Kopf der Frau ruht auf der Schulter des Mannes, während er ihr etwas ins Ohr flüstert, das sie zum Lachen bringt. Sie sehen aus, als hätten sie Schwierigkeiten, sich zu beherrschen, und ich kann mich endlich mit Menschen wie ihnen identifizieren.

Ich bin voller Energie, obwohl sich mein Körper auf eine gute Art müde anfühlt. Der befriedigende Schmerz zwischen meinen Schenkeln und meine empfindlichen Brustwarzen erinnern mich an Belles Berührung. Ich hoffe, sie spürt es auch und denkt heute an mich. Ich vermute, dass ich kaum etwas anderes tun werde, als an sie zu denken und die vergangenen zwölf Stunden immer wieder in meinem Kopf durchzuspielen.

Die Meeresbrise begrüßt mich, als wir in meine Einfahrt einbiegen, und ich ziehe meine Absätze aus, die meine Füße umbringen, um barfuß ins Haus zu gehen. Ich zucke zusammen, als ich Nola in der Küche finde. Ich hatte vergessen, dass sie hier sein würde, und ich hatte nicht damit gerechnet, die ganze Nacht wegzubleiben.

"Hey, Reina." Sie sieht mich an, hebt eine Augenbraue und wischt sich die Hände an ihrer Schürze ab. "Das ist ein schönes Kleid. Hattest du eine gute Nacht?"

"Danke." Ich kichere, während ich zur Treppe gehe und meine Fersen auf die unterste Stufe stelle, dann gehe ich zum Kühlschrank, um eine Flasche Mineralwasser zu holen. "Ja, das hatte ich tatsächlich." Ich nehme einen großen Schluck, denn nach den Cocktails von gestern Abend bin ich sehr durstig.

"Großartig." Nola hält inne. "Es gab also doch einen Mann..."

"Nicht ganz, aber so ähnlich", sage ich in einem geheimnisvollen Ton, um mich nicht zu verraten. Obwohl ich Nola vertraue, möchte ich Belle erst einmal für mich behalten und eine Weile allein sein, damit ich in Ruhe über sie fantasieren kann, ohne eine Million Fragen beantworten zu müssen. "Ich gehe ein bisschen spazieren. Ich bin in einer Stunde wieder da, wenn du einen Kaffee mit mir trinken willst." Ich nehme mir einen Apfel aus der Obstschale auf dem Tresen, umrunde in meinem schwarzen Kleid den Pool und gehe hinunter zum Strand.

Das Meerwasser fühlt sich so schön an, dass ich mein Kleid hochschiebe und weiter hinausgehe. Mein Apfel schmeckt süßer, die Sonne fühlt sich wärmer an, das Wasser ist ruhiger und der Sand zwischen meinen Zehen feiner und weicher als sonst. Wären da nicht die wenigen Leute am Strand, würde ich mein Kleid ausziehen und nackt schwimmen, aber ich spüre ihre Blicke auf mir, die sich neugierig fragen, warum ich in einem Abendkleid ins Wasser gehe. Vor drei Monaten wäre ich nicht einmal spontan ins Meer gegangen, aber jetzt kann ich mir nichts

Besseres vorstellen, als zu schwimmen, einfach weil ich Lust dazu habe. Ich lasse mich auf den Rücken fallen, mein dunkles Haar und der schwarze Stoff schweben um mich herum, während ich in den Himmel schaue. Es ist mir egal, was andere denken; ich will mich einfach nur treiben lassen und an Belle denken.

# Kapitel 52

## *Belle - Freitag*

Jackie könnte tatsächlich übersinnlich sein. Ihr Gesichtsausdruck sagt alles, aber sie kann nicht widerstehen, ihre Gedanken zu äußern, als sie mich hereinlässt: "Du bist zu spät und du bist nie zu spät." Sie zwinkert. "Ich glaube, ich weiß, was du getan hast."

"Entschuldigung", sage ich mit einem verlegenen Grinsen und nehme Suki in die Arme, als sie auf mich zukommt. "Es war eine lange Nacht." Ich drücke Suki einen feuchten Kuss auf die Wange und lache, als sie eine Grimasse zieht und sich mit dem Ärmel ihres Pullovers abwischt. "Hattest du Spaß?"

"Ja! Wir waren auf dem Spielplatz, haben Pfannkuchen gegessen und Cameron und ich haben ein Zelt gebaut, in dem wir schlafen konnten.

"Wow. Das ist ein sehr cooles Zelt", sage ich und trage sie ins Wohnzimmer, wo eine Matratze auf dem Boden liegt, unter einem Baldachin aus Laken, der an den vier Stühlen befestigt ist, die an jeder Ecke stehen. Über den Stühlen ist eine bunte Lichterkette angebracht, und das Zelt ist mit Kissen und Decken gefüllt.

"Danke", sage ich und lächle Jackie an. "Hat Jules Cameron schon abgeholt?" Es ist eher eine rhetorische Frage, denn Cameron ist laut und aktiv und kaum zu übersehen.

"Ja, sie kam vor etwa einer Stunde. Sie haben so viel Spaß gehabt."

"Ich kann es sehen. Du bist so süß." Ich setze Suki ab und folge Jackie in die Küche, wo eine Kanne Kaffee auf dem Tisch steht. "Ja, bitte", sage ich, als sie ihn mir hinhält. "Es sei denn, du bist beschäftigt?"

"Ich?" Jackie lacht. "Niemals." Sie schenkt zwei Tassen ein, öffnet die Hintertür, um die Sonne hereinzulassen, und setzt sich zu mir. "Also, erzählst du mir jetzt alles, oder soll ich raten?"

Meine Wangen erröten und ich verstecke mich hinter meiner Tasse, wobei ich mir fast die Lippen am heißen Rand verbrenne. "Ich habe Reina bei der Bareröffnung getroffen, zu der Jules und ich gestern Abend gegangen sind."

"Wirklich? Wie ist das gelaufen?"

"Ich war schockiert, sie nach zwei Wochen wiederzusehen. Ich hatte sie nicht gerade in einem guten Zustand verlassen, aber sie gab mir die Gelegenheit, mich zu entschuldigen. Sie gesellte sich mit ihrer Freundin zu uns, und wir tranken alle zusammen etwas. Es war wirklich schön." Ich zögere und kichere. "Eigentlich war es nicht nur 'wirklich nett'. Ich wusste nicht, was ich mit mir anfangen sollte, als ich sie sah, und ich glaube, sie war auch ziemlich erschüttert. Was auch immer zwischen uns los ist, es ist viel stärker, als ich erwartet habe." Ich zögere. "Aber es war ihr nicht unangenehm, in meiner Gesellschaft zu sein, wenn ihre Freundin dabei war."

"Hast du das befürchtet?"

"Ja, natürlich. Reina ist hetero - zumindest nach außen hin - und wenn sie neben mir sitzt und die Chemie zwischen uns stimmt, ist es ziemlich offensichtlich, dass wir uns mögen. Sie schien damit aber völlig einverstanden zu sein."

"Ich nehme also an, es waren nicht nur Drinks?" Als ich langsam den Kopf schüttle, blickt Jackie ins Wohnzimmer und senkt ihre Stimme. "Dann hast du ja Glück gehabt, dass du die Wohnung für dich allein hattest. Oder warst du bei ihr zu Hause?"

"Nein, wir waren bei mir." Mein Grinsen wird breiter. "Eigentlich haben wir nächste Woche ein Date, wenn es dir nichts ausmacht, Suki für eine weitere Nacht zu haben."

Jackie sieht erfreut aus, das zu hören. "Natürlich werde ich mich um sie kümmern. Jetzt, wo du nicht mehr nachts arbeitest, vermisse ich sie, allein ist es ein bisschen langweilig." Sie nippt an ihrem Kaffee, lehnt sich zurück und schlägt die Beine vor sich übereinander. "Wo bringst du sie hin?"

"Ich weiß es nicht. Ich dachte an das kleine Lokal am Hafen? Der Italiener?" Ich seufze und reibe mir die Schläfe, weil mich plötzlich die Unsicherheit überkommt. "Gott, es ist so schwierig mit ihr. Sie ist an gutes Essen und schicke Lokale gewöhnt. Ich werde nie mit dem Lebensstil mithalten können, an den sie gewöhnt ist."

"Hör auf, so viel zu denken, bevor du der Sache überhaupt eine Chance gegeben hast", unterbricht mich Jackie und gibt mir einen Klaps auf die Hand, als wäre ich ein ungehorsames Kind. "Die Ausreden ..."

"Das sind keine Ausreden. Ich muss realistisch sein, denn ich muss auch an Suki denken."

"Komm schon, es geht nicht um Suki", sagt sie. Es geht

um dich. Du hast es dir nie erlaubt, jemandem nahe zu sein."

"Das ist nicht wahr. In New York wollte ich mich nicht verlieben oder eine monogame, feste Beziehung eingehen. Ich habe mich fröhlich durch die Stadt geschlafen, und als ich hierher zurückkam, war eine Beziehung das Letzte, woran ich dachte. Ich habe mich einfach ablenken lassen.

"Genau." Jackie hält inne. "Belle, Schätzchen, du hast Angst, weil du zum ersten Mal in dieser Situation bist. Eine, in der die gegenseitige Anziehung stark genug ist, um dauerhaft und ernsthaft zu sein. Du hast Angst, weil du zum ersten Mal verliebt bist, verstehst du das nicht? Ich habe noch nie erlebt, dass du so von jemandem sprichst, wie du von ihr sprichst. Und ja, ich stimme dir zu, dass Reina vielleicht nicht die sicherste Sache ist, aber wenn du dich nicht voll reinhängst, wirst du es nie erfahren. Du könntest verletzt werden, und dann bin ich hier und kümmere mich um dich. Oder es könnte klappen, und ihr habt ein schönes Leben zusammen." Sie sieht mich so an, wie ich mir meine Mutter vorstelle, wenn sie noch leben würde. Die ältere und weisere Frau, die es besser weiß, weil sie alles miterlebt hat. Aber hat sie das? Ich kann mich nicht erinnern, dass Jackie jemals mit jemandem zusammen war.

"Vielleicht hast du Recht", sage ich. "Aber was ist mit dir? Warum hast du nie ein Date gehabt?"

"Wer sagt, dass ich das nicht habe?" Jackie kaut auf ihren Nägeln und starrt auf den Tisch; ein Zeichen dafür, dass sie sich unwohl fühlt.

"Du hast nie jemanden erwähnt."

"Darüber konnte ich nicht sprechen."

"Oh." Ich halte inne und sehe sie an. "Es tut mir leid, wir müssen nicht darüber reden."

Schließlich sieht sie zu mir auf, ihre Augen quellen

über und ihre Unterlippe zittert. Sie ist verzweifelt, und ich verfluche mich dafür, dass ich das Thema überhaupt angesprochen habe, denn es ist eindeutig ein sehr sensibles Thema. "Ich habe einfach immer angenommen, dass du und Dad heimlich ineinander verliebt seid, und ich wollte nicht, dass du denkst, ich hätte ein Problem damit." Dann erinnere ich mich an Rose und daran, wie sie und Jackie sich gegenseitig ansahen. Ich wollte sie schon lange darauf ansprechen, aber es war nie ein guter Zeitpunkt, und angesichts ihres emotionalen Zustands ist jetzt auch kein guter Zeitpunkt.

"Nein." Jackie schüttelt den Kopf und hat es auf magische Weise geschafft, sich innerhalb von Sekunden zu beruhigen. "Dein Vater und ich stehen uns sehr nahe, aber zwischen uns herrscht nichts als Freundschaft." Abrupt steht sie auf und schaut sich in der Küche um, als ob sie nach Ablenkung sucht. "Ich habe vergessen, dass ich heute Nachmittag einen Termin beim Zahnarzt habe, also sollte ich mich besser fertig machen."

Ich zucke zusammen, denn ich weiß, dass sie lügt, und Jackie hat nie versucht, mich loszuwerden, niemals. "Es tut mir wirklich leid", sage ich wieder und wünsche mir, ich hätte das Thema Jackies Liebesleben nicht angesprochen.

"Wofür, Schatz? Du hast nichts getan, ich habe nur den Zahnarzt vergessen, das ist alles." Jackie gelingt ein Lächeln. "Sehen wir uns am Sonntag zum Mittagessen im Haus deines Vaters?"

"Ja." Ich stehe ebenfalls auf und beginne, Sukis Sachen zusammenzusuchen. "Wir sehen uns dann dort. Viel Glück beim Zahnarzt."

# Kapitel 53

## *Reina - Sonntag*

Ich trage mein gelbes Camp Rubin-T-Shirt und meine Haare sind noch nass und riechen nach Chlor, weil ich im Schwimmbad war und die Schwimmaktivitäten beaufsichtigt habe. Normalerweise würde ich das Haus nicht verlassen, ohne meine Haare zu trocknen, aber hier fühle ich mich nicht verurteilt. Niemanden kümmert es, wie ich aussehe, solange ich mit einem Lächeln im Gesicht helfe. Und ich habe sehr viel gelächelt. Die Kinder sind wunderbar, und wenn ich sehe, wie sie sich amüsieren, freue ich mich. Wir haben ein Piratenspiel gespielt, bei dem die Kinder den Pool auf einem aufblasbaren Floß überqueren und einen Schatz finden mussten, der an einem künstlichen Strand versteckt war. Jonathan, ein zwölfjähriger Junge mit Down-Syndrom, auf den ich im Schwimmbad aufgepasst habe, hat sich an mich geklammert und will überall, wo wir hingehen, meine Hand halten. In seiner anderen Hand trägt er eine Piratenflagge, die er bei jedem Schritt schwenkt.

"Wir gehen in diese Richtung, in diese Richtung, rückwärts, vorwärts. Auf und ab, auf und ab, über das tiefe blaue

Meer", singen wir gemeinsam, während wir in einer Reihe zu den Picknicktischen gehen. Einige Kinder können nicht singen, schreien aber wahllos mit, angespornt von der guten Stimmung.

"Okay, Jonathan. Ich werde deine Hand jetzt loslassen, ich muss in die Küche gehen und helfen. Ist das in Ordnung für dich?"

Er sieht mich an und überlegt, ob er einverstanden ist, dass ich gehe. Die Antwort kann nur "Ja" oder "Nein" lauten, denn das sind die einzigen Worte, die er bisher benutzt hat. Ein 'Nein' bedeutet, dass ein Wutanfall folgen wird; ich musste ihn schon mehrmals beruhigen. "Ja", sagt er, und ich lasse die Luft raus, die ich angehalten habe.

"Hast du Hunger?"

"Ja!", schreit er und schwenkt die Fahne. "Ja, ja, ja, ja, ja!"

Ich helfe Jonathan auf die Bank und sorge dafür, dass er sich hinsetzt, dann stelle ich sicher, dass alle anderen Kinder ein Glas, ein Tischset und eine Serviette haben. Einer der Betreuer kommt vorbei, damit ich gehen kann, und ich mache mich auf den Weg zum Hauptgebäude, wo sich die Küche befindet. Es ist mein erster ganzer Tag als Freiwillige. Als ich mit Nola hierher kam, war sie überrascht, dass ich mich für drei Tage pro Woche angemeldet hatte. Es gibt hier nur wenige Betreuer und Freiwillige; das Camp muss sicherstellen, dass sie abgedeckt sind, bevor die Saison beginnt, aber sie nehmen zusätzliche Freiwillige wie Nola und mich auf, die sich abwechseln und mit anpacken können, da die Betreuung dieser Kinder eine Vollzeitbeschäftigung ist, die nicht aufhört.

"Hallo, ich bin Reina", sage ich und stelle mich dem Küchenpersonal vor, da ich niemanden vom ersten Tag wiedererkenne. Genau wie auf dem Campus wechselt auch das Küchenpersonal, und heute leitet ein großer, bärtiger Mann die Küche. "Was kann ich tun?"

"Hallo, perfektes Timing. Ich bin Andy." Er schiebt mir zwei Tabletts zu. "Hier sind ein paar glutenfreie Pausenbrote. Die Namen der Kinder stehen auf den Aufklebern in der Ecke. Das sind die einzigen maßgeschneiderten Pausenbrote; alle anderen sind Standardpausenbrote, Sie können sie also wahllos austeilen." Andy fängt an, weitere Tabletts mit Nudeln, Obstbechern, Joghurt und Wasserflaschen auf den Tresen zu stellen, und jemand kommt herein, um mir zu helfen, sie alle herauszubringen. Die Aufregung ist groß, als wir das Essen vor den Kindern abstellen, und die Diskussionen über ihre Lieblingsspeisen sind laut und leidenschaftlich.

Drei Kinder brauchen Hilfe beim Essen, die anderen kommen im Allgemeinen gut allein zurecht. Als alles serviert und unter Kontrolle ist, gehe ich zurück in die Küche, um zu prüfen, ob ich noch etwas tun kann.

"Wenn es Ihnen nichts ausmacht, brauchen wir jemanden, der beim Abwasch hilft." Andy zeigt auf die große Spüle und den industriellen Geschirrspüler im hinteren Bereich.

"Sicher", sage ich und erschrecke, als ich das Gemetzel auf allen Oberflächen und das Ausmaß des Chaos aus der Nähe sehe. Töpfe und Pfannen, Röstschalen, ein Mixer, Schneidebretter, Besteck und die Kaffeetassen, die die Freiwilligen benutzt haben, stapeln sich hoch. Ich weiß nicht, wo ich anfangen soll, und es ist wahnsinnig heiß in diesem Teil der Küche. Ich studiere den Geschirrspüler und finde heraus, wie er funktioniert, und fange an, alles abzuspülen, bevor ich es in die klobigen quadratischen Fächer einräume.

"Tut mir leid. Wir bereiten auch das Abendessen vor, also können wir um fünf gehen", ruft Andy über den Lärm der Dunstabzugshaube hinweg. "Danach wird es noch mehr Geschirr geben."

"Kein Problem", rufe ich zurück und schenke ihm ein Lächeln. Der Schweiß rinnt mir den Rücken hinunter, während ich die Reste aus den schweren Pfannen in den Müll kratze. Meine Mutter wäre schockiert, wenn sie mich in Shorts und T-Shirt, mit ungewaschenen Haaren, die zu einem unordentlichen Zopf gebunden sind, und ohne Make-up als Küchenhilfe arbeiten sähe. Nicole wäre amüsiert, denke ich. Ich glaube, sie hat mich noch nie so etwas machen sehen, denn wir hatten immer eine Haushälterin. Ich koche manchmal, und früher habe ich den Kindern morgens das Frühstück gemacht, aber diese Art von Arbeit ist mir fremd, und sie ist körperlich anstrengend. Chargen kommen und gehen, aber das Aufräumen hat etwas Kathartisches, und es macht mir überhaupt nichts aus. Wenn ich daran denke, wie privilegiert ich immer war, sage ich mir, dass es jetzt an der Zeit ist, etwas zurückzugeben, und wenn ich sehe, wie sehr ich mich heute amüsiere, weiß ich, dass ich auf dem Weg dorthin sogar Spaß haben werde.

\* \* \*

Ich bin klamm und erschöpft, aber in bester Stimmung, als ich nach Hause komme. Ich schaue zum Pool, das Wasser hat noch nie so einladend ausgesehen. Ich habe es kaum benutzt, weil ich meine Haare nach dem Föhnen am Morgen nicht versauen wollte, aber im Moment kann ich mir nichts Schöneres vorstellen als zu schwimmen. Ich öffne die Schiebetür, ziehe mich aus und lege meine Sachen auf einen Haufen neben der Tür. Das Sonnenlicht spielt auf der Wasseroberfläche, während der sanfte Wind das

Wasser leicht kräuselt. Dahinter ist der Atlantik wilder als sonst, und ich höre, wie die Wellen an das Ufer schlagen. Ich liebe den Ozean und die Aussicht, den Strand und die Abgeschiedenheit, und ich fühle mich hier nicht mehr einsam, denn heute hatte ich das Gefühl, Teil von etwas Bedeutendem zu sein, von etwas Größerem. Der Wind bläst gegen meine Haut, als ich nackt über die Terrasse gehe. Ich war noch nie nackt in meinem eigenen Garten, und obwohl es sich seltsam anfühlt und sogar ein bisschen unanständig, ist es auch sehr befreiend.

Ich tauche am tiefen Ende ein und gebe mich der Schwerelosigkeit hin. Das Wasser umarmt und beruhigt mich, während ich die gesamte Länge des Beckens durchquere und mit gleichmäßigen Zügen über den Boden gleite. Nach einem hektischen Tag fühlt sich die Stille unter der Wasseroberfläche wie der Himmel an. Friedlich, beruhigend und herrlich unwirklich. Als ich nach oben komme, streiche ich mir die Haare aus dem Gesicht und drehe mich auf den Rücken, um mich in der Abendsonne treiben zu lassen. Ich genieße das neue Gefühl, etwas erreicht zu haben, und die Erinnerungen, die ich heute geschaffen habe - noch nie hat sich Müdigkeit so gut angefühlt.

# Kapitel 54

## *Belle - Sonntag*

"Das war ein sehr schöner Nachmittag." Mein Vater zündet sich eine Zigarre an und lehnt sich in seinem Liegestuhl etwas zurück. "Du bist eine viel bessere Köchin als du behauptest, Belle. Der Schmorbraten war köstlich." Er nimmt einen Zug und bläst den Rauch kreisförmig aus. "Deine Mutter war immer eine gute Köchin. Das hast du von ihr geerbt."

"Mit deinen wunderbaren frischen Zutaten kann ich nichts falsch machen", sage ich und lächle ihn an, während ich sein Whiskeyglas auffülle und mich mit meinem Kamillentee neben ihn setze. Jackie ist nach Hause gegangen und Suki ist schon vor einer Weile auf der Couch eingeschlafen, aber ich habe es nicht eilig, zu gehen. Der Garten ist friedlich und ruhig; die einzigen Geräusche kommen von den wenigen Lämmern, die noch wach sind, und den Hühnern, die frei herumlaufen. "Papa, kann ich dich etwas fragen?", sage ich und nutze diesen privaten Moment.

"Was ist los, Schatz?"

"Ich habe mich über Jackie gewundert... warum sie immer Single war. Ich dachte immer, ihr zwei würdet ein gutes Paar abgeben, aber langsam wird mir klar, dass ich damit vielleicht falsch lag." Ich sehe ihn an, um seine Reaktion abzuschätzen, aber er schaut weg und ich kann sein Gesicht nicht sehen. "Kannst du dich daran erinnern, dass sie jemals mit jemandem zusammmen war? Mit einem Mann oder einer Frau?"

Mein Vater zuckt zusammen, als er sich mir wieder zuwendet. "Jackie und ich sind immer nur Freunde gewesen. Na ja, nicht immer, sie war..." Er unterbricht sich und nimmt einen weiteren Zug von seiner Zigarre.

"Sie war was, Dad?" Wenn Jackie lesbisch ist, habe ich keine Ahnung, warum sie sich meinem Vater und nicht mir anvertraut. Immerhin würde ich sie verstehen wie kein anderer. Aber hier geht es nicht nur um Sexualität, denn er sieht genauso emotional aus wie Jackie, als ich das Thema anspreche.

Die Schultern meines Vaters sinken, er lehnt sich nach vorne und schaut auf seine Füße hinunter. Normalerweise führen wir keine tiefgründigen Gespräche, aber nach dem Freitag mit Jackie und seiner Reaktion heute weiß ich, dass beide etwas vor mir verheimlichen. "Es ist nicht nur an mir, es dir zu sagen, Schatz."

"Für wen ist es dann?" Ich werfe ihm einen verwirrten Blick zu. "Papa, ich will es wissen." Ein langes Schweigen herrscht zwischen uns, während er weiter auf seine Füße starrt.

"Deine Mutter und ich waren viele Jahre lang sehr glücklich", sagt er schließlich und hält dann inne.

"Aber?" frage ich.

"Aber ..." Er stößt einen langen Seufzer aus. "Sie hat sich in einen anderen verliebt."

"Was?" Ich brauche einen Moment, als seine Worte mich hart treffen. Ich hatte immer diese idyllische Vorstellung von ihrer Beziehung; auf den Fotoalben, die ich so oft durchgeblättert habe, sehen sie wirklich glücklich aus. Und dann fühle ich mit meinem Vater, dem es offensichtlich schwer fällt, darüber zu sprechen. "Es tut mir so leid, Papa. Ich wollte keine schmerzhaften Erinnerungen wachrufen." Ich rücke meinen Stuhl näher an ihn heran und lege eine Hand auf seinen Arm.

"Ist schon gut, Schatz, das gehört zum Leben." Er schenkt mir ein kleines Lächeln. "Wir passten gut zusammen, waren sehr kompatibel, aber es hat immer etwas gefehlt. Ich habe ein Jahrzehnt lang versucht, ihr zu genügen, obwohl ich es nie konnte."

"Warum? In wen hat sie sich verliebt?"

Er widmet seine Aufmerksamkeit jetzt seiner Zigarre und klopft die Asche sorgfältig ab, um mich nicht ansehen zu müssen. "Jackie."

"Mein Gott, Papa." Ich halte inne, als ob ich ihn nicht richtig verstanden hätte. "Mom und Jackie?" Es scheint zu ungeheuerlich, um wahr zu sein, und ich kann kaum fassen, was er mir gerade gesagt hat. Meine Mutter war lesbisch? Ich wünschte, es wäre nicht so, aber ich erinnere mich nicht an viel von ihr. Ich erinnere mich flüchtig an den letzten Sommer, in dem sie bei uns war, als wir alle zusammen als Familie an den Strand gingen, aber das war's auch schon, abgesehen von einem Bruchstück ihrer Kochkünste in der Küche. Plötzlich ist alles klar. Jackies Reaktion gestern, warum sie nie über ihr Liebesleben spricht... Wie verständnisvoll und unterstützend sie war, als ich mich ihr gegenüber geoutet habe. "Aber ich versteh das nicht. Du und Jackie seid Freunde."

"Das sind wir jetzt. Damals war sie die Freundin deiner Mutter. Sie haben über Mädchenkram geredet und sind zusammen einkaufen gegangen, zumindest bevor es zu mehr wurde. Ich war nie wirklich ein Teil davon." Er räuspert sich. "Ich habe Jackie versprochen, es dir nie zu sagen, aber ich kann dich auch nicht anlügen."

"Dann sag es mir", sage ich und drücke sanft seine Hand.

"Sie war sehr krank, deine Mutter." Papa seufzt. "Jackie war Tag und Nacht an ihrem Bett und pflegte sie, und ich war froh, dass sie da war, denn manchmal..." Er hält inne. "Nun, manchmal waren zwei kleine Kinder und eine sterbende Frau zu viel für mich. Sie hat mir auch viel geholfen, im Haushalt und sie hat für uns gekocht. Ich konnte es damals nicht sehen, vielleicht war es einfach zu schwer zu begreifen."

Ich nicke und erkenne die Traurigkeit in seinem Blick. "Wie hast du es herausgefunden?"

"Deine Mutter hat es mir kurz vor ihrem Tod erzählt", sagt er. "Sie war seit zwei Jahren in Jackie verliebt und sie haben sich mehrmals in der Woche getroffen."

Ich starre ihn ungläubig an. "Ich verstehe nicht, warum sie es dir erzählt hat. Mom lag im Sterben und sie hätte dieses Geheimnis mit ins Grab nehmen können. Warum sollte sie dich verletzen, indem sie zugibt, dass sie eine Affäre hatte?"

Papa seufzt. "Deine Mutter hat mir gesagt, dass es möglich ist, zwei Menschen gleichzeitig zu lieben. Sie liebte uns beide gleichermaßen, nur auf unterschiedliche Weise, sagte sie. Und sie wollte, dass wir füreinander da sind, wenn sie nicht mehr da ist." Er greift nach seinem Whiskeyglas und wirbelt die goldene Flüssigkeit im Becher herum. "Ich war natürlich verletzt, wütend, aufgebracht, und ich fühlte mich verraten. Aber sie lag im Sterben." Eine einzelne Träne kullert über seine Wange. "Und ich liebte sie immer noch sehr, also versprach ich ihr, mich um Jackie zu kümmern, und Jackie versprach, sich um mich zu kümmern."

"Und du hast..."

"Am Anfang nicht. Ich habe Jackie gehasst, nachdem ich es herausgefunden hatte. Ein paar Tage nach der Beerdigung hatte ich wirklich zu kämpfen und beschloss, nach nebenan zu gehen und ihr genau zu sagen, was ich von ihr hielt. Aber als ich sie sah, war sie so aufgebracht..." Mein Vater schluckt schwer. "Sie war genauso gebrochen wie ich, und ich konnte es einfach nicht."

"Also habt ihr schließlich doch Trost im anderen gefunden."

"Ja. Sie war die einzige Person, mit der ich über deine Mutter sprechen konnte und umgekehrt. Und wir schlossen eine Freundschaft, die keinen Sinn ergab, aber gleichzeitig so natürlich war, dass wir uns seither nahe stehen."

Ich stütze meine Ellbogen auf die Knie, beuge mich vor und starre ihn an, und erst jetzt habe ich das Gefühl, dass ich ihn als Person ein wenig zu verstehen beginne. "Ich hatte keine Ahnung."

"Du warst jung. Es tut mir leid, dass ich deine Vorstellung von einer perfekten Ehe über den Haufen werfe. Sie war alles andere als perfekt, aber ich habe sie sehr geliebt. Und Jackie auch." Dad kippt seinen Whiskey hinunter und sieht mich schließlich an. "Geht es dir gut?"

"Ja. Es ist nur... Jackie und Mom..." Ich schüttle ungläubig den Kopf. "Und warum hat Jackie nach Mom nie jemanden kennengelernt? Bist du die einzige Person, die weiß, dass sie lesbisch ist?"

"So weit ich weiß, ja. Sie ging manchmal aus, aber sie verglich andere Frauen immer mit deiner Mutter, und ihre wenigen kurzfristigen Beziehungen haben nie funktioniert."

Mein Vater zuckt mit den Schultern. "Ich nehme an, mir ging es ähnlich."

"Mama muss etwas Besonderes gewesen sein", sage ich und wünschte, ich könnte sie mir besser vorstellen.

"Das war sie." Papa stöhnt, als er aufsteht, seine steifen Beine ausschüttelt und mir ein trauriges Lächeln schenkt. "Du erinnerst uns so sehr an sie."

# Kapitel 55

## *Reina - Donnerstag*

"Ist hier zu viel los für dich?", fragt Belle. "Wir können auch woanders hingehen, wenn du dich nicht wohl fühlst. Ehrlich gesagt, es macht mir nichts aus."

"Nein, es ist perfekt." Ich lächle sie an, lehne mich zurück und genieße die herrliche Aussicht auf das Wasser aus allen Blickwinkeln. Der große, private Steg des Restaurants ist voll besetzt, und die Kellner eilen mit Getränken und dampfenden Tellern mit Meeresfrüchten auf riesigen, runden Tabletts aus dem Hauptgebäude und zurück. Auf jedem Tisch stehen Votivkerzen, und wir sind von weißen Hortensien umgeben, die aus den Pflanzkübeln am Geländer wachsen. "Warst du schon einmal hier?"

"Nur für Drinks am Tag. Abends ist es für mich und Jackie ein bisschen zu romantisch", scherzt Belle. Sie sieht wie immer sexy aus in einem hellblauen Hemd und Jeans, und ich trage ein lässiges, schulterfreies weißes Kleid mit einfachen Ledersandalen. Obwohl ich vorhatte, mit dem Auto zu fahren, hat Belle darauf bestanden, mich abzuholen - sie hat mir sogar Blumen mitgebracht - und wir sind von der Straße, wo sie geparkt hat, zu Fuß hierher gegangen.

Ich hätte nie gedacht, dass ich mit neunundreißig Jahren noch so verwöhnt werden würde; nicht von jemandem, in den ich mich verliebt habe, und schon gar nicht von einer Frau. "Ich glaube nicht, dass es noch romantischer werden könnte als das hier. Als ich ihren intensiven Blick erwidere, erröte ich. Wenn wir zusammen sind, sieht Belle mich an, als ob nichts anderes wichtig wäre, und das gibt mir ein Gefühl der Begierde, wie ich es noch nie erlebt habe. Jeder kann sehen, dass wir ein Date haben, aber ich merke wieder einmal, dass mich die wenigen Blicke, die uns zugeworfen werden, nicht wirklich stören. Ich bin sogar stolz darauf, mit ihr hier zu sein.

"Du siehst in diesem Kleid unwiderstehlich aus", sagt sie und blickt auf meine nackten Schultern, während sie ihre Stimme zu einem Flüstern senkt. "Ich kann es kaum erwarten, es auszuziehen."

Ich lecke mir über die Lippen und werfe ihr einen koketten Blick zu, während zwischen meinen Schenkeln die Hitze aufsteigt. "Ich habe an nichts anderes gedacht, als mit dir nackt zu sein. Diese Woche schien nicht enden zu wollen."

"Gut, denn ich habe Pläne für später."

"Ooh..." sage ich in einem dramatisch singenden Ton. "Was für Pläne?"

"Ich dachte nur, du möchtest vielleicht etwas Neues ausprobieren. Wo du doch gerade deine Sexualität entdeckst und so..." Belle grinst. Sie liebt es, mich zu necken und mich warten zu lassen.

"Sag es mir."

Sie schaut sich um, um sicherzugehen, dass niemand auf uns achtet und lehnt sich näher heran. "Ich möchte einen Strap-On benutzen."

"Was ist ein..." Ich schlucke schwer, als mir klar wird,

was sie meint, zumindest habe ich eine vage Vorstellung. "Oh." Es fühlt sich plötzlich viel wärmer an als noch vor einer Minute, und ich streiche mir die Haare von den Schultern und lasse die Brise auf meine klamme Haut wehen. "Mein Gott, Belle."

"Entschuldigung. Zu viel? Wir können vergessen, dass ich es je erwähnt habe."

"Nein, das ist es nicht." Vorfreude flammt in mir auf, und ich versuche, den Schmerz in meiner Mitte zu lindern, indem ich mich auf meinem Stuhl hin und her bewege. "Ich kann hier nicht darüber reden", flüstere ich. "Es macht mich zu sehr an."

Belle kichert, und ihre verführerischen Augen versprechen eine lange und heiße Nacht. "Okay, lass uns das Thema wechseln."

"Danke. Zumindest, bis wir allein sind." Ich versuche, das Bild von Belle mit dem Umschnalldildo aus meinem Kopf zu verbannen und stelle fest, dass ich wahrscheinlich die ahnungsloseste und unschuldigste Frau bin, mit der sie je geschlafen hat.

"Also ... wann hattest du das letzte Mal ein Date?" Belle holt die Flasche aus der Kühlbox neben ihr und füllt unsere Gläser auf.

"Hmm ..." Ich hebe meinen Blick auf das mit Lichterketten bedeckte Vordach über uns und versuche, mich zu erinnern. "Es muss mindestens vier Jahre her sein, seit Sandeep mich das letzte Mal zu einem Date ausgeführt hat. Nach der Geburt der Kinder gab es nicht mehr viele Verabredungen, und selbst unsere Jahrestage wurden manchmal ausgelassen, wenn er geschäftlich unterwegs war. Ich glaube, das letzte Mal, an das ich mich erinnern kann, war ein Abendessen in einem Restaurant in der Madison Avenue. Ich habe mich schick gemacht und wir haben gut gegessen. Einer seiner Kunden war mit seiner Frau dort, und sie teilten sich das Dessert mit uns. Komisch, ich erinnere mich nicht mehr so genau daran, aber ich glaube, es war ein Abendessen zum Jahrestag." Ich zucke mit den Schultern. "Und du? Wann hattest du das letzte Mal ein Date?"

Belle runzelt die Stirn, kramt in ihrem Gedächtnis, dann lacht sie. "Nie?" Sie zuckt mit den Schultern. "Ich habe ein Mädchen in Montauk auf Hummerbrötchen eingeladen, als ich sechzehn war. Zählt das?"

Ich lache mit ihr und mein Innerstes flattert bei ihrem Lächeln, das jeden Nerv in meinem Körper zum Zittern bringt. "Klar, das zählt. Es ist also schon ..." Ich halte inne und rechne im Geiste nach. "Siebzehn Jahre her."

"Das stimmt." Sie wirft mir einen amüsierten Blick zu. "Also verzeih mir, wenn ich ein wenig aus der Übung bin."

"Du könntest nicht charmanter sein", sage ich mit einem verspielten Lächeln und stelle dann die Frage, die mir schon eine ganze Weile im Kopf herumgeht. "Stört es dich, dass ich fast vierzig bin?"

"Nein", sagt Belle entschlossen. "Das Alter ist das Letzte, worüber ich mir Sorgen mache." Sie zuckt zusammen. "Tut mir leid, das hätte ich nicht sagen sollen. Das ist ein echter Stimmungskiller."

"Ist schon gut. Ich weiß, dass du dir Sorgen machst."

Sie greift über den Tisch hinweg nach meiner Hand. "Schau, es ist nicht nur Suki", gibt sie zu. "Das ist neu für mich und ich muss mich erst daran gewöhnen... mich verletzlich zu fühlen, nehme ich an."

"Fühlst du dich durch mich verletzlich?" Ihre Worte überraschen mich nicht. Ich habe sie schon ein paar Mal gesehen, wie sie einen Schutzwall aufgebaut hat.

"Ja, weil ich dich anbete und mich in dich verliebe". Sie

schluckt schwer und beißt sich nervös auf die Lippe, als ob sie es bereits bereuen würde, es gesagt zu haben.

Mein Atem stockt, und ich starre sie an, während mein Herz vor Freude singt. "Ich bin auch dabei, mich in dich zu verlieben. Und ich habe genau so viel Angst wie du. Nicht wegen dem, was die Leute von mir denken werden, sondern weil dies das Intensivste ist, was ich je gefühlt habe. Aber das ist keine Phase, Belle. Ich werde dir nicht wehtun."

Belle stößt den Atem aus, den sie angehalten hat, und ihre Mundwinkel verziehen sich zu einem Lächeln. Unsere gegenseitigen Geständnisse hängen schwer in der Luft, als der Kellner einen Teller Austern zwischen uns stellt. "Ich werde dir auch nicht wehtun. Ich verspreche es."

# Kapitel 56

## *Belle - Donnerstag*

Reina ist aufgeschlossen, flirtet schon den ganzen Abend mit mir, und ich sehe eine ganz andere Seite von ihr, jetzt, wo sie sich bei mir völlig wohlfühlt. Sie hat sich stundenlang angeregt unterhalten und mir von ihrer ehrenamtlichen Arbeit im Camp Rubin erzählt. Ich hätte nicht erwartet, dass sie sich die Hände so schmutzig macht, und ich glaube, sie ist auch selbst überrascht, denn sie ist eindeutig positiv davon beeinflusst.

Sie nahm meine Hand, als wir zu meiner Wohnung zurückgingen, und zuckte nicht zurück, als wir die belebte Straße entlanggingen. Vielleicht habe ich sie unterschätzt.

"Also, diese Sache, die du vorhin erwähnt hast", sagt sie und drückt sich an mich, während ich die Tür schließe. "Ich habe darüber nachgedacht..."

"Ich weiß, dass du das hast." Ich lächle und streiche mit einer Hand über ihren Oberschenkel, um ihr Kleid hochzuziehen. "Nur wenn du es willst."

Reina nickt, Erregung blitzt in ihren Augen auf, als sie zu mir aufschaut, und ihre Lippen treffen sich mit meinen zu einem Kuss. Ich fahre mit meiner Zunge über ihre Oberlippe, entlocke ihrem Mund ein leises Stöhnen und spüre das leichte Zittern der Vorfreude in ihrem Körper. "Zeig es mir." Ihre sanfte Stimme klingt himmlisch, als sie in mein Ohr flüstert.

Ich führe sie in mein Schlafzimmer und öffne die Schublade meines Nachttisches, in der ich meine privaten Spielzeuge aufbewahre - die ich in meiner Escort-Karriere noch nie benutzt habe - und hole den Strap-on heraus, den ich extra für heute Abend gekauft habe. "Ist das für dich in Ordnung?" frage ich und halte ihn hoch, damit sie ihn sehen kann.

Reinas Blick verfinstert sich, sie atmet kurz ein und starrt ihn an. "Ja", sagt sie und leckt sich über die Lippen. "Ich möchte alles mit dir ausprobieren. Alles." Sie lehnt mit dem Rücken an der Tür und bewegt sich nicht, während sie weiter auf den Gegenstand in meiner Hand starrt.

"Alles, ja?" Ich übernehme das Kommando, werfe das Geschirr auf das Bett, ziehe ihr das Kleid über den Kopf und seufze tief bei ihrem Anblick. Jedes Mal ist es wie beim ersten Mal, ihr nackter Körper erschreckt mich so sehr, dass ich kaum atmen kann. Sie ist mein Traum, meine Fantasie, und sie ist hier, weil sie mich will und niemanden sonst. Ich küsse sie heftig und fahre ihre Schenkel nach oben, bis ich sie nass und bereit finde und ihre Mitte gegen meine Hand drücke. Sie ist so erregt und empfindlich, aber das ist nicht genug. Ich will, dass sie mich anfleht, sie zu ficken, dass sie so erregt ist, dass sie vor Verlangen wahnsinnig wird.

Ich knie mich hin und ziehe ihren weißen Tanga herunter. Als sie aus dem zarten Kleidungsstück schlüpft, schiebe ich meinen Mund zwischen ihre Beine. Meine Finger graben sich in das weiche Fleisch ihres Hinterns und ich lecke sie neckisch, bevor ich meine Lippen teile und an ihrer Klitoris sauge, bis ihre Knie nachgeben.

"Gott, das fühlt sich so gut an", murmelt sie und stemmt sich gegen die Tür. Ihre Reaktion macht mich noch mehr an. Ich ziehe sie fest an meinen Mund und bringe sie an den Rand eines Orgasmus, bevor ich mich mit einem neckischen Blick von ihr entferne.

"Hey, das ist nicht fair", sagt Reina mit angehaltenem Atem, ihre Schultern und Brust heben sich und ihre Wimpern flattern.

"Das wird es am Ende nur besser machen, versprochen." Ich beobachte, wie sie ihre Schenkel vor Schmerz zusammenpresst und richte mich auf. Ich küsse sie und lasse sie sich selbst schmecken, während ich meine Hüften in ihre drücke.

"Ich... will... dich." Ihre Worte kommen langsam zwischen Küssen hervor und sie gluckst, als ich sie hochhebe und zum Bett führe. Ihre Beine sind immer noch um meine Hüften geschlungen, als ich sie hinlege, und ich lächle, als sie mich nicht loslassen will. "Geduld, Reina." Ich küsse ihre Halsbeuge und befreie mich, dann greife ich nach einer Tube in meinem Nachttisch.

"Ich glaube nicht, dass ich das brauchen werde", sagt Reina schüchtern und kichert über ihre eigenen Worte, während sie auf das Gleitmittel starrt.

"Vielleicht nicht, aber es fühlt sich toll an." Ich spritze etwas davon auf meine Fingerspitzen und küsse sie, während ich meine Hand zwischen ihre Beine bringe und anfange, ihre Mitte zu massieren, langsam und bedächtig, indem ich das Gleitmittel mit ihrer eigenen Erregung vermische.

"Jesus, ich hatte keine Ahnung, dass das...", stöhnt Reina und wirft ihren Kopf zurück, schreit auf, als sie das glitschige Gefühl meiner Hand spürt, die wieder einmal auf der Kante balanciert. Das Gleitmittel wird warm und flüssig, es kribbelt und sie ist so, so bereit für mich. Als ich aufstehe, um mir den Gurt umzuschnallen, zucken ihre Hüften immer noch, während sie auf den Schaft starrt. "Bitte fick mich", fleht sie, nimmt meine Hand und zieht mich auf sich. "Ich brauche dich jetzt." Ihr Gesichtsausdruck verrät mir, dass sie keine Witze macht, und ihre Körpersprache schreit förmlich danach, dass ich sie nehmen soll.

Ich klemme mich zwischen ihre Beine, küsse ihren Hals und verweile auf ihren Brüsten, während ich den Schaft zwischen ihre Beine schiebe und langsam in sie eindringe. Ich spüre, wie sich ihr ganzer Körper anspannt; ihre Schultern, ihr Bauch an meinem Bauch, ihre Schenkel an meinen, und sie hält den Atem an, während sie sich auf die Unterlippe beißt und stöhnt.

"Geht es dir gut?"

"Ja... ich will mehr", sagt Reina stöhnend und spreizt ihre Beine weiter, um mich hineinzulassen. "Fuck, Belle..."

Angestachelt von ihren Bitten und über alle Maßen erregt, dringe ich tiefer in sie ein, nehme ihre Hände und verschränke meine Finger mit ihren. Die Reibung des Geschirrs an meinem Zentrum fühlt sich fantastisch an und mein Inneres zieht sich zusammen, während wir uns küssen und ineinander versinken. Reina schreit auf und drückt meine Hände, hält mich fest, während wir in einen langsamen Rhythmus fallen, uns zusammen bewegen, tiefer, eins werden.

"Komm mit mir", flüstere ich und hebe meinen Kopf, um sie anzusehen, als sie laut gegen meine Lippen stöhnt, und sie lächelt mich an und nickt, unfähig zu sprechen, da sie kurz davor ist, zusammenzubrechen. Ich stoße fester in sie hinein, und wir stürzen gemeinsam in die Entspannung, unsere Hüften treffen aufeinander, während wir gemeinsam schreien. Als ich schließlich auf ihr zusammenbreche, zittere ich am ganzen Körper, und sie nimmt mich in ihre Arme und überhäuft meine Schläfe und Stirn mit federleichten Küssen. Reina sieht müde und zufrieden aus und leckt sich die Lippen, als ich mich aus ihr herausziehe und mich auf die Seite drehe.

"Das ist verrückt", flüstert sie und streichelt mein Gesicht.

"Das ist es." Ich lächle und schaue in ihr Gesicht, in dem ich mich für immer verlieren könnte. "Und ich bin verrückt nach *dir*."

## Kapitel 57

## *Reina - Samstag*

"Wie geht es dir und Tyrell jetzt?" frage ich, als Nicole und ich durch den Montauk County Park spazieren. Ich habe den ganzen Vormittag damit verbracht, Fotos von ihr zu machen, bis sie mich angefleht hat, damit aufzuhören, und jetzt sind wir auf der Suche nach Vögeln, um mein neues Wildtierobjektiv zu testen.

"Uns geht es gut", sagt Nicole. "Es war nur ein dummer Streit."

"Das ist gut." Ich halte an, um ein Foto von einem Specht zu machen, den ich in einem Baum vor mir entdeckt habe, und bin mit dem Ergebnis zufrieden. Er starrt direkt in die Linse, als ob er für mich posieren würde. "Du weißt schon, dass du übers Wochenende in New York hättest bleiben können, oder?"

"Ich weiß, hör auf, dich zu wiederholen, Mama. Ich wollte dich sehen."

"Es tut mir leid, ich werde aufhören, es zu sagen." Ich mache noch ein Foto von dem Specht und hebe meine Kamera höher, um die Sonnenstrahlen durch die Blätter des Baumes einzufangen. "Und wie ich schon sagte, wenn du ihn hierher bringen willst, ist das auch in Ordnung. Ich würde ihn gerne kennenlernen."

Nicole errötet und zuckt mit den Schultern. "Ich werde darüber nachdenken."

"Also, ein Rapper, ja? Schreibt er seine eigenen Texte?" frage ich und verdränge wieder einmal den Gedanken, dass ein Rapper nicht das ist, was ich mir für meine kluge, tolle Tochter, die hoffentlich einmal Ärztin wird, vorgestellt habe. Denn wenn meine Mutter etwas Negatives über Belle sagen würde, wäre ich wütend auf sie.

"Ja, natürlich. Alle Rapper schreiben ihr eigenes Zeug." Sie grinst und errötet jetzt noch mehr. "Er produziert auch. Sachen für Film und Fernsehen."

"Okay, das ist interessant, erzähl mir mehr."

"Ich erzähle dir von Tyrell, wenn du mir von deinem Liebesleben erzählst", erwidert sie mit einem süffisanten Lächeln.

Jetzt bin ich an der Reihe, rot zu werden. Nicole hat Belle nach unserem Gespräch am Strand nicht ein einziges Mal erwähnt, aber ich merke, dass sie es wirklich wissen will. "Wir hatten unser erstes Date", sage ich. "Sie hat mich in ein schönes Restaurant in Sag Harbor mitgenommen."

Nicoles Augen weiten sich. "Wirklich? Du bist mit ihr in der Öffentlichkeit ausgegangen?" Sie unterbricht sich selbst und hält eine Hand hoch. "Tut mir leid, das kam falsch rüber. Ich hätte nur nicht gedacht, dass du den Mut hast, dich öffentlich mit einer Frau zu verabreden."

"Nun, das habe ich. Ich hatte sie seit Wochen nicht mehr gesehen. Nicht mehr, seit du uns erwischt hast, aber dann bin ich eines Abends mit Sasha in sie hineingelaufen und..." Ich eröte jetzt noch stärker. "Und dann bin ich mit ihr nach Hause gegangen."

"Warum hast du sie nicht gesehen? War es meinetwegen?"

"Nein, Schatz, das hatte nichts mit dir zu tun. Unsere Leben sind einfach sehr unterschiedlich, und obwohl mich das nicht im Geringsten stört, hat es sie sehr beunruhigt. Sie dachte auch, dass ich vielleicht eine Phase durchmache."

"Das kann man ihr nicht verübeln, das sind berechtigte Einwände." Nicole drückt meinen Arm. "Aber es ist keine Phase, oder?"

"Nein, das ist es nicht. Dessen bin ich mir jetzt sicher." Es beruhigt mich, es laut auszusprechen, und ich fühle mich sogar etwas erleichtert. "Ich habe mich gefragt, ob ich mit einem anderen Mann zusammen sein könnte, aber die Wahrheit ist, dass ich mich mit niemandem außer Belle sehen kann, und auf körperlicher Ebene bevorzuge ich Frauen."

"Das habe ich mir schon gedacht", scherzt Nicole und lacht, als ich rot anlaufe. "Tut mir leid, zu früh", sagt sie kichernd.

"Bitte erwähne diesen Vorfall nie wieder", flehe ich und werfe ihr einen warnenden Blick zu. "Es gibt kein 'zu früh', bleib einfach bei 'nie', okay?"

"Klar, Mama." Sie wirft mir einen neckischen Blick zu. "Jetzt weiß ich, warum du in diese Lesbenbar in New York gehen wolltest. Wie lange geht das schon so? Zwischen dir und Belle?"

"Nicht lange." *Zumindest der Teil mit dem unbezahlten Sex.* Ich gebe ihr keine weiteren Informationen über den Zeitplan, und sie ist nicht neugierig.

"Nun, da wir jetzt festgestellt haben, dass du lesbisch bist..." Nicole zieht mich in Richtung eines Fußwegs, der zum Strand führt. "Nehmen wir an, es klappt und es wird ernst mit euch beiden. Würdest du dich der Welt gegenüber outen? Würdest du sie all deinen Freunden vorstellen? Und was hältst du von der Tatsache, dass sie eine kleine Tochter hat?"

"Du klingst wie Belle", sage ich, und ihr Name löst in mir ein sehnsuchtsvolles Ziehen aus. "Ich habe darüber nachgedacht und theoretisch kann ich damit umgehen, dass die Leute von uns wissen. Jetzt, wo wir zusammen auf einem Date waren, bin ich viel offener für die Idee." Ich zucke mit den Schultern. "Aber andererseits kann ich mir nicht sicher sein. Ich weiß, dass es heutzutage keine große Sache mehr ist, homo zu sein, aber ich habe keine schwulen oder lesbischen Freunde, und es ist das Letzte, was die Leute von mir erwarten würden."

"Wenn deine Freunde das nicht akzeptieren, brauchst du sie nicht in deinem Leben." Nicole lächelt mich an. "Und ich werde immer auf deiner Seite sein, Mom."

"Danke, Schatz." Ich beuge mich vor und küsse sie auf die Wange. Der Wind wird stärker, als wir die letzte Düne bezwingen, und mein Haar weht wild um mich herum. Das Rauschen des Meeres zwingt mich, meine Stimme zu erheben. "Sasha weiß es auch.

Nicole schnappt nach Luft. "Du hast Sasha von Belle erzählt?"

"Ja. Sie war sehr gelassen, und ich mache mir keine Sorgen, dass sie tratscht." Ich erwähne nicht, dass Sasha und ich eine stille Übereinkunft haben. Dass *ihr* Geheimnis bei mir genauso gut aufgehoben ist.

"Wirst du es Eddie sagen?", fragt sie.

"Wenn Belle und ich noch zusammen sind, wenn er uns besucht, dann muss ich es wohl deinem Bruder sagen."

"Es wird ihn auch nicht interessieren", sagt Nicole. "Um ehrlich zu sein, glaube ich nicht, dass es irgendjemanden interessiert, abgesehen von Oma Amari."

"Das ist wahr", sage ich. "Meine Mutter wird nicht beeindruckt sein, aber wenigstens ist sie berechenbar, so dass ich genau weiß, wie sie reagieren wird; sie wird einfach so tun, als hätte ich es ihr nie gesagt."

"Ja. Sie will immer noch nicht wahrhaben, dass du und Dad euch scheiden lassen habt." Nicole rollt mit den Augen. "Als ich das letzte Mal mit Oma gesprochen habe, hat sie mich gefragt, ob wir alle zusammen den vierten Juli feiern."

"Das überrascht mich nicht. Sie hat mich gefragt, ob wir alle zusammen nach Beirut kommen." Als wir das Ufer erreichen, ziehen wir unsere Schuhe aus, krempeln unsere Jeans hoch und waten weiter durch das Wasser. "Aber jetzt genug von mir. Jetzt bist du dran", sage ich. "Erzähl mir von Tyrell."

# Kapitel 58

## *Belle - Sonntag*

"Sie hatten so viel Spaß. Danke, es war wirklich spektakulär."

Ich lächle Mrs. Green an, die Mutter des Geburtstagskindes, die sich zu uns in den riesigen Garten gesellt, wo mein Team mir hilft, die Arrangements für die Party von gestern Abend abzubauen. Ein Gärtner sammelt den Müll auf, der in den Blumenbeeten gelandet ist, und drinnen eilt ein Team von Reinigungskräften herbei, um das Haus in Rekordzeit wieder in seinen üblichen makellosen Zustand zu versetzen. "Schön, dass es ihnen gefallen hat. Keine Probleme?" frage ich.

"Absolut gar keine. Sogar die Jungs haben sich benommen. Soweit ich weiß, jedenfalls", fügt sie augenzwinkernd hinzu und zeigt auf das Firmenlogo auf meinem Polohemd. "Haben Sie zufällig Visitenkarten dabei? Einige Eltern haben sich nach dem tollen Springbrunnen und den Lichtern erkundigt, die Sie geliefert haben."

"Natürlich." Ich ziehe eine Handvoll Visitenkarten aus meiner Gesäßtasche und reiche sie ihr. "Ich fange gerade erst an, also sind alle Empfehlungen willkommen." Die

367

Frau, die beim Aufbau gestresst und nervös war und an Mürrischkeit grenzte, lächelt jetzt und strahlt übers ganze Gesicht. Der süße Sechzehnte ihrer Tochter ist gut verlaufen, und sie hat es geschafft, die anderen Eltern zu beeindrucken. Denn darum geht es in den Hamptons: zu zeigen, dass man das Beste vom Besten für die eigenen Kinder auf die Beine stellen kann. Hier ist das Elterndasein in etwa so wettbewerbsfähig wie olympischer Sport. Mrs. Green hat einen Volltreffer gelandet, und deshalb ist ihre Empfehlung von unschätzbarem Wert.

"Großartig. Ich werde sie auf jeden Fall weitergeben." Sie steckt sie in ihre Handtasche, zieht den Gurt über die Schulter und lässt die Autoschlüssel in der anderen Hand klimpern. "Ich wünsche Ihnen einen schönen Tag. Ich bin dann mal weg, damit ich mir das Chaos nicht ansehen muss."

Ich winke ihr zu und drehe mich um, um Randy zu helfen, der gerade meine großen Lichtwürfelhocker in den Transporter lädt. Indem wir sie aneinandergereiht haben, haben wir gemütliche Sitzecken geschaffen, bei denen man die Farbe der Lichter mit einer Fernbedienung ändern kann.

"Ist sie glücklich?", fragt er.

"Ja. Sehr." Ich lächle Randy an. Er war großartig und es scheint ihm wirklich Spaß gemacht zu haben, mir zu helfen. "Diese Woche sind zwei weitere Buchungen eingegangen; ich werde Ihnen die Details zukommen lassen, falls Sie verfügbar sind."

"Aber sicher. So wie es läuft, werden Sie vielleicht mehr zu tun haben, als Sie erwartet haben."

"Hoffen wir es." Ich hebe den letzten Würfel auf und Randy springt in den Wagen, um ihn mir abzunehmen. Ich bin so erleichtert, dass es gut gelaufen ist, und ich fange an, vorsichtig optimistisch zu sein. Mein Telefon klingelt, und ich sehe, dass es Rose ist, Jackies Freundin aus dem Buchklub. "Einen Moment, Randy, ich muss da rangehen."

"Ist das Belle Rodgers?" fragt Rose in einem freundlichen Ton.

"Hi, Rose. Wie geht es Ihnen?" Obwohl mein Treffen mit ihr angenehm war und sie sagte, sie hätte vielleicht Arbeit für mich, hätte ich nie erwartet, dass sie so bald anruft, und ich fühle ein Aufflackern von Aufregung.

"Mir geht es gut. Es war schön, Sie neulich kennenzulernen." Rose hält inne, und ich höre, wie sie in Papieren blättert. "Hören Sie, ich habe fünf Jobs zwischen dem achten und dem sechzehnten Juli, wenn Sie Interesse haben?"

"Fünf?" Meine Augenbrauen schießen in die Höhe und ich zeige Randy den Daumen nach oben. "Auf jeden Fall." Da ich nicht will, dass sie erfährt, dass ich so gut wie frei bin, füge ich hinzu: "Schicken Sie mir einfach die Daten und ich schaue in meinem Kalender nach."

"Perfekt. Ich schicke Ihnen die Details per E-Mail. Zwei der Inszenierungen werden eher unauffällig sein, da es sich um Familienhäuser handelt, die anderen drei müssen spektakulär sein."

"Das kann ich machen. Ich rufe Sie an, um ein Treffen zu vereinbaren, sobald ich es durchgegangen bin."

"Ausgezeichnet." Rose gluckst. "Das macht mein Leben wirklich einfacher."

Nachdem ich aufgelegt habe, gehe ich auf Randy zu und gebe ihm einen Faustschlag. "Noch fünf", sage ich, und er freut sich so sehr für mich, dass es liebenswert ist. Das Beste von allem ist, dass er Enthusiasmus und unendliche Energie hat und aufgrund seiner Erfahrung im Verkauf auch noch präsentabel und höflich ist.

"Ich habe dir gesagt, dass du Gold in den Händen hältst", sagt er und klopft mir auf die Schulter. "Den Job im Schwimmbad kannst du bald an den Nagel hängen. Merk dir meine Worte: In einem Jahr wird jeder hier deine Firma kennen." Er steigt aus und ich schließe die Türen.

"Das weiß ich nicht, aber es ist ein guter Anfang." Ich setze mich hinters Steuer und strahle vor Glück, denn das Leben könnte jetzt nicht besser sein. "Wie geht es Ihrer Frau?" frage ich, als ich losfahre. "Leidet sie unter morgendlicher Übelkeit?"

"Jep." Randy gluckst. "Morgens ist sie krank und nachts bekommt sie diese unmöglichen Gelüste. Gestern musste ich den ganzen Weg nach Montauk fahren, um ihr ein gebratenes Fischsandwich zu besorgen." Er dreht sich zu mir um und schaut mich neugierig an. "Was ist mit Ihnen? Sind Sie verheiratet oder mit jemandem zusammen?"

Ich bin so daran gewöhnt, auf diese Frage mit "Nein" zu antworten, dass ich automatisch den Kopf schüttle. "Nein. Ich meine, ja." Lachend schüttele ich erneut den Kopf. "Ich habe jemanden kennengelernt. Wir haben gerade angefangen, uns zu treffen." Wenn ich es laut ausspreche, wird es real, und ich mag es, wie es klingt.

"Wer ist denn der Glückspilz?", fragt Randy.

"Eine glückliche Frau", erwidere ich mit einem Augenzwinkern.

"Oh, Entschuldigung." Er errötet heftig und richtet seinen Blick wieder auf die Straße. "Ich wusste nicht, dass Sie..."

"Das ist okay." Ich bin verwirrt über Randys Ahnungslosigkeit, denn in der Vergangenheit haben nur sehr wenige Leute angenommen, dass ich heterosexuell bin. "Ihr Name ist Reina."

"Schöner Name. Klingt stilvoll."

"Das ist sie. Und sie ist wunderschön." Plötzlich verspüre ich ein überwältigendes Verlangen, Reina zu sehen, und ich kann gar nicht schnell genug zurück zum Lagerhaus kommen, um es zu verlassen. Da ich mit der Arbeit und Suki beschäftigt war, habe ich sie seit zwei Tagen nicht mehr gesehen, und obwohl wir telefoniert und uns Nachrichten geschickt haben, vermisse ich sie so sehr. So ist das also, denke ich mir, als ich auf die Hauptstraße einbiege. Ständig mit jemandem zusammen sein zu wollen, diese ständige Sehnsucht zu haben und jedes Mal zu lächeln, wenn man mit seinem Lieblingsmenschen zusammen ist. So ist es, wenn man verliebt ist.

# Kapitel 59

## *Reina - Sonntag*

"D arauf, dass dein erster Job ein voller Erfolg war", sage ich und hebe mein Glas gegen das von Belle.

"Danke, ich bin so erleichtert und glücklich." Belle strahlt, ihr Lächeln ist so breit, dass es ansteckend ist. Sie ist direkt hierher gekommen, nachdem sie mit dem Ausladen fertig war, und hat sich einen Moment mit mir gestohlen, da Jackie bis fünf Uhr auf Suki aufpasst. Wir haben eine Flasche Champagner mit an den Strand genommen und sitzen am Ufer, die Flut spült über unsere nackten Zehen. Ich fühle mich so vollkommen, wenn sie bei mir ist, dass ich wünschte, ich könnte sie immer wieder sehen. "Ich habe noch ein paar weitere Jobs bekommen, und Jackie hat mich mit einem Stager in Kontakt gebracht, der im Juli fünf Aufträge hat. Hoffentlich ergeben sich daraus auch noch ein paar weitere Veranstaltungen, so dass ich meinen Job bei Pool Masters aufgeben und mich auf mein Unternehmen konzentrieren kann."

"Das sind tolle Neuigkeiten." Ich lege einen Arm um ihre Taille und küsse ihre Wange. "Ich bin stolz auf dich."

Belle errötet und starrt nach vorne. "Wirklich?"

"Ja. Du hast es geschafft, dir ein Leben aufzubauen und ein Unternehmen zu gründen, während du eine alleinerziehende Mutter bist. Ich bewundere dich."

"Nun, ich bin auch stolz auf dich."

Ich werfe ihr einen verwirrten Blick zu, denn ich habe das Gefühl, in meinen neununddreißig Jahren buchstäblich nichts erreicht zu haben. "Wofür?"

"Dafür, dass du du bist. Dass du den Mut hast, dir selbst treu zu sein. Dafür, dass du entdeckt hast, wer du bist." Sie gluckst. "Für eine libanesische Prinzessin bist du furchtbar mutig."

"Hey, ich bin keine Prinzessin", sage ich und stupse ihren nackten Arm an. "Aber danke, dass du das sagst." Die Ärmel von Belles Polohemd sind hochgekrempelt und zeigen eine dezente Bräunungslinie, während sie sich auf die Knie legt und zu mir dreht. Ich werde mit einem weiteren koketten Lächeln belohnt, das mich dazu bringt, sie wieder und wieder zu küssen . Alles an ihr ist wahnsinnig attraktiv, und ich wünschte, wir hätten heute mehr Zeit. "Du weißt, dass du Suki hierher bringen kannst, oder? Ich möchte nicht, dass du die Zeit mit ihr verpasst, nur weil du dich mit mir triffst." Als sie nicht antwortet, füge ich schnell hinzu: "Tut mir leid, es ist wahrscheinlich noch zu früh, ich hätte es nicht erwähnen sollen."

Belle "Ja, es ist noch zu früh", sagt sie leise. "Aber ich möchte, dass sie dich besser kennen lernt. Ich meine, wir sollten noch nicht im selben Bett schlafen, wenn sie in der Nähe ist, aber wir könnten einfach zusammen abhängen und Spaß haben."

"Das würde mir gefallen." Ich bin ganz gerührt, weil ich weiß, dass ich ihr genug bedeute, um mich in das Leben ihrer Tochter zu bringen. "Und Suki würde ich auch gerne besser kennen lernen. Sie scheint ein sehr süßes und kluges Mädchen zu sein."

"Das ist sie. Ich wüsste nicht, was ich ohne sie tun würde." Belle hält inne und blickt mir in die Augen. "Aber ehrlich gesagt, weiß ich auch nicht, was ich ohne dich tun würde." Sie stellt ihre Sektflöte zur Seite, nimmt meine und lässt mich in den Sand sinken, dann legt sie sich neben mich und streichelt meine Wange. "Es ist seltsam... Ich kenne dich noch gar nicht so lange. Und ich habe versucht, dagegen anzukämpfen - glaub mir, das habe ich -, aber die Anziehung war einfach zu stark, um sie zu ignorieren."

Ich nicke und drücke meine Lippen auf ihre. "Ich habe das Gefühl, dass ich dazu bestimmt bin, dich zu treffen. Klingt das albern?"

"Nein, ganz und gar nicht. Ich glaube, ich war auch dazu bestimmt, dich zu treffen. Ich fühlte mich von der ersten Minute an zu dir hingezogen, und jetzt, wo ich weiß, dass es auf Gegenseitigkeit beruht, ist es einfach zu schön, um ein Zufall zu sein. Ich dachte, es würde schwierig werden, zwischen dir und mir, aber bisher ist es das nicht."

"Es ist ganz einfach", flüstere ich und ziehe sie näher zu mir. Der Sand kitzelt meine Wange, die Sonne streichelt meine Haut und Belles elektrisierende Berührung und ihre weichen Lippen lassen meinen Körper brodeln, als sie mich küsst. Ich öffne meine Lippen und lasse sie in mich eindringen, was wie immer eine unglaubliche Erregung hervorruft, denn jedes Mal, wenn wir miteinander knutschen, entlädt sich ein jahrelang aufgestauter Druck. Belle verlagert sich auf mich, und ich seufze, als ich mit meinen Händen unter ihr Polohemd fahre und ihre warme Haut finde. Ihr Gewicht und der Druck ihres Oberschenkels gegen meine

Körpermitte lösen ein Feuerwerk in meinem Inneren aus und ich lasse meine Hände auf ihren Hintern sinken, um sie enger an mich zu ziehen.

Wir hören Stimmen in der Ferne und Belle zieht sich zurück, bevor es zu anziehend wird. "Ich will dich die ganze Zeit", sagt sie mit heiserer Stimme. "Die ganze Zeit."

"Du hast keine Ahnung, wie ich mich bei dir fühle." Ich lege meine Fingerspitzen auf meine Lippen, die von dem heißen Kuss geschwollen sind, und unsere Blicke treffen sich in einem unausgesprochenen Versprechen auf viel, viel mehr, was noch kommen wird. "Wann kann ich dich wiedersehen?"

"Ich kann am Mittwochmorgen vorbeikommen, oder mit Suki am Samstag. Es sei denn, du meldest dich freiwillig?"

"Nein, ich habe für nächste Woche Montag, Dienstag und Freitag auf dem Plan, also wäre beides perfekt. Ich richte mich wieder auf und streiche mir den Sand aus dem Haar. "Was ist ihr Lieblingsessen? Gibt es Spiele, die ich besorgen sollte? Irgendetwas für den Pool oder den Strand?"

"Wenn du sie auf deine Seite ziehen willst, sie liebt Eiscreme", sagt Belle lachend. "Ich bringe ihr ein paar Spielsachen für den Pool mit, damit wir uns entspannen können, und ich sollte wahrscheinlich mit ihr reden, bevor wir kommen. Um sie vorzubereiten, weißt du?"

"Wirst du ihr sagen, dass wir zusammen sind?"

"Ich bin mir noch nicht sicher, aber sie ist sehr intuitiv. Suki wird spüren, dass etwas zwischen uns vorgeht, also ist es am besten, wenn ich sie behutsam einweihe. Sie hat mich immer für sich allein gehabt; ich weiß nicht, wie sie reagieren wird, wenn sie weiß, dass es eine weitere wichtige Person in meinem Leben gibt."

"Ich hoffe, sie ist damit einverstanden." Ich fühle mich

plötzlich nervös, als würde ich einer Art Test unterzogen werden.

"Hey, das wird schon", sagt Belle und nimmt meine Hand. "Du bist wunderschön und Suki wird das auch sehen."

# Kapitel 60

## *Belle - Montag*

"Weißt du, dass manche Kinder eine Mami und einen Papi haben?", sage ich zu Suki und reiche ihr einen weiteren Eimer voll Sand. Es sind nur sie und ich hier am Strand. Montagsmorgens ist es immer ruhig, und weil das Wetter so schön war, habe ich die Vorschule für diesen Morgen ausfallen lassen, damit wir zusammen abhängen können. Ich habe Sandwiches mitgebracht, eine Thermoskanne mit Kaffee und eine Flasche Saft, Handtücher und alles, was wir brauchen, um die perfekten Sandburgen zu bauen.

"Ja." Suki sieht mich stirnrunzelnd an und kräuselt ihre Nase, an deren Spitze Sand klebt. Sie nimmt den Eimer und stellt ihn ungeschickt auf den Kopf, um den Haufen nassen Sandes, den wir gesammelt haben, zu vergrößern.

"Nun, die Mamas und Papas sind zusammen, weil sie sich lieben. Sie sind wie beste Freunde und schlafen im selben Bett. Und manchmal haben Kinder zwei Mamas oder zwei Papas." Ich bin mir nicht sicher, ob sie schon alt genug für dieses Gespräch ist, aber ich möchte, dass sie auf eine andere Frau in unserem Leben vorbereitet ist.

"Ryan aus meiner Klasse hat zwei Väter. Der eine trägt komische Kleidung", sagt sie. "Und manchmal hat er komische Schuhe. Wie Damenschuhe."

"Genau. Ja, Ryan hat zwei sehr nette Väter, und es ist okay, wenn Väter und Mütter tragen, was sie wollen. Und Melika in deiner Klasse hat zwei Mamas. Wusstest du das?"

Suki schüttelt den Kopf und beginnt, einen Turm zu formen, indem sie dem Sand Wasser hinzufügt, um ihn zu festigen.

"Das stimmt", fahre ich fort. "Du hast nur eine von ihnen kennengelernt, weil Melikas andere Mami arbeitet und sie sie deshalb nicht zur Schule bringen kann."

"Warum hat sie zwei Mütter?"

Ich nehme mir Zeit, um diese Frage zu beantworten, helfe ihr, den Turm zu formen, und reiche ihr dann ein paar Muscheln, die ich unterwegs aufgesammelt habe, um ihn damit zu dekorieren. "Denn manche Frauen verlieben sich in Männer, manche Frauen verlieben sich in Frauen, und manche verlieben sich in beides. Melikas Mamas haben sich ineinander verliebt, und sie sind verheiratet.

"Oh." Suki denkt darüber nach und sieht mich dann an, als wolle sie, dass ich auf den Punkt komme.

"Nun, ich bin genauso wie Malikas Mütter. Ich verliebe mich in Frauen." Es herrscht ein langes Schweigen und ich bin mir nicht sicher, ob sie von dieser Information überrascht ist oder einfach in ihre Aufgabe vertieft ist, also füge ich hinzu: "Und ich würde mich auch gerne verlieben." Wieder schweigt sie, und ich weiß, dass sie sich auf die Unterlippe beißt. Das muss für sie sehr verwirrend sein. Die vier wichtigsten Personen in ihrem Leben - ich, mein Vater, Jackie und Juliette - sind alle Single, das ist der einzige Lebensstil, den sie kennt. "Würde es dich stören, wenn ich verliebt wäre?"

"Nein", sagt sie schließlich. "Aber du musst für immer meine Mami bleiben."

"Natürlich, Süße." Ich gebe ihr einen Kuss auf die Stirn, dann helfe ich ihr, den Boden abzutupfen und mehr Sand für den Eimer auszugraben. "Ich bin deine einzige Mami und das wird sich nie ändern. Du wirst immer der wichtigste Mensch in meinem Leben sein. Aber ich wollte dir sagen, dass ich eine neue Freundin gefunden habe. Ihr Name ist Reina. Erinnerst du dich an Reina? Wir haben sie vor einer Weile in der Stadt gesehen, nachdem wir in der Bank waren."

Suki runzelt die Stirn und kramt in ihrer Erinnerung. "Sie hat schöne Haare."

"Ja, das hat sie. Hättest du etwas dagegen, wenn Reina manchmal zu uns nach Hause käme? Oder wenn wir sie besuchen?"

"Nein."

"Du meinst, nein, es macht dir nichts aus?" Als ich keine Antwort erhalte, weil sie zu sehr darauf fixiert ist, Muscheln um den Sockel des Turms herum zu platzieren, füge ich hinzu: "Reina hat einen sehr schönen Pool, und sie wohnt am Strand."

Daraufhin sieht Suki zu mir auf und grinst, und obwohl ich eine Flut von Erleichterung verspüre, bereue ich es auch, es gesagt zu haben. Sie zu bestechen, Reina zu akzeptieren, nur weil sie einen Pool hat, ist zum einen Betrug, aber ich habe auch nicht diesen Blick in ihren Augen vergessen. Den Blick, den sie bekam, als sie zum ersten Mal "die Lämmchen" sah, und seit wir im Gemeinschaftspool waren, ist "der Pool" zum neuen Mittelpunkt in ihrem Leben geworden, jetzt, da die Lämmchen meines Vaters gewachsen sind und sie ein wenig einschüchternd wirken.

"Können wir ins Schwimmbad gehen, wenn wir mit der Sandburg fertig sind?", fragt sie.

"Du meinst Reinas Pool?" frage ich.

"Ja. Ich möchte zu Reinas Pool gehen." Ihr Enthusiasmus ist jetzt riesengroß, sie fuchtelt mit den Händen und hüpft auf und ab, während sie sich hockt.

"Heute nicht, Schatz", sage ich und lege ihr eine Hand auf die Schulter, um sie zu beruhigen. "Reina hat zu tun und Mami muss arbeiten. Aber wir könnten doch am Samstag gehen, nachdem wir auf dem Markt waren?" Als ich die Verwirrung auf ihrem Gesicht sehe, nehme ich ihre Hand und zähle die Tage an ihren Fingern ab. "Montag, Dienstag, Mittwoch, Donnerstag..." Ich nehme ihre andere Hand und kneife in ihren kleinen Daumen. "...Freitag. Fünf Mal schlafen."

Suki blickt auf ihre Hände und schiebt ihre Unterlippe vor. Ich frage mich, ob sie gleich in Tränen ausbricht, weil sie noch so oft davor schlafen muss, aber sie seufzt nur frustriert und nickt. "Fünf", wiederholt sie leise und vergewissert sich, dass sie die Zeit im Griff hat.

"Ja", sage ich und lächle. "Wir können den ganzen Tag bleiben, wenn du willst, und weißt du, was noch? Ich bringe dir einen von diesen rosa Flamingo-Poolspielzeugen mit."

# Kapitel 61

## *Reina - Mittwoch*

Ich kann nicht glauben, dass ich all die Jahre hierher gekommen bin und noch nie morgens schwimmen war. Belle und ich waten aus dem Meer, lachen und küssen uns, während wir den Strand zum Haus überqueren. Da sie jetzt drei Vormittage in der Woche für sich hat, ist sie hierher gekommen, nachdem sie Suki in der Vorschule abgesetzt hat. Sie sieht unglaublich aus in ihrem Bikini und ihren Boardshorts, und ich kann meine Hände nicht von ihr lassen.

"Willst du spazieren gehen?", schlage ich vor, weil ich denke, dass ich die Sonne brauche, um mich zu wärmen, da ich vom kalten Wasser zittere.

Belle schüttelt den Kopf und grinst boshaft. "Da du jetzt hellwach bist, sollten wir die drei kostbaren Stunden, die uns noch bleiben, mit etwas mehr Privatsphäre genießen." Sie wirft einen Blick auf meinen Körper und findet offensichtlich Gefallen an meinem knappen, schwarzen Triangel-Bikini. Sie schüttelt ihr nasses Haar aus, nimmt meine Hand und zieht mich mit über die Brücke. "Lass uns zurück zum Haus gehen, ich werde dich aufwärmen, Baby."

383

Ich lache und renne ihr hinterher, und sobald wir durch das Tor gegangen sind, falle ich Belle in die Arme und stöhne, als sich unsere nassen Körper berühren. Ich kann ihr Verlangen in ihren angespannten Muskeln spüren und es wärmt mich richtig auf. Ich lasse mich in einen köstlichen Kuss fallen, schmecke das Salzwasser auf ihren Lippen und fahre mit den Fingern durch ihr nasses Haar. Wir stehen am Pool und knutschen minutenlang, ohne auf die Zeit zu achten.

"Warte, lass mich nur das Tor schließen, bevor du mir meinen ganzen Sinn für Logik nimmst", murmle ich gegen ihren Mund und kämpfe darum, mich von ihren Lippen zu lösen. Als ich aufschaue, sehe ich eine Gestalt am Tor stehen, die sich gegen die Sonne stemmt, und ich zucke zusammen, als mein Ex-Mann in den Blick gerät. "Sandeep! Was machst du denn hier?"

Sandeeps Augen sind weit aufgerissen, sein Kiefer hängt herunter und er klammert sich an das Tor, als wäre er ein Seemann in einem Sturm. "Es tut mir leid, ich hätte nicht hineinkommen sollen, aber das Strandtor war offen und..." Seine Stimme verstummt, als er uns anstarrt. "Moment... Ist es das, wofür ich es halte?", sagt er mit verstellter Stimme.

Ich schnappe mir ein Handtuch von einem der Liegestühle, lege es mir um die Taille und verschränke die Arme vor der Brust. Ich schaue Belle an und weiß nicht, was ich sagen soll, aber sie zieht nur die Augenbrauen hoch und will sich nicht einmischen. "Ja, das ist es", antworte ich nach kurzem Zögern. Ich wurde wieder einmal ertappt, und es hat keinen Sinn, irgendetwas zu leugnen.

"Oh." Sandeep räuspert sich. "Ich wusste nicht, dass du... Ich wusste nicht..."

"Das wusste ich auch nicht", sage ich und helfe ihm auf. "Und du kannst nicht so einfach hier aufkreuzen. Das ist jetzt mein Zuhause, du wohnst hier nicht mehr."

"Ja, Entschuldigung." Der verblüffte Blick ist immer noch auf seinem Gesicht und er scheint die Worte nicht herauszubekommen, also beschließe ich, das Reden zu übernehmen. Ich bin immer noch erschüttert, weil Sandeep mich beim Küssen von Belle gesehen hat, aber ich schäme mich nicht. Es ist nur seltsam, sowohl ihn als auch meinen neuen Liebhaber hier zu haben, und ich will nicht, dass er es den Leuten erzählt, bevor ich bereit bin.

"Das ist Belle", sage ich und nehme Belles Hand. "Sie ist meine..." Gott, was ist sie für mich? Meine Partnerin? Meine Geliebte? "Wir sind zusammen", sage ich schließlich.

"Zusammen?" Als Sandeep das Wort ausspricht, klingt er wie ein Kleinkind, das gerade erst sprechen lernt. Sogar Belle scheint überrascht zu sein, dass ich so offen und ehrlich über uns spreche; sie blickt mich von der Seite an und drückt meine Hand.

"Ja." Ich halte inne und warte auf eine Antwort von ihm, aber er schweigt. "Ich würde es begrüßen, wenn du das für dich behalten könntest. Zumindest im Moment."

Er nickt. "Wissen es die Kinder?"

"Nicole weiß es, und Sasha weiß es auch. Aber ich bin noch nicht bereit, es jemandem zu sagen, also erwähne es bitte nicht gegenüber Igor oder gar Bree. Hier wird viel zu viel getratscht."

"Natürlich."

"Was hat dich hierher geführt?" frage ich. "Ich nehme an, du bist nicht nur auf einen Kaffee vorbeigekommen?"

"Nein, ich wollte eigentlich etwas mit dir besprechen." Er sieht Belle an, und sie lässt meine Hand los.

"Ich gehe duschen, damit ihr etwas Privatsphäre habt", sagt sie und schenkt Sandeep ein unbehagliches Lächeln. "Es war schön, dich kennenzulernen."

"Gleichfalls." Sandeep folgt mir ins Haus und setzt sich auf meine Geste hin zu den Hockern an der Theke und folgt Belle mit den Augen, während sie die Treppe hinaufgeht.

"Espresso? Mit zwei Stück Zucker?"

"Kein Zucker", sagt er, und das amüsiert mich. Natürlich hat Bree seinem Zuckerkonsum einen Riegel vorgeschoben. Diese Frau ist schlank und grün; sie hat mir einmal gesagt, dass Zucker und Kohlenhydrate der Teufel sind.

Ich mache einen Cappuccino für mich und einen Espresso für Sandeep und setze mich ihm gegenüber. Er sieht sich in der Küche um, und ich frage mich, was er denkt. Dieses Haus ist seine Kreation; er hat den größten Teil des Vorgängerbaus praktisch mit dem Bulldozer abgerissen, weil er keine effekthascherischen Konstruktionen oder Ausstattungen mag, und er hat dieses Haus wirklich geliebt. Ich nehme an, das tut er immer noch, daran hat sich nichts geändert.

"Also, worüber wolltest du reden?"

"Ehm, ja. Ich bin gekommen, um dir zu sagen, dass ..." Er kippt seinen Espresso hinunter, bereit, dass ich ihn im Falle eines Wutausbruchs hinausjage. Vielleicht ist er jetzt entspannter, nachdem er gesehen hat, dass auch ich weitergezogen bin, aber die vertrauten roten, nervösen Flecken breiten sich immer noch über seinen Hals und seine Wangen aus. "Bree und ich bekommen ein Baby."

"Ein Baby?" rufe ich aus und setze einen überraschten Blick auf. "Sie ist schwanger?"

"Ja. Fünf Monate."

"Wow. Ich dachte, du wolltest keine Kinder mehr haben." *Zumindest nicht mit mir.*

"Ich habe es nicht gewollt, es war nicht geplant. Aber wir sind natürlich glücklich", fügt er eilig hinzu. "Jedenfalls dachte ich, es wäre besser, wenn du es von mir erfährst und nicht von jemand anderem."

"Danke, dass du es mir gesagt hast." Ich schaue ihn an, sein markantes Kinn, sein Brusthaar, das über seinem halb aufgeknöpften Hemd zu sehen ist, und es fällt mir schwer zu glauben, dass wir einmal Sex hatten. Ich finde ihn einfach nicht mehr attraktiv. *Ich finde Männer nicht mehr attraktiv.* Ich nehme einen Schluck von meinem Kaffee und schweige, was ihn ein wenig ins Schwitzen bringt, während er auf meine Antwort wartet. "Aber das ist jetzt dein Leben, Sandeep. Du brauchst weder meine Erlaubnis noch meinen Segen."

Er nickt erneut. "Aber ich hätte gerne deinen Segen. Ich hoffe, wir kommen eines Tages miteinander aus, um der Kinder willen." Das ist natürlich Blödsinn. Solange wir uns zivilisiert benehmen können und beide glücklich sind, werden sich unsere erwachsenen Kinder nicht für unsere persönliche Beziehung interessieren. Aber wir haben viele gemeinsame Freunde, und wir werden uns diesen Sommer sehen. Reibereien zwischen uns würden das Zusammensein sehr unangenehm machen, und außerdem wohnt er ganz in der Nähe, so dass wir uns vielleicht sogar am Strand treffen könnten.

"Wenn es das ist, was du willst, dann freue ich mich für dich", sage ich und beobachte, wie seine Schultern vor Erleichterung sinken. "Nichts für ungut."

"Danke." Sandeep lächelt und blickt in Richtung Treppe. "Was ist mit dir und ..." Er runzelt die Stirn. "Belle, nicht wahr? Ist es euch beiden ernst?"

"Ich bin in sie verliebt. Das bin ich schon eine Weile, aber die Dinge waren kompliziert. Diese ganze Situation ist kompliziert, wie du sicher verstehen wirst."

"Weil sie eine Frau ist."

"Ja. Ich fühle mich nicht unwohl dabei - ganz im Gegenteil - aber ich muss mich erst an den Gedanken gewöhnen, bevor ich es anderen erzähle." Trotz allem, was er mir angetan hat, bin ich bereit, Sandeep im Zweifelsfall den Vorzug zu geben, und ich denke, ich kann ihm vertrauen. Er ist seit über zwanzig Jahren mein bester Freund, und vielleicht ist es gut, dass er jetzt hier ist, damit wir endlich ehrlich zueinander sein können.

"Wusstest du schon immer, dass du Frauen bevorzugst?", fragt er, und ich weiß, dass die Antwort für ihn wichtig ist.

"Nein." Ich halte inne. "Rückblickend vielleicht. Es gab Anzeichen, aber es hat nie geklickt, und ich meine es ernst, wenn ich sage, dass ich mit dir glücklich war. Zumindest bis..." Ich unterbreche mich, weil ich mich nicht auf einen Streit einlassen will. "Sorry, das ist jetzt Vergangenheit."

"Es ist okay, du kannst es sagen. Ich weiß, dass ich dich verletzt habe."

Wir verstummen beide, verarbeiten das Gespräch und ich habe plötzlich einen Moment der Klarheit. Es ist nicht alles seine Schuld. Er ist nicht der Einzige, der schuld ist. "Für dich kann es auch nicht einfach gewesen sein", sage ich. "Ich war nie sehr sexuell zu dir. Wir hatten nicht diese sexuelle Kompatibilität, von der die Leute reden."

"Ich glaube, ich wollte dich mehr, als du mich wolltest. Zumindest körperlich gesehen", gibt er zu.

"Ja." Ich halte inne und wähle meine Worte sorgfältig. "Nun, ich habe diese körperliche Chemie mit Belle, und ich habe erkannt, wie wichtig das ist. Leidenschaft war etwas, das ich dir nicht geben konnte - das sehe ich jetzt ein - und das tut mir leid."

"Ich hätte trotzdem bessere Entscheidungen treffen sollen, aber danke, dass du das sagst." Er greift über die Theke und drückt meine Hand, und ich glaube, dass er zum ersten Mal das Gefühl hat, dass ich ihn verstehe. Dass ich anfange zu begreifen, warum er sich verirrt hat, auch wenn es falsch war. "Dass du mit einer Frau zusammen bist, war das Letzte, was ich erwartet habe. Um ehrlich zu sein, muss ich mich immer noch davon erholen, wie du sie geküsst hast. Du sahst so..." Er runzelt die Stirn und sieht auf seine Hände hinunter. "Also... ich weiß nicht, ich nehme an, dass sie es mag. Macht sie dich glücklich?"

"Sehr." Ich lächle, als ich oben die Dusche laufen höre, und wenn ich mir Belle nackt darin vorstelle, kann ich es kaum erwarten, dass er geht und ich zu ihr kann. "Ich habe das nicht kommen sehen, aber ich bin dankbar, dass es mir passiert ist. Am Ende hat sich alles zum Guten gewendet, findest du nicht auch? Für uns beide."

Sandeep schließt die Augen und atmet erleichtert auf, die Mauer aus Schuldgefühlen bröckelt sichtlich ein wenig. Ich habe gehört, dass sich Schuldgefühle schlimmer anfühlen können als Schmerz, dass sie eine schreckliche Last sind, und ich will nicht, dass er sich weiter mit der Vergangenheit beschäftigt. "Bereust du es, mich geheiratet zu haben?"

"Nein", sage ich entschlossen. "Wir haben zwei wunderbare Kinder und hatten ein gutes Leben zusammen. Aber jetzt freue ich mich auf mein nächstes Leben, in dem es um mich geht und um das, was ich will." Ich lege den Kopf schief und sehe ihn an. "Bereust du es, mich geheiratet zu haben?"

"Nein. Gott, nein. Ich vermisse dich immer noch jeden

Tag. Du warst meine beste Freundin." Er zögert. "Aber du hast recht. Etwas hat gefehlt." Er steht auf und steht mit den Händen in den Taschen da. "Ich hoffe wirklich, dass wir wieder Freunde sein können, Reina." Dann dreht er sich um und geht durch die Hintertür.

# Kapitel 62

## *Belle - Mittwoch*

Ich bin noch ganz aufgeregt von den jüngsten Ereignissen und stehe viel länger als nötig unter der Dusche, um Reina und Sandeep mehr Zeit zum Reden zu geben. Er ist ein gut aussehender Mann und ich kann mir vorstellen, was sie in ihm gesehen hat. Jetzt wird es ernst. Obwohl er uns nie so zusammen sehen sollte, hat er es getan, und jetzt ist er der Dritte, der es weiß. Sandeep sah schockiert aus, und wenn ich mich nicht irre, war da auch ein Hauch von Eifersucht zu erkennen. Reina hingegen wirkte in Anbetracht der Umstände ziemlich gefasst, aber vielleicht ist das nur eine Fassade, die sie aufbaut; ich kenne sie noch nicht lange genug, um sicher zu sein. Ein Schatten bewegt sich über die Wand und Reina erscheint.

"Darf ich mich zu dir setzen?"

"Bitte." Ich wische das Kondenswasser von der Scheibe, damit ich sie besser sehen kann. "Bist du schon fertig?"

"Ja. Wir haben alles gesagt, was wir zu sagen hatten." Reina steht vor der Glastür, wackelt verführerisch mit den Hüften und zerrt an den Bikinizugbändern. In ihrem Gesicht ist nicht der geringste Anflug von Verzweiflung zu erkennen, und zu wissen, dass sie nur hier bei mir sein will, beruhigt mich. Ich war nicht besorgt, dass sie sich versöhnen würden - sie hat mehr als deutlich gemacht, dass dies keine Phase ist -, aber zwanzig Jahre Ehe sind eine Menge, und es muss immer noch etwas da sein.

"Dann beweg deinen süßen Hintern hierher." Ich beobachte sie, wie sie an den Bändern ihres Hinterns und ihres Oberteils zerrt, so dass die winzigen Kleidungsstücke auf den Boden fallen. "Verdammt, Frau."

Reina kichert und tritt zu mir, um ihren nackten Körper mit meinem in Einklang zu bringen. Als sie aufblickt, um mir in die Augen zu sehen, nehme ich ihr Gesicht in meine Hände. "Geht es dir gut? Du musst nicht so tun, als ob es dir gut ginge."

"Ja", sagt sie ohne zu zögern. "Ich habe mit ihm geredet und alles, woran ich denken konnte, war, dass ich wollte, dass er geht, damit du und ich beenden können, was wir angefangen haben." Ihre Hände wandern in mein Haar, dann hinunter zu meinem Hintern, und sie drückt meine Wangen zusammen und zieht mich an sich. Das Wasser rinnt in Kaskaden über ihr Haar, und ich spüre das rhythmische Pochen unserer gemeinsamen Herzen, als ich sie sanft küsse, wobei die leichte Liebkosung bald in Hunger übergeht. Reina erwidert den Kuss so eifrig, dass meine Beine anfangen zu zittern. Ohne ihren Mund von meinem zu nehmen, pumpt sie etwas Duschgel in ihre Handflächen und beginnt, meinen Rücken und meine Schultern zu schrubben, wobei ihre Arme mich umarmen. Sie zieht sich zurück, aber nur für einen Moment, um mehr Seife zu holen - eine großzügige Menge dieses Mal - und sie trägt sie auf ihre Brüste und ihren Bauch auf, dann nimmt sie mich wieder in die Arme und reibt ihren Körper an meinem, während wir uns küssen. Sexy, hart, langsam, ihr Rücken wölbt sich und ihre Hüften bewegen sich so sinnlich, dass jeder Teil von mir in Flammen aufgeht. Die Glätte zwischen uns, die Tropfen, die ihre Schultern und ihre Brüste hinunterlaufen und sich in einer Pfütze zwischen uns niederlassen, als wären wir miteinander versiegelt. Ich bin erstaunlich bewegt und erregt, erfüllt von so viel Sehnsucht, dass meine innere Domina in Gang kommt.

"Dreh dich um und schau zur Wand", sage ich atemlos und fasse sie an den Schultern.

Reina schenkt mir ein sexy Lächeln, während sie mir den Rücken zuwendet. "Was hast du vor?"

Ich antworte nicht und führe sie sanft an die Wand. Reina keucht wegen der kalten Fliesen auf ihrer Haut, aber sie wölbt ihren Rücken und fleht mich an, sie zu nehmen. Ich creme meinen ganzen Oberkörper ein und dringe in sie ein, wobei ich sie zwischen mir und der Wand einklemme. Ich stöhne auf, als ich in ihren süßen Hintern stoße, die Reibung verursacht ein köstliches Ziehen in meinem Inneren.

"Das fühlt sich so gut an." Sie drückt sich gegen mich, unser Rhythmus ist jetzt schneller und drängender.

Ich nehme ihre Hände und lege sie an die Wand, knapp über ihrer Schulterhöhe. "Behalte sie dort und du wirst dich in einer Minute noch besser fühlen." Ihre Reaktion auf meine Stimme, wenn wir miteinander schlafen, erstaunt mich immer wieder, und ich spüre die Erregung, die sie durchströmt, als ich ihr ins Ohr flüstere. Ich stelle den Hebel auf die Handbrause um, drehe den Druck auf und führe ihn um sie herum, dann spreize ich ihre Beine mit meiner Hand. Ich richte ihn auf ihr pochendes Zentrum, und sie zuckt bei dem harten Strahl zusammen und krallt sich an der Wand fest, weil sie etwas zum Festhalten braucht.

"Scheiße!"

Ich lasse den Duschkopf dort, dringe von hinten in sie ein und beginne sie langsam zu ficken, bis ihre unkontrollierten Bewegungen mir sagen, dass ich schneller werden muss. In ihr zu sein, macht mich am meisten an; ich fühle mich auf allen Ebenen mit ihr verbunden. Ich liebe es, wie sie sich fühlt, wie sehr sie mich will. Wie sehr sie das braucht. Ihre Wände ziehen sich zusammen, ihr Körper zittert und ihre Hände sind zu Fäusten geballt, während ihre Wange gegen die Wand gepresst ist.

"Ja, Belle..." Reina kommt so heftig, dass ihr Schrei an den Wänden des Badezimmers abprallt und ich sie drücken muss, um sie aufrecht zu halten. Nach langen Momenten lasse ich den Duschkopf fallen und wir sinken zusammen auf den Boden, wo sie in meine Arme fällt, damit ich sie halten kann. "Fuck." Sie schließt die Augen, während sie nach Luft schnappt.

Ich streichle ihr nasses Haar und küsse ihre Stirn, und wir verharren eine Weile so, bevor sie sich aufrichtet und nach dem Duschkopf greift. Mit einem verruchten Grinsen hält sie ihn hoch, ihre Augen streicheln meinen nackten Körper, bevor sie sich zwischen meinen Schenkeln niederlassen.

"Du bist dran", sagt sie und beißt sich auf die Lippe. Der Boden fühlt sich hart an, als sie mich anstupst, damit ich mich auf den Rücken lege, aber das ist mir egal, denn sie beugt sich über mich und küsst mich heftig, während sie den Duschkopf zwischen uns herunterlässt. Reina ist nicht mehr die schüchterne Frau von früher. Sie fühlt sich in ihrer Nacktheit nicht unwohl, sie ist nicht von mir eingeschüchtert und sie hat keine Angst, mich zu erforschen. Als das Wasser meinen Kitzler trifft, schießen meine Hüften in die Höhe und sie spreizt meine Beine, um mich zu quälen, indem sie sie entfernt, wenn mein Orgasmus sich aufbaut. Sie lächelt gegen meine Lippen und wiederholt die Aktion, lässt mich betteln, so wie ich sie schon so oft habe betteln lassen.

"Bitte", murmle ich.

"Bitte was?" Sie zieht sich zurück, um mich anzuschauen, und lässt mich schließlich los. Ihre Augen treffen auf die meinen, und sie ist völlig erstaunt, als sie den ekstatischen Ausdruck auf meinem Gesicht sieht. Es ist ein Blick des Staunens, der Neugier, der Freude, und es ist auch etwas sehr Weiches und Warmes in ihrem Blick, etwas Zärtliches. Sie öffnet den Mund, um etwas zu sagen, schüttelt dann aber den Kopf und lächelt stattdessen. Sie lehnt sich zu mir und ihre süße Stimme klingt in meinem Ohr. "Wir sollten öfter zusammen duschen."

# Kapitel 63

## *Reina – Samstag*

"Hi Leute!" Ich nehme Belle in den Arm und streiche Suki durch die Haare. Sie hat bereits ihren Badeanzug an, einen süßen gelben Anzug mit Rüschen und einer Ente auf der Vorderseite. "Es ist so schön, dich wiederzusehen", sage ich und gehe in die Knie, so dass ich auf Augenhöhe mit ihr bin. "Erinnerst du dich an mich?"

Suki grinst mich an und nickt, während sie sich an Belles Bein lehnt, den Arm um ihren Oberschenkel gelegt. "Mami sagt, du hast einen Pool."

"Schon. Aber er ist ziemlich tief, also musst du deine Schwimmflügel tragen."

"Ich habe Floater." Sie hält sie hoch, ein gelbes Paar, das zu ihrem Anzug passt. Die Schüchternheit schwindet bereits aus ihrem Gesichtsausdruck und ich habe das Gefühl, dass sie sich bald für mich erwärmen wird.

"Das sind sehr coole Schwimmer. Willst du ein Glas Limonade für draußen?"

"Ja, bitte." Suki folgt mir und Belle in die Küche und ihr Gesicht strahlt, als sie den Pool durch die offenen Schiebetüren sieht. "Mami, das ist ein großer Pool! Und sie hat ein Meer!"

Belle lacht und legt einen Arm um meine Taille. "Ja, das ist das Meer hinter dem Hof, aber der Strand und das Meer gehören allen".

"Wir können später runtergehen", sage ich und reiche Suki einen glitzernden rosa Plastikbecher mit Limonade und einem passenden Strohhalm, den ich für heute gekauft habe. "Cappuccino?" frage ich und begegne Belles Augen. Es war ein komisches Gefühl, sie nicht zu küssen, als sie ankam, und der kokette Blick, den sie mir zuwirft, ist nicht gerade hilfreich.

"Ja, ich hätte gerne einen", sagt sie. Als Suki nach draußen geht, drückt sich Belle von hinten an mich ran und ich kichere, als ich ihre Hand wegschlage. "Benimm dich, Belle."

"Tut mir leid." Sie lacht auch und zwinkert mir zu, bevor sie Suki nach draußen folgt. "Sie lernt schwimmen. Stimmt's, Schatz?"

"Ich kann ohne Schwimmer schwimmen, aber ich muss noch üben."

"Wow. Das ist erstaunlich für eine Vierjährige", sage ich und senke meine Stimme, während Belle ihre Schwimm-flügel anlegt und sie aufbläst.

"Sie ist noch nicht so weit, aber man kann nicht früh genug damit anfangen, wenn man von Wasser umgeben ist, oder? Wir werden heute noch ein bisschen üben; ich versu-che, eine Stunde pro Woche mit ihr zu machen." Belle gibt Suki einen Kuss auf die Wange und das kleine Mädchen springt mutig ins kalte Wasser. Als wir ihr applaudieren, grinst sie breit und zeigt, wie sie schwimmt.

"Sie ist so süß. Ich vermisse es, jüngere Kinder zu haben", sage ich und klatsche erneut, als Suki das andere

Ende des Pools erreicht. "Nicht, dass ich noch mehr haben möchte, aber man ist einfach so aufgeregt durch sie, meinst du nicht?

"Ja. Sie bringt mich die ganze Zeit zum Lachen." Belle hält ihren Blick auf Suki gerichtet, während wir uns an den Rand des Pools setzen und unsere Beine ins Wasser tauchen. Es ist sonnig und warm und ich fühle mich heute unheimlich glücklich und zufrieden. "Ich wollte dich fragen...", sagt sie. "Du hast erwähnt, dass du bald Geburtstag hast. Wann ist er?"

"Es ist der dreißigste Juli, aber ich feiere nicht. Nicole sagte, sie wolle mich in ein Spa einladen und mit mir essen gehen. Sie wollte eine Party organisieren, was sehr nett von ihr ist, aber... ich weiß auch nicht. Damals hatte ich keine Lust."

"Und jetzt?"

"Ich mag es nicht, im Mittelpunkt zu stehen", sage ich achselzuckend. "Und Nicole wird wegen eines Praktikums fast den ganzen Juli in New York bleiben, also freue ich mich eigentlich, meinen Geburtstag mit ihr zu verbringen."

Belle nickt. "Und was ist mit dem 4. Juli? Wird sie nicht hier sein?"

"Nein, sie geht mit ihrem Freund auf eine Party. Aber ich habe ein paar Einladungen zu Partys, also werde ich so oder so Spaß haben." Ich sehe Belle an und lächle. "Was macht ihr am Vierten?"

"Wir feiern im Haus meines Vaters. Ich, Suki, Juliette, ihr Sohn Cameron, Dad und Jackie. Nur eine kleine Gruppe, aber es wird lustig werden. Das ist es immer." Belle zögert und sieht mich kurz an, dann richtet sie ihren Blick wieder auf Suki. "Du kannst gerne mitkommen, aber ich bin mir sicher, dass du viel aufregendere Partys zu besuchen hast."

"Oh ..." Ihre Einladung erschreckt mich und ich verstumme, weil ich mir meines albernen Grinsens bewusst bin. "Das wäre toll."

"Wirklich?" Belle erwidert mein Lächeln, die Überraschung steht ihr ins Gesicht geschrieben. Ich möchte ihre Grübchen und ihren köstlichen Mund küssen, und an der Art, wie sie ihren Blick zu mir wendet, erkenne ich, dass sie mich auch unbedingt küssen möchte.

"Ja. Aber nur, wenn es den anderen nichts ausmacht. Ich will mich nicht aufdrängen."

"Auf keinen Fall, sie würden dich gerne kennenlernen." Belle legt einen Arm um mich und zieht mich zu sich. "Es ist nichts Großes, nur ein paar Steaks auf dem Grill und Drinks am Lagerfeuer. Normalerweise gehen wir später runter zum Strand, um uns das Feuerwerk anzusehen."

"Das klingt perfekt", sage ich und erinnere mich gerne an die Zeiten, in denen wir als Familie gefeiert haben. Seit die Kinder zu den Partys ihrer Freunde gehen, macht es nicht mehr so viel Spaß. Die Partys zum vierten Juli, an denen Sandeep und ich teilgenommen haben, waren überfüllt und voller Leute, die eher zum Netzwerken als zum Vergnügen da waren, und letztes Jahr habe ich überhaupt nicht gefeiert. Den Tag mit Belle zu verbringen, ist auf jeden Fall besser, als allein auf eine aufgeblasene Party zu gehen, und ich bin neugierig auf ihren Vater und Jackie, denn sie hat mir viel über sie erzählt.

Suki ist jetzt bei ihrer dritten Länge und übt zielstrebig ihren Schlag, also stehe ich auf und ziehe meinen Kaftan aus.

"Willst du mich umbringen?" flüstert Belle und schaut zu mir hoch, die ich in meinem neuen gelben Neckholder-Bikini am Rand des Pools stehe.

Ich kichere und helfe ihr auf. "Kommst du mit rein?"

Belle zieht ihr T-Shirt und ihre Shorts aus und springt hinein. Das verursacht einen riesigen Schwall, der mich schreien lässt, als das kalte Wasser auf meine Haut trifft. Suki findet das sehr amüsant, schwimmt zu Belle hinüber und klammert sich an sie.

"Du auch!", sagt sie und zeigt auf mich. "Mach eine Kanonenkugel."

"Reina will keine Kanonenkugeln machen", sagt Belle in einem neckischen Ton. "Sie will nicht, dass ihre Haare nass werden."

"Ach, wirklich?" Ich werfe ihr einen verwegenen Blick zu, gehe ein paar Schritte zurück, renne dann zum Pool und springe hinein, wobei ich meine Knie umklammere.

# Kapitel 64

## *Belle - Sonntag*

A uf den ersten Blick kann ich das dunkelhaarige Mädchen, das auf der Terrasse der Oyster Bar sitzt, nicht richtig einordnen. Sie kommt mir bekannt vor, und sie sitzt alleine da, als ob sie auf jemanden warten würde. Ich hebe Suki auf und mache mich schnell auf den Weg zur Tür. Dabei jongliere ich mit der Einkaufstasche und meinen Schlüsseln.

"Belle?"

Da wird mir klar, dass es Reinas Tochter ist. Das Mädchen, das mich und ihre Mutter in der Küche erwischt hat. "Hallo", sage ich zögerlich und setze Suki wieder ab. "Nicole, richtig?" Als sie aufsteht und auf mich zukommt, überlege ich, was ich sagen soll. "Was führt dich hierher?"

"Ich wollte eigentlich zu dir. Ich habe an deiner Tür geklingelt, aber du warst nicht zu Hause, also dachte ich mir, ich versuche einfach mein Glück und warte ein bisschen." Sie schenkt mir ein unbeholfenes Lächeln. "Erinnerst du dich an mich?"

"Ja, natürlich." Ich mache mir plötzlich Sorgen, denn ich kann mir nur zwei Gründe vorstellen, warum sie hier ist. Entweder ist Reina etwas zugestoßen, oder sie will mir sagen, dass ich mich zurückziehen und sie in Ruhe lassen soll. "Geht es deiner Mutter gut?"

Nicole lächelt und nickt. "Ja, es geht ihr gut. Sie weiß nicht, dass ich hier bin." Sie kniet sich vor Suki hin, um sie mit süßer Stimme zu begrüßen. "Hallo du. Du bist Suki, stimmt's?"

Suki kichert, als sie ihr ein High Five gibt. Nicoles Lächeln ist dem ihrer Mutter so ähnlich und sie kann offensichtlich genauso gut mit Kindern umgehen.

"Sie weiß nicht, dass du hier bist, hm?" wiederhole ich und zeige auf meine Tür. "Willst du mit hochkommen?"

Nicole schüttelt den Kopf und zeigt auf ihren Tisch. "Ich will dich nicht zu lange stören. Aber kann ich dich auf einen Drink einladen?" Sie wendet ihre Aufmerksamkeit wieder Suki zu. "Und vielleicht einen Saft für die kleine Prinzessin?"

"Kann ich ein Eis haben?", fragt Suki und setzt ihre süßeste Quietschstimme auf.

"Ich glaube, die haben hier welches, aber da musst du deine Mutter fragen."

Trotz der Unsicherheit und des Unbehagens, das ich bei Nicoles spontanem Besuch empfinde, muss ich lachen, als Suki vor Aufregung auf und ab springt und ihre kleinen Arme um mich wirft.

"Bitte, Mami?"

"Klar, du kannst eins haben", sage ich und schenke Nicole ein Lächeln. Sie scheint ein nettes Mädchen zu sein, und ich kann kaum glauben, dass sie erst siebzehn ist. Ihre Manieren sind tadellos, denn sie bittet den Kellner höflich um einen zusätzlichen Stuhl und eine Dessertkarte. Ich bestelle einen Kaffee, Nicole ein Ginger Ale und Suki entscheidet sich für einen Eisbecher. Wir plaudern ein wenig über das Dorf, Suki und das Wetter, während Suki ein Erdbeer-Vanille-Dessert mit verschiedenen Streuseln und Toppings isst, und ich werde von Minute zu Minute nervöser und wünsche mir, dass sie einfach zur Sache kommt.

"Also, wegen meiner Mutter..." beginnt Nicole, als Suki von einem Pärchen mit einem Pudel abgelenkt wird, das am Tisch neben uns sitzt. "Gott, ich weiß gar nicht, wo ich anfangen soll." Sie hält inne und sucht nach Worten. "Mein Dad hat meine Mom wegen unserer Innenarchitektin verlassen. Das weißt du vielleicht, vielleicht auch nicht."

"Ich weiß. Sie hat es mir gesagt." Ich warte auf den Moment, in dem sie mir sagen wird, dass ich ihre Mutter so verwirrt habe, dass sie glaubt, sie sei lesbisch, und dann drängt sie mich, mich von Reina fernzuhalten, auf eine zivilisierte, aber eindringliche Weise.

"Okay. Gut", fährt Nicole fort. "Jedenfalls war sie immer nur mit meinem Vater zusammen, und die Scheidung hat sie natürlich sehr mitgenommen. Sie zog für immer hierher, nachdem sie ihre New Yorker Wohnung verkauft hatten, und ich glaube, sie hat unterschätzt, wie ruhig dieser Teil der Hamptons außerhalb der Saison ist, deshalb war es schwer für sie."

"Ja, das ist verständlich. Aber es schien ihr gut zu gehen."

"Nicht wirklich. Du hast sie nur so gesehen, weil ..." Sie holt tief Luft und hält inne. "Weil du der Grund bist, warum sie wieder lächelt."

"Ich glaube nicht, dass das stimmt", sage ich mit einem Stirnrunzeln.

"Es ist wahr." Nicole nimmt einen Schluck von ihrem Getränk. "Ich bin jedes Wochenende in die Hamptons gefahren, weil ich wusste, dass das das Einzige war, was sie aufmunterte, aber dann kam ich eines Freitags nach Hause und sie war wie ausgewechselt. Sie strahlte förmlich, und es schien ihr einfach viel besser zu gehen. Das war die Woche, in der du anfingst, für sie zu arbeiten.

"Aber das liegt nicht nur an mir", sage ich und bin erleichtert, dass das Gespräch zumindest bisher in eine positive Richtung geht.

"Nein, im Ernst, Belle. Es ist, als ob deine Anwesenheit sie verjüngt hat. Jedenfalls wollte ich mich bei dir bedanken, weil du ihr geholfen hast, zu sich selbst zu finden. Ich weiß nicht, was du getan hast, aber sie ist ein anderer Mensch und du musst wissen, dass sie total auf dich steht."

"Danke schön. Ich weiß es zu schätzen, dass du das sagst, und falls du es noch nicht gemerkt hast, ich stehe auch total auf deine Mutter. Ich würde nicht mit ihr ausgehen, wenn ich es nicht ernst meinen würde." Ich lehne mich zurück und mustere sie. "Ich dachte, du wärst hergekommen, um mir zu sagen, dass ich mich von ihr fernhalten soll. Ich kann mir vorstellen, dass es ein ziemlicher Schock gewesen sein muss, als du zu uns hereinkamst."

Nicole wirft den Kopf zurück und lacht. "Ich will nicht leugnen, dass es ein Schock war, aber darüber bin ich längst hinweg. Ich hatte einfach einen schlechten Tag, und als ich meine Mutter brauchte und sie so vorfand, war das... Ich weiß nicht, es war einfach sehr, sehr unerwartet und es schien so untypisch. Aber mir ist klar geworden, dass sie auch ihre eigene Person ist, nicht nur meine Mutter, und ich freue mich sehr für sie. Wie auch immer, ich bin hierher gekommen, um dir zu sagen, wie sehr ich es schätze, dass du für Mom da bist. Und weil ich eine Überraschungs-Geburtstagsparty für sie schmeiße und möchte, dass du kommst. Ich habe deine Nummer nicht, daher der Überraschungsbesuch."

"Oh... Das ist sehr nett von dir, aber ich bin mir nicht sicher, ob sie sich in meiner Anwesenheit wohlfühlen würde."

Nicole schüttelt den Kopf. "Nee-ah. Wenn sie wüsste, dass ich das organisiere, würde sie darauf bestehen, dass ich dich einlade. Außerdem ist es ja nicht so, dass ihr eine Ankündigung machen müsst oder so etwas. Du kannst einfach als Freundin für sie da sein."

"Das ist wahr." Plötzlich habe ich eine Idee, also öffne ich meine Website auf meinem Handy und gebe es ihr. "Wenn du etwas für die Party brauchst, kannst du dir aussuchen, was du willst, und ich bringe es dir vorbei und bereite es für dich vor."

Nicole schnappt nach Luft und scrollt eifrig durch meine Website. "Belle, das ist unglaublich. Bist du sicher?"

"Natürlich. Alles, was ich tun kann, um zu helfen."

"Vielen Dank, ich sage dir Bescheid." Nicole legt einen Zwanzig-Dollar-Schein auf den Tisch und steht auf. Sie holt einen Stift aus ihrer Handtasche und kritzelt etwas auf Sukis Serviette. "Hier ist meine Nummer. Schick mir deine, dann melde ich mich."

# Kapitel 65

## *Reina – 4. Juli*

"Hey, Mädchen!" Juliette begrüßt mich mit einer Umarmung, als Belle, Suki und ich auf der Farm von Belles Vater ankommen.

"Hallo, es ist so schön, dich wiederzusehen." Ich umarme sie zurück und wende mich dem Jungen an ihrer Seite zu. "Und du musst Cameron sein."

Cameron nickt und starrt zu mir hoch, während er an seinem Eis lutscht, dann sieht er Suki in die Küche gehen und folgt ihr.

"Tut mir leid, er ist manchmal ein bisschen schüchtern. Er wird dir in einer Stunde den Kopf verdrehen, ich wollte dich nur warnen." Juliette sieht mich an und schüttelt lächelnd den Kopf, als könne sie es nicht fassen, dass ich hier bin. "Ich bin so froh, dass du heute kommen konntest. Und Jackie und Frank auch."

"Habe ich meinen Namen gehört?" Eine ältere Frau kommt aus der Küche mit einem Tablett mit marinierten Steaks, das sie neben den Grill stellt. Sie trägt ein lässiges T-Shirt und Shorts, und ihr graues Haar ist zu einem unordentlichen Zopf gebunden. Als sie mich sieht, strahlt sie über das ganze Gesicht und stürmt auf mich zu. "Hier ist sie", sagt sie und zieht mich in eine Umarmung. "Reina. Endlich lerne ich dich kennen." Sie streichelt meinen Arm und schaut mich von oben bis unten an. "Ich bin Jackie."

"Ich freue mich auch, dich kennenzulernen, und vielen Dank, dass ich hier sein darf."

"Das Vergnügen ist ganz auf unserer Seite", sagt sie und schreit über ihre Schulter: "Hey, Frank! Komm mal raus, Belle und Reina sind da."

"Ich weiß, gib mir einen Moment, ich habe hier hinten einen kleinen Teufel, der mir die Sicht versperrt." Belles Vater lacht, als er herauskommt. Er hat Suki auf den Schultern und sie hält ihm die Augen mit ihren Händen zu. "Reina?" sagt er und versucht, durch die Lücken zu sehen. "Lass mich diesen Unruhestifter absetzen, damit ich dich richtig begrüßen kann." Er hebt Suki von seinen Schultern und kitzelt sie bis sie kreischend davonläuft. Immer noch lachend schüttelt er meine Hand. "Frank. Belles Vater. Willkommen in meiner bescheidenen Bleibe."

"Danke, ich bin so froh, hier zu sein." Wir nehmen uns gegenseitig in Augenschein; Frank versucht zweifellos herauszufinden, was für ein Mensch ich bin und ob er mich für gut genug für seine Tochter hält, und ich bin etwas nervös, da er einer der wichtigsten Menschen in ihrem Leben ist. Ich erkenne keine Ähnlichkeit, er hat viel schroffere Gesichtszüge und graue Augen. Dann lächelt er breit, und ich weiß, dass wir uns gut verstehen werden.

"Du brauchst sicher einen Drink", sagt er und deutet auf den Tisch. "Warum setzt du dich nicht und lässt dir von Jackie ein Glas Punsch einschenken? Ich mache gerade etwas in der Küche fertig."

"Kochst du wirklich, Papa?", fragt Belle und umarmt ihn.

"Ich versuche es. Unter der strengen Vormundschaft von Jackie", fügt er grinsend hinzu. "Was?" Frank hebt eine Augenbraue, als Belle ihm einen verwirrten Blick zuwirft. "Es ist nicht nur ein besonderer Anlass, es ist ein monumentaler. Wir feiern nicht nur den vierten Juli, sondern es ist auch das erste Mal, dass du eine Freundin mit nach Hause bringst."

"Okay ..." Belle errötet, was ihn laut auflachen lässt, bevor er wieder in der Küche verschwindet.

"Vergiss deinen Vater. Er ist nur ein Scherzkeks", sagt Jackie und schenkt uns beiden ein Glas Rumpunsch ein. Sie füllt ihr eigenes und Juliettes Glas auf und setzt sich dann zu uns an den Tisch.

"Soll ich ihm helfen?" frage ich.

Jackie schüttelt den Kopf. "Nein, Schatz. Entspann dich einfach und genieße es. Er wollte wirklich alles selbst machen, und er hat nicht gescherzt, als er sagte, er habe strenge Anweisungen bekommen. Ich habe alles Wort für Wort für ihn aufgeschrieben und ihm beim Schneiden geholfen, aber ansonsten hat er alles selbst gemacht."

Wir sitzen und plaudern und genießen das Wetter, während wir uns gegenseitig kennenlernen, und nach einer Weile setzt sich Frank mit einem Whiskey und einer Zigarre zu uns. Er ist ein liebenswerter Mann; witzig und warmherzig für jemanden, der es im Leben nicht leicht hatte, aber das ist Belle auch. Sein Haus ist wirklich eine der schönsten Farmen, die ich in den Hamptons gesehen habe. Obwohl das Haus alt und klein ist und eine Menge Arbeit benötigt, hat es viel Charme und der Hof ist einfach idyllisch, mit Schafen und Hühnern, die frei herumlaufen und auf der Wiese grasen, die mit Wildblumen übersät ist. Die hölzerne Scheune im hinteren Teil ist gelb gestrichen und passt farblich zu den Fensterbänken und der Tür des weißen Hauses, an dessen Wänden Efeu emporwächst. Hinter der Steinmauer, die das Grundstück umgibt, liegt ein weiteres Feld, und in der Ferne kann ich die Dünen sehen. Wir sitzen an einem langen Holztisch, der im Garten vor der Küchentür steht. Der Grill ist angezündet, und der Duft von gegrilltem Mais erfüllt die Luft.

"Geht es dir gut? Sind alle nett zu dir?" fragt Belle, als wir einen Moment Zeit für uns haben. Jackie und Juliette haben die Kinder in die Scheune gebracht, während ihr Vater sich um die Steaks hinter dem Grill weiter unten auf der Terrasse kümmert. Sie hat sich jetzt selbst ein wenig entspannt und einen Arm über die Lehne meines Stuhls gelegt.

"Ja, sie sind reizend. Ich fühle mich sehr wohl mit ihnen."

"Gut." Sie zwinkert mir zu und ich werde innerlich ganz feucht. "Sie mögen dich offensichtlich auch. Ich habe meinen Vater selten so aufgeregt gesehen."

Ich werfe einen Blick auf ihren Vater, der eine Melodie pfeift, während er mehr Holzkohle auf den Grill wirft. "Und dein Vater und Jackie sind nicht zusammen, hast du gesagt? Auf mich wirken sie wie ein Paar."

"Nein, sie sind nur beste Freunde, aber sie beide in meinem Leben zu haben, bedeutete, dass wir fast wie eine normale Familie waren, als ich aufwuchs, und das war schön."

"Ich kann mir vorstellen, dass das nach dem Tod deiner Mutter einen großen Unterschied gemacht haben muss. Meine Eltern waren nicht sehr oft da, als ich jünger war. Mein Vater wollte unbedingt einen Sohn als Erben haben, aber nach Komplikationen bei meiner Geburt konnte meine Mutter keine weiteren Kinder mehr bekommen, und er hat sich einfach nie so sehr für mich interessiert." Ich stieß ein sarkastisches Lachen aus. "Meine Mutter war süß und sogar ein wenig mütterlich, aber ich wurde von Kindermädchen aufgezogen und selbst jetzt kümmert sie sich mehr um ihre Katzen als um mich."

"Autsch. War es schwer, so aufzuwachsen?"

"Nicht wirklich", sage ich nach kurzem Zögern. "Ich hatte keine schlechte Kindheit, ich war nur sehr unabhängig, und als ich eine eigene Familie hatte, habe ich meine ganze Energie in meine Kinder und meinen Mann gesteckt, weil ich wollte, dass meine Kinder das haben, was ich nie hatte. Ein liebevolles, gesundes Zuhause, verstehst du? Aber dabei habe ich nicht erkannt, was *ich* eigentlich brauche."

"Wir haben jetzt genug Zeit, das wiedergutzumachen." Belle streichelt meine Schulter und spielt mit einer Locke meines Haares. "Vermisst du deinen Vater?"

"Manchmal. Aber wie ich schon sagte, war er nie ein wichtiger Teil meines Lebens. Ich war eigentlich überrascht, dass er mir so viel Geld in seinem Testament hinterlassen hat. Es wurde fifty-fifty mit meiner Mutter geteilt." Ich lächle und küsse sie kurz, dann rücke ich meinen Stuhl näher und lehne mich an sie. "Wenn du mich vor einem Jahr gefragt hättest, hätte ich mir meinen vierten Juli ganz anders vorgestellt." Die Sonne geht hinter der Scheune unter, und die Felder sehen so friedlich aus, das goldene Licht verleiht unserer Umgebung einen sepiafarbenen Schimmer. "Danke. Das ist wirklich schön."

"Finde ich auch. Der beste vierte Juli aller Zeiten, und alles nur, weil du hier bist." Belle sieht mir in die Augen. "Suki hat mich gerade gefragt, ob sie heute Nacht bei Jackie bleiben kann. Willst du mit mir nach Hause kommen?"

# Kapitel 66

## *Belle – 4. Juli*

"Wir gehen zurück, Leute", sagt Jackie, als der größte Teil des Feuerwerks vorbei ist. Wir hatten einen schönen, lustigen Abend, mit gutem Essen, Musik zum Mitsingen und viel Gelächter. Das Feuerwerk war wunderschön und der Strand, an dem vor einer Stunde noch viel los war, ist jetzt wieder ruhig, nur ein paar Leute bleiben zurück, um ihre mitgebrachten Getränke auszutrinken.

"Wir sind gleich hinter euch", sage ich und genieße noch immer die Meeresbrise.

"Ich gehe mit Opa." Suki befreit sich aus meinem Griff und läuft hinter Jackie, Juliette, Cameron und meinem Vater her.

"Okay, Schatz, wir bleiben nicht lange." Als sie außer Sichtweite sind, setzen Reina und ich uns in den Sand und ich lege einen Arm um sie. Sie strahlt, als sie mich ansieht.

"Ich hatte so eine tolle Zeit. Sie sind alle sehr nett."

"Ich bin froh, dass du so denkst." Ich lächle sie an. "Und du bist jederzeit herzlich eingeladen, mit uns etwas zu unternehmen. Mein Vater und Jackie haben sogar darauf bestanden, dass ich dich bald wieder mitbringe."

"Das ist süß." Reina wendet sich wieder dem Meer zu und atmet tief ein, dann legt sie ihren Kopf auf meine Schulter. "Ich glaube, es ist an der Zeit, dass ich dich meinen Kindern vorstelle." Sie gluckst. "Ich nehme an, du hast Nicole bereits kennengelernt, aber vielleicht sollten wir es noch einmal versuchen, dieses Mal in voller Montur. Und Eddie... Ich weiß nicht, wann er von seiner Reise zurückkommt, aber ich möchte ihn anrufen und ihm von dir erzählen."

"Bist du sicher?" frage ich und ziehe sie näher zu mir. Ihr Körper fühlt sich wunderbar an meinem an und ich merke, dass ich mich heute Abend vollkommen zufrieden und glücklich fühle, als ob alles genau so ist, wie es sein soll. Genau wie Reina hätte ich mir meinen vierten Juli auch nicht so vorgestellt. Die besten Dinge passieren, wenn man sie am wenigsten erwartet.

"Ja. Nicole nimmt mich zu meinem Geburtstag in ein Wellness-Hotel mit, es ist in Montauk, glaube ich. Vielleicht können wir am nächsten Tag zusammen essen gehen?"

"Klar. Wenn Nicole mir in die Augen sehen kann, nachdem sie mich gesehen hat..."

"Bitte, erinnere mich nicht daran." Reina lacht. "Sie wird sich schon wieder erholt haben, das verspreche ich."

"Okay, in dem Fall würde ich das gerne tun." Es amüsiert mich, dass sie absolut keine Ahnung hat, dass Nicole eine Party für sie plant, und dass es mir Spaß macht, ihr zu helfen, aber es ist auch ein bisschen beunruhigend. Nicht jeder mag Überraschungen, und Reina hat deutlich gemacht, dass sie keine große Feier wollte. Aber das ist schon Wochen her, und die Dinge haben sich geändert. Sie geht wieder mehr aus, trifft sich mit Freunden, die sie schon lange nicht mehr gesehen hat, und ist mit ihrer ehrenamtlichen Arbeit beschäftigt.

"Toll, ich reserviere einen Tisch." Reinas Telefon klingelt, und sie lächelt, als sie eine Nachricht von ihrem Sohn mit der Aufschrift *"Happy 4th, love you"* und einem Bild im Anhang öffnet.

"Hier, das ist Eddie", sagt sie und reicht mir das Telefon.

"Ich sehe, Eddie amüsiert sich." Ich zoome ihn heran, dann wieder heraus und studiere das Selfie von ihm und einem Mädchen, das in einer Hängematte liegt, mit einem tropischen Strand im Hintergrund. "Er sieht auch aus wie du."

"Ja, das tut er. Und das ist seine Freundin, Maddie. Sie ist reizend." Reina seufzt. "Gott, ich vermisse ihn, und ich mache mir ständig Sorgen. Ich weiß, dass ich das nicht tun sollte - er ist jetzt ein erwachsener Mann -, aber trotzdem ist er so weit weg, und sie halten sich beide für unbesiegbar."

"Ich bin sicher, du wirst ihn bald sehen." Was Reina auch nicht weiß, ist, dass Nicole es arrangiert hat, dass er zurückfliegt, um sie an ihrem Geburtstag zu überraschen. Ich kann mir nur vorstellen, wie glücklich sie sein wird, wenn sie ihn wiedersieht. "Arbeitet er?"

"Ja, er betreibt ein Online-Geschäft, zusammen mit Maddie. Sie kaufen schöne, handgefertigte Gegenstände aus der ganzen Welt und verkaufen sie auf ihrer Website. Ihre Kunden sind hauptsächlich Innenarchitekten, und sie verkaufen alles von antiken Wandteppichen, Gemälden und Skulpturen bis hin zu venezianischem Glas und großen Vasen. Letztes Jahr brach er das College ab und sagte, er brauche keinen Abschluss, um das zu tun, was er tun wolle, und ich konnte ihm kaum widersprechen, da ich selbst nicht auf dem College war. Sandeep war nicht glücklich darüber, aber er kam zu sich, als klar wurde, dass Eddie wusste, was er tat. Anfangs kauften sie über Online-Kanäle ein, aber dann beschlossen sie, auf Reisen zu gehen, um mehr einzigartige Artikel zu finden."

"Das muss eine schöne Art zu leben und zu arbeiten sein."

"Ja, das ist die Gen Z. Sie sind einfach so frei und erfinderisch in ihrem Denken und weigern sich, sich anzupassen."

"Suki möchte eine Prinzessin sein, wenn sie groß ist", sage ich in einem humorvollen Ton. "Eine Poolreinigungsprinzessin, die mit Haien schwimmt."

Reina lacht. "Das ist niedlich. Im Grunde wie du, nur ohne die Haie und den Prinzessinnen-Teil. Es hat mir Spaß gemacht, als du sie mitgebracht hast."

"Suki hatte auch Spaß, sie hört nicht auf, darüber zu reden."

"Dann sollten wir das öfter machen, und du kannst sie immer bei mir lassen, wenn du arbeitest, falls Jackie eine Auszeit braucht. Ich kümmere mich gerne um sie, wenn sie sich in meiner Nähe wohlfühlt", sagt Reina.

"Danke, das ist sehr nett von dir." In ihren Augen liegt so viel Aufrichtigkeit, dass es mir die Sprache verschlägt. Diese Frau, in die ich mich verguckt habe, kann gut mit meiner Tochter umgehen, und das Beste ist, dass auch Suki gerne Zeit mit ihr verbringt. Gerade als ich sie küssen will, fächert sich über uns eine Spur aus goldenen Funken auf, ein kunstvolles Feuerwerk in letzter Minute, das den Mitternachtshimmel mit weißen und roten Lichtbündeln füllt, die in wunderschönen Schlieren über dem Meer herabfallen. Die wenigen Menschen um uns herum fangen an zu klatschen und zu jubeln, und wir legen uns hin, um das Spektakel von oben zu betrachten, die Hände auf meinem Bauch verschränkt, während sie ihren Kopf auf meiner Schulter ruht. Es fühlt sich wie ein bedeutender Moment an, und ich küsse ihren Kopf, atme ihren Duft ein, bevor ich mich wieder dem Schauspiel zuwende. Ich genieße ihre Nähe und das spektakuläre Feuerwerk, das immer weitergeht, und mir wird klar, wie besonders dieser Tag für mich war.

"Das fühlt sich an wie ein Neuanfang", flüstert Reina, als ob sie meine Gedanken lesen könnte. "Der Beginn meines nächsten Lebens."

"Unser nächstes Leben", sage ich, und als sie mich anschaut und lächelt, stehen ihr Tränen der Freude in den Augen.

# Kapitel 67

## *Reina – 30. Juli*

Vierzig ist gar nicht so schlecht, denke ich mir, als ich in einem warmen Schlammbad liege und eine Algenmaske auf meinem Gesicht trage. Nicole sitzt neben mir in der Wanne. Sie hat einen Mutter-Tochter-Verwöhntag im Spa gebucht, und wir sind gerade bei der letzten Behandlung, bevor wir uns die Haare machen lassen. Meine Füße und Hände fühlen sich nach der Mani- und Pediküre wunderbar an, und meine Muskeln sind nach einer langen schwedischen Massage völlig entspannt. Der kleine Raum mit den freiliegenden Backsteinwänden im Untergeschoss des Hotels ist schwach beleuchtet, und zu beiden Seiten von uns brennen Duftkerzen. Aus den Lautsprechern ertönt leise Meditationsmusik, die mich in einen ruhigen Zustand versetzt.

"Du hättest mir kein besseres Geschenk machen können", murmle ich und achte darauf, dass die Maske nicht zerbricht. "Ich danke dir so sehr."

"Es ist noch nicht vorbei." Nicole greift nach dem Sektglas auf dem Beistelltisch neben ihr und nimmt einen kleinen Schluck. "Wir gehen heute Abend aus."

"Ich weiß, ich bin aufgeregt." Ich seufze genüsslich, während ich mich nach unten schiebe und noch tiefer in den dicken, warmen Schleim eintauche. "Aber ich will nicht, dass du so viel für mich ausgibst, also lass mich bitte die Rechnung übernehmen." Nicole wurde nie mit Geld oder extravaganten Geschenken verwöhnt, wie so viele Kinder meiner Freunde, und bei dem bisschen, das ich ihr pro Woche für Essen und Benzin gebe, verstehe ich nicht, wie sie sich das leisten kann.

"Keine Sorge, ich habe Oma um Geld gebeten", gesteht Nicole. Sie lacht, berührt ihr Gesicht, als ihre Maske Risse bekommt, und lacht dann noch stärker. "Wenn ich gewusst hätte, dass es so einfach ist, hätte ich es schon viel eher versucht."

Das bringt mich auch zum Lachen, und ein grüner Fleck fällt von meiner Wange. "Kluges Mädchen, ich hoffe, du hast ein kleines Extra für dich", scherze ich.

"Nein. Ich habe daran gedacht, aber sie sagte, ich solle ihr die Quittungen schicken", fährt sie kichernd fort. "Jedenfalls war sie sehr großzügig mit deinem Geburtstagsbudget, und ich hoffe, du hast das rote Cocktailkleid mitgebracht, das du heute Abend tragen sollst."

"Das habe ich. Zusammen mit meinen roten Absatzschuhen." Ich lächle sie an. "Ihr beide habt das sehr geheim gehalten. Mom hat nichts erwähnt, als sie mich vorhin angerufen hat."

"Nein, natürlich nicht. Das hätte doch die Überraschung verdorben, oder? Es ist..." Nicole unterbricht sich selbst, als unsere Kosmetikerin hereinkommt und zu ihrer Wanne geht.

"Tut mir leid", sage ich zu ihr. "Ich glaube, wir haben die Gesichtsbehandlung ruiniert. Meine Tochter hat mich zum Lachen gebracht."

"Ganz und gar nicht. Es freut mich zu hören, dass Sie gelacht haben." Die freundliche Dame stellt ein Tablett mit dampfenden, nassen Handtüchern neben Nicole und legt sie ihr übers Gesicht.

"Oh Gott. Das fühlt sich so gut an." Nicole seufzt tief, als die Kosmetikerin langsam beginnt, die Maske von ihrem Gesicht zu entfernen, und dann weitere warme Handtücher hervorholt. "Mama, das ist unglaublich."

"Sie können jetzt duschen gehen", sagt die Kosmetikerin, nachdem sie ihr Gesicht gereinigt hat, und Nicole steigt aus der Wanne und geht zur Regendusche am anderen Ende des Raumes, um den Schlamm abzuwaschen. "Nehmen Sie irgendetwas aus den Pumpen, aber ich empfehle das Macadamia-Duschöl." Dann wendet sie sich mir zu und beginnt, mein Gesicht zu reinigen.

"Sie hat Recht, das ist unglaublich", sage ich und genieße das warme Gefühl auf meiner Haut und das befreiende Gefühl, meine Gesichtsmuskeln wieder bewegen zu können.

"Warte nur, du wirst dich zehn Jahre jünger fühlen, wenn du auch den Schlamm abgewaschen hast." Sie tritt zur Seite, damit ich aus der Wanne steigen und zu Nicole unter den riesigen Duschkopf steigen kann. Auf meinem Handy auf dem Beistelltisch blinkt eine Nachricht auf und ich lächle, als ich sehe, dass sie von Belle ist.

,Alles Gute zum Geburtstag, Baby. Ich kann es kaum erwarten, dich morgen zu sehen.'

"Warum grinst du so?" fragt Nicole und fährt sich mit den Händen durch die Haare.

"Nur eine süße Nachricht von Belle." Ich versuche, mir das Grinsen aus dem Gesicht zu wischen, während ich etwas von dem Macadamiaöl in meine Handfläche pumpe. "Du hast doch noch Lust, mit ihr zu Mittag zu essen, oder?"

"Natürlich. Ich möchte sie kennenlernen. Sie macht dich offensichtlich glücklich und das ist alles, was ich für dich will." Nicole schnappt sich ein Handtuch und fährt fort: "Bringt sie dieses süße Mädchen von ihr mit?"

"Suki? Ja, sie kommt auch mit."

"Bist du jetzt Stiefmutter?", fragt sie und trocknet sich ab. Unsere Körper sind identisch, stelle ich fest, als ich sie ansehe. Nicole ist etwas fülliger als ich, weil sie sich als Studentin von Pizza und Cola ernährt, aber ansonsten sind ihre Brüste und ihre Statur die gleichen wie meine.

"Nein..." Ich bin nur Belles besondere Freundin mit einem Pool; sie liebt den Pool." In den letzten Wochen hatte ich sie regelmäßig zu Besuch, und Belle blieb sogar letztes Wochenende bei mir. Suki war begeistert, in Nicoles geräumigem Zimmer zu schlafen, das eine freistehende Badewanne, einen riesigen Fernseher und einen Sternenprojektor an der Decke hat. Ein 'Zimmer für große Mädchen', wie sie es nannte. Obwohl Nicole ihren Teenager-Gadgets entwachsen ist, benutzt sie den Projektor immer noch, wenn sie bei uns übernachtet; sie sagte mir, es sei die perfekte Szene zum Einschlafen.

"Es war also der Pool ..." sagt Nicole mit einem Augenzwinkern. "War nur ein Scherz, Mom. Du bist die Beste, es gibt also keinen Grund, warum sie dich nicht sofort mögen sollte. Und ich freue mich schon darauf, eine kleine Stiefschwester zu haben." Sie gluckst. "Ich wette, du bestichst sie auch mit Eiscreme."

"Ja, sie liebt Eiscreme", gebe ich zu und spüle mir den letzten Schlamm unter den Brüsten weg. "Genau wie du, als du jünger warst."

"Hey, ich liebe immer noch Eiscreme", erwidert Nicole spielerisch. "Wenn ich nur daran denke, bekomme ich sogar

424

Lust auf Schoko-Macadamia." Sie zieht sich einen Bademantel an und reicht mir ein Handtuch. "Aber zuerst haben
wir Mittagessen. Es ist ganz zwanglos, du musst dich also
nicht fein machen. Wir können sogar unsere Bademäntel
anziehen, wenn du willst."

# Kapitel 68

## *Belle - 30. Juli*

"Hier sind wir und schwitzen, während sich die kleine Miss Party Organizer im Montauk Spa Hotel verwöhnen lässt", scherzt Sasha, als wir uns für eine Pause hinsetzen. Randy, der vorhin eine Pause gemacht hat, hilft auch mit, und wir haben in den letzten zwei Stunden eine Menge geschafft. Ich bin beeindruckt von Sasha, die viel kräftiger ist, als ihre schlanke Gestalt vermuten ließ. Das muss an dem ganzen Yoga liegen, denn sie hat sich nicht ein einziges Mal hingesetzt, sondern Tische und Sitzmöbel getragen und so lange umgestellt, bis sie mit dem Ergebnis zufrieden war.

"Sie hat definitiv das bessere Ende für sich", stimme ich zu und trinke eine Flasche Wasser.

"Ja. Aber das hier ist sehr befriedigend. Es sieht jetzt schon toll aus, und wir haben noch nicht einmal mit den letzten Feinarbeiten begonnen." Sasha sieht zufrieden aus, als sie auf ihre Uhr schaut. "Wir haben noch zwei Stunden Zeit, bis die Caterer und Barkeeper eintreffen. Danach können wir nach Hause gehen und uns umziehen. Nola wird hier sein, um sie zu beaufsichtigen, bis die Party beginnt."

"Siebzig Leute", murmle ich, mehr zu mir selbst, während ich die Sitzgelegenheiten überblicke, die um drei Feuerstellen auf dem Rasen hinter dem Pool angeordnet sind. Zusammen mit den Stehtischen wird es mehr als genug Platz für Reinas Gäste geben, damit sie es bequem haben. "Bist du sicher, dass Reina damit einverstanden ist? Sie sagte, sie wolle keine Party ..." Ich mache mir vor allem Sorgen um die riesige weiße '40'-Schlauchboje, die ich auf Nicoles Wunsch hin bestellt habe. Sie schwimmt im Pool und ist mit einer Kette von Solarleuchten geschmückt. Vielleicht war das ein kleiner Schritt zu weit, aber selbst ich habe mich hinreißen lassen, Reina eine spektakuläre Nacht zu bescheren. Jetzt bin ich mir da nicht mehr so sicher.

"Oh, Reina ist einfach sehr bescheiden. Sie will nicht, dass man sich für sie Mühe gibt, aber glaub mir, wenn sie erst einmal da ist, wird sie begeistert sein", versichert mir Sasha. "Nicole und ich haben die Gästeliste zusammengestellt, und wir wollten niemanden auslassen, weil sie sich dann schlecht fühlen würde. Also, wir haben alle aus unserem Yogakurs dabei, mich und Igor natürlich, zehn unserer gemeinsamen Freunde und deren Ehepartner, Sandeep und seine neue Freundin - Nicole hat darauf bestanden, dass es in Ordnung ist, also mal sehen -, Nola und ihr Mann, die Johnsons, die Metcalfes, die Familie Harper-Collins, die Nachbarn auf beiden Seiten, ein paar von Nicoles Freunden und deren Eltern und fünf von Reinas Freunden aus New York, die ein Haus in der Nähe gemietet haben, damit sie hier übernachten können. Oh, und die Phifers, die Wetherbys, die Rubins und ihre Mitfreiwilligen vom Camp Rubin. Einige von ihnen sind heute Abend im Dienst, aber die, die es schaffen, werden kommen. Ich denke, das war's dann wohl."

"Schön, dass du die Freiwilligen eingeladen hast. Das wird ihr gefallen."

"Ja, sie haben einen großen Einfluss auf sie. Die Freiwilligenarbeit macht sie glücklich." Sasha wendet sich mir zu und lächelt. "Und du auch."

"Ich bin mir nicht sicher, wie glücklich sie sein wird, wenn ich heute Abend auftauche und alle, die sie kennt, anwesend sind." Ich zucke mit den Schultern. "Ich werde natürlich nicht auf sie zugehen und sie küssen, aber selbst wenn ich nur als Freundin hier bin..."

"Mach dir keine Sorgen." Sasha legt mir eine Hand auf die Schulter. "Lass uns erst einmal alles schön herrichten. Wie wäre es, wenn wir für die Musiker einen Platz neben den Schiebetüren freimachen? Dann haben wir keine Verlängerungskabel, über die man stolpern kann." Sie steht auf und geht in die Küche, um die Steckdosen zu überprüfen. "Es gibt so viele Dinge, an die man denken muss. Ich verstehe nicht, wie die Leute das selbst machen können."

"Du hast noch nie eine Party organisiert?"

Sasha schüttelt verlegen den Kopf. "Ich habe Igor geheiratet, als ich noch jung war. Er war schon ziemlich wohlhabend, also habe ich immer andere alles für mich tun lassen. Abgesehen von der Erziehung der Kinder", sagt sie. "Meine Mutter war nie da, als ich aufgewachsen bin, sie hat immer gearbeitet, weil sie es musste. Ich wollte, dass sie von mir erzogen werden und nicht von einem Kindermädchen, aber meine Mutter kümmert sich um sie, wenn wir weg sind, und sie ist eine große Hilfe.

"Ist deine Mutter jetzt im Ruhestand? Was hat sie gemacht?"

Sasha lacht. "Nichts Ausgefallenes, ich komme aus

einfachen Verhältnissen. Meine Mutter war Haushälterin und wir wohnten in einem Nebengebäude auf dem Grundstück der Familie, für die sie Vollzeit arbeitete. Und jetzt wohnt sie immer noch in einem Nebengebäude, nur dass dieses hier sehr, sehr schön ist und auf unserem Grundstück steht. Wir haben es für sie gebaut, nachdem wir geheiratet hatten. Sie ist jetzt glücklich im Ruhestand und verbringt die meiste Zeit damit, Kuchen zu backen oder sich um ihre Enkelkinder zu kümmern, die jetzt pubertär sind und nicht mehr so viel Aufhebens brauchen."

Ich bin überrascht, das zu hören, da ich mir vorgestellt habe, dass Sasha reich aufgewachsen ist, und als ob sie die nächste Frage in meinen Gedanken lesen könnte, sagt sie: "Ich habe Igor nicht wegen seines Geldes geheiratet."

"Ich habe nicht gedacht..."

"Natürlich hast du das, und ich kann es dir nicht verdenken. Ich war achtzehn und er war dreißig, als wir uns kennenlernten. Igor arbeitete sich auf der Immobilienleiter nach oben, und ich arbeitete als Kellnerin in einem Restaurant in East Hampton, wo er regelmäßig zum Mittagessen kam. Damals gab es hier nicht viele Russen, und mir gefiel es, dass ich mit ihm in meiner Muttersprache sprechen konnte. Er war gutaussehend und ritterlich, und obwohl er im Gegensatz zu mir in wohlhabenden Verhältnissen aufwuchs, teilten wir aufgrund unseres kulturellen Hintergrunds dieselben Werte." Sasha lacht. "Stell dir die Freude meiner Mutter vor, als ich ihr erzählte, dass er ihr einen Antrag gemacht hat."

"Und du bist immer noch glücklich?"

Sasha denkt kurz darüber nach und nickt dann. "Ja", sagt sie. "Wir sind immer noch glücklich zusammen. Natürlich hatten wir unsere Probleme. Jede Ehe hat ihre Probleme. Vor einiger Zeit wollte ich wirklich eine Veränderung. Die Kinder wurden unabhängig, und ich wusste nicht so recht, was ich mit mir anfangen sollte, also meldete ich mich bei einer Reality-TV-Show an, als die Produzenten mich fragten. Ich habe nur eine Staffel gemacht, weil mich die ständigen Kameras verrückt gemacht haben und ich immer aufpassen musste, was ich sage." Sie nimmt einen großen Schluck von ihrem Wasser und wischt sich den Schweiß von der Stirn. "Jedenfalls war das mein Moment des Ruhms, und er hat mich nicht glücklicher gemacht. Genauso wenig wie die einmalige Affäre, die ich mit einem anderen Mann hatte, also bin ich zu der Erkenntnis gelangt, dass das, was ich habe, verdammt gut ist, und ich werde hart an unserer Beziehung arbeiten. Ich bin zufrieden, weißt du?"

"Das ist nett und danke, dass du so offen bist." Ich lächle sie an und halte meine Flasche hoch. "Prost auf die Zufriedenheit."

"Nee-ah!" Sie winkt mit dem Finger vor mir und schüttelt den Kopf. "Mit Wasser kann man nicht anstoßen, das bringt Unglück. Komm zu uns nach Hause, dann machen wir es richtig mit Wodka. Ich würde mich freuen, wenn du kommst."

"Danke, abgemacht", sage ich und beschließe, dass ich Reinas beste Freundin wirklich mag.

# Kapitel 69

## *Reina – 30. Juli*

"Nein, nicht das. Zieh das rote Kleid an." Nicole schüttelt den Kopf, während ich vor dem Spiegel stehe und meinen marineblauen Hosenanzug begutachte.

"Aber das ist ein bisschen viel, findest du nicht?"

"Nein." Sie nimmt es aus dem Stapel von Kleidern, den ich auf dem Bett ausgelegt habe, und hält es mir vor die Nase. "Ich liebe dieses Kleid. Der Satinstoff, der oberschenkelhohe Schlitz ... Du hast Geburtstag, du sollst glänzen."

"Ich bin jetzt vierzig. Ich bin am Verwelken, nicht am Glänzen", scherze ich.

"Das ist totaler Quatsch. Du bist eine super leckere Mumie und du solltest deinen tollen Körper zeigen", meint Nicole. "Ich werde auch rot tragen, damit wir zusammenpassen."

Ich muss darüber lachen, denn Nicole war noch nie ein Fan von passenden Outfits. Tatsächlich habe ich sie in letzter Zeit nur noch in ihren typischen Jeans, Kapuzenpullis und T-Shirts gesehen. "Willst du das auch?"

"Ja, das wird ein Spaß."

"Okay, dann." Ich nehme ihr das Kleid ab, das noch in der Tasche der Reinigung ist, und reiße die Plastikhülle ab. Ich habe es seit dem Wohltätigkeitsball, für den ich es vor zwei Jahren gekauft habe, nicht mehr getragen.

"Und vergiss nicht den roten Lippenstift. Mit rotem Lippenstift siehst du immer toll aus", fügt Nicole hinzu.

"Du hast mir immer noch nicht gesagt, wohin wir gehen", sage ich. "Woher soll ich wissen, ob es überhaupt angemessen ist?"

"Das musst du mir einfach glauben. Willst du der Welt nicht zeigen, wie toll es dir geht und wie umwerfend du aussiehst?" Nicole zwinkert. "Was ist, wenn wir Dad und Bree begegnen?"

"Das werden wir nicht, oder?" Ich runzle die Stirn. "Im Ernst, Nicole, sag mir einfach, wo wir hinfahren."

"Ehrlich gesagt, wir könnten sie dort sehen. Aber du hast mir gesagt, dass du mit ihm gesprochen hast und dass ihr beide hofft, dass ihr eines Tages wieder Freunde sein könnt." Sie sieht jetzt ein wenig nervös aus, und ich bereue meinen scharfen Ton.

"Du hast recht. Das habe ich gesagt." Ich lächle und bringe ihr frisch gestyltes Haar spielerisch durcheinander, nur um mich an ihr für das zu rächen, was kommen wird. Ich habe keine Ahnung, was sie vorhat, aber ich fühle mich nicht ganz wohl und kann nur hoffen, dass sie nicht im Sinne der Familienharmonie ein intimes Abendessen mit ihrem Vater und dessen neuer Freundin organisiert hat. "Aber es gibt keine Konkurrenz zwischen mir und Bree, und wie du sehr wohl weißt, habe ich kein Interesse mehr an deinem Vater, also muss ich keinen von beiden beeindrucken", sage ich. "Ich bin glücklich und habe endlich das Gefühl, dass ich in mich hineinwachse."

"Ich weiß." Nicole hilft mir, den marineblauen Anzug

auszuziehen und hilft mir in das rote Kleid. "Du entwickelst dich zu der besten Lesbe, die du sein kannst, aber du brauchst noch keinen Anzug", neckt sie mich und macht den Reißverschluss zu. Sie schaut über meine Schulter in den Spiegel und lächelt. "Perfekt."

Das rote Kleid steht mir sehr gut, und ich fühle mich in ihm gut und selbstbewusst. Plötzlich kommt mir ein Gedanke, und ich drehe mich um, um sie anzustarren. "Du hast doch nicht etwa meine Mutter eingeladen, oder? Wo du mich doch so verzweifelt anziehen willst?"

Nicole lacht. "Nein, habe ich nicht. Ich habe darüber nachgedacht, Oma einzuladen, aber ich dachte, wenn ich das täte, würde sie mindestens eine Woche lang bleiben, und ich weiß, wie stressig es ist, sie zu Besuch zu haben. Und selbst wenn ich sie eingeladen hätte, bin ich mir nicht sicher, ob sie gekommen wäre, denn dann hätte sie sich von den Katzen trennen müssen..."

"Gott sei Dank, gute Entscheidung." Ich lege einen Arm um Nicole und drücke ihr einen Kuss auf die Wange. "Wie wäre es, wenn wir sie stattdessen besuchen? Ich schaue nächste Woche nach Flügen in den Libanon. Hast du Lust, in deinen Sommerferien mitzukommen?"

"Sicher. Warum nicht? Solange du ihr das Versprechen abnimmst, nicht für mich den Heiratsvermittler zu spielen. Ich hasse es, wenn sie das tut."

"Das wird sie nicht; deine Großmutter hat versprochen, nie wieder einen geeigneten Mann einzuladen, solange du dort bist."

"Gut. Dann werde ich kommen." Nicole spielt mit meinen Haaren, ordnet einige der langen Strähnen so, dass sie über meine nackten Schultern fallen. Es klopft an der Tür, und sie springt auf. "Das wird dein Geburtstagsgeschenk sein. Warte hier, ich bin gleich wieder da."

"Noch ein Geburtstagsgeschenk?" Ich runzle die Stirn, als ich ihr zur Tür folge. "Aber du hast mich doch schon so verwöhnt..." Ich verstumme, als ich Eddie und seine Freundin Maddie in der Tür stehen sehe.

"Überraschung!", schreien sie unisono.

"Nein!" sage ich und meine Augen weiten sich, bevor sie sich mit Tränen füllen. Ich falle Eddie um den Hals und umarme ihn so fest, dass er vor Unbehagen stöhnt. "Du bist da! Ich kann nicht glauben, dass du hier bist!" Dann wende ich mich an Maddie. "Und du auch. Komm her, mein Schatz."

"Natürlich sind wir gekommen." Eddie zieht seine Freundin in eine dreifache Umarmung. "Es ist dein vierzigster Geburtstag und ich habe dich vermisst, Mom." Das emotionale Zittern in seiner Stimme ist echt und lässt mich in Tränen ausbrechen. "Nicht weinen", sagt er und wischt mir die Tränen weg. "Du verschmierst dein Make-up und siehst fantastisch aus."

"Mein Make-up ist mir egal." Ich schnuppere. "Ich bin einfach so froh, dass du hier bist."

"Wir bleiben eine Woche, wenn das okay ist", sagt Maddie. "Dann werden wir meine Eltern besuchen, bevor wir uns in New York niederlassen. Wir müssen beide dringend mit dem Verkaufen anfangen; wir haben unsere Reiseersparnisse aufgezehrt, aber wir haben drei Container mit Waren verschifft, also sind wir wenigstens startklar."

"Ich habe mich schon gefragt, wann euch das Geld ausgeht, bei all den lustigen Sachen, die ihr macht." Ich lächle Eddie an. "Ihr habt euch also gut amüsiert?", frage ich und führe sie in unser Hotelzimmer.

"Wir hatten eine tolle Zeit", sagt er. "Und mit fünfzehn Dollar pro Tag kommt man in Indien sehr weit. Wir haben in Hütten und Hängematten geschlafen und unsere ganze Zeit im Freien verbracht."

"Das kann ich sehen. Ihr seht beide so strahlend und gesund aus. Und was für ein schönes Hemd." Eddie trägt ein weiß-hellblau kariertes Hemd und eine weiße Chinohose, die zu Maddies hellblauem Schößchenkleid passt. Ich kann kaum aufhören, Eddie zu berühren, denn ich kann immer noch nicht glauben, dass er hier ist, und Nicole lacht, als ich ihn noch einmal umarme.

"Ich freue mich, dass du mit deinem Geschenk zufrieden bist", sagt sie und küsst mich auf die Wange. "Nehmt euch einen Drink aus der Minibar, Jungs. Ich ziehe mich um und dann können wir gemeinsam zu Abend essen, bevor wir ausgehen."

* * *

Das Montauk Spa Hotel liegt an der Spitze der Halbinsel, und wir speisen auf der wunderschönen Terrasse, die in die Klippen gebaut ist. Mit Blick auf den Ozean wird unser Tisch von einem weißen Spitzendach beschattet, das einen Hauch von Licht durchlässt und auf dem Holztisch und dem Betonboden süße Blumenmuster entstehen lässt. Es scheint, dass wir heute einen engen Zeitplan haben, aber Nicole hat viel Zeit für unser frühes Abendessen eingeplant, damit wir alles über Eddie und Maddies Abenteuer erfahren können.

"Gut, dass du mir nicht alles erzählt hast, was du in deiner Abwesenheit getrieben hast", sage ich, nachdem er die Geschichte erzählt hat, wie sie von Affen angegriffen und ausgeraubt wurden, als sie am Strand schlafen wollten. "Ich hätte mir große Sorgen gemacht."

"Wir sind gut zurückgekommen", sagt Eddie fröhlich.

"Nur ein paar kleine Kratzer, die uns an unsere Zeit in Indien erinnern." Er stürzt sich auf seine Meeresfrüchte-Pasta, als hätte er seit Wochen nichts mehr gegessen. "Mmm... Ich habe Pasta so sehr vermisst. Ich werde sie den ganzen Tag essen, jeden Tag in dieser Woche."

"Ich auch." Maddie ist ebenso begeistert vom Essen und teilt sich mit Nicole einen großen Teller Hummerravioli. "Ich habe ein Stück Pizza gegessen, als wir gelandet sind. Ich konnte an nichts anderes denken als an Kohlenhydrate."

"Ich werde dafür sorgen, dass ich von allem genug im Haus habe." Als ich den Wein nachschenke, spüre ich eine Welle des Glücks, hier an diesem schönen Ort mit meinen beiden Kindern zu sitzen, und mein Geburtstag könnte nicht besser werden. Na ja, abgesehen davon, dass Belle vielleicht hier wäre, aber Eddie hat ja keine Ahnung. "Also, was noch?" frage ich und nehme einen Bissen von meinem in der Pfanne gebratenen Wolfsbarsch mit Spargel, der perfekt zu dem eichenen Chardonnay passt, den wir bestellt haben. "Hast du unterwegs Freunde gefunden?"

"Freunde fürs Leben", sagt er. "Wir haben so viele nette Leute kennengelernt, aber jetzt genug von uns. Ich will wissen, wie es dir ergangen ist. Du siehst toll aus, Mama. Sogar glücklich, wenn ich das sagen darf."

"Danke. Eigentlich geht es mir sehr gut."

"Sie macht sich großartig." Nicole schaut von ihrem Essen auf und zwinkert mir zu. "Gibt es etwas, das du uns mitteilen möchtest, Mom?"

Ich starre Nicole an und schlucke schwer, weil ich genau weiß, worauf sie anspielt. "Ich bin mir nicht sicher, ob jetzt ein guter Zeitpunkt ist, Schatz." Als ich es geplant habe, schien es einfach zu sein. Im Geiste habe ich Eddie schon tausendmal gesagt, dass ich lesbisch bin, aber jetzt, wo Nicole mich zur Rede gestellt hat, bin ich nervös.

Auch Eddie und Maddie starren mich an, und Eddie wölbt eine Augenbraue. "Was? Weiß Nicole etwas, was wir nicht wissen?" Er grinst, als mir die Farbe in die Wangen steigt. "Warum wirst du so rot? Hast du einen Mann kennengelernt?"

"Nicht ganz", sage ich und nehme einen großen Schluck von meinem Wein, um mir Mut zu machen.

"Was dann?"

"Ich ähm ..." Ich konzentriere mich auf mein Essen, um Zeit zu gewinnen, aber Eddie tippt ungeduldig mit den Fingern auf den Tisch, starrt mich an und ich habe keine Wahl. "Ich habe eine Frau getroffen." Mein Herz rast, während ich seine Reaktion abwarte. In der darauf folgenden Stille erwarte ich, dass er entweder in Gelächter ausbricht oder aufsteht und geht, aber stattdessen lässt er sein Besteck fallen, stützt sich auf die Ellbogen und sein Gesichtsausdruck wird ernst.

"Du scherzt nicht, oder?"

"Nein, das tue ich nicht. Ihr Name ist Belle und ich bin in sie verliebt. Wir sind zusammen."

"Wow, Reina. Das ist so cool", sagt Maddie schließlich und sieht mich mit einer seltsamen Art von Interesse an. Ich bin erleichtert zu sehen, dass sie es nicht vortäuscht; sie freut sich wirklich für mich. Überrascht vielleicht, aber trotzdem glücklich. "Schön für dich." Sie stupst Eddie an. "Willst du denn gar nichts sagen?"

Eddie gluckst. "Tut mir leid, aber du bist meine Mutter und ich habe das nicht erwartet, also gib mir bitte mindestens eine Minute, um das zu verarbeiten."

"Natürlich. Bist du verärgert?" frage ich mit zittriger Stimme.

"Nein, ganz und gar nicht." Eddie schüttelt den Kopf. "Du bist also mit einer Frau zusammen?"

"Ja."

Er lehnt sich zurück und sieht mich an. "Nun, ich bin so froh, dass du weitergemacht hast und jemanden kennengelernt hast. Ich habe gehofft, dass du das tust, ich hätte nur nie gedacht, dass es mit einer Frau sein würde."

"Ja, das war ich vor zwei Monaten", sagt Nicole zu ihm. "Ich war schockiert, wahrscheinlich noch mehr als du jetzt, weil ich Mom und..."

"Hey, genug", sage ich und werfe ihr einen warnenden Blick zu.

"Tut mir leid." Sie lacht darüber, und ich weiß, dass das nie ein Ende haben wird. "Wie auch immer, Belle ist wirklich nett und sie hat eine supersüße vierjährige Tochter."

"Du hast sie kennengelernt?", fragt Eddie.

"Ja, wir..." Nicole unterbricht sich selbst und schüttelt den Kopf, als wolle sie etwas sagen, was sie nicht sagen sollte. "Mom und ich sind ihr in Sag Harbor begegnet."

"Okay." Eddie schaut immer noch verwirrt, aber er greift über den Tisch hinweg nach meiner Hand und drückt sie. "Weiß es sonst noch jemand?"

"Nur Nicole, dein Vater und Sasha. Ich wollte, dass ihr es wisst, bevor ich es den anderen erzähle."

"Papa weiß es? Gott, ich kann mir seine Reaktion gut vorstellen."

"Ja, ich kann nicht leugnen, dass er überrascht war."

Eddie sieht mich wieder lange an. "Kann ich sie kennenlernen?"

"Ich möchte sie auch kennenlernen. Ich bin mehr als neugierig auf diese mysteriöse Frau, die das Herz meiner Schwiegermutter gestohlen hat", sagt Maddie in einem neckischen Ton.

"Willst du sie kennen lernen?" Ich atme tief aus und bin erleichtert, dass Eddie nicht weggelaufen ist wie Nicole.

Obwohl die Umstände völlig anders sind, muss es für ihn sehr verwirrend sein. "Nicole und ich wollten eigentlich morgen mit ihr zu Mittag essen. Hast du Lust, uns zu begleiten?" Ich mache eine Pause. "Oder ist das noch zu früh?"

"Ich wüsste nicht, warum wir warten sollten", sagt Eddie. "Eigentlich sterbe ich auch vor Neugierde."

"Okay. Ich sage dem Restaurant, dass wir fünf statt drei sind." Ich lächle und fühle mich jetzt viel wohler. "Ich bin mir sicher, dass du eine Menge Fragen haben wirst, also frag mich einfach alles. Ich will ehrlich zu dir sein."

"Sicher." Er stößt einen langen Seufzer aus und schüttelt erneut den Kopf. "Ich muss das erst noch sacken lassen, aber ich freue mich für dich, Mom. Das tue ich wirklich."

Maddie, die überhaupt nicht entmutigt zu sein scheint, hebt ihr Glas. "Ich glaube, es ist Zeit für einen Toast", sagt sie fröhlich durch einen Schluck Pasta. "Auf Reina und ein fabelhaftes neues Lebensjahr. Herzlichen Glückwunsch zum Geburtstag, liebste Schwiegermutter!"

# Kapitel 70

## *Belle – 30. Juli*

"Ich weiß nicht, was ich anziehen soll."

Meine Beschwerde wird von Jackie mit einem Kichern quittiert, als ich das blaue Hemd ausziehe, das ich anprobiert habe. "Ich habe dich noch nie solche Worte sagen hören. Zieh einfach das an, was du normalerweise trägst, wenn du ausgehst."

"Aber das ist eine große Sache." Ich seufze und durchstöbere meinen Kleiderschrank. Ich bedaure, dass ich ihn nicht richtig aufgeräumt habe, denn ich kann nichts finden.

"Reina wird nicht erwarten, dass du in einem Kleid oder gar einem Smoking auftauchst. Nicht, dass du einen hättest", fügt sie hinzu, was meine Nerven nur noch mehr strapaziert.

"Sie wird nicht erwarten, dass ich überhaupt aufkreuze", erwidere ich. "*Soll* ich einen Smoking tragen?"

"Nein. Beruhige dich, Süße. Sie kennt dich inzwischen gut genug und sie mag dich so, wie du bist." Jackie nimmt eines meiner weißen Hemden und eine schwarze Hose heraus. "Hier, zieh das an. Es steht dir großartig."

"Das trage ich immer." Ich bin mir bewusst, dass ich mich mürrisch anhöre und über mich selbst lachen würde, wenn ich nicht so viel Angst davor hätte, Reinas Freunde und Familie zu treffen.

"Ganz genau. Darin wirst du dich wohler fühlen." Jackie geht in die Küche und kommt mit einem kalten Bier zurück. "Und das wirst du brauchen. Aber nur eins."

"Danke. Ich brauche wirklich einen Drink." Ich nehme einen Schluck, dann ziehe ich das weiße Hemd an und tausche meine Jeans gegen die schwarze Hose. Wenn ich das trage, fühle ich mich besser, das muss ich zugeben. "Ich weiß nicht, ob ich gehen soll."

Jackie verdreht die Augen und kichert. "Niemand wird wissen, dass ihr zusammen seid, außer ein paar Leuten. Geh einfach, amüsier dich und gib ihr eine große Geburtstagsumarmung von mir. Ich habe gesehen, wie sie mit dir umgegangen ist. Sie ist verrückt nach dir und glaub mir, sie wird dich dort haben wollen."

Ich betrachte mich noch einmal im Spiegel und nicke, während ich Jackies Worte im Geiste wiederhole. Bis jetzt war es einfach und unglaublich gut mit Reina. Sobald ich meine Ängste losgelassen habe, hat es Sinn gemacht und ich konnte mich öffnen. Aber nach heute Abend werden die Dinge zweifellos komplizierter werden. Obwohl ich bezweifle, dass Reina sich outen wird, werden die Leute die Chemie zwischen uns sehen und anfangen, Fragen zu stellen. Wird sie in Panik geraten? Wird sie anfangen zu zweifeln?

Ich habe das schon bei Freunden erlebt. Sie waren bereit, sich zu outen und ihre Sexualität zu akzeptieren, und haben dann in letzter Minute einen Rückzieher gemacht. Eine Frau, die ich früher für Gelegenheitssex getroffen habe, ist jetzt mit einem Mann verlobt, weil ihr die

Zustimmung ihrer Familie wichtiger war als ihr eigenes Glück. Diese Party könnte ein Fluch oder ein Segen sein, das werde ich noch herausfinden.

"Willst du eine gute Nachricht, um dich abzulenken?" fragt Jackie. "Du siehst aus, als würdest du gleich ohnmächtig werden."

"Bitte." Ich lache und rolle mit den Augen. "Egal was."

Jackie winkt mir, ihr auf den Balkon zu folgen, wo wir uns in die Abendsonne setzen. "Dein Vater hat gerade angerufen, als du auf dem Heimweg warst. Er hat endlich einen Termin für seine Hüftoperation bekommen."

Das ist in der Tat eine gute Nachricht, die mich ein wenig aufmuntert. "Fantastisch. Und wann?"

"In ein paar Wochen", sagt sie lächelnd. "Anscheinend ist die Genesung nicht so intensiv, aber ich habe vorgeschlagen, dass er in den folgenden Wochen bei mir wohnt. Es ist besser, in einer Erdgeschosswohnung zu wohnen als in diesem Bauernhaus. Er wird sich dort nie erholen."

"Das ist sehr nett von dir. Hier würde es auch nicht funktionieren, mit der Treppe." Ich halte inne. "Was sollen wir mit den Tieren machen?"

Jackie zuckt mit den Schultern. "Wir kriegen das schon hin, unter uns." Sie war noch nie eine, die sich Sorgen gemacht hat, und sie hat auch nicht vor, jetzt damit anzufangen. "Es sind ja nur Hühner und Schafe. Wie schwer kann das schon sein?"

"Du hast Recht, wir schaffen das schon." Ich trinke mein Bier aus und schaue auf die Straße, wo die Leute in die Restaurants und Bars strömen. Seit ich hierher gezogen bin, kann ich sie in Kategorien einteilen. Die Einheimischen, die Saisonarbeiter, die Touristen und die mit den protzigen Yachten. Sie sind alle elegant und leger gekleidet, doch die leichten Nuancen im Schuhwerk und die Art, wie sie sich bewegen, unterscheiden sie voneinander. "Er sollte wirklich die Farm verkaufen", sage ich geistesabwesend, während meine Gedanken noch halb bei Reina sind.

"Ja, aber ich habe es aufgegeben, mit ihm darüber zu reden, er hat keine Lust dazu."

"Ich weiß. Und ich kann auch nicht dorthin ziehen. Mit all den Grundstücken ist es zu viel Arbeit für mich allein und es ist stark renovierungsbedürftig, was ich mir nicht leisten kann."

"Es ist allerdings ein einzigartiges Anwesen", sagt Jackie. "Eine der letzten Farmen auf der Halbinsel. In zehn Jahren wird sich der Wert des Grundstücks verdoppelt haben. Deine Mutter hat es so sehr geliebt, genau wie ihre Eltern, die es vor ihr besaßen", fügt sie mit einem fernen Blick hinzu.

"Willst du mich emotional erpressen?" Ich scherze. Ich weiß genau, warum sie den Verkauf des Hofes so ablehnt; genau wie mein Vater hat sie dort Erinnerungen. Jetzt, wo ich weiß, dass sie meine Mutter geliebt hat, ergibt alles, was sie sagt und tut, viel mehr Sinn. "Denn das wird nicht funktionieren. Selbst wenn Dad es mir umsonst gibt - was er schon ein paar Mal angeboten hat - kann ich es mir nicht leisten. Es ist nicht nur eine Bruchbude, es ist eine reine Geldgrube. Das Farmhaus muss entkernt werden, und dann sind da noch die Nebengebäude, ganz zu schweigen von den Zäunen. Wenn er es jetzt verkauft, kann er sich eine schöne Seniorenwohnung kaufen, und dann muss ich mir nicht mehr so viele Sorgen um ihn machen."

"Aber dann wird es von Bauunternehmern aufgekauft und dem Erdboden gleichgemacht. Ihr Erbe wird weg sein."

"Dann soll es so sein. Ich sehe keinen anderen Weg."

Jackie nickt, aber obwohl sie die Sache erst einmal ruhen lässt, hat sie nicht die Absicht, den Kampf um Dads

Farm aufzugeben. Ich habe lange darüber nachgedacht, ob ich ihr sagen soll, dass ich weiß, was sie all die Jahre vor mir verheimlicht hat, und dies scheint der perfekte Zeitpunkt zu sein, es anzusprechen. "Du und meine Mutter..." beginne ich vorsichtig.

Ein subtiler Ausdruck von Traurigkeit geht über Jackies Gesicht, aber sie wendet den Blick ab und tut so, als interessiere sie sich für etwas, das auf der Straße passiert. "Was ist mit deiner Mutter?", fragt sie beiläufig. Sie hat so viele Jahre Übung darin, ihre Vergangenheit zu verdrängen, dass ich wieder darauf hereingefallen wäre, wenn ich nicht erst kürzlich ein Gespräch mit meinem Vater gehabt hätte.

"Du warst verliebt." Ich lächle sie an und lasse sie wissen, dass ich ihr nicht böse bin, aber Jackies Reaktion ist immer noch völlig schockiert. Sie wird blass und rutscht unbehaglich auf ihrem Stuhl hin und her, ihre Hände zittern in ihrem Schoß.

"Woher weißt du..."

"Es ist egal, wie ich es herausgefunden habe", sage ich und hoffe, dass mein Vater nichts davon erfährt. "Aber ich weiß es."

"Oh..." Jackie schluckt schwer und kämpft gegen ihre Gefühle an. "Du solltest es nicht herausfinden. Niemals. Deine Eltern, sie waren glücklich zusammen. Das waren sie wirklich, aber es ist einfach passiert und keiner von uns konnte sich dagegen wehren."

Ich lege eine Hand auf ihren Arm und fühle ihren Puls rasen. "Jackie, es ist alles in Ordnung. Und wir müssen nicht jetzt darüber reden, aber vielleicht eines Tages, wenn du dazu bereit bist, würde ich gerne deine Geschichte erfahren." Ich zögere. "Ich würde meine Mutter gerne durch deine Augen kennen lernen." Ich spüre, dass es an der Zeit ist, sie in Ruhe zu lassen, und stehe auf. "Ich muss gehen.

Wenn du nicht reden willst, müssen wir das nicht tun. Vielleicht an einem anderen Tag."

Jackie antwortet nicht, als ich zur Tür gehe. Sie wird Zeit brauchen, aber ich hoffe, dass sie irgendwann zu sich kommt und sich mir gegenüber öffnet.

# Kapitel 71

## *Reina – 30. Juli*

"Wohin fahren wir, wenn es so nah an unserem Zuhause ist?", frage ich, als wir alle zusammen in einem Taxi sitzen. Mein erster Gedanke ist, dass Sasha vielleicht etwas bei sich zu Hause organisiert hat, aber dann biegen wir in meine Straße ein und halten vor den großen Toren, während wir darauf warten, dass sie geöffnet werden, und ich beginne, mir Sorgen zu machen. "Oh Gott, du hast doch nicht etwa eine Party für mich organisiert, oder?" Ich kenne die Antwort auf diese Frage bereits, als ich Musik und viele Menschen höre, die sich unterhalten und lachen. "Nicole, das ist doch viel zu viel, es ist doch nur ein Geburtstag." Tief im Inneren bin ich von Liebe durchflutet und es ist so lieb von ihr, dass ich ihr nicht böse sein kann.

"Es ist nicht nur ein Geburtstag." Nicole drückt meinen Oberschenkel, dann steigt sie aus und hält mir die Tür auf. "Sagt man nicht: 'Mit 40 beginnt das Leben'. Komm, lass uns den Beginn deiner Vierziger mit einem Paukenschlag feiern." Sie führt mich um das Haus herum in den Hinterhof, wo mich eine große Gruppe von Gästen begrüßt und spontan in ein Lied ausbricht, als sie anfangen, mir *Happy Birthday zu* singen.

Ich schlage die Hände vor den Mund und staune über die tolle Einrichtung und Dekoration. Mein Garten hat sich in einen Beach Club verwandelt; niedrige, weiße Möbel stehen um lodernde Feuerstellen, eine lange Bar ist im offenen Poolhaus aufgebaut, Stehtische mit frischen Blumen sind auf der Terrasse verteilt und ein Musiker spielt Akustikgitarre und singt hinter einem Mikrofon. Ein Team von tadellos gekleideten Gastronomen schenkt Getränke aus, mixt Cocktails und serviert Fingerfood auf großen Platten. Gemütliche Strahler sind im und um den Pool herum verteilt, eine Fülle von klobigen Kerzen verströmt einen berauschenden Duft und eine riesige, mit Lichterketten bedeckte Hüpfburg '40' dominiert das Gelände und bietet einen spektakulären Anblick. Der Klang der Stimmen, die singen, und die Hände von Nicole und Eddie in meinen, lassen meine Augen zum zweiten Mal heute tränen, und ich schlucke den Kloß in meinem Hals hinunter, als ich alle begrüße. Ich erkenne alle Gesichter wieder; einige habe ich schon lange nicht mehr gesehen, und es sind auch einige neue Freunde dabei.

"Danke, Schatz, das ist unglaublich", sage ich und küsse Nicole auf die Wange. Nur eine Person fehlt heute Abend, und ich wünschte, sie wäre hier. "Hast du Belle eingeladen?" frage ich.

"Natürlich habe ich Belle eingeladen. Sie hat das ganze Set-Up besorgt und zusammen mit Sasha und Nola alles organisiert." Nicole zuckt zusammen. "Ist das in Ordnung für dich? Vielleicht hätte ich fragen sollen, aber es war eine Überraschung, also konnte ich nicht wirklich. Sie hat mir gerade eine SMS geschickt, dass sie etwas später kommt, falls es dir nicht recht war, dass sie kommt."

"Nein, ich bin froh, dass sie kommt." Ich lächle sie an. "Das ist also alles ihr Zeug?" Ich bin erstaunt, dass sie es geschafft haben, das vor mir zu verheimlichen, denn ich hatte nicht die leiseste Ahnung. Belle hat sich sogar auf den Vorschlag eingelassen, sich mit meiner Tochter zum Mittagessen zu treffen, während sie die ganze Zeit über miteinander konspiriert haben.

"Ja, sie hat es angeboten, da konnte ich kaum nein sagen." Nicole grinst. "Wir haben uns heimlich getroffen. Ich mag sie wirklich, Mom, und ich bin sicher, Eddie wird sie auch mögen."

"Das ist so süß. Also, du, Belle, Sasha und Nola..." Meine Unterlippe beginnt zu zittern und ich kämpfe erneut gegen die Tränen an. Die vier liebsten Frauen in meinem Leben haben sich große Mühe gegeben, mich zu überraschen. "Ich weiß nicht, was ich sagen soll."

"Du brauchst nichts zu sagen. Amüsier dich einfach." Nicole drückt mir eine Margarita in die Hand. "Dad und Bree kommen später auch noch. Ich dachte, es wäre schön, da Eddie gerade nach Hause gekommen ist. Ist das okay?"

"Ja, natürlich. Er wird sich so freuen, Eddie zu sehen." Ich lächle und umarme Nola und ihren Mann und notiere mir, dass ich nächstes Jahr eine Überraschungsparty für *sie* organisieren werde, wenn sie fünfzig wird. Ich bahne mir einen Weg durch die Gästeschar und stürze mich in einen Rausch aus Umarmungen und Küssen, weil ich mich freue, alle, die ich liebe, hier in meinem Garten zu haben. Die Party muss schon eine Weile laufen, denn die Getränke fließen in Strömen, und alle sind gut gelaunt, mischen sich und lachen, einige tanzen sogar zum Flamenco-Rhythmus.

"Happy Birthday, Babe", ruft Sasha und fasst mich wenig später von hinten um die Taille. Die silbernen Pailletten ihres Kleides stechen in meine Haut, als sie mich drückt.

"Da bist du ja. Hast du dich vor mir versteckt?"

"Ich hatte Angst, dass du uns töten willst, nachdem wir dein Haus übernommen haben, während du weg warst."

"Das würde ich nie tun." Ich drehe mich um und umarme sie ganz fest. "Ich danke dir. Ich bin völlig überwältigt, aber das ist unglaublich."

"Gott sei Dank", sagt sie und stößt einen dramatischen Seufzer aus. "Wir waren uns nicht sicher, ob du wütend sein würdest oder nicht." Sie stellt fest, dass mein Glas halb leer ist, und ersetzt es durch einen frischen Cocktail. "Ich habe heute mit deiner Freundin abgehangen", flüstert sie und führt mich zum Pool, wo Igor schon wartet. "Sie ist so cool. Ich habe das Gefühl, wir haben uns angefreundet, weißt du? Und ich habe sie zu uns nach Hause auf ein paar Wodka-Shots eingeladen, also sollten wir uns besser verabreden."

"Ja, das würde ich gerne. Du hast sie also nicht erschreckt?"

"Du kennst mich doch, ich bin eine Miezekatze." Sasha blinzelt unschuldig. "Oh, und du siehst übrigens umwerfend aus. Das Kleid steht dir wirklich ausgezeichnet."

"Danke. Du siehst auch toll aus." Ich lege meinen Arm um Sasha und lache über ihre Begeisterung. "Ich kann nicht glauben, dass du es geschafft hast, all diese Leute so kurzfristig hierher zu bekommen, ich glaube, du hast niemanden übersehen. Und Eddie hier zu haben..."

"Das ist doch ein dickes, fettes Sahnehäubchen auf dem Kuchen, oder? Er hat mir gesagt, dass sie eine Woche bei dir bleiben, wie wunderbar."

"Ja, ich bin so, so glücklich." Mit zusammengekniffenen Augen blicke ich auf eine Frau, die sich mit Igor unterhält.

"Oh, sieh mal, das ist Cindy Ashworth; ich habe sie schon ewig nicht mehr gesehen. Findest du nicht auch, dass sie gut aussieht?"

"Cindy Ashworth..." Sasha kramt in ihrem Gedächtnis. "Ich glaube nicht, dass ich sie kenne."

"Es ist Danielles Mutter. Nicoles Freundin, Danielle", stelle ich klar. "Sie ist ein bisschen seltsam, aber sehr nett. Nicole kam immer mit, wenn sie auf ihrer Yacht waren. Lass uns hingehen und Hallo sagen."

# Kapitel 72

## *Belle – 30. Juli*

Als ich um die Ecke biege und die Geburtstagsatmosphäre auf mich wirken lasse, wird mir langsam übel. Der Pool sieht umwerfend aus, genau wie ich es mir im Dunkeln vorgestellt habe, und ein Gitarrist spielt süße Hintergrundmusik. Die Gäste sind wunderschön gekleidet, die Frauen in Cocktailkleidern und schicken Hosenanzügen und die Männer in eleganter Freizeitkleidung. Sie haben keine Ahnung, dass ich hier bin, sie im Dunkeln beobachte und den Mut aufbringe, mich zu ihnen zu gesellen. Ich umklammere die Champagnerflasche und hoffe, dass Nicole recht hatte. Ich hoffe, Reina hat nichts dagegen, dass ich hier bin.

Mir dreht sich der Magen um, als ich eine Frau in einem knalligen lila Kleid entdecke. *Verdammt... das ist Mrs. Ashworth.* Von allen Ex-Kunden, die hier sein könnten, könnte es buchstäblich nicht schlimmer kommen. Sie steht ganz nah bei ihrem Mann, wie ich annehme, da ihre Hand seine bedeckt, während sie sich an einem der Stehtische unterhalten. Ich glaube nicht, dass ihr Mann weiß, dass ich seine Frau seit einem Jahr einmal im Monat besuche, aber ich bin froh, dass sie noch zusammen sind. *Sie sind also Freunde von Reina...* Ich hätte mir denken können, dass ich hier jemanden kennen könnte. Die Welt ist eben doch klein, aber ich kann jetzt unmöglich mitfeiern. Gerade als ich mich umdrehen will, um zu gehen, entdeckt mich Nicole und stürmt auf mich zu. Ich habe sie bisher nur in Kapuzenpullis, T-Shirts und Jeans gesehen, und es ist bemerkenswert, wie sehr sie in einem Kleid, mit offenem Haar und ein wenig Make-up ihrer Mutter ähnelt.

"Da bist du ja!" Sie nimmt meine Hand und zieht mich mit sich. "Ich hatte schon Angst, dass du nicht kommst. Ich hole dir etwas zu trinken."

"Eigentlich bin ich mir nicht sicher, ob ich..."

"Unsinn, das wird schon", sagt Nicole und schenkt mir ein breites Lächeln, dann fährt sie lebhaft fort und wedelt mit den Händen, während sie spricht. "Oh mein Gott, es sieht hier so fantastisch aus, es hat buchstäblich alle meine Erwartungen übertroffen. Mom ist fast in Ohnmacht gefallen, als sie den Garten betreten hat. Ich bin mir ziemlich sicher, dass das der beste Tag ihres Lebens ist. Sie liebt die Party und sie hat mich gefragt, wann du kommst."

"Ich bin so froh, dass es ihr gefällt." Ich halte erschrocken inne, aber Nicole zieht mich wieder mit, und ich habe keine andere Wahl, als ihr zu folgen.

Sie nimmt mir die Sektflasche ab und reicht mir ein Glas gekühlten Weißwein: "Entschuldigung, möchtest du lieber Sekt? Oder einen Cocktail? Das Barpersonal kann dir alles machen, was du möchtest."

"Nein, das ist großartig, danke." Ich halte meinen Kopf gesenkt, in der Hoffnung, dass Mrs. Ashworth mich nicht sieht, und meine Hand zittert, als ich das Glas an meine Lippen führe. Ohne hinzusehen, weiß ich, dass sie mich entdeckt hat, auch wenn ich mich halb hinter einem anderen Gast versteckt habe. Es ist dasselbe Gefühl, das ich hatte, bevor ich wusste, dass sie uns ins Café gefolgt ist; als würden ihre giftigen Augen Löcher in mich brennen. "Weißt du was? Es tut mir wirklich leid, aber ich kann nicht bleiben. Sagst du deiner Mutter bitte, dass es mir leid tut und dass ich sie morgen anrufen werde?"

Nicole runzelt die Stirn und schüttelt den Kopf. "Nein, auf keinen Fall. Sie will dich hier haben, und du solltest wenigstens hingehen und Hallo sagen."

"Es tut mir leid", sage ich noch einmal. "Ich muss gehen." Unfähig, Nicole mein seltsames Verhalten zu erklären, gebe ich ihr einfach das Glas zurück und wende mich zum Gehen. Ich will nicht, dass sie mich für unhöflich hält, aber es ist besser, als wenn Mrs. Ashworth vor Reina und all ihren Freunden und ihrer Familie eine Szene macht. Nicht heute Abend und auch sonst nicht. Gerade als ich gehen will, nähert sich mir jemand von hinten und packt mich am Handgelenk.

"B."

Abrupt drehe ich mich um und ziehe meine Hand zurück. "Bitte tun Sie das nicht", flehe ich, als ich Mrs. Ashworth gegenüberstehe. "Bitte lassen Sie mich einfach in Ruhe gehen. Und bitte fassen Sie mich nicht an", füge ich hinzu, als sie wieder nach meiner Hand greift.

Nicole schaut von Mrs. Ashworth zu mir und wieder zurück, höchst verwirrt darüber, was hier vor sich geht. "Ihr zwei kennt euch?", fragt sie, als sie sieht, wie ich mich aus dem Griff von Mrs. Ashworth befreie.

"Das tun wir." Mrs. Ashworth scheint ihren Mann ganz vergessen zu haben, der nun in unsere Richtung starrt. "Bist du mir hierher gefolgt? Du hättest mir einfach sagen können, dass du mit mir ausgehen willst."

"Ich bin dir nicht gefolgt. Wenn ich gewusst hätte, dass

du hier sein würdest, wäre ich nicht gekommen." Das bereue ich sofort, denn ihr Gesicht verwandelt sich innerhalb eines Herzschlags in einen Blitz, ihr Ausdruck ist verletzt und wütend zugleich. Blutunterlaufene Augen durchbohren mich und verraten mir, dass sie mehr als nur ein bisschen beschwipst und daher höchst unberechenbar ist. "Mach keine Szene", flehe ich. "Du wirst Reinas Geburtstag ruinieren. Ich will nur weg." Tausend Untergangsszenarien gehen mir durch den Kopf, eines schlimmer als das andere, während ich langsam einen Schritt zurücktrete, um vor meinem Raubtier zu fliehen. Ihr Mann starrt uns immer noch an, und ich hoffe bei Gott, dass er nicht vorbeikommen wird.

"Kann mir bitte jemand sagen, was zum Teufel hier los ist?", fragt Nicole gereizt. Sie setzt die Brille ab und verschränkt die Arme vor der Brust.

"Ist sie wirklich eine Freundin deiner Mutter?" Mrs. Ashworth blickt in Richtung Reina.

"Ja. Warum?"

"Eine gute Freundin?"

"Ja, sie stehen sich sehr nahe", sagt Nicole, die darauf achtet, ihr nicht zu viele Informationen zu geben.

"Richtig." Mrs. Ashworth zeigt mit dem Finger auf mich. "Weiß deine Mutter, dass sie eine Hostess ist?"

# Kapitel 73

## *Reina – 30. Juli*

Vierzig zu werden ist doch gar nicht so schlimm. Ich habe ein Glas Champagner in der Hand, der Pool sieht spektakulär aus, ich fühle mich wohl mit meinem Aussehen, und ich genieße es, mich mit Freunden und Bekannten zu treffen. Letztes Jahr hätte ich mir nicht vorstellen können, dass ich mit vierzig so glücklich werde, aber jetzt bin ich es. Die Flamenco-Musik ist beschwingt, meine Gäste amüsieren sich, meine geliebten Kinder sind da und Belle wird bald kommen. Mir fällt kein einziger Grund ein, warum ich meine Gefühle für sie immer noch vor der Außenwelt verbergen sollte, denn mit der Unterstützung meiner Kinder kann ich alles schaffen.

Ich fühle mich wie ein neuer Mensch und habe das Gefühl, dass die Zukunft voller Möglichkeiten ist und dass ich alles ergreifen werde, was sie bereithält. Bevor ich Belle kennenlernte, war ich eine depressive, geschiedene Mutter ohne jegliche Orientierung im Leben. Jetzt bin ich Reina Amari, eine selbstbewusste und glückliche Frau, deren Glas halb voll und nicht halb leer ist. Ich verstehe mich gut mit meinem Ex-Mann und wir haben zwei wunderbare Kinder, die sich wirklich um uns kümmern. Drei Tage in der Woche arbeite ich ehrenamtlich im Camp Rubin. Ich bin Hobbyfotografin, und ich bin nicht schlecht, wenn ich das sagen darf. Ich fühle mich meiner Haushälterin, die die netteste und loyalste Frau der Welt ist, unglaublich nahe, und Sasha, meiner Freundin, die sich nur mir anvertraut und vice versa. Ich mag Yoga, lange Spaziergänge am Strand, ein Glas Wein bei Sonnenuntergang und meine Mutter lebt zum Glück auf einem anderen Kontinent, denn sie mag akzeptieren oder nicht, was ich kürzlich erfahren habe: Ich bin lesbisch und verliebt in Belle.

"Du siehst aus, als hättest du einen schönen Abend", sagt Sandeep, als wir einen Moment allein sind. Er war ruhig, als er ankam, aber der Champagner hat ihn aufgelockert. Ich nehme an, die Tatsache, dass ich so entspannt war, hat auch dazu beigetragen; wir haben uns mit Eddie und Maddie unterhalten und sogar ein bisschen zusammen gelacht. "Es tut mir leid, dass Bree nicht kommen konnte." Er gluckst. "Ich meine, nicht, dass es dich interessieren würde, ob sie hier ist oder nicht, aber ich weiß es wirklich zu schätzen, dass sie willkommen ist. Danke."

"Das ist schon in Ordnung. Ich hoffe, dass wir uns irgendwann in der Zukunft gelegentlich mit uns allen, einschließlich Bree, treffen können", sage ich zu meiner eigenen Überraschung. "Ich möchte nicht, dass es zwischen uns zu Unannehmlichkeiten kommt."

Sandeep fallen fast die Augen aus den Höhlen, als er das hört. "Ist das dein Ernst, Reina?"

"Ja. Findest du nicht, dass es schön wäre? Du, ich, Belle, Suki, Bree, Nicole, Eddie, dein zukünftiges Baby ... Ich meine nicht, dass wir eine große, glückliche Familie sein sollten. Aber vielleicht nur zu den Geburtstagen unserer Kinder und vielleicht zu Thanksgiving."

"Natürlich, das wäre fantastisch", sagt er und schluckt schwer. Er war schon immer sentimental, und ich weiß, dass das vergangene Jahr auch bei ihm seinen Tribut gefordert hat. Seine Frau zu verlassen, die Frau, der man versprochen hat, für den Rest seines Lebens treu zu sein, muss eine ziemlich heftige Auswirkung auf die Schuldgefühle gehabt haben. Jetzt, wo es am Ende eines langen, dunklen Tunnels Erlösung gibt, sieht er fünf Jahre jünger aus.

Als ich mein Glas hebe, um einen Schluck zu nehmen, alarmiert mich etwas in meinem Blickfeld. Jemand, der meinen Puls zum Rasen bringt. Ich glaube, ich habe ihre Anwesenheit gespürt, bevor ich sie gesehen habe. Sie trägt eine schwarze Hose und ein weißes Hemd, schlicht, aber elegant und auf unaufdringliche Weise sexy, und ihr Haar ist verspielt frisiert, eine dunkle Locke fällt ihr über die Augenbraue. Plötzlich kommen mir zwei Tage ohne sie wie eine Ewigkeit vor, und ich kann es kaum erwarten, sie in die Arme zu schließen. Ich bin so bereit, wie ich es nur sein kann.

"Wow. Sie ist hier", sagt Sandeep und folgt meinem Blick.

"Ja, natürlich. Sie ist meine Freundin." Ich mache mir nicht einmal die Mühe, leise zu sprechen, und entschuldige mich, bevor ich die Terrasse überquere, um sie zu begrüßen. Sie unterhält sich mit Nicole und Cindy Ashworth und ich runzle die Stirn, weil ich die Spannung zwischen ihnen spüre.

"Ich werde es allen sagen", höre ich Cindy zischen, als ich mich ihnen nähere, und sie sieht ganz anders aus als die süße Frau, mit der ich noch vor zwanzig Minuten gesprochen habe. Belle sieht eher schockiert als erfreut aus, mich zu sehen, und Nicole ebenso. Das beunruhigt mich, denn Nicole sieht mich selten so an; das letzte Mal war es, als sie mich auf dem Küchentisch mit Belle zwischen meinen Beinen fand.

"Hey", sage ich zu Belle. Ich erwäge, sie zu umarmen, aber sie scheint nicht in der Stimmung dazu zu sein. "Ich bin so froh, dass du hier bist." Zögernd richte ich meine Aufmerksamkeit auf Nicole und dann auf Cindy. "Ist alles in Ordnung? Ihr seht verärgert aus."

"Ich denke, es ist Zeit, dass wir nach Hause gehen." Cindys Mann kommt herein und legt einen Arm um sie. Ich sehe, wie er zurückschreckt, als er Belle ansieht, als würde er sie von irgendwoher wiedererkennen. "Komm schon, Schatz, du hast zu viel getrunken."

"Lass mich los, ich bin nicht betrunken." Sie schüttelt ihn ab, gibt aber nach, als er es noch einmal versucht, dieses Mal hartnäckiger.

"Cindy, komm schon. Du spielst wieder verrückt und machst eine Szene."

"Gut. Aber nur, weil Reina heute Geburtstag hat." Cindy wirft Belle noch einen wütenden Blick über die Schulter zu, bevor er sie wegbegleitet. "Merk dir meine Worte, ich werde es allen erzählen", murmelt sie.

"Allen was sagen?" Ein fester Knoten bildet sich in meinem Magen, als ich Belle in Not sehe, zittrig und blass.

"Es tut mir so leid", sagt sie. "Ich wusste nicht, dass sie hier sein würde; ich werde jetzt gehen."

"Nein, warte. Bitte geh nicht. Was auch immer es ist, wir können damit umgehen. Ich werde damit fertig, ich verspreche es."

"Ich bin mir nicht sicher, ob du das kannst.

"Wusstest du das, Mama?" fragt Nicole und deutet auf Belle. "Wusstest du, dass sie eine Hostess ist?"

Mein Atem stockt, als ich mich zu Nicole umdrehe. Da ist er. Mein schlimmster Albtraum, der Moment, den ich gefürchtet habe, und er ist viel früher gekommen, als ich erwartet hatte. Ich weiß jetzt, worauf Cindy anspielte, und ich habe keinen Zweifel daran, dass es jeder in meinem Umfeld innerhalb weniger Tage wissen wird. "Ja", sage ich, und Nicole scheint davon überrascht zu sein, denn ihre Augenbrauen schießen nach oben.

"Du wusstest es." Sie hält inne. "Hast du..."

Ich nicke langsam und lasse all die widersprüchlichen Gefühle nacheinander abklingen. Ich bin verängstigt, aber auch ein wenig erleichtert, dass mein Geheimnis gelüftet ist. Ich bin wütend auf Cindy und habe Mitleid mit Belle, die aussieht, als wolle sie sich in Luft auflösen. "Aber sie ist kein Escort mehr und was sie tut oder getan hat, geht niemanden etwas an, außer sie selbst. Es ist sicher nicht Cindys Geschichte, die sie zu erzählen hat."

"Scheiße. Es tut mir so leid, dass ich deinen Geburtstag ruiniert habe", sagt Belle. "Ich denke, es ist das Beste, wenn ich dir eine Weile aus dem Weg gehe."

"Nein!" schreie ich, viel lauter als ich es beabsichtigt habe, und nehme ihre Hand. "Wage es nicht, noch einmal vor mir zu verschwinden. Cindy kann reden, so viel sie will. Ich schäme mich nicht für das, was ich getan habe, und du solltest es auch nicht tun. Wenn sich jemand entschuldigen sollte, dann ich, denn es ist meine Freundin, die die Grenze überschritten hat, und ich weiß, wie sehr du das für dich behalten wolltest. Also bitte geh nicht, Belle. Ich brauche dich." Ich schlucke schwer und kämpfe gegen meine Tränen an. Es ist mir jetzt alles so klar. Morgen wird Cindy ihre Runde machen, die Leute werden reden, und ich werde es Eddie und Nicole erklären müssen, aber ich wäre lieber hundert Jahre lang das Thema von ausgiebigem Klatsch und Tratsch, als Belle nicht in meinem Leben zu haben. "Ich liebe dich." Als ich das sage, bemerke ich, dass alle in der Nähe uns anstarren, auch Nicole. Es ist wahr. Ich liebe sie, und ich nehme ihre Hand. "Ich liebe dich so sehr und ich kann damit umgehen. Ich kann mit allem umgehen, solange du an meiner Seite bist."

Belles Augen richten sich auf meine, ihr Blick ist so intensiv, dass ich alles dafür geben würde, zu wissen, was sie denkt. Doch dann wird ihr Gesichtsausdruck weicher, und ihre Schultern sinken. Sie zieht mich in eine Umarmung, und ich seufze tief auf, während ich mein Gesicht in ihrem Nacken vergrabe. "Ich liebe dich auch", flüstert sie und streichelt mein Haar. "Ich liebe dich, Reina."

# Kapitel 74

## *Belle – 30. Juli*

Reina weicht zurück und streichelt mein Gesicht. Wir lächeln uns an, der Stress verblasst. Nachdem wir diese Worte ausgesprochen haben, ist das alles nicht mehr so wichtig, denn solange es ihr gut geht, geht es auch mir gut. Ich streiche ihr im Gegenzug mit einer Hand über die weiche Wange und lächle, als ich sehe, wie sie zittert. "Du weißt, dass wir beobachtet werden, oder?"

"Ich weiß. Und ich will wirklich, wirklich, dass du mich küsst."

"Bist du sicher?" frage ich und lege meine Hand in ihren Nacken, um sie an mich zu ziehen.

Reina antwortet nicht, sondern kommt mir auf halbem Weg entgegen, und als sich unsere Lippen in einem hauchzarten, federleichten Kuss berühren, ändert sich die Atmosphäre um uns herum. Der Musiker spielt immer noch, aber die Party ist still geworden. *Eine Hostess und ihre Kundin, eine Königin und ihre Dienerin.* Es ist mir egal, was die Leute denken, und ihr ist es auch egal, denn nichts hat sich je echter angefühlt. Die Liebe ist ein schönes neues Gefühl.

Sie ist kostbar und zerbrechlich, doch vereint ist sie unzerbrechlich, und von nun an sind wir eins und stellen uns der Welt gemeinsam.

Als wir uns trennen, wird das Gespräch wieder aufgenommen, und wir kichern unbehaglich, weil wir wissen, dass wir viel zu erklären haben. Ein leises Flüstern hallt durch die Luft, aber am Ende müssen die Leute nur wissen, dass wir uns lieben. Alles andere ist nur weißes Rauschen. Reina ist stärker, als ich dachte. Mit ihrem Hintergrund wäre das, was sie gerade getan hat, vor drei Monaten noch undenkbar gewesen. Jemand klatscht, und ich sehe, dass es Sasha ist.

"Endlich!", schreit sie und pfeift durch die Zähne. "Und jetzt geht und nehmt euch ein Zimmer!"

Reina kichert und rollt mit den Augen über Sasha. Sie ist ganz ruhig, als sie sich Nicole zuwendet und ihr eine Hand auf die Schulter legt. "Schatz, es tut mir so leid, dass du es auf diese Weise erfahren musstest. Können wir bitte morgen darüber reden? Ich möchte den heutigen Abend einfach nur genießen."

"Wir müssen über nichts reden", sagt Nicole, und als ich sehe, wie ihr die Tränen über die Wangen laufen, habe ich Angst, dass sie wieder wegläuft. Aber sie wischt sich die Augen, beruhigt sich und tut dann etwas, das uns beide verblüfft. Sie fällt Reina um den Hals und drückt sie für lange Zeit fest an sich. "Ich hab dich lieb, Mama."

"Ich liebe dich auch, Schatz. So, so sehr." Reina seufzt erleichtert auf und sagt: "Danke."

Dann dreht sich Nicole zu mir und tut dasselbe, indem sie ihre Arme fest um meinen Hals schlingt. "Scheiß auf alle, es ist nicht wichtig. Nichts ist wichtig, Hauptsache, Mama ist glücklich. Ich mag dich, Belle."

Ihre Zustimmung lässt mich erschaudern, und ich weiß,

dass dies keine Show ist. Das ist nicht Nicole, die vor allen Leuten eine Erklärung abgibt, um ihnen zu zeigen, dass wir ihren Segen haben. Es ist von Herzen kommend und echt, und ich drücke sie zurück, weil ich unbedingt möchte, dass sie weiß, wie sehr ich ihre Mutter liebe. "Ich verspreche, dass ich mich um sie kümmern werde", sage ich. "Für immer."

Das Gespräch geht im Flüsterton weiter, und die Köpfe wenden sich schnell von mir ab, als ich aufschaue. Es muss ein seltsames Szenario sein, und ich stelle mir vor, dass es die anderen Gäste sehr verwirrt, die keine Ahnung haben, warum Cindy Ashworth unter einer Wolke weggegangen ist und warum Reina plötzlich eine Frau küsst. Das werden sie schon bald herausfinden, vielleicht sogar heute Abend.

Es folgt ein surrealer Moment, in dem keiner von uns weiß, wie er sich verhalten oder was er sagen soll, aber dann kommt ein junger Mann auf mich zu und hält mir seine Hand hin, um uns zu retten. "Hi, ich bin Eddie, und nach dem, was ich gerade gesehen habe, kann ich nur annehmen, dass du Belle bist?"

Ich lächle und betrachte den hübschen Jungen, der genau wie Nicole das Ebenbild seiner Mutter ist. "Ja, das bin ich. Es ist so schön, dich kennenzulernen."

"Gleichfalls." Er winkt ein Mädchen heran, das sich zu ihm gesellt. "Das ist meine Freundin, Maddie. Sie wollte dich unbedingt kennenlernen. Ich auch, um ehrlich zu sein."

Maddie mustert mich von oben bis unten, als wäre ich eine seltene Spezies, dann grinst sie, als sie mir die Hand schüttelt. "Ich kann verstehen, warum meine Schwiegermutter so in dich verliebt ist. Es ist so süß, sie verliebt zu sehen." Sie lehnt sich näher an mich heran und sagt: "Vergiss die Blicke. Glaub mir, ich kenne diese Leute, und sie sind vielleicht erst einmal schockiert, aber sie beneiden dich auch ernsthaft um deine Beziehung zu Reina. Das ist selten, nicht wahr, Schatz?" Sie wirft Eddie einen liebevollen Blick zu und er legt einen Arm um sie.

"Du hast Recht, ich denke, jeder wird sich bald daran gewöhnen", sage ich und nehme Reinas Hand. "Nicole hat mir erzählt, dass du heute Morgen aus Indien eingeflogen bist. Du musst erschöpft sein."

"Eigentlich geht es uns gut", sagt Maddie fröhlich. "Nicole hat die Rückreise für uns organisiert, weil die Last-Minute-Flüge unser Budget überstiegen haben. Offenbar mit freundlicher Genehmigung ihrer Großmutter. Jedenfalls hatten wir einen zwölfstündigen Zwischenstopp in London, wo wir geschlafen haben, und dann sind wir im Flugzeug nach all der Pizza und Pasta, die wir gegessen haben, um die verlorenen Kohlenhydrate wieder auszugleichen, in ein Essenskoma gefallen, so dass wir eigentlich mehr Ruhe hatten als in den letzten Wochen. Versteh mich nicht falsch, ich liebe, liebe, liebe indisches Essen, aber ich habe geschmolzenen Käse wirklich vermisst."

Ich lache und zeige auf einen Caterer, der schick aussehendes, käsiges Knoblauchbrot serviert. "Nun, es sieht so aus, als gäbe es heute Abend mehr als genug für alle, also könnt ihr euch weiterhin die Bäuche vollschlagen."

"Ihr seid alle willkommen. Ich habe meine Lieblingsspeisen auf die Speisekarte gesetzt", gibt Nicole schmunzelnd zu. "Die Yoga-Crew ist in Panik, weil kein Sellerie in Sicht ist."

"Warum bin ich nicht überrascht..." Reina bedient sich an einem Snack, hält mir einen Bissen hin, isst den Rest und wirft mir einen süßen Blick zu. Sie lehnt sich an mich, und da dämmert mir, dass wir uns in der Nähe ihrer Kinder total wohl fühlen.

"Das war also los." Nola kommt herüber und grinst uns an. "Ich hätte wissen müssen, dass ihr zwei euch heimlich getroffen habt, aber es hat einfach nicht geklickt. Aber wenn ich jetzt zurückblicke, weiß ich nicht, wie mir das entgehen konnte."

"Tut mir leid, dass ich es dir nicht sagen konnte", sagt Reina.

"Schatz, das ist deine und nur deine Sache." Sie blickt auf unsere ineinander verschlungenen Hände und schüttelt ungläubig den Kopf, weil sie sich immer noch nicht an den Gedanken gewöhnt hat. "Hm ... ihr seht eigentlich sehr gut zusammen aus. Glücklich."

"Du scheinst überrascht zu sein", sage ich und zwinkere ihr zu.

"Verdammt, ja, ich bin überrascht." Nola lacht schallend. "Angenehm überrascht, aber mein Gott ... ihr zwei ..."

Wir lachen mit ihr, und wieder einmal sage ich mir, dass alles gut werden wird. Mein Geheimnis ist raus, und Reinas Geheimnis ist raus, aber vielleicht ist das nicht das Ende der Welt. Ich habe genug davon, mir über die Schulter zu schauen, und ich vermute, Reina sieht das genauso. Die Liebe in ihren Augen ist rein und intensiv, als ich ihre Hand nehme. "Darf ich um den nächsten Tanz bitten?"

# Kapitel 75

## *Reina – 30. Juli*

Alle sind gegangen, Nicole, Eddie und Maddie sind ins Bett gegangen und Belle und ich sitzen schweigend auf der Terrasse. Die Caterer haben aufgeräumt, und wären da nicht die Möbel und die verstreuten Requisiten, würde es sich fast so anfühlen, als hätte der heutige Abend nie stattgefunden. Im Hintergrund hören wir das hypnotisierende Rauschen des Meeres, und wir liegen zusammen auf einem der Liegestühle und lauschen dem Rauschen der Wellen, während wir uns beide von einer intensiven Nacht erholen, die keiner von uns je vergessen wird. Als wir uns unter meine Gäste mischten, wurden wir von positiven Schwingungen und Lächeln überwältigt, und obwohl einige nicht wussten, was sie sagen sollten, wollten sie ihre Unterstützung zeigen. Sandeep, Sasha und Igor unterhielten uns den größten Teil des Abends, und als ich Belle meinen Freunden und Bekannten vorstellte, war sie charmant, witzig und süß, und ich war so stolz, sie an meiner Seite zu haben. Es ist seltsam, draußen zu sein, und ich habe es noch nicht ganz begriffen.

Ich bin vierzig geworden, ich war wieder mit meinem Sohn vereint, ich habe Belle gesagt, dass ich sie liebe, und ich habe mich der Welt gegenüber geoutet. Das ist eine Menge an einem Tag.

"Ich bereue nichts", sage ich, damit Belle weiß, dass alles, was ich heute Abend gesagt oder getan habe, nicht aus einer Laune heraus geschah. "Ich liebe dich und ich möchte, dass es alle wissen." Wir haben alle Lichter ausgeschaltet, mit Ausnahme der Lichter auf dem riesigen 40er-Schlauchboot, das sanft im Pool schaukelt.

"Ich liebe dich auch, Baby." Belle schlingt ihre Arme fester um mich. "Machst du dir keine Sorgen wegen des Klatsches?" Sie zögert. "In Bezug auf mich, meine ich."

"Nein. Ich mache mir mehr Sorgen um dich. Kommst du zurecht?"

"Ja, ich komme schon klar. Irgendwann musste es ja rauskommen, dann kann es genauso gut jetzt sein. Wenn Suki alt genug ist, um es zu verstehen, wird sie nicht mehr wissen, womit ich früher meinen Lebensunterhalt verdient habe, es wird längst vergessen sein."

Ich nicke und hebe meinen Kopf, um sie zu küssen. Ich liebe es, dass ich sie jetzt die ganze Zeit küssen kann, dass wir nicht mehr heimlich und vorsichtig sein müssen. Sie erwidert den Kuss, öffnet ihre Lippen für meine Zunge und ich stöhne auf, als sie ihre Finger durch mein Haar streicht. Bald sind wir ineinander verschlungen und knutschen hungrig. Mein Atem geht schnell, als ich mich zurückziehe und sie anlächle. "Willst du schwimmen gehen?"

"Deinem verschmitzten Gesichtsausdruck entnehme ich, dass du nicht meinst, dass du mit mir Längen schwimmen willst. Werden sie nicht aufwachen?"

Ich schüttele den Kopf und lecke mir über die Lippen.

"Eddie und Maddie werden einen Jetlag haben, und Nicole schläft immer wie ein Murmeltier, also denke ich, dass wir sicher sind, wenn wir ruhig sind.

"Ich kann ruhig sein", verspricht Belle.

"Kannst du das?" Ich stehe auf, stoße meine Absätze ab und ziehe mein rotes Kleid aus. Belles Augen verdunkeln sich, als sie mich in meinem roten Dessous-Set sieht, und ich will sie so sehr, dass ich es kaum erwarten kann. "Ich glaube, das behalte ich an", sage ich in einem neckischen Tonfall und werfe einen Blick auf Nicoles Schlafzimmer-fenster. "Nur für den Fall."

Belle steht ebenfalls auf und zieht sich bis auf ihre Unterwäsche aus. Ihr Körper sieht im schummrigen Licht der 40er Hüpfburg umwerfend aus und ich drücke mich an sie und küsse sie erneut, wobei ich seufze, weil ich ihre warme Haut spüre. "Du fühlst dich so gut an", murmelt sie und streicht mit ihren Händen über meinen Hintern. Als sie mich drückt und so tief küsst, dass meine Beine fast nachgeben, befreie ich mich aus ihrem Griff und werfe ihr einen koketten Blick über die Schulter zu, während ich zum Pool gehe. Das Wasser fühlt sich wunderbar an, und als ich mich auf den Rücken drehe, erhebt sich die große leuch-tende 40" über mir gegen den dunklen Himmel. Die Zahl macht mir keine Angst. Das Älterwerden macht mir keine Angst, denn ich weiß, dass ich mit Belle alt werden werde, und ich freue mich auf die Zukunft.

Sie gesellt sich zu mir in den Pool, und ich schlinge meine Beine um ihre Taille und meine Arme um ihren Hals und genieße die glückliche Schwerelosigkeit des kühlen Wassers. Der Mond ist voll und hell und strahlt in der Dunkelheit, als sich unsere Lippen in einem leidenschaftli-chen Kuss treffen.

"Hast du schon mal in einem Pool Liebe gemacht?" fragt Belle mit angehaltenem Atem.

Ihre heisere Stimme lässt die Erregung zwischen meinen Schenkeln aufblitzen und ich stoße meine Hüften in sie hinein, wobei das Verlangen nach Erlösung fast zur Qual wird. "Nein. Hast du?"

Belle schüttelt den Kopf und lächelt, dann paddelt sie zum flachen Ende des Beckens, wo sie mich zwischen sich und der Wand einklemmt. "Es gibt für alles ein erstes Mal." Ihr Mund wandert zu meinem Hals und sie küsst mich erst sanft, dann fester, saugt an meinem Fleisch, während ihre Hände in meinen BH gleiten und meine Brustwarzen streicheln. Ich unterdrücke mein Stöhnen, indem ich meinen Mund gegen ihren Kopf presse.

"Ich habe dich vermisst", flüstert Belle und schiebt eine Hand in mein Höschen. Sie reibt mich sanft, und ich drücke mich in sie hinein und keuche bei ihrer Berührung. Sie sieht mir tief in die Augen und lächelt, als sie mehr Druck auf meine Mitte ausübt. Ich greife zwischen uns und ahme ihre langsamen und bedächtigen Bewegungen nach. Unsere Energie hat sich heute Abend verändert. Die gleiche, alles verzehrende Lust ist immer noch da, aber da ist so viel mehr. Es ist Liebe, und das zeigt sich in der Art, wie wir uns ansehen, wie wir uns umarmen, wie wir zärtlicher werden. Die tiefe Verbundenheit, die ich spüre, ist anders als alles, was ich je für möglich gehalten hätte, und während sich mein Höhepunkt aufbaut, leuchtet die aufblasbare '40' stolz hinter ihr und erinnert mich daran, dass dies das Ende einer Ära ist und der Beginn einer neuen.

"Komm mit mir", sage ich, als ich spüre, wie sie sich in meinen Armen anspannt, und sie küsst mich, um unser Stöhnen zu unterdrücken. Das Schweigen ist seltsam, aber wunderschön intim, ein geteilter, geheimer Moment, der so still und doch so intensiv ist, die Energie, die zwischen uns fließt, während ich meine ganze Lust in sie stecke und sie ihre ganze Lust in mich steckt.

"Ich liebe dich, Reina, alles Gute zum Geburtstag, mein Schatz." Sie hält mich fest und legt ihre Stirn an meine.

# Kapitel 76

## *Belle - Sonntag*

"Hey, meine Schöne", sage ich, als Reina aufwacht. Ich bin auch gerade erst aufgewacht und kann sehen, dass sie mit einem Lächeln auf dem Gesicht geschlafen hat. Es wärmt mein Herz zu wissen, dass sie glücklich ist, dass das Drama von letzter Nacht sie nicht beeinträchtigt hat. Es ist hell im Zimmer; wir haben vergessen, die Vorhänge zu schließen, bevor wir eingeschlafen sind, und ihre Haut glüht von der Sonne, die durch die Balkonschiebetür hereinkommt.

"Guten Morgen." Mit einem verschlafenen Stöhnen schmiegt sie sich in meine Armbeuge. "Mmm..." Ihr Lächeln wird breiter, und sie küsst mich. "Die letzte Nacht war unglaublich."

"Das war sie." Ich streichle ihr Haar und bewundere ihr schönes Gesicht. "Bereust du es immer noch nicht?"

"Nein. Ich bereue es nicht." Reina lehnt sich gegen meine Berührung und unterdrückt ein Gähnen. Sie ist so süß, wenn sie aufwacht, so anbetungswürdig verletzlich. "Wie viel Uhr ist es? Ich kann Eddie und Maddie unten hören."

"Nur acht. Aber ich muss bald aufstehen, Randy kommt mit dem Lastwagen."

"Oh nein... nicht jetzt, wo wir beide zufällig nackt sind." Reina macht ein dramatisches Gesicht und fährt mit einer Fingerspitze über meine Brüste, umkreist neckisch meine Brustwarzen, bis ich stöhne. "Wie lange hast du Zeit?" Der Blick in ihren Augen verrät mir, dass sie erregt ist, und ich bin es auch, selbst nach all unserem Liebesspiel gestern Abend. Der Pool, die Dusche, das Schlafzimmer... Ich zucke zusammen, als ich mich daran erinnere, wie ich sie von hinten über ihrem Schminktisch gefickt habe, als sie uns im Spiegel beobachtete.

"Zehn Minuten."

"Das ist mir recht", sagt sie in kokettem Ton und dreht sich um, um in ihrer Nachttischschublade nach etwas zu suchen.

Ich werfe ihr einen überraschten Blick zu, als sie einen Vibrator herauszieht. "Ich wusste nicht, dass du Spielzeug hast."

"Es ist uralt, aber es funktioniert gut." Reina kichert, als sie ihn anschaltet. "Zum Glück sind die Wände dick, es ist ein bisschen laut." Sie lässt das Gerät unter der Decke verschwinden und kichert, als ich nach Luft schnappe und mit den Hüften zucke, als der Vibrator meinen Kitzler streift. "Siehst du? Ich habe dir doch gesagt, dass er gut funktioniert. Damals war er sehr teuer." Dann verschmilzt ihr Mund mit meinem, und ich fahre mit meinen Fingern durch ihre langen Locken und gebe mich ihr hin. Sie massiert mich damit, bis ich nicht mehr weiß, was ich mit mir anfangen soll; mein einziger Gedanke ist, dass ich sie brauche, um mich von dem pochenden Schmerz zwischen meinen Beinen zu befreien. Sie übt mehr Druck auf mein empfindliches Fleisch aus, vertieft den Kuss und stöhnt, als sie den Schrei meiner Lust hört, der an ihren Lippen erstickt. Sie schaltet den Vibrator aus und ersetzt ihn durch ihre Finger, die in mich eindringen, als ich kurz vor dem Höhepunkt stehe. Es ist ein unglaubliches Gefühl und die Spannung in meinem Unterleib wird immer größer, ihre Finger in mir und ihr Gewicht auf mir lassen mich immer höher steigen.

"Ich liebe dich", flüstere ich, als sie sich in einem langsamen Rhythmus in mir zu bewegen beginnt. Ihre Augen sind dunkel und verführerisch, ihr intensiver Blick spektakulär sinnlich, als sie ihren Kopf hebt und sich über die Lippen leckt, um zu sehen, wie ich in Ekstase versinke.

"Ich liebe dich auch", flüstert sie zurück, und ich zittere unter ihr.

* * *

"Willst du zum Frühstück bleiben?" Reina zieht die Krawatte ihres Bademantels fest, bevor sie Randys leere Kaffeetasse in die Hand nimmt.

"Ich würde ja gerne, aber ich muss zurück zu Suki, nachdem wir das Zeug abgeladen haben", sage ich und werfe einen Blick auf ihr Dekolleté. "Das ist zu schwer für Randy allein, und außerdem glaube ich, dass du etwas Zeit allein mit deiner Familie brauchst. Ich kann mir vorstellen, dass ihr viel zu besprechen habt." Ich schließe die Tür des Trucks und gebe Randy einen Daumen hoch. "Danke, Kumpel. Ich nehme meinen eigenen Wagen und treffe dich am Lagerhaus."

"Klar." Randy winkt Reina zu und steigt in den Wagen. "Einen schönen Tag, Miss Amari!"

"Danke, Ihnen auch." Reina wartet, bis Randy verschwunden ist, dann beugt sie sich vor und küsst mich.

"'Tut mir leid, natürlich musst du zurückgehen. Ich bin heute nicht ganz klar im Kopf", murmelt sie gegen meine Lippen. "Hast du immer noch Lust auf ein spätes Mittagessen am Strand? Ich weiß, dass die Pläne für das Mittagessen nur ein Köder waren, damit ich nichts von der Party erfahre, aber ich würde mich trotzdem gerne mit dir treffen."

"Ja. Ich würde gerne Zeit mit dir und deiner Familie verbringen. Ich bringe Suki mit." Ich küsse sie erneut, einfach weil ihr köstlicher Mund zu verlockend ist, um ihm zu widerstehen. Ich bin heute ganz oben auf der Welt. Reina liebt mich und ich liebe sie. Das ist echt, und wenn ich das weiß, fühle ich mich sicher und warm.

"Oh Gott, nicht schon wieder..."

Schnell trennen wir uns und finden Nicole in der Eingangstür stehen. Sie zieht eine Grimasse und bricht dann in Gelächter aus, als sie unsere erschrockenen Gesichter sieht. "Kümmert euch nicht um mich", scherzt sie. "Ich wollte gerade etwas aus meinem Auto holen, aber ich glaube, ich warte lieber."

"Wenn es so traumatisierend ist, solltest du dich nicht ständig an uns heranschleichen", sagt Reina albern, lässt mich los und geht in den Schatten eines Baumes, um ihre Röte zu verbergen.

"Richtig. Ich denke, es ist Zeit zu gehen." Auch ich fühle mich ein wenig verlegen, aber ich lache es weg, als ich in mein Auto steige. "Ich sehe euch später."

# Kapitel 77

## *Reina - Sonntag*

"So ... das ist alles." Drei begeisterte Gesichter starren mich an, als ob sie enttäuscht wären, dass ich meine Geschichte zu Ende erzählen will. Das Einzige, was ich ausgelassen habe, war, dass Sasha mir die Visitenkarte von Hamptons' Escorts gegeben hat, aber ansonsten habe ich ihnen die Wahrheit über meine sexuelle Erkundung, meine Gefühle, meine Kämpfe und darüber, wie Belle und ich uns verliebt haben, erzählt. Wir kamen etwas früher hierher, damit ich Zeit hatte, ihnen alles zu erzählen, bevor Belle und Suki eintrafen, da ich nicht über Belles Escort-Job sprechen wollte, während sie hier war.

"Wow." Eddie sieht mich nachdenklich an. "Ich hatte keine Ahnung, dass du so traurig und einsam warst. Wenn ich das gewusst hätte, wäre ich nicht gegangen."

"Das ist lieb, aber ich musste das alleine durchstehen", sage ich und lächle ihn an. "Es war aber nicht die Einsamkeit, die mich zu ihr geführt hat. Wenn ich sie nicht getroffen hätte, wäre ich sicher immer noch Single, weil ich nicht gewusst hätte, dass ich Frauen mag."

Er nickt. "Sie scheint nett zu sein."

"Das ist sie", stimmt Maddie zu. "Und sie ist irgendwie..." Sie zögert. "Nun, ich stehe nicht auf Frauen, aber sie hat etwas sehr Sexyhaftes an sich. Meinst du, sie ist die Richtige?"

"Ja", sage ich ohne zu zögern. "Ich habe noch nie eine solche Anziehung oder Verbindung gespürt und ich wollte ganz ehrlich zu euch sein, weil die Wahrheit über ihre Vergangenheit herauskommen könnte und es möglich ist, dass ihr etwas von euren Freunden hört, wenn sie hören, wie ihre Eltern über mich reden. Ich möchte, dass ihr das versteht."

"Ich verstehe", sagt Nicole und reibt meinen Arm. "Euch beide zusammen zu sehen, hat gestern Abend total Sinn gemacht."

"Ich verstehe das auch irgendwie." Eddie gluckst. "Es dauert nur eine Weile, bis man sich an den Gedanken gewöhnt, das ist alles."

"Ich finde es jedenfalls cool, dass ich eine lesbische Schwiegermutter habe." Maddie schiebt ihren Teller beiseite, lehnt sich vor und verschränkt die Arme auf dem Tisch. "Das macht dich irgendwie interessanter."

Ich lache darüber und schüttle den Kopf. "War ich wirklich so langweilig?"

"Nicht langweilig, vielleicht nur ein bisschen verklemmt", neckt Nicole. Sie nimmt sich noch mehr Mineralwasser aus der Flasche und beißt sich dann auf die Lippe, während sie mich grinsend ansieht. "Hey, Mom, kann Tyrell diese Woche vorbeikommen, während Eddie und Maddie hier sind?"

"Natürlich, Schatz." Ich klatsche aufgeregt in die Hände und küsse sie auf die Wange. "Ich kann es kaum erwarten, ihn kennenzulernen."

"Hat meine kleine Schwester einen Freund?" fragt Eddie.

"Er ist nicht mein Freund." Nicole rollt mit den Augen. "Wir hängen nur zusammen ab."

"Sie hängen nur rum", wiederhole ich lachend.

"Genau. Genauso wie Mom und Belle 'einfach nur rumgehangen haben', sagt er und macht Anführungszeichen in die Luft.

Ich senke meine Stimme und sage: "Er ist ein Rapper. Ziemlich erfolgreich, wie ich gehört habe."

Nicole stupst mich an. "Wo hast du seine Musik gehört?"

"YouTube", sage ich und klimpere unschuldig mit den Wimpern. "Ich habe ihn auf deinem Instagram-Feed gefunden und dann nach ihm gesucht. Das war nicht schwer, du solltest wirklich mal deine Privatsphäre-Einstellungen ändern."

"Ich habe es heute Morgen gemacht, für den Fall, dass Eddie anfängt zu schnüffeln, also behalte es bitte für dich, bis er ihn trifft."

"Woooow... Nicole trifft sich mit einem Rapper!" Eddie schaut sie neugierig an. "Ist er berühmt?"

Nicole errötet, aber ich weiß, dass sie es insgeheim genießt, dass ihr neuer Liebhaber ihr einen Hauch von Geheimnis verleiht. Ich habe selbst ein wenig recherchiert und herausgefunden, dass er in der Tat ziemlich bekannt ist und eine große Fangemeinde hat. "Ich werde dir nichts erzählen", sagt Nicole frech und winkt Belle zu, die mit Suki an unseren Tisch kommt.

"Hey, Leute." Sie lächelt alle an und gibt mir einen Kuss. "Das ist Suki, meine Tochter."

Suki kommt auf mich zu und umarmt mich. Sie freut sich auch, Nicole zu sehen und klettert auf ihren Schoß, dann schüttelt sie schüchtern die Hand von Eddie und Maddie über dem Tisch.

"Sie wird euch im Handumdrehen den Kopf verdrehen", sagt Belle und zwinkert Suki zu. "Wie fühlt ihr euch heute? Verkatert?"

"Ein bisschen gerädert", gibt Eddie zu. "Zu viele Cocktails vielleicht, aber nichts, was ein gutes Mittagessen nicht beheben könnte. Was ist mit dir?"

"Mir geht es gut." Belle legt ihren Arm über die Rückenlehne meines Stuhls und ich lehne mich an sie. Sie sieht auch toll aus, denke ich mir, das weiße Hemd bildet einen schönen Kontrast zu ihrer gebräunten Haut. Ihre Augen funkeln und sie sieht nicht aus, als wäre sie die ganze Nacht wach gewesen, aber ich habe bemerkt, dass ich heute Morgen auch ein Strahlen in mir habe. Das muss an den vielen Endorphinen liegen, die durch unseren Körper strömen. "Aber ich habe Hunger", fährt sie fort. "Ich habe gehört, das Essen hier ist fantastisch." Sie scheint sich bei uns nicht unwohl zu fühlen, und ich bin froh, dass sie das Gefühl hat, in der Nähe meiner Kinder sie selbst sein zu können.

"Ja, es ist sehr gut und es gibt dreifach gebratene Pommes frites." Maddie schenkt Belle ein Glas Wasser ein und reicht ihr die Speisekarte. "Reina hat uns gerade erzählt, wie ihr beide euch kennengelernt habt.

"Hast du ihnen alles erzählt?" fragt Belle mich, und in ihrem Blick blitzt ein Hauch von Sorge auf. Sie wusste, dass Eddie und Maddie es auf die eine oder andere Weise herausfinden würden - entweder von Nicole oder von einem ihrer Freunde -, aber vielleicht hatte sie nicht erwartet, dass ich mich so schnell öffnen würde.

"Ja. Alles. Wenigstens können wir jetzt mit einer

weißen Weste anfangen." Ich drücke ihr beruhigend auf den Oberschenkel und lächle.

"Und ihr habt kein Problem damit?", fragt Belle und richtet ihre Aufmerksamkeit auf Maddie und Eddie. Sie prüft, ob Suki noch mit Nicole beschäftigt ist und senkt ihre Stimme. "Mit dem, was ich früher beruflich gemacht habe?"

"Nein. Ich finde die Geschichte ziemlich spannend und außerdem ist das deine Sache." Maddie stupst Eddie an, ebenfalls das Wort zu ergreifen.

"Ich habe auch kein Problem damit", sagt er. "Solange Mama glücklich ist."

"Danke. Das bedeutet mir sehr viel." Belle zieht mich näher an sich heran, und meine Augen werden groß angesichts all der Liebe, die mich umgibt. Ich lege meinen Kopf an ihre Schulter und hoffe, dass sie wissen, wie sehr ich sie auch liebe. *Hauptsache, Mama ist glücklich.*

# Kapitel 78

## Belle - eine Woche später

Eddie und Maddie sind reizend, und genau wie Nicole haben sie bereits Sukis Herz gestohlen. Jetzt, wo wir uns ein paar Mal getroffen haben, fühlen wir uns in der Nähe der anderen wohl, und Eddie macht sich einen Spaß daraus, Nicole zu necken, während wir auf die Ankunft ihres Freundes warten, mit dem sie nicht zusammen ist, sondern nur abhängt. Maddie ist mit Suki im Pool, während Eddie, Nicole, Reina und ich um den Couchtisch im Lounge-Bereich auf der Terrasse sitzen. Reina hat sich an mich gekuschelt und die Füße auf die Rattan-Couch gestützt, Eddie hockt auf dem Couchtisch und Nicole hat es sich seitlich in einem der großen Rattansessel bequem gemacht, die Beine baumeln über die Armlehne. Wir trinken Sangria im Schatten des Leinendachs, der die Sitzecke bedeckt, und aus der Küche kommt ein köstlicher Geruch, wo ein traditionelles libanesisches Reisgericht im Ofen knusprig wird. Reina kocht nicht sehr oft, aber wenn sie es tut, bereitet sie ein Festmahl zu, und ich bin beeindruckt von der Auswahl an Salaten und Dips, bei deren Zubereitung ich ihr vorhin geholfen habe.

"Ich habe dich noch nie so nervös gesehen, Schwester-
herz. Gehst du mit Snoop Dogg aus, oder was?"

"Nein, eklig, er ist alt. Hör auf, so eine große Sache
daraus zu machen", sagt sie und gibt Eddie nach einer
weiteren Bemerkung über ihren nervösen Zustand einen
Klaps auf seinen Arm. "Er kommt nur hierher, um mit mir
am Pool zu entspannen, das ist alles."

"Und für romantische Strandspaziergänge", schießt
Eddie zurück, was Nicoles Beunruhigung nur noch vergrö-
ßert. "Und um seinen fantastischen Schwager kennenzulernen, und für jede Menge Sex..."

"Hör auf, dich über deine Schwester lustig zu machen,
Eddie", unterbricht Reina ihn und wirft ihrem Sohn einen
warnenden Blick zu.

Nicole will ihm gerade den Mund stopfen, da klingelt
ihr Telefon und sie wird noch scharlachroter, als sie
aufsteht und in die Küche geht, um das Tor aufzusperren.
"Wenn du irgendetwas sagst, was mich in Verlegenheit
bringt, bringe ich dich um", zischt sie Eddie über ihre
Schulter zu.

Letzte Woche war ich die Außenseiterin, die darauf
gespannt war, Reinas engste Vertraute kennenzulernen,
aber jetzt, wo jemand Neues kommt, werfen wir uns
wissende Blicke zu und ich fühle mich wie ein Teil der
Familie. Wir schenken Tyrell ein Willkommenslächeln, als
er Nicole auf die Terrasse folgt, und trotz seines unkonventionellen Aussehens ist er nett und höflich, als er Reina
begrüßt.

"Freut mich, Sie kennenzulernen, Miss Amari." Er
reicht Reina eine Flasche Barolo, und ich kann sehen, wie
seine Hand leicht zittert. "Nicole hat mir gesagt, dass Sie
diesen mögen. Ich hoffe, ich habe das richtig verstanden."
Ich erkenne ihn vage wieder, vor allem wegen der neonfar-

benen Gummibänder, die sein Afrohaar in einem Dutzend Knoten halten, und der Schlangentätowierung, die sich um seinen Hals windet.

"Leck mich, du bist *Bear Cub*", sagt Eddie ungläubig und wird dann selbst rot. Sein freches Auftreten ist verschwunden, an seine Stelle ist Bewunderung getreten und wenn ich mich nicht irre, sieht er sogar etwas eingeschüchtert aus.

"Ja. Das bin ich." Tyrell schüttelt Eddie die Hand. "Schön, dich kennenzulernen, Bruder."

"Das ist Maddie da im Pool", sagt Nicole, und Maddie winkt ihm zu und ruft, dass sie gleich wieder rauskommt. "Und das ist Suki, die Tochter von Belle. Und das ist Belle, Mamas..." Sie zögert. "Freundin? Darf ich das sagen?"

Ich lache, als ich aufstehe, um ihn zu begrüßen. "Das kannst du laut sagen."

"Cool." Tyrell sieht mich an, dann Reina. "Du hast mir nicht gesagt, dass deine Mom eine Freundin hat."

"Ja, nun ..." Nicole zuckt mit den Schultern und lächelt mich an. "Das ist eine ziemlich neue Entwicklung." Sie sieht hinreißend aus in ihrer Schüchternheit, aber sie greift nach dem Krug Sangria und schenkt ihm ein Glas ein. "Hier. Soll ich dich herumführen?"

"Ja, das ist ein tolles Haus, das Sie hier haben", sagt er zu Reina. "Ich war noch nie in den Hamptons, es ist so ruhig und schön und es riecht so gut."

"Das ist zum Teil Mamas Küche." Nicole drückt ihm das Glas in die Hand und ergreift ihr eigenes. "Komm mit, ich zeige dir den Strand."

Wir sehen, wie sie durch die Tore verschwinden, aber nicht bevor wir einen Blick auf Tyrell erhaschen, der einen Arm um ihre Taille legt.

"Ich kann es nicht glauben", sagt Eddie und starrt ihnen

nach. "Meine kleine Schwester ist mit einem berühmten Rapper zusammen."

"Ist er wirklich so berühmt?", fragt Reina.

"Hallo, ähm ja." Eddie sieht sie ungläubig an. "Erkennst du ihn nicht?"

"Nur von den YouTube-Videos, die ich gesehen habe. Ich dachte mir schon, dass er beliebt ist, aber ich wusste nicht, dass er so eine große Nummer ist. Jedenfalls scheint er nett zu sein, und die Flasche, die er mitgebracht hat, ist sehr gut", sagt sie und studiert das Etikett. "Wie aufmerksam."

"Vielleicht sollte ich mir eine Flasche Champagner aus dem Kühlschrank holen." Eddie steht auf und es ist klar, dass er jetzt derjenige ist, der sich Sorgen macht, was Tyrell von uns denken wird.

"Ja, warum bringst du nicht zwei mit? Es ist dein und Maddies letzter Tag hier, und wie du schon gesagt hast, haben wir einen besonderen Gast." Reina wirft ihm ein amüsiertes Grinsen zu. "Und sieh mal nach dem Reis, wenn du schon mal da bist, ja?"

# Kapitel 79

## *Reina - zwei Wochen später*

"Wie geht es deinem Vater?" frage ich und küsse Belle auf die Wange, bevor ich Suki begrüße.

"Er ist ein bisschen nervös, aber sonst gut gelaunt", sagt sie und reicht mir Sukis Reisetasche. "Vielen Dank, dass du auf sie aufpasst."

"Kein Problem. Wir werden uns gut amüsieren, nicht wahr, Suki?"

Suki grinst und schlingt ihre Arme um meine Beine, und als ich sie hochnehme, umarmt sie mich. Wir sind uns sehr nahe gekommen, und sie bleibt gerne bei mir, wenn Jackie mal nicht auf sie aufpassen kann. "Wir treffen dich morgen früh im Krankenhaus, um nach Opa zu sehen."

"Ist Opa krank?" fragt Suki.

"Eigentlich nicht, Schatz", sagt Belle. "Aber seine Hüfte ist alt, er braucht eine neue." Sie tätschelt ihre Hüfte, um zu zeigen, welchen Teil des Körpers sie meint. "Aber nach der Operation, wenn er sich erholt hat, wird er wieder gut laufen können."

Suki nickt, scheinbar zufrieden mit dieser Antwort, und

zeigt dann auf ihre Tasche. "Kann ich meine Spielsachen mit in mein Zimmer nehmen?"

"Ja, natürlich. Aber lass mich mit dir gehen, die Treppe ist ein bisschen gefährlich." Ich setze sie ab, trage die Tasche für sie und gehe hinter ihr die Treppe hinauf. Als wir dieses Haus gebaut haben, waren unsere Kinder schon so alt, dass wir uns nicht mehr so viele Sorgen machen mussten, dass jemand die Treppe hinunterfällt, aber ich habe schon vor einer Weile festgestellt, dass sie alles andere als kinderfreundlich ist. Ich finde es toll, dass Suki Nicoles Zimmer jetzt als "ihr Zimmer" bezeichnet, da sie nur ein paar Mal dort geschlafen hat. Wir haben versucht, ihr eines der anderen drei Zimmer zu verkaufen, aber sie hat darauf bestanden und sogar gefragt, ob sie und Nicole zusammen übernachten können. Ich schleiche die Treppe hinunter, während sie damit beschäftigt ist, ihre Spielsachen zu ordnen, und rufe ihr zu, dass sie uns rufen soll, wenn sie wieder herunterkommen will.

"Keine Sorge, ich lasse sie nicht alleine auf- und absteigen und sie ist im Allgemeinen vorsichtig."

"Ich weiß. Du kannst so gut mit ihr umgehen." Belle sieht plötzlich ganz aufgeregt aus, und ich greife nach ihrer Hand und lege meinen anderen Arm um ihre Taille. "Hey, was ist los? Machst du dir Sorgen wegen der Operation?"

"Nein." Belle schüttelt den Kopf. "Ich meine, ja, natürlich bin ich ein bisschen besorgt, aber dich mit ihr zu sehen, das ist..." Sie schluckt schwer und streichelt mein Gesicht. "Es ist so wundervoll und es fällt mir immer noch schwer zu glauben, dass alles so einfach mit dir ist und so verdammt perfekt."

"Ja, es ist wirklich perfekt, nicht wahr? Ich habe mich nicht mehr so glücklich gefühlt seit..." Ich zucke mit den Schultern. "Nun, eigentlich noch nie, wenn man von der

Geburt meiner Kinder absieht." Die Liebe in Belles Augen, während ich das sage, wärmt mich und ich überlege, ob ich ihr erzählen soll, was mir in der letzten Woche durch den Kopf ging. Wir waren schon ein paar Mal auf der Farm ihres Vaters, um zu sehen, was zu tun ist, während er weg ist, und ich habe mich in den Ort verliebt. "Hast du Zeit für einen Kaffee? Ich möchte etwas mit dir besprechen."

"Klar, ich muss ja noch nicht gehen." Belle macht zwei Cappuccinos und wir setzen uns an die Kücheninsel. "Du hast ernsthaft geklungen."

"Keine Sorge", sage ich, um sie zu beruhigen. "Ich habe über die Farm deines Vaters nachgedacht. Du hast sie doch letzte Woche schätzen lassen, oder?"

"Ja, aber das bedeutet nicht unbedingt etwas. Er will sie noch nicht verkaufen."

"Und du willst dort nicht leben?"

Belle runzelt die Stirn. "Ich liebe die Farm und Papa möchte, dass ich sie bekomme, aber das ist völlig unrealistisch. Ich habe weder das Geld noch die Zeit, sie herzurichten, und außerdem muss er sie irgendwann verkaufen, damit er sich eine Wohnung im Erdgeschoss kaufen kann."

"Aber was wäre, wenn das alles kein Thema wäre?", frage ich. "Würdest du den Hof haben wollen?"

"Ja, natürlich. Es ist ein besonderer Ort für mich, und ich werde traurig sein, wenn er verschwindet. Aber ich habe mich schon vor langer Zeit damit abgefunden; manche Dinge sind nicht für immer." Belle lächelt, aber es erreicht nicht ihre Augen.

"Was wäre, wenn ich es in Ordnung bringen würde?", sage ich und beschließe, es einfach rauszuholen. "Wie wäre es, wenn ich es renovieren und ausbauen ließe, damit dein Vater auch dort wohnen kann? Oder wir könnten ein kleines Haus auf dem Grundstück bauen, in dem er wohnen kann. Es gibt genug Platz."

Belle starrt mich lange an, aber wie erwartet, schüttelt sie den Kopf. "Das könnte ich niemals zulassen. Ich will dein Geld nicht, das weißt du."

"Aber was wäre, wenn du es einfach als Miete betrachtest? Ich wohne dort umsonst, also zahle ich für die Arbeit."

"Du würdest dort leben wollen? Mit uns? Und meinem Vater?" Sie zögert. "Ist es das, was du sagst?"

"Ja..." Ich schlucke schwer. "Es tut mir leid, ich verstehe, dass es viel zu früh ist, ich wollte es nur mit dir besprechen, bevor auf den Markt kommt. Nicht, dass ich es kaufen möchte", füge ich hastig hinzu. Das ist nicht meine Absicht, das Haus sollte eines Tages dir und Suki gehören."

Belle blickt sich im Wohnzimmer und in der Küche um, dann hinaus zum Pool und in den Garten. "Ich verstehe das nicht. Warum willst du von hier wegziehen?"

"Das war nie wirklich mein Haus", sage ich leise. "Mir gefällt es hier, zumindest jetzt, aber Sandeep hat es entworfen und Bree hat das gesamte Erdgeschoss eingerichtet. Ich liebe alte Gebäude, Orte mit Charakter. Glaskästen sind nicht mein Ding, aber die Farm deines Vaters hat mich schon beim ersten Mal verzaubert, als ich sie sah. Sie ist so schön gelegen und hat echten Charakter." Belle schweigt und ich nehme ihre Hand, um ihr mit einem Lächeln zu zeigen, dass es keine große Sache ist. "Es tut mir leid, ich hätte es nicht erwähnen sollen. Vergiss, dass ich je etwas gesagt habe."

"Nein... Ich hätte nur nicht gedacht, dass du jemals in Betracht ziehen würdest, auf einer Farm zu leben, schon gar nicht, wenn mein Vater auf dem Gelände ist."

"Hey, ich habe libanesische Wurzeln", scherze ich. "Wo ich herkomme, ist es völlig normal, seine Eltern aufzunehmen, wenn sie alt sind. Nicht, dass meine Mutter jemals bei mir leben wollte. Für sie und ihre Katzen wäre es überall zu eng, was, glaub mir, ein Segen ist."

Belle lacht, und dieses Mal ist es echt. Sie steht auf, umarmt mich von hinten und schmiegt ihr Gesicht an meinen Hals. "Meinst du das ernst?"

"Das tue ich." Ich drehe mich auf meinem Hocker um und ziehe sie zwischen meine Beine. "Ich liebe dich und ich möchte jeden Tag mit dir zusammen sein. Und ich habe darüber nachgedacht, dich und Suki zu fragen, ob ihr hier einziehen wollt, aber ich glaube nicht, dass dies das richtige Haus ist, um ein gemeinsames Leben zu beginnen. Es hat zu viel Ballast, und wie ich schon sagte, es ist einfach nicht meins, aber ich könnte es während der Sommersaison vermieten oder vielleicht sogar an Sandeep zurückverkaufen, wenn er Interesse hat."

"Du hast keine Ahnung, wie glücklich du mich damit gemacht hast", flüstert Belle. "Ich möchte auch jeden Tag mit dir zusammen sein. Und wenn die Farm wirklich ein Ort ist, an dem du dich sehen kannst, dann kann ich mir nichts Besseres vorstellen."

# Kapitel 80

## *Belle – der folgende Tag*

"Noch ein Spiel?", frage ich, als Jackie ihren letzten Stein hinlegt, nachdem sie mich gerade zum dritten Mal beim Scrabble geschlagen hat.

"Nein. Ich bin so viel besser als du, dass es langweilig wird", scherzt sie und schiebt das Brett beiseite. Wir sitzen in einem Café in der Nähe des Krankenhauses und warten darauf, dass der Chirurg uns anruft, nachdem sie meinen Vater operiert haben. "Wie wäre es mit einem Glas Wein? Ich habe für heute genug Kaffee getrunken." Sie winkt den Kellner heran, prahlt mit ihren Scrabble-Fähigkeiten, als er fragt, wer gewonnen hat, und bestellt eine Flasche Rotwein.

"Wir hätten schon vor Stunden Wein bestellen sollen", sage ich, als ich den ersten Schluck nehme. "Das hätte die Nerven beruhigt."

"Dann wären wir auch mit dem Kopf durch die Wand, wenn er zu sich kommt." Jackie gluckst. "Na ja, bisher keine Neuigkeiten sind gute Neuigkeiten, nehme ich an. Ist das bei Operationen nicht immer so?"

Ich zucke mit den Schultern, weil ich keine Ahnung habe, und strecke meine Beine aus, die steif sind vom stundenlangen Sitzen in derselben Position. "Danke, dass du ihn aufgenommen hast, während er sich erholt."

"Es ist mir ein Vergnügen. Ich mache mir nur Sorgen darüber, was langfristig passieren wird. Was hat der Makler über den Wert des Hofes gesagt?"

"1,4 Millionen".

"Was?" Jackie schnappt nach Luft. "Ist das dein Ernst?"

"Ja. Es ist hauptsächlich das Land. Es ist viel wert, vor allem, weil es so nah am Strand liegt. Ich wusste das nicht, aber der breite Streifen Land zwischen dem Ackerland und dem Strand - dort, wo die Mohnblumen wachsen - ist geschützt, so dass die Aussicht garantiert ungehindert ist."

Jackie starrt in die Ferne, und ich warte darauf, dass sie mir sagt, dass sie meint, er solle es doch verkaufen, aber sie tut es nicht. Ich will ihr noch nicht von meinem Gespräch mit Reina erzählen, da wir das erst ausführlich besprechen müssen. Obwohl ich die Idee fantastisch finde, möchte ich nicht, dass sie übereilte Entscheidungen trifft und es später bereut. Zusammenzuziehen ist ein großer Schritt, vor allem wenn Suki und mein Vater involviert sind.

"Jackie, ist alles in Ordnung?" Ich bemerke, dass Jackie plötzlich tief in Gedanken versunken ist, ihre Augen sind glasig, als wären sie fixiert.

"Dort hat alles angefangen", sagt sie mit einem traurigen Blick in den Augen. "Auf dem Mohnfeld. Ich war seit Jahrzehnten nicht mehr dort."

"Was hat da angefangen?"

"Deine Mutter und ich." Ihre Augen treffen die meinen und sie schenkt mir ein nervöses Lächeln. "Da haben wir uns zum ersten Mal geküsst."

"Oh..." Da ich möchte, dass sie fortfährt, bleibe ich still. Ich hatte nicht damit gerechnet, dass sie meine Mutter erwähnen würde. Nicht hier, nicht heute.

"Ich war schon lange in sie verliebt, und ich glaube, sie wusste es. Bis zu diesem Tag habe ich ihr nie gesagt, was ich für sie empfand, und ich habe sie nie angemacht; sie war schließlich verheiratet, aber sie muss von meinen Gefühlen gewusst haben. Außerdem war sie heterosexuell, soweit ich wusste, und ich wollte unsere Freundschaft nicht kaputt machen. Wir waren uns so nahe gekommen und haben gerne Zeit miteinander verbracht." Jackie hält inne. "Wir beschlossen, den langen Weg hinunter zum Strand zu nehmen, durch die Felder, anstatt dem Pfad zu folgen. Die Mohnblumen standen in voller Blüte, und sie trug ein rotes Kleid in der gleichen Farbe. Ich konnte nicht anders, ich habe ihr gesagt, dass sie wunderschön aussieht." Jackie nimmt einen langen Schluck von ihrem Wein und schluckt schwer. "Und dann hat sie mich geküsst." Eine einzelne Träne kullert über ihre Wange. "Sie hat *mich* geküsst. Und damit hat sie unser Leben für immer verändert. Wir legten uns hin und liebten uns auf der Wiese, und dann wurden wir unzertrennlich. Sie wollte sich nicht von deinem Vater scheiden lassen, sie liebte ihn, und ich habe sie nie darum gebeten. Als sie im Sterben lag, flehte ich sie an, es ihm nicht zu sagen, aber sie war der festen Überzeugung, dass es das Beste sei. Wenn ich zurückblicke, hatte sie wohl recht. Immerhin hatte ich deinen Vater, dich und Linda."

"Du hast sie geliebt", sage ich und schlucke den Kloß in meinem Hals hinunter.

"Ja, ich habe sie von ganzem Herzen geliebt, und ich vermisse sie immer noch jeden einzelnen Tag.

"Bist du deshalb nie ausgegangen?" frage ich.

"Ja. Niemand war so gut wie sie. Sie hatte einfach diese besondere Ausstrahlung, dieses Strahlen, das die Menschen um sie herum zum Lächeln brachte." Jackie nimmt einen tiefen Atemzug. "Ich habe viele Fotos von uns beiden. Ich habe sie in einer Schachtel versteckt, weil ich es nicht ertragen konnte, sie anzuschauen. Aber du kannst sie sehen, wenn du willst."

"Danke, das würde ich gerne." Ich greife über den Tisch hinweg nach Jackies Hand. "Du hättest es mir sagen sollen."

Jackie schüttelt den Kopf. "Nein, das konnte ich nicht. Was wir getan haben, war falsch, und es hat deinen Vater verletzt. Ich war nicht stolz darauf, aber ich habe es auch nie bereut, denn es war die wertvollste Zeit in meinem Leben. Vielleicht hätte ich dir meine Geschichte erzählen sollen, als du erwachsen wurdest und dich mir gegenüber geoutet hast, aber du warst dir deiner selbst so sicher und bist mit deiner Sexualität so gut zurechtgekommen, dass ich nicht dachte, dass du in dieser Hinsicht Hilfe brauchst. Außerdem warst du wie eine Tochter für mich, und ich hatte solche Angst, du würdest wütend sein und ich würde dich verlieren." Sie seufzt. "Aber jetzt weißt du es."

"Du wirst mich nie verlieren, Jackie." Ich drücke ihre Hand. "Darf ich nach Rose fragen?"

Jackie lächelt erleichtert. "Rose und ich sind zusammen. Es ist noch sehr frisch, aber als ich sie kennenlernte, spürte ich diesen echten Funken, so wie ich es bei deiner Mutter tat. Die Hamptons sind nicht gerade überschwemmt mit geeigneten Lesben, vor allem nicht in der Vergangenheit, also habe ich nie jemanden getroffen, zu dem ich mich hingezogen fühlte, bis jetzt. Rose ist wunderbar."

"Danke, dass du es mir gesagt hast. Ich mag Rose sehr und ich freue mich für dich. Du verdienst Liebe." Ich mache eine Pause. "Und ich würde diese Bilder wirklich sehr gerne sehen."

"Okay, Schatz. Komm eines Abends vorbei und ich erzähle dir alles über sie. Jetzt, wo Rose in meinem Leben ist, denke ich, kann ich damit umgehen."

Mein Telefon klingelt, und wir werden beide aufmerksam. Meine Hand zittert, als ich den Anruf entgegennehme und die Stimme des Chirurgen höre.

"Miss Rodgers? Ihr Vater wacht gerade nach seiner Operation auf, aber die Operation ist gut verlaufen, er ist wieder in seinem Zimmer und wir erwarten, dass er in ein oder zwei Tagen aufstehen und gehen kann.

Ich danke ihm und gebe Jackie einen Daumen hoch, und wir stehen auf, um uns lange zu umarmen. "Es geht ihm gut."

"Gott sei Dank." Jackie hält mich fest. "Komm, lass uns zu ihm gehen."

# Epilog

Reina - 1 Jahr später

"Einen schönen vierten Juli!" Ich erhebe mein Glas und lächle den vollen Tisch an. Belle sitzt neben mir und Juliette, Suki, Cameron, Eddie, Maddie, Nicole, Tyrell, Jackie, Rose, Belles Vater, Sasha und Igor und ihre beiden Kinder sowie Sandeep und Bree sind um das Festmahl versammelt, das Belle und ich zusammengestellt haben. Das Baby von Sandeep und Bree schläft in einem Kinderwagen neben dem Tisch. Es ist ein bezauberndes Mädchen mit dichtem, dunklem Haar und großen Augen, das Harmony - Harmie - genannt wird und mit seiner fröhlichen und neugierigen Art unsere Herzen erobert hat.

"Froher Vierter!" Meine Familie und meine Freunde schreien zurück, und wir trinken auf ein Jahr der Veränderung.

Dieser Tag fühlt sich wie ein Meilenstein an, der erste

Tag, an dem wir alle als Familie zusammenkommen - sowohl genetisch als auch auserwählt - und ich könnte nicht glücklicher sein, alle hier zu haben. Der Grill raucht mit dem zusätzlichen Mais, den ich gerade aufgelegt habe, und Salate, Brote, Dips und Steaks werden herumgereicht, während sich Lachen und angeregtes Geplauder mit der Hintergrundmusik vermischen.

Sasha streichelt ihren riesigen Babybauch. Es war nicht geplant und ein ziemlicher Schock, nachdem sie zwei Teenager großgezogen hat, aber sie freut sich, bald eine weitere Tochter zu haben, und Igor hat sich die ganze Nacht um sie gekümmert und darauf geachtet, dass sie nichts Seltenes isst und genug Flüssigkeit zu sich nimmt.

In einem Jahr ist viel passiert. Nachdem er sich von seiner Hüftoperation erholt hatte, zog Belles Vater zurück auf den Hof, um sich während der Renovierungsarbeiten um die Tiere zu kümmern. Wir haben zuerst den Anbau gebaut, damit er nicht auf einer Baustelle leben muss. Es ist ein hübscher Bungalow in der hintersten Ecke des Hofes, und obwohl er nie ein Freund von Veränderungen war, freut er sich über all die modernen Annehmlichkeiten und darauf, dass wir Ende des Jahres in das Bauernhaus einziehen, damit er seine Enkelin in der Nähe hat. Wir wollen das Haus und die Scheune mit ein paar modernen Ergänzungen wieder auf Vordermann bringen, und es fängt schon an, richtig schön auszusehen. Ich freue mich darauf, mich um die Tiere zu kümmern, und ich habe vorgeschlagen, für die Camp Rubin-Kinder 'landwirtschaftliche Tagesausflüge' zu organisieren.

Dies wird das letzte Jahr sein, in dem ich den vierten Juli in der Villa Reina feiere, und das passt gut, denn sie gehört zu einem anderen Leben. Sandeep hatte keine Lust, wieder hierher zu ziehen, also habe ich beschlossen, sie zu verkaufen, und sie wird bald auf den Markt kommen. Von dem Erlös könnte ich mir etwas Extravagantes kaufen, aber ich weiß, dass ich nie glücklicher sein werde als in dem süßen Bauernhaus, das bald einen Anbau mit einer neuen Küche und einem Pool im Hinterhof bekommen wird. Belle gehört dorthin und ich gehöre zu Belle. Eines Tages wird es Suki gehören.

"Babe, das ist so schön", flüstert Belle und küsst mich auf die Wange. "Ich liebe es, alle zusammen zu haben und nächstes Jahr feiern wir..." Belle unterbricht sich selbst, als sie Suki dabei erwischt, wie sie Essen unter den Tisch schiebt. "Suki, bitte füttere Rascal erst, wenn wir fertig gegessen haben, ja? Ich versuche, ihm beizubringen, nicht zu betteln, und es hilft nicht", sagt sie, aber Suki hat ihm bereits ihr letztes Stück Steak zugeworfen.

Suki hat endlich ihren Hund bekommen und sie sind unzertrennlich. Wir dachten, ein Labrador wäre eine sichere Wahl, da sie sich im Allgemeinen gut benehmen, aber trotz wochenlangem intensiven Training hat Rascal seinen eigenen Kopf. Er lässt sich nicht mit Leckerlis bestechen, ist völlig unempfindlich gegenüber Lob und macht genau das, was er will, so dass wir nach einer Weile seinen Namen von Beanie in etwas Passenderes geändert haben. Die weiße Couch ist ständig mit schlammigen Fußabdrücken verziert, die Böden sind ständig nass, da er in den Pool springt und sich gerne im Haus trocken schüttelt, sein unermüdlich wedelnder Schwanz hat schon viele Gläser vom Couchtisch gefegt und er klaut Essen von der Theke, wann immer er eine Gelegenheit sieht. Er ist aber auch ein Schatz und immer an Sukis Seite.

"Aber ich habe schon aufgegessen", erwidert Suki. "Schau, mein Teller ist leer."

"Das liegt daran, dass du Rascal alles gegeben hast."

"Mein Teller ist auch leer", verkündet Cameron, und ich unterdrücke ein Lachen, als ich sehe, wie er eine Handvoll Essen unter den Tisch schiebt. "Können Suki und ich jetzt mit Rascal schwimmen gehen?"

Belle und Juliette tauschen wissende Blicke aus, beschließen aber, sie für heute Abend vom Haken zu lassen. "Klar, macht weiter. Aber keine Kanonenkugeln", warnt Belle und wendet sich dann an mich. "Ich hätte den Tisch nicht an den Rand des Pools stellen sollen."

"Ich weiß, ich habe dir gesagt, dass es eine schlechte Idee ist." Ich rolle mit den Augen und lache, dann schenke ich ihr ein liebevolles Lächeln. "Aber es ist wirklich warm heute, es könnte erfrischend sein."

Ein paar Sekunden später sind wir geduscht, als Suki und Cameron, die jetzt beide schwimmen können, an unserem Ende ins Wasser springen, gefolgt von Rascal, der den größten Spritzer von allen verursacht. Es gibt Geschrei und schallendes Gelächter.

"Nicole, komm rein!", schreit Suki. Sie sieht zu Nicole auf wie eine große Schwester und hat die Tage bis zu ihrer Ankunft heruntergezählt.

"Nicole isst, Schatz." Ich streiche mir das Wasser von der Schulter und lache noch mehr, als Nicole aufsteht und spontan ins Wasser springt, noch immer in ihrem Jeans-Outfit.

"Oh Mann, so viel zu einem zivilisierten Abendessen", scherzt Belle und schützt ihr Gesicht vor einem weiteren Spritzer.

Tyrell folgt Nicoles spontaner Aktion und springt in Baggy Jeans und T-Shirt ins Wasser, und wir alle lachen und klatschen, als sie wieder an der Oberfläche auftauchen, Nicole mit ihren Armen um seinen Hals. Ich liebe das Chaos, das Lächeln auf den Gesichtern meiner Lieblingsmenschen, aber vor allem liebe ich es, Belle an meiner Seite zu haben. Ihr Geschäft läuft gut, und ich bin so stolz auf sie. Sie spornt mich an, noch besser zu werden, jeden einzelnen Tag zu genießen, als wäre es mein letzter, und mich an den kleinen Dingen des Lebens zu erfreuen. Es ist mir egal, wie ich in der Gesellschaft dastehe oder was meine Mutter von mir denkt. Ich habe ihr bei meinem letzten Besuch von Belle erzählt, und wie erwartet, leugnet sie alles. Ein Schmetterling, der durch meine Linse eingefangen wurde, das Aufwachen mit Belle, die Sonne auf meinem Gesicht und Momente wie dieser sind das, wofür ich jetzt lebe. Es ist einfach und überdeutlich. Die Liebe ist das Einzige, was zählt. Das Einzige, was zählt.

# Nachwort

Wir hoffen, dass Sie *Das nächste Leben* genauso gerne gelesen haben, wie wir es geschrieben haben. Wenn Ihnen dieses Buch gefallen hat, würden Sie es vielleicht bewerten und eine Rezension hinterlassen? Rezensionen sind für Autoren sehr wichtig und wir wären Ihnen wirklich dankbar!

# Über den Autor

Lise Gold ist eine Autorin lesbischer Liebesromane. Ihre romantische Einstellung, ihre Begeisterung fürs Reisen und ihre Liebe zu Feel-Good-Geschichten bilden das Herzstück ihres Schreibens. Geboren in London als Tochter einer norwegischen Mutter und eines englischen Vaters und aufgewachsen zwischen Großbritannien, Norwegen, Sambia und den Niederlanden, fühlt sie sich praktisch überall zu Hause und hat eine unendliche Neugier für neue Reiseziele. Sie folgt dem Motto "Schreibe, was du kennst" und findet sich oft an exotischen Orten wieder, wo sie für ihren nächsten Roman recherchiert oder sich inspirieren lässt.

Nach fünfzehn Jahren als Designerin und einer semi-professionellen Gesangskarriere war Lise schon immer eine Kreative. Ihre Romane sind das Ergebnis der Suche nach einer neuen Leidenschaft, nachdem sie 2018 ihren Designjob gekündigt hatte.

Wenn Lise nicht gerade an ihrem Küchentisch schreibt, kann man sie beim Kochen, im Fitnessstudio oder irgendwo beim leidenschaftlichen Singen finden, vorzugsweise Country oder Blues. Sie lebt in London mit ihren Hunden El Comandante und Bubba.

# Bücher von Lise Gold

## Deutsche Übersetzungen

Members Only: Nur für Mitglieder

## Englische Bücher

Lily's Fire

Beyond the Skyline

The Cruise

French Summer

Fireflies

Northern Lights

Southern Roots

Eastern Nights

Western Shores

Northern Vows

Living

The Scent of Rome

Blue

The Next Life

In The Mirror

Christmas In Heaven

Welcome to Paradise

After Sunset

Paradise Pride

Cupid Is A Cat

Members Only

Along The Mystic River

In Dreams

Chance Encounters

Songbirds of Sedona

Red Rock Ranch

Mistletoe Motel

The Turning Tides of Us

**Erotica von Madeleine Taylor**

The Good Girl

Online

Masquerade

Santa's Favorite